Carol Wyer
Glückstausch

PIPER

Zu diesem Buch

Polly dachte immer, dass sie mit dreißig ihr Leben vollkommen im Griff haben würde. Die perfekte Figur, ein Traumjob und der Mann fürs Leben – doch das alles scheint noch immer in weiter Ferne. Simon unterhält ein viel zu teures Haus, kann es seiner Schwiegermutter einfach nicht Recht machen und ist mehr und mehr geneigt, den nächtlichen Erstickungsversuchen seiner Katze nachzugeben, wenn sich nicht bald etwas ändert.
Da tut sich unerwartet für beide ein Ausweg auf. Die mysteriöse Firma Lucifer Inc. bietet jedem von ihnen die Möglichkeit, ihr eigenes Leben gegen das einer Person einzutauschen, die sie schon immer beneidet haben – und diese Chance lassen sie sich nicht entgehen. Polly entscheidet sich für eine Luxusvilla und Day Spas, Simon mausert sich vom Autohändler zum Chef der Firma. Doch die beiden müssen sich bald eingestehen, dass Reichtum, beruflicher Erfolg und Schönheit keine Garanten für das große Glück sind …

*Carol Wyer* wurde in Münster geboren und verbrachte einen Teil ihrer Kindheit in Deutschland. Bevor sie sich dem Schreiben widmete, gab sie Sprachunterricht in Marokko, leitete eine Sprachschule und gab Boxercise-Kurse. Heute lebt die Journalistin und Autorin, die mit dem People's Book Prize ausgezeichnet wurde, in Staffordshire.

Carol Wyer

# Glückstausch

Roman

Aus dem Englischen von
Sabine Thiele

PIPER

Von Carol Wyer liegen im Piper Verlag vor:
Ein Jahr voller Wünsche
Glückstausch

FSC
www.fsc.org
MIX
Papier aus verantwortungsvollen Quellen
FSC® C083411

Deutsche Erstausgabe
ISBN 978-3-492-31493-0
März 2020

Titel der englischen Originalausgabe:
»Life Swap«, Bookouture, London 2016

Redaktion: Lisa Wolf
Umschlaggestaltung: FAVORITBUERO, München
nach einem Entwurf von Emma Rogers
Umschlagabbildung: iStock (cinnamonsaturday;
ma_rish; SilkenOne und heather_mcgrath)
Satz: Kösel Media GmbH, Krugzell
Gesetzt aus der Adobe Garamond
Druck und Bindung: CPI books GmbH, Leck
Printed in the EU

# Simon

## 1

Simon Green ertrank in fluffigen weißen Marshmallows. Er schlug wild um sich, während ihn kräftige Hände immer tiefer in die klebrigen Vanilletiefen drückten und die Marshmallows allmählich seine Atemwege zu verschließen drohten. Irgendein primitiver Instinkt sagte ihm, dass es kein Traum war. Panisch wurde ihm bewusst, dass er weder die Augen öffnen noch atmen konnte. Simon versuchte vergeblich, den Kopf hin und her zu bewegen. Doch ein bleiernes Gewicht drückte ihn weiter nach unten. Ein Wort kam ihm in den Sinn, während die Starre sich langsam löste: Ivan. Schlagartig war er wach, packte zu und zog mit aller Kraft. Ein kühler Luftzug traf seine Wangen, und er holte dankbar Atem, ohne allerdings den Nacken seines Angreifers freizugeben. Der riesige getigerte Kater starrte ihn wütend aus funkelnden grünen Augen an. Schon zum zweiten Mal in dieser Woche hatte ihn das verdammte Vieh im Schlaf fast erstickt. Wollte es ihn kaltmachen? Simon überlegte, ob er Ivan aus dem Schlafzimmerfenster werfen sollte. Der Kater fauchte und zeigte instinktiv die Krallen.

»Ist das mein kleiner Flauscheschatz?«, ertönte eine verschlafene Stimme neben Simon. Der Kater zog sofort die Krallen ein und miaute jämmerlich.

»Simon«, sagte seine Frau Veronica scharf. »Was tust du da? Setz Ivan sofort ab.« Dann fuhr sie mit hoher Kleinmädchenstimme fort: »Komm zu Mummy, Ivan. Daddy wollte versuchen, mein Flauschebaby aus dem Bett zu werfen, nicht wahr? Böser Daddy. Beachte ihn gar nicht. Er ist nur so schlecht gelaunt, weil er gestern zu viel getrunken hat.«

Simon ließ das riesige Tier los. Mit einem dumpfen Geräusch fiel Ivan auf die Bettdecke, unter der Veronicas Arm auftauchte. Sie streckte die Hand nach Ivan aus und wackelte mit den Fingern.

Simon zupfte sich Katzenhaare von der Zunge und sah auf den Wecker neben dem Bett – es war erst sechs Uhr morgens. Verfluchtes Vieh. Er schnaubte verärgert und versuchte dann, sich wieder in die Bettdecke einzukuscheln. Der Kater lag jetzt auf dem Rücken, aalte sich in Veronicas Aufmerksamkeit und warf ihm abfällige Blicke zu. Man sah geradezu das höhnische Grinsen. Das skrupellose Vieh hatte in letzter Zeit eine Abneigung gegen Simon entwickelt – was auf Gegenseitigkeit beruhte. Entweder war das Tier beleidigt, weil Simon es vor ein paar Tagen aus seinem Lieblingssessel vertrieben hatte, oder es war wegen Veronica eifersüchtig auf ihn. Seinetwegen konnte Ivan sie ganz für sich allein haben. Sie nörgelte sowieso immer nur an ihm herum.

»Armes Baby«, säuselte Veronica. »Du sehnst dich nach Georgie, nicht wahr?«

Simon warf dem verwöhnten Kater einen bösen Blick zu, dem sein mürrisches Frauchen, die Teenagertochter der Familie, nicht besonders zu fehlen schien. Simon jedenfalls vermisste Georgina oder ihre in letzter Zeit ständig schlechte Laune nicht. Was war nur aus seiner kleinen Prinzessin geworden? Noch im letzten Jahr war sie eine zufriedene Zwölfjährige gewesen und Simon ihr bester Freund. Er und Georgie hatten immer ein enges Verhältnis zueinander gehabt. Sie teilten denselben albernen Humor, saßen oft gemeinsam auf dem Sofa, sahen Sendungen von Komikern wie Lee Evans oder Harry Hill und prusteten vor Lachen, während Veronica schlecht gelaunt danebensaß. Jetzt ignorierte ihn seine Tochter nur noch oder blaffte ihn genauso an wie Veronica. Vielleicht war sie besserer Stimmung, wenn sie von ihrer Reise zurückkam. Nein, das war genauso wahrscheinlich, wie dass er den Jackpot im Lotto knackte. Er seufzte, hievte sich aus dem Bett und setzte die Schildpattbrille auf. Seine Umgebung wurde klarer.

»Tee, Liebes?«, fragte er wie jeden Morgen. Veronica gab etwas Unverständliches von sich. Simon zog sich seinen Morgenmantel über. Der Kater streckte sich träge auf seiner Betthälfte.

»Vergiss nicht, Georgies Schranktür zu reparieren, bevor sie zurückkommt«, sagte Veronica und drehte sich auf die Seite.

»Ich verstehe immer noch nicht, warum die Schule ausgerechnet China ausgesucht hat«, beschwerte er sich, während er in die Hausschuhe schlüpfte und bemerkte, dass sich eine Sohle ablöste. Er untersuchte die Schuhe näher. Die Spitzen sahen zerkaut aus. Verdammter Kater! Böse funkelte er Ivan an. »Als ich in ihrem Alter war, haben wir uns schon über den jährlichen Tagesausflug nach Boulogne gefreut.«

»Nicht schon wieder, Simon«, murmelte Veronica. »Das ist eine Kulturreise, Himmel noch mal. Denk nur an die Sehenswürdigkeiten, die sie besuchen darf, die Erfahrungen, die sie macht. Es wird ihr die Augen für die Welt öffnen.«

»Vor allem öffnet sie meine Brieftasche – achthundert Pfund! Himmel! Wir können uns nicht einmal eine Woche in Bognor Regis leisten …« Er unterbrach seine Tirade, als er bemerkte, dass Veronica ihn wieder mit diesem ganz bestimmten Blick musterte.

»Halt die Klappe, Simon. Du bist ein jämmerlicher alter Geizkragen. Du musstest sie mitfahren lassen. Sonst wäre sie als Einzige aus ihrem Jahrgang daheimgeblieben. Es wird ihr guttun, und außerdem müssen wir Opfer für unsere Kinder bringen. Das machen Eltern so. Du hast schlechte Laune – wahrscheinlich wegen der zweiten Flasche Wein. Ich habe dir doch gesagt, dass du sie nicht aufmachen sollst. Trink einen Kaffee und reiß dich zusammen. Georgie kommt am Wochenende zurück. Bis dahin muss der Schrank repariert sein.«

»Ja, Liebes.« Simon hatte schon vor langer Zeit gelernt, dass man mit Veronica am besten zurechtkam, wenn man sich ihren Wünschen beugte. Stellte man sich ihr entgegen, konnte sie einem das Leben zur Hölle machen. Er erinnerte sich an eine bestimmte Situation, in der er sie verärgert hatte – am 3. März 2005. Sie war völlig ausgeflippt und hatte seine wertvolle Sammlung von Oldtimerzeitschriften in die Papiertonne geworfen, ihm Obszönitäten entgegengeschrien, als er sich nach der Arbeit umziehen wollte, ihn dann durch die Hintertür nach draußen gedrängt und ihn aus dem Haus ausgeschlossen. In Unterhose und Socken hatte er die Nacht im Schuppen verbracht, auf einem unbequemen Gartenstuhl unter einer müffelnden Decke. Die Benzindämpfe des Rasenmähers hatten ihm höllische Kopfschmerzen beschert, die durch die lautstarken Vorwürfe, die er einstecken musste, als er endlich wieder zurück ins Haus durfte, noch verstärkt wurden. In den nächsten zehn Jahren hatte er nie wieder ihren Hochzeitstag vergessen.

Zu seiner Verteidigung musste er allerdings sagen, dass er damals unter großem Druck gestanden hatte. Wegen der ausgeschriebenen Prämie von tausend Pfund hatte er den Titel

»Verkäufer des Monats« unbedingt ergattern wollen. Sie brauchten das Geld dringend, um weiter die Raten und die Rechnungen abzubezahlen, die seit dem Umzug in ein größeres Haus auf ihnen lasteten – ein Haus, auf dessen Kauf Veronica bestanden hatte. »Das Dorf ist entzückend, Simon. So pittoresk, Simon. In der Nähe gibt es eine großartige Schule – die ist perfekt für die Kinder. Und an der Straße liegt sogar ein Pub, Simon. Ich weiß, dass es ein bisschen unsere Finanzen sprengt, aber ich liebe es. Lass es uns kaufen, Simon. Bitte!« Der Druck war seither übrigens nicht kleiner geworden.

Simon seufzte schwer. Ivan, der immer noch seine Bewegungen verfolgte, leckte sich ein Bein. Für ihn war alles in Ordnung. Die weiblichen Mitglieder des Haushalts überschütteten ihn mit Aufmerksamkeit. Er bekam zu fressen, wenn er danach verlangte, und hatte keine Sorgen. Abgesehen von den Bergen an Futter, die er verschlang, interessierte ihn nur Schlafen. Simon schleppte sich ins Badezimmer, wobei er darauf achtete, die wieder eingeschlafene Veronica nicht zu stören. Er hob seine Brille und blinzelte in den Spiegel. Böser Fehler. Der Mann mit den dunklen Augenringen, der ihn anblickte, schien eher Ende fünfzig als Ende vierzig zu sein. Er berührte die kahl werdende Stelle an seinem Hinterkopf und fluchte. Sie schien über Nacht größer geworden zu sein. Er wagte einen genaueren Blick in den Spiegel und zuckte zurück. Die blutunterlaufenen Augen waren zu viel für diese Uhrzeit. Er hätte früher mit dem Wein aufhören sollen. Normalerweise trank er nicht so viel, und vor allem nicht unter der Woche. Ein lautes Geräusch ertönte aus der Küche im Erdgeschoss. Der Grund, warum er bis weit nach Mitternacht getrunken hatte, war endlich zurückgekehrt. Simon zog nach unten in die Schlacht.

Sein siebzehnjähriger Sohn Haydon stand vor dem offenen Kühlschrank und trank aus einem Milchkarton.

»Muss das sein?«, knurrte Simon.

Haydon zuckte mit den Schultern, wischte sich den Mund mit dem Handrücken ab und antwortete: »So hast du weniger Abwasch.«

»Quatsch. Du bist nur faul«, sagte Simon. Er ging zum Schrank, holte ein Glas heraus und gab es Haydon. »Nimm das für die Milch. Andere wollen auch noch davon trinken, aber ohne deine Bakterien. Wir müssen uns übrigens unterhalten.«

»Wenn es darum geht, dass ich die ganze Nacht unterwegs war …«

»Das weißt du ganz genau. Wir haben ausgemacht, dass du um halb elf wieder hier bist.«

»Du hast halb elf gesagt, ich nicht. Halb elf ist für Kinder und eine dämliche Zeit, um nach Hause zu kommen. Niemand in meinem Alter geht um zehn.«

»Du hast gesagt, du bist um halb elf hier, komm mir jetzt also nicht so. Du hast nicht zum ersten Mal ignoriert, wann du zu Hause zu sein hast, aber die ganze Nacht warst du noch nie weg.«

»Ich konnte einfach nicht so früh abhauen. Die anderen wollten noch ins *Galaxy* und hätten mich für den totalen Loser gehalten.«

Simon bezweifelte ernsthaft, dass irgendwer seinen knapp einen Meter neunzig großen Sohn einen Loser nennen würde. Neben Haydon kam er sich wie ein Zwerg vor, und wenn er ehrlich war, war er sogar etwas eifersüchtig auf die Größe und Stärke seines Sohnes. Diesen Jungen würde niemand wie einen Fußabtreter behandeln. Es überraschte ihn immer wieder, wie sein Sohn sich körperlich so völlig anders entwickelt hatte als er. Wahrscheinlich hatten die Gene ein paar Generationen übersprungen. Simons Großvater war ebenfalls ein wahrer Riese gewesen, auch wenn Simon ihn nie kennengelernt hatte. Eines Tages war der Mann in der Arbeit zusammengebrochen und gestorben. Simon hoffte, dass er selbst nicht diese schwächeren Gene geerbt hatte, die für den Herzinfarkt und den frühen Tod verantwortlich waren. Wenn sein Leben noch stressiger werden sollte, würde er jedenfalls ziemlich sicher tot umfallen.

»Wenn du angerufen hättest, hätte ich dich abgeholt.«

»Klar, das kommt ja megacool – mein alter Herr wirft sich in Morgenmantel und Pantoffeln und holt mich ab. Du bist doch um zehn sowieso schon immer im Bett.«

Simon beschloss, die Taktik zu ändern. Haydon war defensiv. So würde er keinen Streit mit dem Jungen für sich entscheiden.

»Sieh es doch mal so«, sagte Simon und fuhr sich mit der Hand durchs Haar. »Kannst du dir vorstellen, wie es uns dabei geht? Wir wussten, dass du mit Ricky und Adam unterwegs warst. Als du nicht nach Hause gekommen bist, haben wir uns Sorgen gemacht.«

Haydon starrte ihn unverwandt aufgebracht an. Simon entschied, seinen Trumpf auszuspielen.

»Deine Mum war außer sich vor Angst.« Er verstummte. Einen kurzen Moment sah sein Sohn nach unten. Haydon war immer schon ein Mamakind. Veronica wollte er auf keinen Fall aufregen. Simon fuhr fort: »Du weißt doch, wie schnell sie sich in etwas reinsteigern kann. Um elf wollte sie alle Krankenhäuser der Gegend abtelefonieren, um sicherzugehen, dass dir nichts passiert ist.«

Was überhaupt nicht stimmte. Veronica hatte gemütlich vor dem Fernseher gesessen und sich nicht die geringsten

Sorgen gemacht. Als Simon sich beschwert hatte, dass Haydon noch nicht zu Hause war, hatte sie ihm gesagt, er solle »ganz cool bleiben«, und ihn daran erinnert, dass Haydon kein Kind mehr war. Simon hatte sich ein weiteres Glas Wein eingegossen und geschäumt. Es war doch wirklich nicht zu viel verlangt von seiner Familie, ihm gegenüber ein wenig Respekt und Rücksicht zu zeigen. Schließlich war er der Ernährer.

»Ich habe dir doch eine Nachricht geschickt. Ganz blöd bin ich ja auch nicht«, murmelte Haydon.

»Ach ja, die Nachricht. Die um halb zwölf? In der du nur kurz gesagt hast: ›Bin bei Adam, bis morgen‹?«

»Immerhin habe ich Bescheid gesagt, oder?«

»Ja, aber trotzdem. Das war unverantwortlich. Halb elf ist halb elf, nicht halb zwölf oder halb sieben am nächsten Morgen … Du hättest um die Zeit nach Hause kommen sollen, um die wir dich gebeten haben. Das ist eine Sache des Respekts.«

Haydon murmelte leise etwas und sagte dann aufgebracht: »Himmel, Dad, komm mal runter. Adams Auto ist wieder liegen geblieben, und es war einfacher, bei ihm zu übernachten, als irgendeine Mitfahrgelegenheit hierher zu suchen. Ich bin siebzehn, nicht sieben, also behandele mich nicht wie ein dummes Kleinkind.«

»Dann benimm dich auch nicht so«, gab Simon zurück und spürte, wie sich seine Nackenhaare aufrichteten.

»Wenn ich Fahrstunden nehmen dürfte, könnten wir uns dieses Gespräch sparen.«

Simon schnaubte. »Und wie soll ich mir Fahrstunden leisten können?«

»Du hast das Geld für Georgies Chinareise aufgetrieben«, erwiderte Haydon, verschränkte die Arme und starrte seinen

Vater wütend an. Simon sah die deutliche Ähnlichkeit zu Veronica – dasselbe kräftige Kinn, das entschiedene Auftreten.

»Das war etwas anderes.«

»Ja, natürlich. Ich bin nicht dein kleines Mädchen mit den blauen Augen. Das ist der Unterschied«, warf ihm der Junge vor und ließ Simon mit offenem Mund stehen.

»Haydon!«, brüllte er. Er hörte die aufgebrachten Schritte seines Sohnes im Obergeschoss.

»Haydon!«

Eine Zimmertür wurde zugeworfen.

Simon ergab sich in seine Niederlage. Er setzte Wasser auf und starrte durch das Küchenfenster in den Garten. Das Gras musste gemäht werden, am besten am kommenden Wochenende – was schwierig werden würde, da er Samstag und Sonntag arbeitete. Der Rasen bestand hauptsächlich aus Moos und Unkraut und sah so aus, wie er sich fühlte – alt, müde und ausgelaugt. Er zählte acht neue Hügel des hauseigenen Maulwurfs. Er könnte wetten, dass außer ihm sonst niemand in der Straße Maulwurfshügel hatte.

Beim Geräusch eines Hubschraubers über ihm knirschte er mit den Zähnen. Tony Hedge, der Multimillionär, war auf dem Weg zur Arbeit. Der hatte bestimmt auch keine Maulwurfshügel in seinem vier Hektar großen Garten. Simons Gedanken schweiften ab …

*»Hi, ich bin Tony Hedge. Schön, Sie kennenzulernen«, sagt der Mann, der über den Zaun in Simons Garten späht. Simon geht zu ihm und schüttelt die angebotene Hand. Tony hat einen herzlichen, kräftigen Handschlag und ein warmes Lächeln. Er trägt ein ungeheuer hässliches Hawaiihemd zu blauen Shorts und Flipflops – nicht die übliche Gartenkluft, aber er bewegt sich sehr*

*selbstbewusst darin. Das dichte, gewellte dunkle Haar ist schweißfeucht. Er reibt sich mit einer fleischigen Hand die Stirn.*

*»Was für ein widerliches Land! Entweder frieren wir uns hier die Eier ab oder zerfließen in der Feuchtigkeit. Heute ist ein elender Tag für Gartenarbeit. Ich hasse es«, beschwert er sich und deutet mit dem Daumen in Richtung seines Rasenmähers, der einsam und verlassen auf dem Gras steht. »Ich sollte wirklich alles zusammenpacken und nach Spanien ziehen oder besser noch nach Lanzarote – dort gibt es keinen Rasen, nur schwarzen Vulkansand und Kakteen.«*

*Simon teilt seine Meinung. Das T-Shirt klebt ihm in der schwülen Hitze am Rücken. Er wäre lieber im Haus, doch Veronica ist zum Einkaufen gefahren und hat ihn mit dem ganzen Unkraut und den vernachlässigten Blumenbeeten alleingelassen.*

*»Ich hoffe, Sie haben sich gut eingelebt. Schön, wieder Nachbarn zu haben. Das Haus stand viel zu lange leer. Hören Sie«, fügt Tony nach einem Moment hinzu, »warum kommen Sie nicht auf einen Sprung rüber? Meine Frau ist nicht daheim, und ich habe ein paar kalte Bierdosen im Hobbyschuppen. Ich erzähle Ihnen was über die anderen hier in der Gegend«, sagt er mit breiter werdendem Lächeln. »Mögen Sie eigentlich Golf?«*

*Simon nickt enthusiastisch. Mit diesem neuen Nachbarn wird er gut auskommen.*

Achtzehn Monate später brummte Tonys Finanzberatungsfirma. Er hatte einige äußerst wohlhabende Klienten an Land ziehen können, die alle ihr Geld in Projekten anlegen wollten, die ihnen noch mehr Geld einbrachten. Quasi über Nacht wurde Tony reich. Er und seine Frau trennten sich, verkauften das Haus, und Tony zog auf das prunkvolle Anwesen am äußersten Dorfrand. Wegen seiner Arbeit sah Simon ihn immer seltener. Tony bewegte sich mittlerweile in ganz anderen sozialen Kreisen, und ihre Freundschaft wurde oberflächlicher. Simon seufzte wieder. Es war wirklich schade. Tony und er hatten sich richtig gut verstanden. Der gute alte Tony war so ein Glückspilz. Er hatte jetzt alles, was er sich gewünscht hatte – sogar eine Ferienvilla in Spanien, mit Vollzeitgärtner.

Aus dem Zimmer seines Sohnes drang gedämpfte Rockmusik. Simon trank seinen Tee aus und spülte die Tasse mit dem restlichen heißen Wasser aus dem Wasserkocher aus, um sie dann zum Trocknen neben das Spülbecken zu stellen. Veronica hasste herumstehendes schmutziges Geschirr. Er sollte sich für die Arbeit fertig machen. Diesen Monat brauchte er sechs Abschlüsse, um sein Umsatzziel zu erreichen. Er betrachtete die Maulwurfshügel. Einer bebte. Das kleine Mistvieh schob noch mehr Erde nach oben.

Bevor er nach draußen rennen und auf den Hügel einstampfen konnte, marschierte Veronica in die Küche, gefolgt von Ivan, der um ihre Beine herumstrich und auf Frühstück hoffte. Simon warf dem Kater einen bösen Blick zu.

»Was hast du zu Haydon gesagt? Seit er zu Hause ist, trampelt er in seinem Zimmer herum. Du hast ihm doch keine Vorwürfe gemacht, oder? Doch, das hast du, ich sehe es. Warum, Simon? Er hat uns gesagt, wo er war. Er hat diese Woche keine Schule, und er ist ein guter Junge. Du solltest im Moment nicht so streng zu ihm sein. Er macht sich solche Sorgen wegen der Abschlussprüfungen. In den Ferien hat er die ganze Zeit gelernt. Deshalb dachte ich, dass ihm ein freier Abend guttun würde. Er braucht nicht auch noch Druck von dir. Im Ernst, Simon, weißt du nicht mehr, wie es ist, jung zu sein? Nein, natürlich nicht. Du hast vergessen, was Spaß ist. Du wirst zu einem mürrischen alten Knacker«, sagte sie und betonte dabei das Wort »alt«. Sie warf ihm noch einen abfälligen Blick zu und öffnete dann den Küchenschrank, um Futter für den Kater herauszuholen, dessen klagendes Maunzen die Situation nicht gerade entspannte.

»Nun, es gibt ja auch nicht so viel, über das man sich freuen könnte, nicht wahr?«, gab er zurück.

Die Futterschüssel fiel klappernd zu Boden. Veronica wirbelte mit vor Wut verzerrtem Gesicht herum. »Für mich ist es auch nicht leicht. Hast du eine Ahnung, wie es ist, mit jemandem zusammenzuleben, der die ganze Zeit schlechte Laune hat und sich über jede Kleinigkeit beschwert? Du gehst zur Arbeit, während ich mich um die Kinder und ihre Sorgen kümmere, die Hausarbeit und alle anderen Probleme, und wenn du dann schlecht gelaunt heimkommst, muss ich für gute Stimmung sorgen und jeden Abend versuchen, dich wieder aufzumuntern. Es ist immer dasselbe. Mit deinen Beschwerden und Klagen entziehst du mir alle Energie, Simon. Du warst früher so viel … lebendiger. Das habe ich an dir geliebt – deine gute Laune, deinen Sinn für Komik, sogar deine albernen Witze. Mit dir konnte man immer lachen. Jetzt kommst du nach Hause, lässt dich in den Sessel fallen und schaffst es kaum, mit mir oder den Kindern zu reden.«

»Wenn ich nach Hause komme, bin ich …«

»Müde. Das weiß ich, Simon. Das sagst du ständig.« Sie lehnte sich gegen die Arbeitsfläche und seufzte. Die Wut war verraucht. Simon sah aus dem Fenster. Der Maulwurfshügel bebte wieder. Es war sinnlos, nach draußen zu rennen und zu versuchen, das Mistvieh zu erwischen. Es wäre schon längst weg, tief unter der Erde, auf der Suche nach Würmern. Die Küche wirkte plötzlich klaustrophobisch. Er musste weg, raus aus dieser feindlichen Atmosphäre.

»Ich muss mich für die Arbeit fertig machen. Ich fange heute früh an.« Er sagte es härter als beabsichtigt.

Veronica wandte den Blick ab. Sie hatte ihn verletzt. Sein

Verstand weigerte sich zu akzeptieren, dass das Zusammenleben mit ihm wirklich so schwer war. Alles, was er tat, tat er für die Familie. Es war eine Schande, dass sie seine Anstrengungen nicht würdigten. Er hob den Futternapf auf und stellte ihn zögernd auf die Arbeitsfläche. Veronica sah weiterhin zur Seite und ignorierte ihn. Unter dem Tisch fixierten ihn zwei große gelb-grüne Augen mit bernsteinfarbenen Ringen. Schade, dass es dem Kater nicht gelungen war, ihn zu ersticken, dachte er. Das Leben hatte ja ohnehin nichts zu bieten.

# Polly

2 Polly MacGregor war die ganze Woche lang ein Engel gewesen und hatte jede Sekunde davon gehasst. Nicht, dass sie ein schlechter Engel gewesen wäre, sie war nur einfach kein besonders guter. Im Moment stand sie in einem schweren Kostüm vor einer Wand an der Promenade der Playa de las Meloneras, dem weiten Sandstrand auf Gran Canaria, und posierte als eine der vielen lebenden Statuen, die versuchten, den vorbeilaufenden Touristen Geld zu entlocken. Es war ein gewaltiger Unterschied zu ihrer normalen Arbeit als Sporttherapeutin, und im Moment wäre sie lieber im grauen England und würde einen verletzten Schenkel oder eine Schulter massieren anstatt in der Hitze zu stehen und vor sich hin zu schmelzen. Sie rief sich in Erinnerung, warum sie hier war: wegen ihrer besten Freundin Kaitlin, die sich den Knöchel verstaucht hatte und das Geld dringend brauchte. Polly hatte angeboten, sie während ihres Besuchs auf der Insel zu vertreten. Mittlerweile bereute sie diese Entscheidung allerdings zutiefst.

»Was bist du überhaupt?«, fragte ein kleiner Junge mit kurz geschorenem Haar und Sommersprossen, der sie seit fünf Minuten anstarrte. Er trug ein ausgeblichenes Bart-Simpson-T-Shirt, auf dem stand: »Friss meine Shorts!« Polly ging gar nicht darauf ein. Sie würde der perfekte Engel sein. Sie wünschte ihm viel Spaß und behielt das bei, was sie für ein gütiges Lächeln und eine ebensolche Pose hielt. Das Kind musterte sie kritisch.

»Du bist eine Fee. Eine fette Fee.«

Polly wurde ärgerlich. »Ich bin keine Fee, sondern ein Engel«, zischte sie den Jungen an, der sie immer noch mit großen Augen anstarrte, ohne zu blinzeln. »Und«, fügte sie wider besseres Wissen hinzu, »ich bin nicht fett.«

»Du bist kein Engel. Engel leben auf Wolken im Himmel. Du bist eine Fee. Fette Fee, fette Fee, fette Fee«, sang der Junge auf einmal und deutete mit dem Finger auf sie.

Polly sah sich nach den Eltern um.

»Du hast dich bewegt. Das darfst du aber nicht. Du bist total schlecht als Fee«, sagte das Kind.

»Geh weg«, befahl sie ihm.

»Warum?«

»Weil ich zaubern kann, und ich verwandele dich in einen Frosch, wenn du nicht verschwindest.«

»Du kannst überhaupt nicht zaubern.«

»O doch.«

»Nein, kannst du nicht. Du hast keinen Zauberstab. Den haben echte Feen aber. Wenn du zaubern willst, brauchst du einen Stab wie … Harry Potter.« Er winkte in Richtung Strand. »Da drüben ist ein echter Zauberer. Er fliegt in der Luft. Echt cool. Kannst du fliegen?«, fragte er.

»Nein«, antwortete sie durch zusammengebissene Zähne. Sie wünschte, sie hätte das Kind von Anfang an einfach ignoriert. Der Junge schob seinen schmutzigen Zeigefinger ins linke Nasenloch und musterte sie kühl.

»Wenn du nicht wie eine echte Fee fliegen kannst, bist du dann die Zahnfee? Ich habe einen Wackelzahn. Willst du ihn sehen? Du kannst mir Geld dafür geben. Ich wackle so lange daran, bis er ausfällt.« Er schob den Zeigefinger in den Mund und stupste einen Vorderzahn an.

»Nein, mach das nicht. Ich bin nicht die Zahnfee. Du gehst jetzt besser. Ich glaube, deine Eltern rufen nach dir.«

»Nein, das tun sie nicht. Sie sind da drüben.« Das Kind nickte zu einem nahe gelegenen Café, vor dem ein Paar an einem Tisch saß, Bier trank und sich unterhielt. Polly stöhnte.

»Bitte. Verschwinde.«

Dem Jungen war egal, wie sehr er sie nervte, und fuhr fort: »Und da ist ein Pirat ohne Kopf. Auf ihm sitzen ganz viele Vögel. Wahrscheinlich kackt auch mal einer auf ihn.« Er kicherte. »Er ist cool. Ich mag den magischen Baum am liebsten. Er sieht aus wie ein echter Baum! Wenn man stehen bleibt und ihn ansieht, redet er. Er hat einen Mund! Meine Mum hat sich erschreckt. Mein Dad hat ein Foto von mir und dem Baum gemacht. Und der Baum hat mir Süßigkeiten geschenkt.« Das Kind musterte Polly von oben bis unten. »Wenn du nicht schweben kannst wie der Magier und auch nicht fliegen, was kannst du dann?«

»Ich stehe die meiste Zeit bewegungslos da, aber ich winke auch und gebe netten Leuten Lutscher, die Münzen in meinen Topf werfen«, erklärte sie. »Oder netten kleinen Jungs, die verschwinden und sich zu ihren Eltern setzen.«

»Gib mir einen.«

»Nur, wenn du Bitte sagst.«

»Gib mir einen Lutscher. Ich will einen haben.«

»Erst, wenn du höflich darum bittest.«

Der Junge starrte sie stirnrunzelnd an. Ohne Vorwarnung zitterte plötzlich seine Unterlippe, und er brach in lautes Weinen aus, das sich zu einem Heulen steigerte. Polly versuchte, ihn zu beruhigen und ihn zum Schweigen zu bringen. Er zog bereits die Blicke der Passanten auf sich sowie die Aufmerksamkeit seines Vaters, der wegen des Tumults aufstand. Polly sah seine muskulösen, tätowierten Arme und schluckte.

»Hier«, sagte sie, bückte sich und streckte dem Jungen einen kleinen Eimer entgegen. »Nimm dir einen.« Ein reißendes Geräusch ertönte irgendwo aus ihrem Kostüm, und Polly fluchte. Der Mann stapfte auf sie zu. Der Junge griff hastig in den Eimer und holte eine Handvoll Lollis heraus.

»Hey, nur einen. Leg die z-zurück«, stotterte sie.

Der Junge heulte wieder laut auf.

»Was ist denn hier los? Alles in Ordnung, Tyson?«, fragte der Vater und legte dem Jungen beschützend eine Hand auf den Kopf.

»Die fette Fee hat mir die Lollis gegeben und mich dann angeschrien«, schluchzte das Kind. »Sie hat mir Angst gemacht. Und sie hat ein böses Wort gesagt. Böse Wörter darf man nicht sagen.« Wieder heulte er auf. Polly verdrehte die Augen. Das Kind würde einen hervorragenden Schauspieler abgeben.

»Hat sie das wirklich? Sie sind mir ja eine schöne Fee. Sie sollten sich schämen. Diese billigen, alten Lutscher willst du nicht, Tyson. Die machen nur deine Zähne kaputt. Los, nehmen Sie sie zurück und schreien Sie ja meinen Jungen nicht mehr an, sonst breche ich Ihnen die Flügel. Und noch was – essen Sie nicht so viele von Ihren eigenen Lollis. Das Kostüm ist jetzt schon viel zu eng. Da scheint auch was gerissen zu sein. Gut, dass Sie nicht auf einer Weihnachtsbaumspitze sitzen. Der arme Baum würde sofort zusammenbrechen.« Er lachte und strich seinem Sohn mit seiner großen Hand über den Kopf.

»Na komm, Tiger, trink deine Limonade aus, und dann spielen wir Fußball am Strand.«

Der Junge sah zu Polly empor, warf die Lutscher auf den Boden und streckte ihr die Zunge heraus. Ohne nachzudenken tat sie es ihm nach, zusammen mit den entsprechenden Geräuschen. Der Junge ignorierte sie und trollte sich an der Hand seines Vaters zurück zum Tisch der Eltern. Ein älterer Mann, der sie beobachtet hatte, runzelte die Stirn. Sie seufzte und ließ sich gegen die Wand sinken.

Polly hatte es satt, ein Engel zu sein. Die meisten Menschen, die an ihr vorbeigingen, bemerkten sie nicht einmal. Niemandem fiel auf, wie sorgfältig und mit welcher Mühe sie sich zurechtgemacht hatte. Und mühevoll war es wirklich. Jeden Morgen, bevor die Touristen auf die Promenade kamen, musste sie sich das Gesicht mit Goldfarbe schminken, alle sichtbaren Hautstellen golden ansprühen und sich in das Kostüm zwängen, in dessen Reifrock man sich eigentlich ein wenig bewegen konnte, ohne dass es von außen zu sehen war. Dieser saß jedoch so fest auf Pollys breiten Hüften, dass er ihre Bewegungsfreiheit komplett einschränkte. Dann waren da noch die fürchterlich schweren Flügel, von denen ihr Rücken schmerzte. Schließlich musste sie völlig still vor einer Wand stehen, während die Sonne auf ihren Kopf brannte. Sie schwitzte, fühlte sich unwohl, und die Goldfarbe rann ihr in kleinen Strömen übers Gesicht.

Micky und Minnie Maus spazierten vorbei und winkten. Polly erwiderte den Gruß. Dieser Teil von Gran Canaria war das Touristenzentrum der Insel und zog daher alle möglichen Leute an, die etwas Geld verdienen wollten. Neben den lebenden Statuen gab es solche wie Micky, die sich verkleideten und sich mit den Touristen fotografieren ließen. Dann waren da noch die Puppenspieler und Sandskulpturenbauer.

Meloneras war die angesagteste Feriengegend auf Gran Canaria. Trotzdem war Polly immer noch überrascht, wie viele Touristen sich hier aufhielten. Sie war allein schon vom Anblick der nie enden wollenden Menschenströme erschöpft, die zwischen den Dünen, Cafés und Hotels hin und her liefen.

Polly tupfte sich den Schweiß im Nacken ab. Sie hatte sich noch nie gern in der Sonne aufgehalten. Ihre blasse Haut war nie goldbraun geworden wie die ihrer Freundin Kaitlin. Sie nahm nur verschiedene Rottöne an und schälte sich schließlich. »Das ist ein Zeichen von Schönheit«, pflegte ihre Mutter zu sagen, wenn sie sich beschwerte. »Früher war Blässe vornehm und begehrt. Ärmere Menschen oder Arbeiter hatten dunklere, gebräunte Haut. Du bist wunderschön«, fügte sie dann hinzu und ignorierte den verärgerten Gesichtsausdruck ihrer Tochter.

Die Aufmunterungsversuche ihrer Mutter hatten Polly nicht getröstet. Sie lebte nicht im 18. Jahrhundert, und ihr teigiges Gesicht war nicht attraktiv. Kaitlin dagegen strahlte nach nur einer Stunde in der Sonne und sah jetzt, nachdem sie seit einem Jahr hier lebte, wie eine perfekte mediterrane Schönheit aus.

Das hier war wirklich die dämlichste Art, Geld zu verdienen, die ihr je begegnet war. Wie Kaitlin das jeden Tag schaffte, war ihr ein Rätsel. Gott sei Dank war der Knöchel ihrer Freundin fast verheilt. Polly ertrug das Engeldasein keine Sekunde länger. Zum Glück musste sie das auch nicht. Ein VW Bus kam mit quietschenden Bremsen auf dem Parkplatz in der Nähe zum Stehen. Ein durchtrainierter Mann mit Sonnenbrille und weißem T-Shirt, das seine tief gebräunte Haut betonte, sprang aus dem Wagen und eilte auf sie zu. Zwei junge Mädchen warfen ihm einen Blick zu, stießen sich gegenseitig an und kicherten, als er sie mit einem blendend weißen Lächeln bedachte. Dieses schwarzhaarige Sahneschnittchen mit dem festen Blick und selbstbewussten Gang eines Mannes, der mit sich und dem Leben zufrieden war, zog oft die Blicke der Frauen auf sich.

Kein Wunder, dass Kaitlin sich sofort in ihn verliebt hatte. Kennengelernt hatten sie sich in London, wo er in einer Bar arbeitete …

*»O Gott! Dreh dich nicht um, aber ich habe gerade den Vater meiner zukünftigen Kinder gesehen«, sagt Kaitlin atemlos.*

*»Wenn ich mich nicht umdrehen darf, musst du ihn mir beschreiben«, antwortet Polly und trinkt ihr Glas aus.*

*»Stell dir einen grüblerischen Joaquín Cortés mit dunklen, ernsten Augenbrauen und stechendem Blick vor.«*

*»Er wirbelt aber nicht mit schweißglänzendem, zerfurchtem Gesicht über die Tanzfläche, während ihn alle Frauen atemlos anstarren und ohnmächtig zu seinen Füßen zu Boden sinken, oder?«, scherzt Polly. Kaitlin ignoriert die Bemerkung und lässt den Mann nicht aus dem Blick.*

*»Außerdem hat er dichte schwarze Haare, durch die ich meine Finger gleiten lassen will – am liebsten, während er seine üppigen Lippen auf meine legt. Sein Körper ist durchtrainiert und sieht nackt sicher großartig aus. Vor allem sein Hintern.« Sie windet sich genießerisch und schließt die Augen. Ein ekstatisches Lächeln spielt um ihre Lippen, als sie sich ihrer Fantasie hingibt. »Polly, er ist es. Ich sehe es vor mir, wie wir ineinander verschlungen daliegen, nachdem wir uns hemmungslos geliebt haben, sein muskulöser Schenkel liegt über meinem …«*

*»Hallo, was darf es zu trinken sein?«, fragt der junge Mann. Seine honigweiche Stimme hat einen spanischen Akzent. »Oder lieber etwas anderes?«, fügt er hinzu, als Kaitlin die Augen aufreißt und ihn nur wie gelähmt anstarrt.*

*Polly fleht ihre Freundin stumm an, etwas zu sagen. Schließlich ergreift sie das Wort. »Zwei Gläser von eurem weißen Hauswein, bitte, trocken. Danke, äh, wie heißt du?«*

*»Miguel.«*

*»Danke, Miguel«, wiederholt sie.*

*»Es ist mir ein Vergnügen«, säuselt er und holt die Getränke.*

*Kaitlin kommt wieder zu sich. »Hat er mich gehört?«, flüstert sie.*

*»So, wie er lächelt, hat er dich gehört, verstanden und ist durchaus bereit, dein Angebot anzunehmen«, antwortet Polly.*

»Hallo, Engel«, sagte Miguel. »Bist du fertig?«

»Hi, Miguel. Ich bin ja so froh, dich zu sehen! In diesem Kostüm zerfließt man. Kannst du mir raushelfen?«

Miguel zog die unhandlichen Flügel mühelos von ihrem Rücken und legte sie auf den Boden, dann hielt er ihr die Hand zur Unterstützung hin, während sie sich aus dem Kostüm schälte. Darunter trug sie nur einen Badeanzug, und weil sie sich ihrer Speckrollen nur zu bewusst war, zog sie hastig ein Paar Jeansshorts aus einer Tasche, die an der Wand neben ihr stand, wand sich hinein und schlüpfte in ein weites T-Shirt. Ihr langes Haar band sie mit einem hellgrünen Haargummi zu einem Pferdeschwanz und holte eine Cremedose hervor, um die Schminke von ihrem Gesicht zu entfernen. Miguel trat diskret ein paar Schritte zur Seite. Er war wirklich ein aufmerksamer Mann, dachte Polly. Es war ein Schock gewesen, als Kaitlin verkündet hatte, dass sie mit ihm ein neues Leben auf Gran Canaria anfangen wolle, aber Polly hätte ihre beste Freundin niemals davon abgehalten …

*Die* Number One Bar *ist brechend voll mit Menschen, die den Beginn des Wochenendes feiern. Polly drängt sich an einer*

*Gruppe von Bankern in Designeranzügen und weißen Hemden vorbei, die die Krawatten gelockert oder sie sogar in die Jacketttasche gestopft haben. Kaitlin sitzt auf einem Hocker an der Bar und sieht sehr elegant aus in ihrem schwarzen ärmellosen Kleid und den Slingback-Pumps. Um den Hals trägt sie eine Kette aus klobigen orangefarbenen Perlen, die einen lebendigen Kontrast zu ihrem Kleid bildet und zu ihrem Nagellack passt. Zwei Mojitos stehen vor ihr, und sie grinst über das ganze Gesicht, als sie Polly entdeckt. Vor Aufregung sind ihre Wangen gerötet.*

*»Hier«, sagt sie, bevor Polly sich in ihrer zu engen Jeans auf einen Barhocker quetschen kann. Kaitlin schiebt ihrer Freundin ein Glas zu und signalisiert dem Barkeeper mit zwei erhobenen Fingern die Nachschubwünsche, die dieser mit einem Nicken zur Kenntnis nimmt. Polly trinkt von ihrem Mojito, genießt den Geschmack nach Limette und Minze auf der Zunge. Sie lehnt sich zu Kaitlin. »Komm schon, spuck es aus«, sagt sie. Die Aufregung sprudelt aus ihrer Freundin heraus wie Champagner, den man zu schnell in ein Glas gegossen hat.*

*Kaitlins Grinsen wird noch breiter, wenn das überhaupt möglich ist. »Ich habe gekündigt.«*

*Pollys Lippen bilden ein perfektes O.*

*»Ich bin raus bei Henderson's Bank«, verdeutlicht Kaitlin, »weg von all den langweiligen Kollegen. Und von Mr Schmierig.« Damit meint sie einen ihrer Vorgesetzten, der sie nie in Ruhe lässt. »Prost!«, ruft sie und stößt mit Polly an.*

*»Und was jetzt?«, fragt Polly.*

*»Eine Flasche Champagner?«, antwortet Kaitlin und greift nach den frisch gemixten Mojitos, die der Barkeeper vor ihr abgestellt hat.*

*»Nein, Dummerchen. Wie geht es für dich weiter? Hast du schon einen neuen Job?«*

*Kaitlin ähnelt immer noch der Grinsekatze aus* Alice im Wunderland, *sieht aber gleichzeitig schuldbewusst aus.*

*»Ich gehe mit Miguel zusammen nach Gran Canaria. Er hasst das Klima hier, und er will nicht sein Leben lang Barkeeper bleiben. Das Leben auf den Kanarischen Inseln ist so viel entspannter als hier. Ich mag das englische Klima auch nicht, und ich hasse meinen Job. Er hat dort Freunde und Familie, deshalb finden wir bestimmt leicht eine Arbeit.« Sie sprudelt die Neuigkeiten so schnell heraus, dass Polly kaum alles versteht.*

*»Ich werde schreiben. Das wollte ich schon immer. Ich werde mir einen einfachen Job suchen, irgendwo bedienen, und in meiner Freizeit schreibe ich Romane. Wir brauchen dort nicht viel. O Polly! Wir werden frei sein! Müssen nicht mehr jeden Tag die verdammte U-Bahn erwischen, unter den stinkenden Achselhöhlen von Mitfahrern stehen, im strömenden Regen ins Büro hetzen. Wir werden frei sein von Regeln, Vorschriften, Deadlines, Zielvereinbarungen – allem!« Sie verstummt und nimmt Pollys Hand. »Nicht allem, nein. Dich meine ich nicht. Ich bin ganz schön blöd, nicht wahr? Führe mich wie ein albernes Schulmädchen auf und tue so, als wäre alles perfekt. Doch das ist es nicht. Ich gehe weg von dir. Aber warum kommst du eigentlich nicht mit? Du kannst auch auf Gran Canaria arbeiten.«*

*Polly denkt einen Moment nach. »Zu viel Sonne mag ich nicht, und außerdem ist da noch Mike. Ich kann nicht einfach meinen Freund zurücklassen. Die Kanaren sind ja nicht auf dem Mars, wir können skypen oder mailen oder übers Handy chatten. Ich glaube, es gibt da auch diese großen Metallvögel, die fliegen können – wie heißen sie noch? Flugzeuge?«*

*Kaitlin kichert. »Komm schon, begleite uns. Das wird ein tolles Abenteuer!«*

*»Nein, das geht nicht. Ich möchte wirklich lieber hierbleiben. Das Geschäft läuft gut, und außerdem habe ich ja noch Dignity.«*

*Kaitlin nickt. »Sie ist wirklich toll. Schön, dass sie im Behandlungsraum neben deinem arbeitet. Sie ist immer so gelassen. Ich werde sie auch vermissen. Aber nicht so sehr wie dich. Wir bleiben in Kontakt, ja? Und du kommst uns besuchen?«*

*Polly nickt beruhigend und hätte so gern die Freude ihrer besten Freundin geteilt, doch innerlich fühlt sie sich leer. Ein wichtiger Teil ihres Lebens wird wegbrechen, und sie hofft, dass sie ohne ihn überleben kann.*

Miguel kam zu ihr zurück, als sie ihre Tasche über die Schulter schlang. »Das reicht, bis ich geduscht habe. Ich stinke bestimmt ganz fürchterlich.«

Miguel schnüffelte und verzog das Gesicht, dann grinste er. Sie erwiderte das Lächeln und boxte ihm leicht gegen den Arm. Fröhlich rieb er die Stelle.

»Für einen Engel bist du ganz schön stark.«

Seine Worte erinnerten sie an den kleinen Jungen und seinen Vater, und einen Moment schien das Gewicht der ganzen Welt auf ihr zu lasten. Miguel bemerkte ihren Stimmungsumschwung nicht und sah in den Topf auf dem Boden.

»Mindestens vierzig Euro«, sagte er. »Nicht schlecht.«

»Du machst Witze. Seit halb neun stehe ich hier, das heißt, das sind gerade mal etwas über vier Euro die Stunde. Ich bin froh, wenn ich die Flügel morgen an den Nagel hängen kann.«

»Kaitlin auch. Sie will unbedingt wieder arbeiten.«

»Ach ja? Wie schafft sie das jeden Tag?«

»Sie hat Spaß daran. Sie meditiert viel, während sie posiert. Sie liebt auch – wie nennt sie es – das ›Leutesehen‹.«

»Leuteschauen«, verbesserte Polly ihn. »Ja, das mochte sie schon immer. Sie hat aufgeschrieben, was sie auf der Promenade sieht und hört, und will daraus ein Buch machen – die Beobachtungen eines Engels.«

»Ja, das sagt sie mir.«

»Gesagt. Das hat sie mir gesagt.«

»Ah ja, danke. Blöder Fehler.«

»Du sprichst besser Englisch als viele Engländer. Ich wünschte, mein Spanisch wäre so gut wie dein Englisch.«

»Wenn du länger hier wärst, könntest du es lernen.«

»Alles hat ein Ende, und ich muss zurück«, sagte sie seufzend. »Vielen Dank fürs Mitnehmen, Miguel. Wann triffst du dich mit der Band?«

»Um halb acht. Ich fahre dich erst zur Wohnung und hole dann die anderen ab. Wir haben gestern den ganzen Tag geprobt, deshalb müssen wir heute vor der Show nicht noch mal alles durchgehen. Jessica und Maria sind wirklich gut geworden. Sie singen sehr schön und sehen wunderhübsch aus – wie die Frauen von ABBA. Ich dagegen bin nicht so gut«, meinte er lächelnd. »Das Outfit ist unbequem, ich komme mir sehr dumm vor. Matías auch. Er hasst die Perücke, weil er sich dauernd kratzen muss.«

»Ihr seid eine der besten Coverbands, die ich kenne. Einem Urlauberpublikum ist es egal, wenn ihr eine falsche Bewegung macht oder nicht ganz exakt wie die Originale ausseht. Singt, lächelt und tanzt, und alle sind glücklich. Ich wette, die Leute werden begeistert sein. Jeder kennt und liebt ABBA und ihre großen Hits.«

Polly lockerte ihre Nackenmuskeln. Was würde sie jetzt für eine Massage geben. Sie war total verspannt, weil sie den Kopf den ganzen Tag kaum bewegt hatte, und ihre Schultern schmerzten von den Flügeln. Wie schade, dass ihre Kollegin Dignity jetzt nicht hier war. Sie könnte die Verspannungen wegzaubern. Polly lächelte, als sie sich an ihre erste Begegnung mit Dignity erinnerte …

*Ein leises Klopfen an der Tür kündigt Pollys nächsten Kunden an. Sie sieht auf ihre blaue Swatch-Uhr. Er ist früh dran.*

*»Kommen Sie rein, Joe«, ruft sie und erwartet, gleich das rote Gesicht ihres kräftigen Rugbyspielerpatienten zu sehen, den sie gerade wegen einer Leistenzerrung behandelt.*

*Stattdessen wird ein kleines herzförmiges Gesicht im Türspalt sichtbar, das einer Frau in den Zwanzigern gehört, mit feinen Zügen und großen graublauen Augen, die sie ernst ansehen. Sie lächelt schüchtern und entblößt dabei gerade weiße Zähne. Ihr ungeschminktes Gesicht strahlt Frische und Gesundheit aus.*

*»Hi, ich bin nicht Joe, sondern Dignity. Ich habe den anderen Behandlungsraum gemietet. Ich wollte mich nur kurz vorstellen. Hoffentlich störe ich nicht.«*

*Polly bittet sie herein. Zögernd tritt Dignity näher und bringt den Geruch nach Räucherwerk mit in den Raum. Ihr hellbraunes Haar fällt über ihre geraden Schultern nach unten. Sie trägt einen langen, weiten Rock, der beim Gehen leise raschelt, dazu eine hübsche, mit Perlen bestickte Bluse, was ihr das Aussehen einer exotischen Tänzerin verleiht. Dieser Eindruck wird noch durch die leichten Schritte ihrer winzigen Füße, die in Ballerinas stecken, verstärkt. An jedem schmalen Fußknöchel trägt sie ein geflochtenes Band.*

*»Schön, dich kennenzulernen, Dignity. Ich bin Polly. Bist du auch Sporttherapeutin?«*

*»Ich beschäftige mich eher mit ganzheitlicher Heilung. Am besten zeige ich es dir. Warum kommst du nicht später bei mir vorbei, wenn du Zeit hast?«*

*»Ich bin um vier fertig.«*

*»Das ist perfekt. Ich muss den Raum noch einrichten. Bis später«, antwortet Dignity und schwebt wieder nach draußen.*

*Lieber wäre Polly nach der Arbeit gleich nach Hause zu ihrem Freund Mike gefahren. Er beschwert sich oft, dass sie nie Zeit für ihn hat. Die Kluft zwischen ihnen wird immer größer, und sie weiß, dass sie diejenige sein wird, die an der Beziehung arbeiten muss. Doch sie ist immer noch verletzt darüber, was er heute Morgen über ihr Gewicht gesagt hat. Er kann warten. Erst will sie mehr über Dignity herausfinden.*

*Die Behandlung ist eine Offenbarung. Polly liegt angekleidet auf einer Liege und fühlt sich so ruhig und gelassen wie schon lange nicht mehr. Dignity hält nur ihre Hände dicht über Polly und lässt ihre eigene Körperwärme in sie hineinfließen, was unheimlich entspannend ist. Als Dignity ihre Hände über Pollys Kehle hält, fühlt es sich allerdings an, als würden Sonnenstrahlen die Haut verbrennen. Fast schreit sie auf, doch da nimmt Dignity die Hände bereits wieder weg, und das Gefühl lässt nach.*

*Nach der Behandlung schenkt Dignity ihr ein Glas kaltes Wasser ein. Wenn sie spricht, klingen ihre Worte wie sanft fallender Regen.*

*»Du hast eine herrlich starke Aura«, sagt sie, den Kopf zur Seite gelegt, den Blick auf Polly gerichtet. »Aber du bist verletzt und musst heilen. Hier war es vielleicht etwas heiß«, fährt sie fort und berührt leicht die Stelle unterhalb ihrer Kehle. Polly nickt. »Das sagt mir, dass du Angst hast, dich zu öffnen und deine Sorgen zu verbalisieren. Du leidest, Polly. Etwas oder jemand nagt an deiner Aura. Du musst herausfinden, was es ist, und es in Ordnung bringen, bevor du schwer verletzt wirst.«*

»Findest du das wirklich?«, sagte Miguel, schob sich das Kostüm unter den Arm, als wöge es nichts, und ging auf den alten VW Bus zu, der hinter dem Leuchtturm parkte.

Polly riss sich aus ihren Erinnerungen und kehrte zu dem Gespräch über Miguels Band zurück.

»Ja, auf jeden Fall. Mach dir keine Sorgen. Das Hotel wird

euch bestimmt wieder buchen, du wirst schon sehen. Sie werden euch lieben.«

»Danke. Du bist sehr freundlich. Ein regelmäßiges Engagement im *Grande Vista* würde uns wirklich helfen. Es ist eines der besten Hotels auf der Insel, und die Gäste kommen jedes Jahr wieder wegen des Unterhaltungsprogramms. Es wäre großartig, zu den festen Acts zu gehören, und würde unserem Ruf guttun. Vielleicht könnten wir dann genug Geld verdienen, um unsere anderen Jobs aufzugeben.«

»Wer weiß? Ich drücke euch jedenfalls die Daumen.«

»Morgen reist du also ab«, sagte Miguel auf der Fahrt zurück zu Kaitlins Wohnung. »Freust du dich auf zu Hause?«

Polly riss ihren Blick vom türkisfarbenen Meer los, auf dessen Oberfläche die Spätnachmittagssonne glitzerte. Vor ihnen loderten die Hügel in verschiedenen Rot- und Gelbtönen.

»Ja und nein. Im Moment eher nein. Ich muss mich zu Hause um viel kümmern. Viele … Probleme lösen«, erwiderte sie, ohne dabei zu sehr ins Detail zu gehen. »Ich bin hier, um Kaitlin zu helfen, aber auch … weil ich fliehen wollte. Es sind einige schlimme Dinge passiert, und jetzt muss ich zurück.« Sie kaute an ihrer Unterlippe. Miguel konzentrierte sich auf die Straße. Ein Mann auf einem Motorroller mit einer großen Kiste auf dem Schoß fuhr vor ihnen Schlangenlinien.

»Du besuchst uns doch wieder?«, fragte er.

»Natürlich. Ich weiß nur noch nicht, wann ich es schaffe.«

Zufrieden mit ihrer Antwort fuhr Miguel schweigend weiter, während Polly ihren Gedanken nachhing. Sie wünschte, sie könnte sich für immer auf Gran Canaria verstecken. Doch das war unmöglich, denn auch wenn Kaitlin mit sehr wenig Geld auskam, Polly könnte es nicht. Vierzig Euro würden bei ihr keine fünf Minuten reichen, geschweige denn eine ganze Woche.

Miguel parkte vor dem Wohnblock und bestand darauf, das Kostüm nach oben zu tragen. Gut aussehend und ein Gentleman – kein Wunder, dass Kaitlin ihren Job in England aufgegeben hatte, um mit diesem Mann zusammenzuleben. Polly dachte an ihre eigene gescheiterte Beziehung, die letzte in einer langen Reihe wirklich schlechter Entscheidungen. Niemals würde ein Mann wie Miguel sie lieben. Frauen wie sie fanden niemals ihren Ritter in der glänzenden Rüstung, und wenn sie ehrlich war, machte ihr die Aussicht aufs Singledasein auch nichts mehr aus. Im Moment war es völlig in Ordnung. Beziehungen waren sowieso nicht das Wichtigste für Frauen, die mit einem Bein im Gefängnis standen …

# Simon

# 3

Simon hielt vor einem kleinen Backsteinbungalow. Zwei Dachziegel lagen zerbrochen auf der Straße. Er hob sie auf und legte sie neben die Eingangstür. Dann holte er einen Schlüssel unter einem Blumentopf hervor und öffnete die Tür.

Er besuchte Eric mindestens alle zwei Wochen, wenn nicht sogar öfter. Sie waren lange Jahre Kollegen im Autohaus Tideswell gewesen und trotz ihrer Gegensätzlichkeit Freunde geworden. Eric war Mechaniker – in Simons Augen einer der besten. Simon respektierte und mochte den zurückhaltenden Mann, der immer Zeit für ihn hatte. Bei Rückschlägen oder wenn Simon einen schlechten Tag hatte, war er immer in die Werkstatt gegangen, um bei Eric Dampf abzulassen. Seine Ruhe half Simon regelmäßig, die Fassung wiederzugewinnen. Der verwitwete Eric und seine Schwägerin Jackie waren irgendwann zu einem Teil von Simons Familie geworden und feierten Geburtstage und Weihnachten mit ihnen. Er und Eric hatten so viele Mittagspausen miteinander verbracht und über Gott und die Welt geredet, dass Simon Eric nach seiner Pensionierung immer noch besuchte und ihn mit dem neuesten Klatsch aus dem Autohaus versorgte.

»Eric, bist du wach?«, rief er.

»Natürlich! Seit halb fünf bin ich auf. Hier drin, Simon«, ertönte die Antwort.

Simon sah ins Wohnzimmer. »Guten Morgen, Eric. Ich habe dir Milch mitgebracht, Brot, Käse … und ein paar deiner Lieblinge«, fügte er hinzu und hielt eine Tüte mit Guinness-Dosen in die Höhe.

»Ah, du weißt, wie du mich verwöhnen kannst«, antwortete Eric. Seine altersfleckigen Händen mit den vergrößerten Knöcheln umklammerten die Griffe eines Gehgestells. Sein Grinsen entblößte zwei Reihen leuchtend weißer Zähne, die ganz bestimmt nicht seine eigenen waren. Mit schlurfenden Schritten kam er mühsam auf Simon zu.

»Ach, das ist doch nicht viel. Bleib da, ich stelle Wasser auf und mache dir eine Tasse Tee. Wie geht es dir?«

»Die üblichen Schmerzen hier und da. Kann mich nicht beklagen. Es ist das Alter. Dagegen kann man nicht viel machen.«

»Irgendwann erwischt es uns alle, Eric.«

Der alte Mann lachte. »Du bist immer noch ein Jungspund«, sagte er.

»Hm, da wäre ich mir nicht so sicher. Manche Teile von mir altern schneller – meine Augen zum Beispiel. Ohne Brille sehe ich mittlerweile nicht mehr viel.«

Simon holte Teebeutel aus dem Küchenschrank und kochte zwei starke Tassen Tee. Auf einen Teller legte er ein paar Kekse und brachte alles zu Eric ins Wohnzimmer.

»Bitte sehr. Ich wette, du hattest kein Frühstück.«

»Ne. Die Cornflakes, die du mir mitgebracht hast, sind in Ordnung, aber sie bleiben immer am Gebiss kleben«, sagte Eric. »Dann kriegt man sie nicht mehr los.«

»Iss sie am besten ohne Zähne«, antwortete Simon. »Sie werden weich, dann kannst du sie auch so kauen.«

Eric lachte wieder, wobei seine wässrigen Augen ein wenig tränten. Er tupfte sie mit einem großen karierten Taschentuch ab und trank schlürfend einen Schluck Tee.

»Schön, dass du da bist. Ich hatte nicht mir dir gerechnet.«

»Um ehrlich zu sein, musste ich aus dem Haus. Der verdammte Kater hat mich im Morgengrauen geweckt, dann hatte ich einen Streit mit Haydon und dann noch einen mit seiner Mutter.«

»Läuft es immer noch nicht besser zwischen dir und Haydon?«

»Nein. Er hört ja nie auf mich. Er verdreht auf diese bestimmte Art die Augen und macht mich damit so wütend, dass ich ihn am liebsten schütteln würde. Er scheint es zu genießen, genau das Gegenteil dessen zu tun, was ich ihm sage.«

»Das ist nur eine Phase. Er wird erwachsen und testet seine Grenzen. Er wird ein Mann. Wie die Hirsche in der Brunft.«

»Ach ja?«

»In der Brunftzeit wollen alle Hirschböcke die stärksten und dominantesten sein. Ein alter Bock muss seinen Mann stehen und gegen einen jüngeren kämpfen, wenn dieser ihn herausfordert – manchmal bis zum Tod. Haydon macht gerade die menschliche Form der Brunft durch. Er legt sich mit dir an. Er will sich nicht von einem alten Hirschbock sagen lassen, was er zu tun hat.«

»Dann bin ich wohl der alte Bock, oder?«

»Ich fürchte schon. Das ist der Kreislauf des Lebens, Simon.«

»Vielleicht will mich Ivan deshalb umbringen? Er zeigt seine Dominanz. Er will das Alphamännchen im Haus sein.«

Der alte Mann prustete vor Lachen. »Deine Katze will dich umbringen?«

»Zumindest scheint es so. Warum sollte er sich sonst quer über mein Gesicht legen? Normalerweise schläft er bei Georgina. Seit sie weg ist, will er unbedingt bei uns sein. Zweimal hat er mich diese Woche schon halb erstickt. Grundsätzlich hätte ich ja nichts dagegen, aber es ist, als ob man mit einem kleinen Elefanten im Bett schläft. Er ist so schwer. Ich glaube, ich habe noch nie so eine große Katze gesehen.«

»Groß ist er wirklich. Vielleicht schnarchst du, und damit will er dich zum Schweigen bringen«, schlug Eric vor und lächelte über seinen Witz.

»Wenn es so wäre, müsste er die ganze Nacht auf Veronicas Gesicht liegen«, gab Simon zurück.

Etwas zischte, und der Geruch nach Lavendel breitete sich im Raum aus. Simon sah sich suchend um und entdeckte einen Lufterfrischer an einer Steckdose. Zweifellos hatte ihn Erics Schwägerin gekauft.

»Also, was hast du diese Woche getrieben?«

»Ach, das Übliche. Letzten Donnerstag war ich Fallschirmspringen, am Freitag dann beim Paintball.« Sein Lachen ging in einen bellenden Husten über, von dem er sich erst nach einer Weile erholte. »Das ist die Strafe für meine Lügen«, sagte er und trank einen Schluck Tee. Ihm kam ein Gedanke, und er runzelte die Stirn. Er wollte schon etwas sagen, schloss den Mund jedoch wieder und trank noch einen Schluck Tee. Etwas erregte seine Aufmerksamkeit, und er nickte in Richtung des Gegenstands.

»Du hast übrigens bei deinem letzten Besuch dein kleines schwarzes Buch mit den Kundenkontakten vergessen. Es liegt im Bücherregal. Jeder gute Verkäufer sollte sein schwarzes Buch bei sich haben. Es dauert lange, einen so großen Kundenstamm aufzubauen, wie du es getan hast. Ich wüsste gar nicht, wie ich es anstellen soll, jemanden zu einem Autokauf zu überreden. Ganz zu schweigen davon, dass sie auch zurückkommen, wie bei dir.«

»Das habe ich schon überall gesucht. Danke. Ich dachte, ich hätte es verloren. Ohne es bin ich wirklich aufgeschmissen. Es ist nämlich kein gewöhnliches kleines schwarzes Buch, sondern sehr viel wertvoller.«

»Dann ist es ja gut, dass ich es entdeckt habe.«

»O ja. Rob Miller hat mir beigebracht, alles aufzuschreiben. Der beste Manager, den es je gab. Ohne ihn hätte ich das Autoverkaufen wahrscheinlich hingeschmissen. Und ohne dich, natürlich«, sagte er und lächelte den alten Mann liebevoll an, dessen Haut an den zerknitterten Wangen herunterhing. »Ich werde nie vergessen, wie oft ich dir in der Werkstatt etwas von meinen zurückgehenden Verkäufen vorgejammert habe. In der ganzen Zeit hätte ich mir in der Werkstatt einige Tricks von dir abschauen können.« Gedankenverloren verstummte er, bevor er weitersprach. »Rob hat sich mit uns Verkäufern jeden Morgen zu einer Teambesprechung zusammengesetzt, bei der er sich am Ende immer die Hände gerieben und gesagt hat: ›Riecht das Geld und verkauft was, Jungs!‹ Das hat uns motiviert. Ich wüsste nicht, was ich jetzt tun sollte, wenn ich keine Autos verkaufen würde. Ich vermisse den Mann. Ich habe es kaum fassen können, als er verkündet hat, dass er ins Warme ziehen würde, um Golf zu spielen. Ich wusste gar nicht, dass ihm so viel an dem Sport liegt. Schließlich hat er immer mich zu den Firmenevents geschickt, bei denen Golf gespielt wurde.«

»Du warst der Einzige, der einen Ball treffen konnte, wenn ich mich recht erinnere.«

»Es hat mir Spaß gemacht. Aber ich habe schon lange nicht mehr gespielt. Es gibt nicht mehr so viele Gelegenheiten. Irgendwann will ich wieder ernsthaft anfangen und mit Rob auf seinem Platz in Portugal spielen. Auch wenn ich bezweifle, dass das je passieren wird. Wenn ich mal einen Tag freihabe, hat Veronica sofort eine Liste mit Aufgaben für mich.«

»Wie kommst du mit Robs Nachfolgerin klar?«

»Hast du noch nicht von meinem Ausrutscher gehört? Jackie hat dir doch bestimmt davon erzählt.«

»Nein, sie hat nichts gesagt.«

»Nicht? Also, bei Robs Abschiedsfeier habe ich mir wirklich was geleistet. Ich habe zu viel getrunken – und du kennst mich, ich weiß ja so schon oft nicht, wann ich den Mund halten muss, erst recht nicht nach ein paar Gläsern. Jedenfalls habe ich irgendwas über weibliche Manager dahergeredet und ohne nachzudenken so etwas gesagt wie ›Was wissen Frauen schon über Autos? Sie können ja nicht mal links und rechts unterscheiden‹. Das muss irgendjemand Ihrer Hoheit erzählt haben, denn ab dem ersten Tag hat sie mich besonders kühl behandelt.«

»O je, dein sonstiger rasiermesserscharfer Witz hat dich wohl im Stich gelassen, hm?«

»Das kannst du laut sagen. Ich halte mich bedeckt, wenn sie in der Gegend ist. Hoffentlich hat sie es in einem Monat oder so vergessen.«

Eric tunkte einen Keks in seinen Tee und saugte daran.

»Gelegentlich schaue ich immer noch in das schwarze Buch«, fuhr Simon fort. »Darin stehen nicht nur Kundennamen – es ist auch ein historisches Dokument. Erinnerst du dich an Charles Mountfield?«

»Den Altmetallhändler aus Lichfield?«

»Genau den. Ich habe ihm seinen ersten Mercedes verkauft. Einen E300 Diesel in Palladiumsilber mit Stoffsitzen. Als sein Geschäft endlich Gewinn gemacht hat, hat er sich als Erstes ein neues Auto gegönnt. Ich habe mein Buch durchgeblättert und gesehen, dass ich mittlerweile ihm, seiner Frau, seinem Vater, seinem Sohn und vor ein paar Wochen auch seiner Enkelin Autos verkauft habe. Irgendwie hat mich das stolz gemacht. Ist das komisch?«

»Überhaupt nicht. Du hast einen guten Draht zu den Menschen. Dir geht es nicht um den größtmöglichen Profit. Deshalb kommen deine Kunden immer wieder zu dir zurück. Du sprichst die richtige Sprache, hast Charme … Du hast es einfach drauf.«

»›Kommen Sie als Kunde, gehen Sie als Freund‹ – das ist mein Motto. Ich vermisse die alten Zeiten, Eric. Früher war so eine Testfahrt mit dem Auto noch etwas ganz Besonderes. Ich habe mit dem Kunden erst über alles Mögliche gesprochen, Sport, Wirtschaft, die Familie. Erst dann über den Wagen, und schließlich haben wir den Verkauf mit einem Handschlag besiegelt. Heute ist alles anders. Letzten Donnerstag habe ich einen Großteil des Tages mit einem Typen verschwendet, der in einem alten zerrissenen T-Shirt und schmutzigen Turnschuhen aufgetaucht ist. Sechs verschiedene Modelle ist er Probe gefahren, und alle möglichen Finanzierungsmodelle habe ich mit ihm durchgekaut. Dann hat er alle Kekse aufgefuttert und schließlich verkündet, dass er in einem der größeren Gebrauchtwagenhäuser einen besseren Preis bekommen würde.«

Simon nahm die Brille ab und massierte sich den Nasenrücken.

»Heutzutage gibt es so viele Automodelle und Motortypen, dass man einen Abschluss in Automobilgeschichte braucht, um überhaupt die verschiedenen Kombinationen zu verstehen, für die sich die Kunden entscheiden können. Wir verkaufen keine Premiumprodukte an Menschen, die einen Luxuswagen wollen – es geht nur um die Zahlen und den

Umsatz. Um den Verkauf von Finanzierungsmodellen. Ich wühle mich stundenlang durch Papierkram, anstatt mit Kunden zu reden. Die Hälfte meiner Zeit verbringe ich damit, die Zahlen für einen Kunden, der sich eigentlich kein Auto leisten kann, so hinzudrehen, dass er schließlich doch damit heimfährt. Irgendwie erscheint mir das falsch. Ich ermuntere Leute zu Schulden, und das ist nie gut. Gerade ich sollte das wissen. Ich habe seit Jahren Schulden. Die Rechnungen nehmen kein Ende. Ich zahle immer noch die Beträge von letztem Weihnachten auf meiner Kreditkarte ab. Unsere ganze Wirtschaft baut wahrscheinlich auf Schulden auf, und Millionen Menschen wie ich kämpfen jeden Monat ums Überleben. Aber das ist doch der Job eines Mannes, oder? Für seine Familie zu sorgen?«

»Aber nur, wenn du dich nicht frühzeitig zu Tode schuftest. Heutzutage arbeiten viele Frauen. Veronica würde sich sicher gern eine Stelle suchen, wenn du sie darum bittest.«

»Sie hat einen Job – sie kümmert sich um die Kinder. Das ist viel Arbeit. Außerdem schaffe ich das schon, gerade so wenigstens. Die alte Hexe Morag darf auf keinen Fall mit ihrem Besen auf mich zeigen und behaupten, ich könne nicht für meine Familie sorgen.«

Eric lachte heiser. »Wie gut, dass meine Schwiegermutter nie so war. Morag ist wirklich speziell.«

»So könnte man es ausdrücken.« Simon schüttelte resigniert den Kopf und trank seinen Tee aus. »Meine Schwiegermutter hat durchaus einen Platz in meinem Herzen. Allerdings in der hintersten Ecke.« Eric lachte schallend, und Simon lächelte, bevor er fortfuhr: »Ich weiß nicht, wie es für mich weitergeht, Eric. Ich liebe die Kunden und die Arbeit mit dem Verkaufsteam, aber ich habe Angst, dass ich zu einem alten Dinosaurier werde, der die neue Technik in den Autos und die ganzen neuen Begriffe nicht mehr versteht. Wen kümmert es, ob der Wagen Bluetooth oder iDrive hat? Mich interessieren viel mehr die Mechanik, die Geschwindigkeit, das Design eines Autos. Und nicht, ob ich meinen iPod darin anschließen kann.«

»Du musst einfach – wie sagt man – ›mit den Kids abhängen‹. Du musst mit der ganzen neuen Technologie und den Begriffen am Ball bleiben. Die Welt verändert sich.«

»Ich weiß, aber es fällt mir schwer. Ich bin einer der Letzten einer aussterbenden Verkäuferart. Tideswell ist nicht wiederzuerkennen. Die Firma heißt ja nicht mal mehr so. Sie gehört jetzt zu Ernest-Deal. Wir sind alle Teil einer großen Gesellschaft, die von CEOs geführt wird, die wir noch nie getroffen haben. Gesichtslose Bonzen, denen die Angestellten völlig egal sind.«

Eric nahm einen weiteren Keks und tunkte ihn in seinen Tee. »Mir würde das nicht gefallen.«

»Nein, das würde es nicht. Man kann nicht mehr ewig mit einem Stapel Schmalzfleischsandwiches und einer Thermoskanne Tee beim Mittagessen sitzen«, sagte Simon und wedelte mahnend mit dem Finger. Sie dachten stumm an die guten alten Zeiten zurück.

»Erinnerst du dich noch, als wir Bob Haskitts Schottisches Ei gegen einen panierten Golfball ausgetauscht haben?«

»Meine Güte! Der arme Mann. Gut, dass er sich daran nicht die Zähne ausgebissen hat.«

Eric gluckste fröhlich. »Du hattest immer die besten Ideen. Ich hoffe, du unterhältst die Truppe weiterhin mit deinen Witzen?«

»Mit Lachen vergeht der Tag schneller. Außerdem ist das Leben zu kurz, um traurig zu sein.«

»Vielleicht solltest du dir deinen eigenen Rat zu Herzen

nehmen und mehr lachen. Du hast dir immer deine gute Laune bewahrt. So sehr haben sich die Zeiten doch sicher nicht geändert. Es ist bestimmt nicht so schlimm, wie es dir vorkommt«, sagte Eric und deutete mit dem Keks zwischen den Fingern auf Simon. »Mit deiner Berufserfahrung bist du wertvoll für Ernest-Deal.«

»Nicht so wertvoll wie früher. Ich liege bei den Verkäufen in diesem Monat nicht im Plan, und ehrlich gesagt, mache ich mir langsam Sorgen.«

»Ach was! Das brauchst du nicht. Du bist schon viel zu lange dabei und kennst zu viele Kunden, als dass sie dich rauswerfen könnten.«

»Da bin ich mir nicht so sicher. Seit Supercars in der Gegend aufgemacht hat, haben wir einige unserer Stammkunden verloren und ringen um die monatlichen Umsatzziele. Die Chefetage hat die neue Managerin nicht umsonst geschickt. Sie hat einen fürchterlichen Ruf und zögert keine Sekunde, Leute rauszuschmeißen. Ich glaube, das war einer der Gründe, warum Rob unbedingt aufhören wollte. Er ist lieber gesprungen, bevor er gestoßen wurde, und er wollte ganz sicher nicht entscheiden müssen, wer zu gehen hat.«

»Ach was. Die schmeißen dich nicht raus. Du bist ein Teamplayer.«

»Danke für dein Vertrauen. Wo wir gerade von Teams sprechen: Erinnerst du dich an unseren Ausflug nach Blackpool?«

Erics Augen leuchteten auf. »Als du und ich den Busfahrer zurück zum Treffpunkt geschleppt haben? Wir haben so getan, als hätten wir den ganzen Tag getrunken und er wäre jetzt viel zu besoffen, um noch fahren können. Du bist auf den Fahrersitz gesprungen und hast den Motor angelassen, während du ein schmutziges Lied gesungen hast.«

Simon lachte bei der Erinnerung. »Wir haben sie schön

reingelegt, nicht wahr? Der alte Rob war entsetzt. Ich höre immer noch, wie er mit uns geschimpft hat, weil wir den Fahrer betrunken gemacht haben – und dann sein Gesicht, als er erkannt hat, dass alles nur gespielt war.«

»Die gute alte Zeit«, sagte Eric und kratzte sich nachdenklich am Kinn. »Ausflüge mit der Arbeit haben immer Spaß gemacht.«

Simon sah auf die Uhr.

»Ich muss los, ich will nicht zu spät kommen. Außerdem muss ich noch ein paar Kunden anrufen, bevor sie in die Arbeit gehen. Ich will versuchen, ihnen ein teures Auto unterzujubeln, bevor Patrick den Deal macht.«

»Natürlich. Danke für den Besuch. Ich freue mich über unsere Gespräche. Es ist schön, dass du Zeit für mich hast.«

»Für meine Freunde habe ich immer Zeit«, antwortete Simon, als er aufstand und die leeren Tassen aufsammelte. »Wir sehen uns nächste Woche.«

»Ich freue mich darauf. Viel Glück und mach dir keine Sorgen. Es wird alles gut in der Arbeit. Du hast es immer noch drauf.«

»Danke, Eric. Ich wünschte nur, ich könnte daran auch glauben«, antwortete Simon.

Keiner hatte den Mann bemerkt, der seit Simons Ankunft gegenüber vom Bungalow parkte. In voller Ledermontur saß er auf seinem BMW-Motorrad, das Gesicht hinter einem schwarzen Helm verborgen. Er sprach in ein Headset.

»Er ist immer noch drinnen bei dem alten Mann – Eric. Moment. Er ist aufgestanden. Ich glaube, er kommt gleich raus. Mach dich bereit.«

## Lucifer Inc., Hauptquartier

4

»Ihr wisst, warum ich dieses Meeting einberufen habe. Die Führungsetage macht sich Sorgen. Man hat großes Vertrauen in euch gesetzt, die Ergebnisse lassen allerdings immer noch auf sich warten. Uns geht langsam die Zeit aus. Die Deadline rückt immer näher, und wir haben viel in dieses Projekt investiert.«

»Wir haben länger gebraucht als erwartet, um passende Kandidaten aufzutreiben. Ronald Wilson war ein Rückschlag; er war perfekt, doch dann hat er im Lotto gewonnen und sich eine Karibikinsel gekauft. Wir befinden uns mit der Auswahl in der letzten Phase, und wir haben schon alles in die Wege geleitet, damit wir die Kandidaten einfangen können. Wir werden den Zeitplan einhalten – es wird etwas knapp, aber nicht zu spät. Außerdem sind wir unter Adrenalin am besten.«

»Der Boss findet, ihr solltet noch einen Zahn zulegen. Aufs Ganze gehen. Nicht zögerlich sein. Holt euren inneren Dämon raus. Ihr müsst diese Menschen davon überzeugen, dass ihr nichts vorspielt. Zuerst werden sie euch nicht glauben, dass ihr aus der Hölle seid. Tut also alles, damit ihnen klar wird, dass ihr wirklich Dämonen seid.«

»Alles unter Kontrolle, Chef. Daran wird keiner zweifeln.«

»Gut. Wenn bis Monatsende nicht ausreichend Kandidaten unterschrieben haben, wisst ihr, was passiert.«

»Ja. Köpfe werden rollen.«

»Und das zu Recht. Ihr seid mit diesem Projekt zu uns gekommen und habt versprochen, dass es ein großer Erfolg wird. Ihr habt gesagt, die Menschen würden sich schier überschlagen, um daran teilnehmen zu können. ›Sie werden es gar nicht abwarten können, bis sie endlich unterschrieben haben‹, waren eure Worte. Und jetzt will das Management, dass es ein Erfolg wird.«

»Ich weiß. Und wir stehen zu unserem Versprechen. Wir haben einige Kandidaten aufgetrieben, die hervorragend geeignet sind, und ich bin mir ziemlich sicher, dass wir alle mit an Bord holen können. Vor allem zwei wirken sehr vielversprechend. Simon Green lebt in der Nähe von Birmingham. Er ist völlig überarbeitet und kann kaum seine Schulden abbezahlen, wird bald fünfzig, vieles in seinem Leben kotzt ihn an, und eine Midlife-Crisis scheint er auch zu haben.«

»Ja, ich habe mir den letzten Bericht zu ihm angesehen – laut unserer Quellen hat er sich im Netz über männliche Menopause und Produkte gegen Haarausfall informiert. Der arme Mann hat ganz offensichtlich Angst vor dem Alter. Seine Frau hat sich beim Friseur über den mangelnden Sex beklagt. Vieles an seinem Leben frustriert ihn. Er wäre ideal, wenn ihr ihn überzeugen könnt – und sehr unterhaltsam. Der Boss möchte ihn unbedingt dabeihaben. Wie weit seid ihr mit ihm?«

»Fast in der Endphase. Er hatte eine fürchterliche Woche und ist laut unserer Quellen kurz davor, das Handtuch zu werfen und Mönch in einem buddhistischen Kloster zu werden. Viel mehr hält er nicht aus. Er würde sicher liebend gern mit jemandem tauschen, der keine erdrückende Hypothek, eine nörgelnde Ehefrau, zwei aufsässige Kinder und eine Furie als Schwiegermutter hat.«

»Er darf kein Mönch werden! Ihr müsst ihn unbedingt überzeugen. Wir haben nur noch zwei Wochen …« Der Satz hing bedeutungsvoll in der Luft.

»Wir sind dran, nicht wahr, Nick?«

Dieser bestätigte das. Die Hörner an seiner Stirn wackelten dabei. Er kratzte sich den Bart.

»Bis Ende der Woche hat er unterschrieben, Chef. Ansonsten esse ich meinen Schwanz.«

# Polly

5 »Hallo, Polly!«, rief Kaitlin aus der Küche. »Hallo, heißer Freund«, fügte sie hinzu. In fünf Schritten war Miguel bei ihr, sie schlang ihm die Arme um den Hals und flüsterte ihm etwas zu. Er presste seine Lippen so leidenschaftlich auf Kaitlins, dass sich Pollys Herz verkrampfte. So war sie noch nie geküsst worden. Sie ging Richtung Badezimmer.

»Tut mir leid, wenn ich mich kurz ausklinke, ich brauche erst mal eine Dusche, um mich wieder menschlich zu fühlen. Danke, Miguel. Und alles Gute für heute Abend.«

»Das Vergnügen war ganz meinerseits«, antwortete er und warf ihr ein Lächeln zu, bei dem sie ganz schwach wurde.

»Im Kühlschrank ist Wein«, sagte Kaitlin. »Der wird dir helfen.«

»Wunderbar. Bin gleich wieder da. Bis später, Miguel. Hals- und Beinbruch.«

Miguel hob fragend eine Augenbraue. Kaitlin lachte. »Ich erkläre es ihm«, meinte sie. »Ab unter die Dusche mit dir.«

Zwanzig Minuten später kam Polly in einem löwenzahngelben Baumwollkleid und mit feuchten Haaren in die Küche. Sie roch nach Zitronenduschgel.

»Ah, viel besser«, sagte sie, als sie sich auf einen schicken

Barhocker schob und diesen herumdrehte. »Es ist so heiß hier. Wie hältst du die Temperaturen nur aus?«

Kaitlin zuckte mit den Schultern. »Man gewöhnt sich daran.«

Polly drehte sich wieder auf dem Hocker.

»Es tut mir wirklich leid wegen des Engelkostüms. Wir wussten ja, dass es an mir sehr eng sitzt, und als ich mich nach dem Lollieimer gebückt habe, ist die Seitennaht gerissen. Ich bin fetter, als wir gedacht haben. Und dabei habe ich schon abgenommen. Aber wohl nicht genug.«

»Sei nicht albern. Du bist nicht fett. Ich bin nur sehr, sehr dünn. Mach dir keine Gedanken. Ich nähe den Riss, überhaupt kein Problem. Ich bin dir so dankbar, dass du für mich eingesprungen bist. Was hätte ich nur ohne dich gemacht?«

»Warst du bei der Ärztin?«

»Ja. Sie war überrascht, wie schnell der Knöchel verheilt ist. Ich habe ihr gesagt, dass eine ganz tolle Sporttherapeutin bei mir wohnt, die für die richtige Behandlung gesorgt hat. Die warmen und kalten Umschläge und die Massagen haben Wunder gewirkt. Ohne dich würde ich immer noch herumhumpeln und bei jedem Auftreten vor Schmerzen schreien. Du bist meine Heldin.«

»Ach was, übertreib nicht.«

»Du hast mir auf jeden Fall unglaublich geholfen. Und dass du mich auch noch vertreten hast, war wirklich toll.«

»Du brauchst das Geld, und ich konnte ja schlecht den ganzen Tag hier herumhängen. Schließlich bin ich gekommen, um dich zu unterstützen.«

»Nicht viele Freunde hätten so etwas getan.«

»Du bist keine alte Freundin. Sondern meine beste.«

Behagliches Schweigen breitete sich aus. Polly kaute an ihrer Unterlippe. Eigentlich war das der perfekte Moment, um mit ihrer Freundin über den wahren Grund ihrer Reise zu sprechen.

»Das riecht toll«, bemerkte sie stattdessen und ging zum Herd, um einen Blick in den Topf zu werfen.

»Würziger Hähncheneintopf mit Chorizo. Eine letzte spanische Leckerei, bevor du mich verlässt.« Kaitlin öffnete den Kühlschrank und holte eine Weinflasche heraus.

»Du kennst mich einfach zu gut.«

Kaitlin holte eine weitere Flasche heraus und winkte damit Polly zu.

»Du kennst mich wirklich richtig gut!«

»Unser letzter gemeinsamer Abend soll etwas ganz Besonderes werden. Ich nehme keine Schmerzmittel mehr und will es mir auf keinen Fall entgehen lassen, noch mal richtig mit dir zu feiern.«

»Völlig richtig. Legen wir los.«

Die Balkontür stand offen und gab den Blick auf den Sternenhimmel frei. Polly saß zurückgelehnt in einem Stuhl und sammelte den nötigen Mut, um Kaitlin von ihren Problemen zu erzählen. Ihre Freundin versuchte bereits, den Grund für Pollys ungewöhnlich zurückhaltendes Verhalten herauszufinden.

»Vermisst du Mike?«, fragte sie.

»Nicht mehr so wie am Anfang. Nach der Trennung ging es mir so schlecht, dass ich gar nicht mehr aufstehen wollte. Ganz schlimm war, dass ich nicht wusste, was ich falsch gemacht hatte. Ich habe mich so bemüht, das zu sein, was er wollte, und es hat nicht gereicht. Ich habe es so sehr versucht, Kaitlin.«

»Er verpasst was, Polly. Du bist ein reizender, warmherziger Mensch. Ich weiß nicht, was er eigentlich will.«

Polly sah zu den Sternen und drängte die aufsteigenden Tränen zurück. Die Erinnerungen kehrten zurück …

*Die herzförmigen Teelichter flackern, die Flammen tanzen und werfen Schatten auf den sorgfältig gedeckten Tisch, bevor sie zischend erlöschen, eins nach dem anderen. Rosenblüten liegen auf dem Tischtuch verstreut und verbreiten einen zarten Duft wie an einem warmen Sommerabend.*

*Adele singt von der herzzerreißenden Erfahrung, eine große Liebe zu verlieren, und spricht Polly damit nur zu deutlich aus der Seele. Wieder wirft sie einen Blick auf die Uhr. Es ist fünf Minuten vor halb elf. Und er kommt nicht. Anscheinend hat er vergessen, welcher Tag heute ist.*

*Als das Lied zu Ende ist, schiebt Polly den Stuhl zurück. Stille senkt sich über den Raum. Sie hält eine Rosenblüte an die Nase, atmet den Geruch ein und legt sie auf den Umschlag mit der Aufschrift »Mike«, der auf dem Tisch liegt.*

*Sie wählt seine Nummer. Die Voicemail antwortet. Nach den letzten fünf Nachrichten hinterlässt sie keine weitere.*

*Als sie schon alle Hoffnung aufgegeben hat, hört sie den Schlüssel in der Wohnungstür, und Mike kommt herein. Einen Moment ist er verwirrt, und er runzelt die Stirn, als er den sorgfältig gedeckten Tisch sieht. Sie hätte Schuldgefühle oder Bedauern erwartet, aber keine Aggression.*

*»Wahrscheinlich machst du mir jetzt gleich Vorwürfe«, schnaubt er mit zusammengekniffenen Augen, wie immer, wenn er gemein ist. »Lass es einfach. Ich hatte einen beschissenen Tag und musste für einen Kollegen einspringen, der nicht zu seiner Schicht aufgetaucht ist. Ich komme gerade erst aus der Arbeit und kann es echt nicht brauchen, dass du mir was vorheulst, weil ich den Valentinstag vergessen habe«, fährt er fort. Seine eiskalten silbergrauen Augen dulden keine Widerrede. »Hier«, sagt er tri-*

*umphierend und wirft ihr einen schlaffen Nelkenstrauß hin. Sie ist so erbärmlich dankbar, dass sie nichts zu dem Alkoholgestank in seinem Atem sagt, als sie ihn umarmt, oder sich über das Etikett mit dem reduzierten Preis beschwert oder die Tatsache, dass er die Blumen an der Tankstelle um die Ecke gekauft hat. Außerdem sagt sie nichts zu dem Parfüm, das sie an seinem Kragen riecht und das nicht ihre Marke ist.*

»Ich auch nicht«, sagte sie schließlich zu Kaitlin. »Alles schien perfekt zu sein. Ich hatte meinen Traummann gefunden – aufmerksam, mitfühlend, liebevoll und super im Bett. Es hat umgeschlagen, als er zu mir gezogen ist und ihn schon nach wenigen Tagen immer etwas gestört hat. Er hat sich über meine Art zu lachen beschwert – er hat allen Ernstes gesagt, ich würde wie ein wiehernder Esel klingen. Dann hat er spitze Bemerkungen über meine Kleidung gemacht. In Hosen habe ich ihm nicht gefallen, also habe ich keine mehr angezogen. Dann hat er gemeint, dass die Röcke, die ich extra für ihn gekauft hatte, zu kurz sind und ich darin wie eine Schlampe aussehen würde. Dann waren meine Absätze zu hoch. Offenbar habe ich sie mit Absicht angezogen, um ihn kleiner aussehen zu lassen. Wenn ich dann flache Schuhe getragen habe, sah ich altbacken aus. Ich sollte weniger arbeiten und mehr Zeit mit ihm verbringen, aber unternehmen wollte er auch nichts mit mir. Er hat immer Ausreden erfunden oder ist früh gegangen. Er hat sich sogar über die Einrichtung beschwert – in meinem Haus.« Polly kaute an ihrer Unterlippe. »Sex hat ihn irgendwann auch nicht mehr interessiert, es war nur noch zack, rein, raus und einschlafen. Das hat mein Selbstbewusstsein untergraben, weshalb ich immer länger in der Arbeit geblieben bin, denn zumindest dort hatte ich das Gefühl, alles unter Kontrolle zu haben. Doch das war wahrscheinlich falsch. Ich hätte versuchen sollen, die Situation zu klären – ihn damit konfrontieren, mit ihm reden. Als er mich verlassen hat, habe ich mich in eine rückgratlose, brabbelnde Idiotin verwandelt. Ich habe ihn sogar auf Knien angefleht zu bleiben. Wie jämmerlich ist das denn bitte?«

»O Polly! Warum hast du mir das nicht früher erzählt? Ich hätte ihn rausgeworfen. Oder ihm eine reingehauen.«

Polly lächelte schwach. Man konnte sich schon kaum vorstellen, wie die zarte Kaitlin auf einen Ballon einprügelte, geschweige denn auf einen erwachsenen Mann.

»Ich habe gehofft, es würde besser werden. Ich dachte, es wäre nur eine Phase.« Sie seufzte tief. »Ich bin wahrscheinlich einfach nicht der Typ Frau, bei dem die Männer bleiben.«

»Quatsch! Du musst nur den Richtigen finden. Und eines Tages wirst du das auch.«

»Das glaube ich nicht. Ich bin doch kein toller Fang, oder? Ich bin eine pummelige Frau mit krausen Haaren, die nicht mehr ganz jung ist. Meine Augen haben die Farbe von angegrauten Unterhosen, mein Gesicht ist zu rund, meine Nase schief. Wenn ich schon mein Spiegelbild nicht mag, wie soll mich dann jemand anderes mögen?«

»Verdammt noch mal! Du machst dich immer runter. So sehe ich dich überhaupt nicht. Du hast ein hübsches Gesicht. Es ist offen und freundlich. Deine Nase ist niedlich – ein bisschen schief, aber niedlich.« Sie zwinkerte Polly zu und fuhr fort. »Und deine Augen sind völlig normal, sie haben ein total schönes Grau. Viel mehr die Farbe von sanften Ozeanwellen kurz vor Sonnenaufgang.«

Polly prustete in ihren Wein, doch Kaitlin ignorierte sie. »Und sie sind immer so klar, selbst nach einer durchsoffenen Nacht. Manchmal bist du dir selbst dein größter Feind.«

»Du bist meine Freundin. Natürlich sagst du nette Sachen über mich.«

»Ich gebe auf. Wie oft muss man dir noch erklären, dass du hinreißend bist? Nein, du siehst nicht aus wie Jennifer Lawrence oder Rihanna oder Scarlett Johansson. Deine Persönlichkeit bestimmt, wer du bist, und das zählt; nicht wie lang deine Wimpern sind oder ob du einen schmalen Knochenbau hast oder eine Modelfigur.«

Polly starrte finster auf ihre Beine.

»Du hast recht, und trotzdem hilft mir das nicht. Mein Gehirn weigert sich, das anzuerkennen. Ich sehe mich nicht, wie du mich siehst. Für mich ist da nur eine langweilige, biedere Frau, die ihr Feuer verloren hat. Freunde sehen immer das Beste im anderen.«

»Du wirst einen Mann finden, der dein Freund ist und dich um deiner selbst willen liebt. Das wirst du. Ich kann in die Zukunft sehen. In dieser magischen Kristallkugel steht es geschrieben.« Sie lachte und schwenkte leicht ihr Glas. Dann spähte sie in den Wein und sagte: »Ja, ich sehe einen wohlgeratenen Mann auf einem weißen Pferd. Nein, kein Pferd. Ein Tandem. Er hat einen zweiten Helm für dich dabei.« Polly kicherte.

»Ich hoffe, das Fahrrad hat einen großen, bequemen Sattel und dass der Mann fit ist. Ich bin sofort außer Atem, wenn ich zu viel treten muss.«

»Oh, jetzt ist die Vision verschwunden. Ich sehe einen Computer. Das Gesicht eines Mannes auf dem Bildschirm.«

»Vergiss es. Ich werde nie wieder online auf Partnersuche gehen«, gab Polly zurück.

»Da waren doch ein paar interessante Typen dabei«, meinte Kaitlin und ließ den Wein in ihrem Glas herumwirbeln. »Mike, zum Beispiel.«

»Er war die Ausnahme. Vor ihm habe ich nur einen Haufen Idioten getroffen. Die reinste Zeitverschwendung. Ich wollte es nicht zugeben, dass ich mit ihnen aus war, deshalb habe ich dir nie davon erzählt. Da war zu Beispiel Alex. Er war hilflos auf einer Rolltreppe gefangen, als sie stehen geblieben ist, und ihm war nicht klar, dass man auch zu Fuß hinunterlaufen kann.«

»Nein!«, rief Kaitlin und lehnte sich breit grinsend vor. »Das hast du jetzt erfunden.«

»Nein, Pfadfinderehrenwort. Ich habe mich nur einmal mit ihm getroffen, und das war schon zu viel. Danach war ich mit einem Bodybuilder aus – der fünfundvierzig Kilo gewogen hat und einen Meter fünfzig groß war. Er hatte ein Foto eines Freundes in seinem Profil, um die Frauen zu beeindrucken. Du kannst dir vorstellen, wie der Abend verlaufen ist. Dann war da noch Thomas, der bei jedem Date nur über seine Mutter gesprochen hat. Er ist der einzige Fünfunddreißigjährige, den ich kenne, der immer noch jeden Abend von seiner Mutter ins Bett gebracht und zugedeckt wird.«

»Das kann nicht sein! Himmel!«, rief Kaitlin.

Polly nickte. »Ich übertreibe nicht. Der schöne Ritter könnte also wirklich langsam mal auftauchen«, murmelte sie. »Vorzugsweise auf einem sehr großen Pferd und mit einem Schwert in der Hand.«

»Ich werde dich vermissen, Polly«, wechselte Kaitlin das Thema.

»Ich dich auch.«

»Dann bleib hier. Du kannst neben mir auf der Strandmauer stehen.«

»Stand by me …«, stimmte Polly den bekannten Song an.

»Du bist lustig.«

»Ich kann nicht hierbleiben, ich schmelze in der Hitze.

Moment Mal – das wäre gar nicht so schlecht. Schmilzt Fett?«, fragte sie und griff sich beherzt in den Hüftspeck. »Aber ich kann nicht bleiben. Ich glaube auch nicht, dass ich das Miguel noch länger zumuten kann. Er will dich wieder für sich haben. Ich kann Lust und Liebe nicht länger im Weg sein.« Kaitlin errötete. »Nein, ich muss zurück und mich dem Leben stellen«

»Was soll das heißen?«

Polly straffte die Schultern und stellte ihr Weinglas auf den Tisch.

»Ich hätte es dir schon längst sagen sollen, aber ich habe mich zu sehr geschämt. Ich stecke in Schwierigkeiten.«

»Bist du schwanger?«

Polly lachte. »Schwanger? Auf keinen Fall. Außer es handelt sich um eine unbefleckte Empfängnis.«

Sie biss sich wieder auf die Lippe. Das würde nicht einfach werden. Kaitlin beobachtete, wie ihre Freundin befangen hin- und herrutschte, und beschloss, sie zu erlösen.

»Dignity hat mich vor zwei Wochen angerufen. Normalerweise mailt sie einmal im Monat oder so, aber sie macht sich Sorgen um dich. Seit ich aus England weggezogen bin, hat sie dich für mich im Auge behalten. Sie sagte, du wärst abwesend und dass sie dich in deinem Behandlungsraum weinen gehört hat.«

»Dignity hat sich Sorgen gemacht?«

»Natürlich. Sie mag dich sehr, und ihr teilt euch die Praxisräume über dem Friseursalon jetzt schon eine ganze Weile. Ich weiß, dass sie ein wenig durchgeknallt wirkt mit ihren langen Schals, den Hippieröcken und dem ganzen Tofu … Aber wenn einen die eigene Mutter nach einem Song von Deacon Blue nennt, wird man wahrscheinlich ein wenig komisch.«

»Ja«, stimmte Polly mit einem leichten Lächeln zu. »Schon

lustig, sein Kind nach einem Lied über ein Schiff zu benennen. Ich dachte immer, bei ihrer Mutter sei eine Schraube locker.«

Kaitlin lächelte. »Arme Dignity. Sie hatte die Idee, dass ich dich zu mir auf die Insel hole. Ihre Hoffnung war, dass du mir dann erzählst, was los ist. Deshalb habe ich dich gebeten, mir zu helfen. Dabei war ich aber nicht ganz ehrlich. Ich habe mir den Knöchel verletzt und hätte nicht arbeiten können, aber ich wäre schon zurechtgekommen. Miguel hätte sich um mich gekümmert. Dignity hat mich am Tag nach dem Unfall angerufen, also habe ich ihn als Vorwand genommen, um dich hierherzulotsen. Ich dachte, eine Auszeit würde dich von deinen Sorgen ablenken. Wir sind beide davon ausgegangen, dass du Liebeskummer hast.«

»Ihr beide habt das ausgeheckt? Deswegen wollte Dignity also unbedingt, dass ich fahre.«

»Möchtest du jetzt darüber reden? Es geht wohl nicht um Mike, oder? Wie ernst ist es?«

»Auf einer Skala von eins bis zehn ist es eine Zehn«, sagte Polly und starrte auf ihre Hände. »Ich werde verklagt«, brach es schließlich aus ihr heraus. »Auf Tausende Pfund, die ich nicht habe. Ich werde alles verlieren – meine Praxis, meine Kunden und vor allem meinen Ruf.«

Kaitlin lehnte sich mit finsterem Blick vor. »Wer tut dir das an?«

»Gabi Dawson.«

»Gabi, die eine Affäre mit deinem Ex-Mann Callum hatte und ihn dann geheiratet hat? Gabi Großmaul?«

»Genau die.«

»Warum? Und wieso um Himmels willen hast du überhaupt mit ihr zu tun? Sie ist ein durchtriebenes kleines Miststück. Das war sie schon in der Schule.«

Beide wussten, warum Kaitlin Gabi so verabscheute, auch wenn der Grund dafür schon fünfzehn Jahre zurücklag.

*Im vollgestellten Wohnzimmer dröhnt Robbie Williams aus den Lautsprechern. Kaitlin trägt einen engen Minirock, der ihre langen, schlanken Beine betont, und ein knappes Trägertop, unter dem sich ihre Brüste über der schmalen Taille abzeichnen. Theatralisch zieht sie an ihrer zweiten Zigarette. Dieses Mal hustet und würgt sie nicht.*

*»Sehe ich provozierend aus?«, fragt sie Polly und wedelt beiläufig mit ihrer Zigarette.*

*»Weißt du sicher, dass Tommy raucht? Wenn nicht, wird er es eklig finden«, antwortet Polly mit verschränkten Armen und gerümpfter Nase.*

*»Natürlich raucht er. Hast du es noch nie gerochen, wenn er nach der Pause zurück ins Klassenzimmer kommt?«*

*»So nahe war ich ihm noch nie. Er wird ja immer von seinem weiblichen Fanclub belagert.«*

*»Nach heute Abend wird er nur noch mich sehen«, sagt Kaitlin, frischt ihr Lipgloss auf und wirft ihrem Spiegelbild einen Kuss zu.*

*Polly zupft an ihrem Oberteil. »Viel zu eng.«*

*»Aber so kommen deine tollen Titten zur Geltung. Ich wünschte, ich hätte auch so viel Oberweite. Ich musste meiner Mum die Hühnerbrüste stehlen und den BH damit auspolstern.«*

*»Hühnerbrüste?«*

*Kaitlin holt ein rosa Gelkissen aus ihrem BH und zeigt es Polly, bevor sie es zurückstopft.*

*»Igitt!«, ruft Polly.*

*»Solange ich Tommys Aufmerksamkeit auf mich ziehe, ist es mir egal, was da drinsteckt. Er darf sie nur nicht bemerken, das findet er sicher eklig.«*

*»Wahrscheinlich will er schon ein bisschen fummeln.«*

*»Heute geht es nur darum, ihn auf mich aufmerksam zu machen«, erwidert Kaitlin selbstbewusst, »aber noch nicht mehr. Ich werde die Coole spielen. In einer Zeitschrift habe ich gelesen, dass Jungs das mögen. Ich will ihn dazu bringen, dass er richtig mit mir ausgehen will. Ich werde mich ihm nicht wie die anderen Mädchen an den Hals werfen – wie diese Gabi Dawson! Sie vögelt ihn bei den Physikräumen, die Schlampe, und wundert sich dann, dass er sie danach links liegen lässt. Nicht, dass sie das irgendwie beeindrucken würde. Seitdem ist sie total eingebildet.« Kaitlin zieht wieder an der Zigarette und muss husten und würgen.*

*»So wirst du ihm ganz bestimmt auffallen. Lass das mit den Zigaretten, es ist eklig. Und bist du dir sicher, dass deine Eltern nichts von dieser Party wissen?«, fragt Polly, als Kaitlin die Zigarette ausdrückt.*

*»Sie sind schon längst auf dem Weg zu Onkel Ronnie und glauben, dass wir beide es uns mit Süßkram und einer Schnulze vor dem Fernseher gemütlich machen«, erwidert Kaitlin und überprüft ihren dick aufgetragenen Eyeliner. »Du hast deinen Leuten doch nichts gesagt, oder?«, fragt sie und dreht sich panisch um.*

*»Natürlich nicht!« Polly zieht erschrocken die Augenbrauen hoch. »Du kennst doch meinen Dad. Er sperrt mich in mein Zimmer ein, wenn er von der Party erfährt. Er lebt echt noch im Mittelalter. Ich soll wie meine Mum daheimbleiben und stricken. Manchmal macht er mich wirklich wahnsinnig. Er hat keine Ahnung, was es heißt, jung zu sein. Ich wünschte, er könnte sich mal locker machen.«*

*Kaitlin gibt ihr eine Flasche Cider. »Trink aus und vergiss die Alten. Das ist unser Abend, und wir haben noch den ganzen Sommer, auf den wir uns freuen können. Sie können uns nicht rund um die Uhr bewachen. Sandy bringt Wein mit«, sagt Kaitlin mit funkelnden Augen. George Marriott, besser bekannt als Sandy wegen seiner sandfarbenen Haare und Augenbrauen, ist der Jüngste in ihrem Jahrgang. Ein schmaler Junge, der normalerweise nicht besonders beliebt wäre, wenn seine Eltern nicht einen Laden besitzen würden, aus dem er riesige Mengen von Sherbet Pips, Colaflaschen, Ananasgelee und vieler anderer Süßigkeiten organisiert. Er schmuggelt auch mal ein Päckchen Zigaretten für die älteren Jungs mit, die immer hinter den Naturwissenschaftsräumen herumhängen. Das allein schon macht ihn Polly unsympathisch, und sie hat bisher nie etwas von ihm angenommen.*

*Kaitlin redet immer noch. »Tommy kommt, und Jack auch. Sie gehen überall gemeinsam hin. Ich glaube, Jack steht auf dich.«*

*Polly zuckt mit den Schultern. Jack interessiert sie nicht, ebenso wenig wie die anderen Jungs in der Klasse. Sie sind ihr zu kindisch.*

*»Welchen Mädchen hast du Bescheid gesagt? Gabi?«*

*»Ganz bestimmt nicht! Sie hängt immer an Tommy dran, und ich will nicht, dass er abgelenkt wird. Ich habe auch ihre beste Freundin Katie nicht eingeladen. Oder Slug, der ist ein Wichser.«*

*Das findet Polly auch. Slug ist wirklich abstoßend. Er führt sich immer auf wie ein Kind und macht so blöde Sachen wie hinten im Schulbus zu furzen.*

*»Maddy, Saul, Darren und Kathleen können nicht kommen. Ich glaube, Trudi bringt ihren Freund mit, auch wenn er außer ihr keinen von uns kennt.«*

*Polly ist unbehaglich zumute. Gabi Dawson wird das nicht so einfach hinnehmen. Bestimmt taucht sie auf und verdirbt Kaitlin den Abend. Ihre Freundin plant diese Party schon seit Ewig-*

*keiten und hat sogar ihr Taschengeld gespart, um Wodka und Cider kaufen zu können. Polly hofft, dass alles nach Plan läuft. Kaitlin ist schon seit Monaten verrückt nach Tommy Ranger, und das könnte ihre letzte Gelegenheit sein, ihn auf sich aufmerksam zu machen.*

*Ein paar Cider später ist Kaitlin nicht mehr aufgeregt. Sie liegt halb auf der Couch und fragt zum hundertsten Mal: »Wo sind sie denn alle? Sie wissen doch, wo ich wohne.«*

*»Ich rufe mal Jessie an«, schlägt Polly vor. Jessie ist das beliebteste Mädchen in der Klasse und mit fast allen befreundet. Sie und Polly haben mal eine Gruppenarbeit zusammen gemacht und sich gut verstanden. Polly wählt Jessies Nummer. Es klingelt eine Weile, bevor sich eine zögerliche Stimme meldet.*

*»Hallo, Jessie, Polly hier. Wo bist du denn? Und die anderen? Wir warten auf euch.«*

*Im Hintergrund hört Polly Lachen und Musik.*

*Schließlich antwortet Jessie: »Tut mir leid. Ich habe vergessen, dass die Party heute ist. Gabis Dad hat Tickets für die Foo Fighters bekommen, und das konnten wir uns nicht entgehen lassen. Das Konzert ist ja eigentlich ausverkauft. Wir holen uns nur noch was zu essen.«*

*»Wer ist wir?«*

*»Ich, Gabi, Tommy und Jack. Ich hoffe, es macht dir nichts aus, aber hey, es sind die Foo Fighters. Viel Spaß euch! Wir müssen los.« Die Verbindung bricht ab.*

*Polly scrollt durch Kaitlins Kontakte und wählt Sandys Nummer. Er wird doch wohl bestimmt kommen, nachdem er die ganze Woche nur von der Feier geredet hat.*

*»Sandy, hier spricht Polly. Hast du Kaitlins Party heute Abend vergessen?«*

*»Nein, ich habe mich doch darauf gefreut. Ich habe sogar ein bisschen Alk aus dem Lagerraum geschmuggelt. Gabi hat angeru-*

*fen, als ich gerade gehen wollte, und gesagt, dass Kaitlins Eltern früher nach Hause gekommen sind und die Party abgeblasen ist. Ich bin mit ein paar von den anderen in der Bowlinghalle in Derby. Im Moment führe ich. Später wollen wir noch Indisch essen gehen. Blöd, dass wir so weit weg sind. Du hättest mitfahren können.«*

*Polly beendet das Gespräch. Kaitlins Lippen zittern. »Gabi war das, nicht wahr? Sie hat alles kaputtgemacht.«*

*Polly nimmt ihre schluchzende Freundin in den Arm. Da klopft es laut an der Tür. »Sag ihnen, sie sollen wieder gehen«, bittet Kaitlin und rennt weinend in ihr Zimmer.*

*Polly öffnet die Tür. Lässig steht er da, als wäre er eher zufällig hier. Er ist groß und breitschultrig, trägt Jeans und ein weißes Hemd, das seine gebräunte Haut betont. Sein Haar ist tiefschwarz, kurz und mit Gel in Form gebracht. Er mustert sie aus haselnussbraunen Augen mit mandelfarbenen Flecken wohlwollend von oben bis unten, und sein Blick bleibt auf ihren Brüsten hängen. Ein Lächeln spielt um seine vollen Lippen.*

*»Bin ich hier richtig?«, fragt er. Polly zögert, will etwas erwidern, doch dieser Mann Anfang zwanzig hat ihr die Sprache verschlagen. Sie ist gleichzeitig nervös und aufgeregt.*

*»Offensichtlich bin ich im Himmel«, fährt er lachend fort. Wenn er grinst, hat er hinreißende Grübchen in den Wangen. »Ich habe gehört, heute Abend läuft hier eine Party mit ein paar heißen Mädchen. Also bin ich wohl absolut richtig.« Wieder mustert er Polly von oben bis unten, und ihre Knie werden weich. Er schwenkt eine große Flasche Wodka. »Ich bin Callum«, sagt er, »und wir zwei werden miteinander ausgehen.«*

»Ich weiß«, sagte Polly. »Ich hätte Gabi gar nicht erst hereinlassen sollen, aber sie hat mir leidgetan. Sie hat geweint, und ich bin die einzige Sporttherapeutin in der Stadt. Eines

Abends ist sie plötzlich in meiner Praxis aufgetaucht, als ich gerade gehen wollte.« Polly holte tief Luft. »Ich war mit Mike verabredet und hatte es eilig, und ich hätte sie sorgfältiger untersuchen sollen, bevor ich sie behandelt habe. Gabi hat gesagt, sie hätte Schulterprobleme. Und sie hatte offensichtlich Schwierigkeiten, den Arm zu heben, also habe ich sie auf Verletzungen untersucht und herausgefunden, dass sie einen Rotatorenmanschettenriss hat. Ich habe sie massiert und den Arm in verschiedene Positionen gebracht, um dadurch die Schmerzen zu lindern. Sie wusste nicht, wo sie sich verletzt hat, wahrscheinlich hat sie sich im Schlaf verlegen. Ich habe ihren Nacken und die Schultern behandelt und ihr geraten, zum Arzt zu gehen, wenn es schlimmer wird. Danach wirkte sie viel entspannter und lebendiger und hat sich sogar bedankt.« Polly warf Kaitlin einen Blick zu und zuckte mit den Schultern.

»Ich war so dämlich zu glauben, dass sie das Kriegsbeil begraben will. Immerhin ist es schon vier Jahre her. Und irgendwie hatte ich ja erwartet, dass meine Ehe scheitern würde. Ich war viel zu jung, als ich mit Callum durchgebrannt bin. Dass wir es überhaupt so lange geschafft hatten, war ein Wunder. Wir hätten nicht heiraten sollen. Vorher war es besser. Das verflixte siebte Jahr hat uns erwischt – oder ihn, besser gesagt. Aber ich bin darüber weg, und das schon eine ganze Weile«, fuhr sie fort, während sie sich an den Tag erinnerte, an dem ihre Ehe endgültig zerbrach …

*Die Kirchturmuhr schlägt vier Mal, als sie am Friedhof vorbeigeht, den Schal fest um den Hals gewickelt und den Kopf gegen die Kälte gesenkt. Sie hat Halsschmerzen. Lorraine, ihre Kollegin an der Rezeption, hat sie angesteckt. Die ganze Woche schon hat ihre Kollegin qualvoll gehustet, wollte sich aber auf keinen Fall krankmelden. Mit drei Kindern und nur noch vier Wochen bis Weihnachten braucht sie das Geld. Polly ist auch auf das Gehalt angewiesen, wenn auch nicht wegen Kindern oder Weihnachten. Sie muss die Miete bezahlen. Callum hat noch keinen neuen Job gefunden. Nicht, dass er sich bemühen würde. Er holt sein Arbeitslosengeld und schwirrt dann gleich ins Pub ab.*

*Zuletzt hat er einen Job im Kaufhaus gehabt, wo er seinem Vorgesetzten sagte, er solle »sich ins Knie ficken«, und dann kündigte. Polly wollte ihn fragen, ob das so klug gewesen war, doch sie spürte die in ihm brodelnde Wut, als er über den »verdammten Diktator« schimpfte, der ihm empfohlen hatte, härter zu arbeiten. Also schwieg sie. Callum war zurzeit unberechenbar. Es lohnt sich nicht, seine Entscheidungen infrage zu stellen.*

*Um etwas dazuzuverdienen, arbeitet sie abends noch im Pub. Anzüglich grinsende Männer und schmutzige Witze. Sie hat keine Wahl. Tagsüber nimmt sie in der Praxis kranke Patienten auf oder solche, die sich für krank halten.*

*Sie fühlt sich schrecklich heute. Ihr Kopf hämmert, die Augen tränen. Kein Wunder, dass Dr. Truman sie heimgeschickt hat. Wahrscheinlich wollte er nicht, dass noch eine Angestellte die Patienten vollhustet. Die sind schließlich schon krank genug.*

*Polly geht nach Hause. Auch wenn es kein richtiges Zuhause ist, sondern nur eine Mietwohnung in einem großen Wohnblock. Im Moment können sie sich nichts Besseres leisten, deshalb muss Polly die Graffiti an den Wänden in Kauf nehmen, die nach Urin stinkenden Treppenhäuser und die Jugendgangs, die in dunklen Ecken herumhängen. So hat sie sich ihr Leben ganz bestimmt nicht vorgestellt. Kaitlin hat ihr schon hundertmal gesagt, dass sie ausziehen soll. Kaitlin verdient aber auch das Zehnfache von ihrem Gehalt. Sie hat ihr Hilfe angeboten, aber Polly kann ihr Geld nicht nehmen – sie hat ihren Stolz. Sie braucht nur Kaitlins Freundschaft.*

*An der Wohnungstür sucht sie den Schlüssel und schließt auf. Es ist still, Callum ist nicht zu Hause. Sie ist erleichtert, dass er nicht wie sonst auf dem Sofa lümmelt. Er kann ziemlich gemein werden, wenn er schon ein paar Bier intus hat. Sie zieht ihren Mantel aus und geht zum Schlafzimmer. Nach einem Nickerchen wird es ihr besser gehen.*

*Sie weiß es schon, bevor sie den Türknauf dreht. Sie spürt es. Dann läuft alles wie in Zeitlupe ab. Sie öffnet die Schlafzimmertür, und ihr schlägt der Geruch nach Schweiß, Alkohol und Sex entgegen. Callum steht am Bett, das Gesicht rot vor Anstrengung, und dringt von hinten in die Frau ein. Seine Augen sind geschlossen, das Haar schweißfeucht. Vor ihm auf dem Bett, den breiten, weißen Hintern in die Luft gereckt, kniet Gabi Dawson.*

»Was mich betrifft, hat sie mir einen Gefallen getan, dass sie ihn sich unter den Nagel gerissen hat. Er war und ist ein absoluter Loser. Er ist übrigens von seinem letzten Job als Auslieferer gefeuert worden und arbeitet jetzt Schicht in dem großen Lager am Stadtrand. Mit Callum geht es immer nur abwärts.« Polly sah in den Himmel, die Sterne zwinkerten ihr zu. Sie wünschte, sie könnte sich zu ihnen gesellen.

»Vor zwei Wochen habe ich einen Brief von einem Anwalt bekommen, in dem steht, dass Gabi mich verklagen will. Sie behauptet, dass meine Behandlung ihre Nervenenden beschädigt hätte und sie jetzt operiert werden muss. Sie behauptet auch, dass ich während der Massage bewusst eine Nackenverletzung bei ihr herbeigeführt hätte, als Rache für ihre Affäre mit meinem Mann. Wegen der Schmerzen ist sie gerade krankgeschrieben, und sie will mich verklagen wegen Körperverletzung, der Kosten für die Operation bei einem privat niedergelassenen Arzt und wegen des seelischen Schadens. Ich kann Einspruch erheben oder mich auf einen außergerichtlichen Vergleich einlassen. Dann will sie aber eine unglaubliche Summe Geld haben.«

»O Polly, was für eine widerliche Kuh! Ich bin sprachlos. Jeder, der dich kennt, weiß doch, dass das nicht sein kann!«

»Du glaubst nicht, wie beeinflussbar die Menschen sind. Man hat Gabi mit einer Halskrause gesehen, und Callum musste ihr helfen. Der ist offensichtlich ganz furchtbar besorgt um sie und lässt sich von allen bedauern, mit denen er spricht. Man sagt mittlerweile, dass ich nur auf diese Gelegenheit gewartet und jetzt ihr Leben ruiniert habe. Entweder ist sie eine großartige Schauspielerin, oder sie hat wirklich schreckliche Schmerzen. Sie sieht furchtbar aus – bleich und abgezehrt. Ich gehe immer wieder im Kopf den Abend durch und frage mich, ob ich sie zu grob angefasst habe. Ich war nicht bei der Sache, habe an das Treffen mit Mike gedacht – wir wollten endlich mal wieder ausgehen –, und ich habe starke Finger. Wenn es sein muss, kann ich sehr fest zudrücken.«

»Schwachsinn. Du bist viel zu professionell, um jemanden zu verletzen. Wir wissen beide, wie hart du für deinen Abschluss gearbeitet hast, und du hast schon Hunderten von Patienten geholfen. Nein, sie will dir irgendwas heimzahlen oder dich betrügen. Ich glaube nicht, dass sie die Verletzungen von dir hat.«

»Sie sieht wirklich nicht gut aus, Kaitlin. Vielleicht habe ich sie zu oberflächlich untersucht und etwas Wichtiges übersehen.«

»Hast du denn schon mit einem Anwalt geredet?«

Polly sah wieder zum Himmel. Tränen traten ihr in die Augen; sie blinzelte sie weg. »Ich habe noch nichts unternommen. Ich bin ein solcher Feigling. Irgendwie hoffe ich, dass es sich von selbst erledigt. Ich habe den Brief in die Schublade gelegt und ignoriert.«

»Polly! Du musst dich den Vorwürfen stellen und beweisen, dass du unschuldig bist. Und mach dir keine Sorgen, dass du im Gefängnis landen könntest. Es wäre eine Zivilklage und käme nicht vor Gericht. Nimm dir einen Anwalt, das ist doch von deiner Berufshaftpflicht gedeckt. Die bezahlt im schlimmsten Fall.«

Polly wandte den Blick ab. Eine Träne rann über ihre Wange und fiel auf ihre Hand.

»Polly, bitte sag, dass du versichert bist«, flüsterte Kaitlin.

Kaum hörbar antwortete Polly: »Nein. Ich habe die Beiträge nicht bezahlt. Ich war eine Woche nicht versichert – und in der war Gabi bei mir.«

Kaitlin riss überrascht die Augen auf. »O nein!«

»Ich wollte sie rechtzeitig verlängern«, fuhr Polly fort und fühlte sich auf einmal unangenehm nüchtern. »Sieh mich nicht so an. Es war ein Versehen. Ich hatte anderes im Kopf – Mike zum Beispiel –, und ich hätte die Beiträge wieder gezahlt. Ich brauchte nur …« Sie unterbrach sich, stand auf und ging zu dem offenen Fenster. Plötzlich zog ein heller Stern über den Himmel und tauchte in die Schwärze. Polly atmete die warme Luft ein, die nach dem Menthol-Limetten-Aroma des Bergthymians roch, einem holzigen, ganzjährigen Kraut, das auf den Hängen neben dem Apartmentblock wuchs. Sie zwang sich zu einem Lächeln, wandte sich zu Kaitlin und sagte fröhlich: »Egal, ich will jetzt nicht mehr darüber sprechen. So sollten wir unseren letzten gemeinsamen Abend nicht verbringen. Lass uns lieber feiern gehen.« Kaitlin wollte protestieren, doch Polly hob die Hand. »Kaitlin, du kennst mich. Ich komme immer wieder auf die Beine. Morgen kümmere ich mich um alles. Ich konnte jetzt zwei

Wochen über alles nachdenken, und ich werde eine Lösung finden.«

»Wie kann Gabi es nur wagen? Hast du sie oder Callum kontaktiert und um ein Gespräch gebeten?«, fragte Kaitlin und ging nicht auf den Themenwechsel ein. Polly stöhnte. Wenn Kaitlin sich an etwas festgebissen hatte, ließ sie sich kaum davon abbringen.

»Ich habe ihn auf seinem Handy angerufen, aber er ist nicht rangegangen. Wir reden schon eine ganze Weile nicht mehr miteinander. Gleich nach meiner Rückkehr suche ich mir einen Anwalt. Ich muss nur noch einen finden, der das Ganze pro bono übernimmt oder wie das heißt.«

Kaitlin nahm die Hand ihrer Freundin. »Es tut mir so leid, Süße. Ich hatte keine Ahnung, dass die Lage so ernst ist. Du hättest es mir sagen sollen. Ich wäre für dich da gewesen. Ich bin dir keine gute Freundin.«

»Natürlich bist du das. Du hast mich sogar hier wohnen lassen und mich kein einziges Mal bedrängt. Außerdem darf ich nicht immer mit meinen Problemen zu dir kommen. Ich bin eine erwachsene Frau. Du hast dein eigenes Leben. Du bist immer noch eine tolle Freundin, und daran ändert die Entfernung gar nichts. Dignity war auch sehr nett. Mit ihr kann man sich aber nicht betrinken und auf den Tischen tanzen«, fügte Polly mit einem schwachen Lächeln hinzu. »Sie trinkt nur Kräutertee oder Holunderwasser. Ich habe noch nie jemanden kennengelernt, der so auf seine Ernährung achtet. Auf der letzten Party, auf der sie war, haben wahrscheinlich alle gesungen oder ein Instrument gespielt.«

»Vielleicht überrascht sie dich noch. Sie hat mir gesagt, dass sie Musikfestivals mag. Da ist doch normalerweise ordentlich was los, oder? Schreib sie noch nicht ab. Ich habe mich ein paarmal mit ihr unterhalten, wenn ich in der Praxis auf dich gewartet habe. Sie ist nicht so, wie sie auf den ersten Blick wirkt. Stille Wasser sind tief! Allerdings hast du recht damit, dass sie keinen Alkohol trinkt, und den brauchst du jetzt ganz dringend! Los, runter damit!«, sagte Kaitlin und füllte Pollys Glas auf. »Du bist meine beste Freundin, und ich werde nicht zulassen, dass eine dumme Schlampe deinen Ruf zerstört.«

»Dafür ist es wohl leider schon zu spät. Mein Auftragskalender sieht ziemlich leer aus. Ich muss warten, wie es ausgeht, und hoffen, dass ich meine Unschuld beweisen kann.« Polly kamen wieder die Tränen, und sie wischte sie wütend mit dem Handrücken weg. »Das alles ist so ein verfluchtes Chaos. Warum kann nicht jemand mit seinem Zauberstab wedeln und alles in Ordnung bringen? Ich muss mir kurz die Nase putzen. Bin gleich wieder da.«

Kaitlin stand auf und umarmte sie. »Das wird schon. Etwas wird passieren, und dann ist alles wieder gut.« Sie streichelte Polly übers Haar.

»Ich würde das alles gerne so positiv sehen wie du, Kaitlin«, antwortete Polly und drückte die Hand ihrer Freundin. »Aber wer weiß? Vielleicht passiert wirklich noch ein Wunder. Aber jetzt genug von meinem Elend. Das ist unser letzter gemeinsamer Abend, und wir müssen mich doch angemessen verabschieden. Ich bringe gleich die zweite Flasche Wein mit. Ich habe das dringende Bedürfnis, mich hemmungslos zu betrinken.«

# Simon

## 6

»Guten Morgen, Simon!«, rief Patrick fröhlich, als er seinen Mantel über die Stuhllehne hängte und gleich darauf einen Stapel Papiere durchsah. Simon hob grüßend die Hand, bemerkte das Designerlabel, das aus dem Mantelkragen herauslugte, und schlussfolgerte, dass das Kleidungsstück sehr viel mehr gekostet hatte als Georginas Klassenfahrt nach China.

Sein teuer gekleideter Kollege war ein knallharter Verkäufer. Bevor er im Autohaus angefangen hatte, hatte er Teilzeitnutzungsrechte für Ferienwohnungen auf Malta verkauft. Das hatte ihm zwar keinen Spaß gemacht, war aber eine gute Schule gewesen. Simon hatte ihn »den Hai« getauft, denn sobald ein Kunde den Showroom betrat, erschien Patrick lautlos wie aus dem Nichts und kreiste ihn mit blitzend weißend Zähnen ein. Er war die personifizierte Coolness und konnte mit seinem Zwinkern jedes Frauenherz erweichen. Es war schwer, Patrick mit seinen kornblumenblauen Augen und dem verführerischen irischen Akzent und Charme zu widerstehen, selbst wenn er sich auf einen Kunden stürzte, bevor einer der anderen Verkäufer reagieren konnte. Patrick und seine Frau erwarteten ihr erstes Kind, deshalb war er auf so viele Boni und Extraverkäufe aus wie möglich.

»Na komm schon. Wo bleibt dein üblicher Witz am Morgen? Alles in Ordnung?«, fragte Patrick. Er holte eine Büchse Schuhcreme aus einer Schublade.

»Nur ein wenig müde. Teenager, du weißt schon«, erklärte Simon.

Patrick lachte. »Das kommt alles auch noch auf mich zu. Zuerst die schmutzigen Windeln und die schlaflosen Nächte und später, wenn sie älter sind, noch mehr Sorgen und schlaflose Nächte.« Er stellte einen Fuß auf den Tisch und verteilte Schuhcreme auf seinem schwarzen teuren Herrenschuh und polierte ihn dann. Patrick wollte immer einen guten Eindruck machen.

»Einen Witz weiß ich«, sagte Simon und tippte mit einem Stift gegen die Zähne.

»Dann los!«

»Ein reicher junger Banker hält vor seiner Bank, öffnet die Tür seines superschicken Porsches, als plötzlich ein Auto an ihm vorbeirast und die Tür abreißt. Zum Glück ist die Polizei in der Nähe und kommt sofort dazu. Am Unfallort treffen sie auf den Mann, der sich lautstark über den Schaden an seinem wertvollen Wagen beschwert. ›Sehen Sie nur, was dieser Idiot mit meinem brandneuen Porsche angestellt hat!‹, kreischt er, sobald die Polizisten aus ihrem Auto steigen. ›Ihr Banker macht mich krank‹, erwidert der eine Polizist. ›Wie kann man nur so materialistisch sein? Sie beschweren sich hier wegen Ihres Porsches und merken dabei gar nicht, dass Ihr linker Arm auch abgerissen wurde.‹ ›O mein Gott!‹, antwortet der Banker und sieht endlich die Wunde an seiner linken Schulter. ›Wo ist meine verdammte Rolex?‹«

»Haha!«, sagte Patrick. »Wo wir schon von reichen Typen sprechen, ich habe gehört, Tony Hedge hat sich ein neues Spielzeug gekauft.«

»Ja, ich habe den Lärm über uns gestern Abend und heute früh gehört. Er fliegt jetzt in die Arbeit.«

»Das dachte ich mir. Die Maschine stand auf einem Hubschrauberlandeplatz direkt vor seiner Firma, als ich heute Morgen vorbeigefahren bin. Das leuchtende Orange lässt sich auch kaum übersehen, und das Firmenlogo auf der Seite erst recht nicht. Dezent, nicht wahr?«

»Du kennst doch Tony. ›Dezent‹ kann er nicht. Zumindest nicht, seit er mehr Geld verdient als alle Verkäufe aller Angestellten im Ernest-Deal-Imperium zusammengenommen.«

»Wusstest du, dass er zwei Rasenmähroboter für seinen Garten gekauft hat?«, fragte Patrick.

»Erzähl mehr.«

»Sie sehen aus wie große Modellautos. Über Nacht schließen sie sich selbst an eine Ladestation an, und zu einer festgelegten Zeit fahren sie dann wieder durch den Garten und halten den Rasen kurz, sodass Tony abends nur noch einen Gin Tonic in die Hand nehmen muss. Und weil er mit seinen kleinen Rennautos noch nicht zufrieden war, hat er sich die Erlaubnis eines Formel-1-Teams geholt, sie in den entsprechenden Farben lackieren zu lassen, um damit seine Gäste zu unterhalten. Jim Davies hat ihn letzte Woche besucht. Er hat mir erzählt, er und Tony hätten sie im Garten herumrasen lassen. Seines hätte er beinahe in den Teich gesteuert.«

»Nein! Tony ist wirklich unglaublich. Himmel, ich erinnere mich, als er nebenan gewohnt hat und noch völlig normal war. Jedes Wochenende hat er wie wir anderen den Rasenmäher durch den Garten geschoben, auch wenn er lieber am Zaun gestanden und mit mir gequatscht hat. Er hat Rasenmähen immer gehasst. Kein Wunder, dass er dafür jetzt Roboter hat.«

»Wahrscheinlich hat er so ähnliche Maschinen auch für den Haushalt. Ich kann mir nicht vorstellen, dass die bezaubernde Selena sich ihre Nägel beim Abwasch ruiniert.« Patrick grinste. »Er hält sich in ein paar sehr wichtigen Kreisen auf. Hast du von Ascot gehört?«

»Nein.«

»Er hat eine Box in Ascot für seine männlichen Gäste gemietet und lauter Supermodels engagiert. Keine Ahnung, wie er das macht.«

»Wahrscheinlich das Geld«, sagte Simon.

»Er weiß auf jeden Fall, wie man schöne Frauen anzieht. Deshalb hat Selena wahrscheinlich auch den ganzen letzten Monat in der Schweiz mit Anti-Aging-Behandlungen verbracht. Was auch immer sie mit ihr angestellt haben, das war es wert.« Patrick seufzte. »Sie ist gestern in den Showroom gekommen, als du auf einer Probefahrt warst, und ich schwöre, jeder Mann hier hat sie sprachlos angestarrt. Fast hätten sie angefangen zu sabbern. Ich natürlich nicht, ich bin schließlich glücklich verheiratet und werde bald Vater«, fuhr er fort und zwinkerte Simon zu. »Sie ist definitiv ein heißer Feger und Anwärterin für den Titel ›Hintern des Jahres‹. Ryan hat sich den Nacken verrenkt, als er hinter seinem Schreibtisch hervorgestarrt hat. Tony muss der glücklichste Mann der Welt sein. Stell dir vor, abends zu so einer Frau nach Hause zu kommen. Ich würde wahrscheinlich gar nicht mehr arbeiten und den ganzen Tag mit ihr im Bett bleiben. Du doch auch, nicht wahr?«

Simon ignorierte Patricks wissenden Blick.

»Zuerst einmal bin ich verheiratet, Patrick. Außerdem glaube ich nicht, dass Selena an einem alten, verbrauchten Knacker wie mir Interesse hätte. So rapide, wie meine Haare ausfallen, brauche ich bald Poliermittel statt Shampoo. Wir spielen nicht in ihrer Liga – ja, auch du nicht, mein gut aussehender junger Kollege. Ich verstehe, warum Tony seine erste Frau verlassen und sie geheiratet hat. Selena ist die perfekte Vorzeigefrau.«

»Sie passt auf jeden Fall besser zu seinem neuen Geschäftsimage als Thelma. Die Arme. Ich habe gehört, sie ist nach der Scheidung zurück nach Australien gezogen.«

»Das habe ich auch gehört. In den schlechten Zeiten hat sie allerdings zu ihm gehalten. Ob Selena das auch tun würde? Ich habe das leise Gefühl, dass nicht Tonys Aussehen sie angezogen hat. Er ist gut in Form und nicht hässlich, aber die Millionen waren sicher der überzeugendste Grund, bei ihm einzuziehen.«

»Ich hoffe, wir bekommen kein Mädchen. Wenn sie so groß wie ich wird und von ihrer Mum das Aussehen und die blonden Haare erbt, muss ich sie einsperren, bis sie dreißig ist. Vielleicht muss ich mich sogar mit einem Gewehr auf die Veranda setzen und ihre Verehrer abwehren. Ich wette, mit Georgie geht es dir genauso. Wie gefällt es ihr eigentlich in China? Die Glückliche. In ihrem Alter sind wir damals mit der Schule zum Skilaufen nach Österreich gefahren. Da hätte ich mir lieber China angesehen.«

»Sie ist noch nicht zurück. Wir haben nichts von ihr gehört. Nicht einmal eine SMS von der undankbaren kleinen Madame. Ihr wart in Österreich? Wir sind auf einen Tagesausflug nach Frankreich gefahren!«

»Ha! Die Zeiten ändern sich, Kumpel. Reisen bildet, und alle Schulen schicken ihre Kinder heutzutage in die Welt. Daves Sohn ist von seinem College aus in New York, um dort die Gemälde von neuen Künstlern zu sehen … Wahrscheinlich eher Möchtegernkünstler.«

»Das hatten wir damals garantiert nicht.«

»Es ist noch nicht zu spät. Buch eine Reise mit Veronica und schau dir die Welt an.«

Simon verzog das Gesicht. »Es dauert sicher noch eine Weile, bis wir uns einen Urlaub leisten können. Im Moment haben wir viele Ausgaben, Georgies Reise, Veronicas neues Auto, die hohen Raten fürs Haus, Kreditkartenschulden, die Kosten für meine private Augenoperation letztes Jahr. Und jetzt muss ich mich noch um eine neue Küche für Veronicas Mum kümmern. Sie hat sich eine ganz edle von diesem Küchenbauer in Birmingham herausgesucht, Maßeinbau natürlich. Ich wollte eine von IKEA. Leider hat sich Morag geweigert. Sie will etwas ›Schickes‹. Die Frau glaubt wohl, ich habe einen Goldesel!«

»Das hatte ich ganz vergessen. Das ist echt Mist, Kumpel, dass die Versicherung nicht zahlt. Es war schließlich ein Unfall.«

»Das sehen sie leider anders. Man denkt, ich hätte den Brand gezielt verursacht. Das ist das letzte Mal, dass ich etwas Elektrisches anfasse. Ich hatte Morag gesagt, dass ich mich damit nicht auskenne, doch sie wollte auf keinen Fall einen Handwerker holen. Der verdammte Toaster hat gezischt und stand dann plötzlich in Flammen. Wenn sie nur einen Feuerlöscher gehabt hätte, dann hätten wir noch was retten können. Diese verdammten Feuerwehrleute haben mich für den letzten Trottel gehalten. Sie haben zwar nichts gesagt, aber ihre Blicke sprachen Bände. Ich kann nicht glauben, dass sie gedacht haben, ich sei Morags Mann.« Simon schwieg niedergeschlagen. Patrick überprüfte sein Spiegelbild in seinem glänzenden Schuh und legte das Poliertuch in die oberste Schreibtischschublade. Er setzte den Fuß wieder auf den Boden und tätschelte seinem Freund die Schulter.

»Mach dir keine Gedanken. Das wird schon wieder.« Dann fügte er hinzu. »Gleich kommt ein Interessent, der sich den

Mercedes SLS AMG GT ansehen möchte. Wenn ich ihn verkaufe, lade ich dich heute Abend auf ein Glas ein.«

»Du Glückspilz! Ich dachte letzte Woche, ich hätte ihn verkauft. Bis der Finanzierungsplan geplatzt ist.« Simon schwieg einen Moment. »Ich muss mich am Riemen reißen. Der Monat wird auch wieder lausig.«

»Ich schicke die Interessenten zu dir, wenn sie zuerst bei mir aufschlagen.«

»Kumpel, das kannst du nicht machen. Du brauchst das Geld doch auch. Du musst an deine eigene Familie denken.«

»Und du musst deinen Job behalten. Dein letztes Gespräch mit Ihrer Hoheit klang sehr ernst. Du kannst es dir nicht leisten, auf Verkäufe zu verzichten. Komm schon. Kopf hoch und wickele die Kunden ein. Verticke ein paar Autos. Du bist ein guter Verkäufer und nur ein bisschen aus dem Tritt. Ich will nicht zu persönlich werden, aber wir sind Freunde, und du wirkst in letzter Zeit ziemlich bedrückt. Versuch mal, ein wenig fröhlicher und lockerer zu sein und mehr zu lächeln. Du weißt schon, was ich meine. Du machst das doch seit Jahren. Ich muss dir eigentlich keine Tipps für den Verkauf geben. Du warst in letzter Zeit nicht du selbst. Wenn du jemanden zum Reden brauchst …«

»Nein, ist schon in Ordnung. Du hast recht. Veronica hat heute Morgen etwas Ähnliches gesagt. Ich nehme mir das alles zu sehr zu Herzen. Veronica hat sich beschwert, dass ich ein knurriger alter Mann werde. Wahrscheinlich stimmt das auch. Danke für den Rat. Ich schüttele die düstere Stimmung ab und grinse wie ein Dreijähriger, der gerade ein paar Tüten Smarties vernichtet hat. Viel Glück mit dem SLS.«

»Das wird einfach. Einer der Spieler von Aston Villa will etwas Geschmackvolles für seine Freundin. Ihr gefallen die

Flügeltüren, und der Preis von hundertneunzigtausend Pfund stört ihn nicht.« Patrick überprüfte noch einmal sein Spiegelbild und steckte sich ein Pfefferminzkaugummi in den Mund. Draußen war das Röhren eines Ferrari zu hören. »Ah, das könnte er sein. Bis später.«

»Verdammt, hat der ein Glück«, murmelte Simon leise. Er hatte verzweifelt versucht, den SLS zu verkaufen. Wochenlang war er sein Kontaktebuch durchgegangen und hatte versucht, Interessenten zu gewinnen, jedoch vergeblich. Erst am Tag zuvor hatte er endlich jemanden gefunden, der vorsichtiges Interesse an dem Wagen bekundet hatte. Der Mann konnte allerdings erst am Wochenende zu einer Probefahrt kommen, und jetzt schien das zu spät zu sein. Patrick würde den Deal sicher mit dem Fußballer abschließen.

Ryan, zweiundzwanzig und aus Wigan, kam fröhlich zum Verkäufertresen und pfiff eine Melodie, die Simon nicht erkannte.

»Alles in Ordnung, Kumpel?«, fragte er. Simon sträubte sich gegen die Anrede. Er war ganz sicher nicht Ryans »Kumpel«. Hatte hier keiner mehr Respekt? Früher einmal war ein verdienter Verkäufer hochgeschätzt gewesen. Heutzutage nicht mehr. Die Jungspunde behandelten ihn wie ein altes Möbelstück. Und wenig überraschend fühlte er sich auch uralt. Nächsten Monat wurde er fünfzig! Das war ganz schön schnell gegangen. Und was hatte er für diese vielen Jahre auf der Erde vorzuweisen? Ein Haus, das erst in zwanzig Jahren abbezahlt sein würde, eine Frau, die von ihm gelangweilt war, zwei Kinder, die schnellstmöglich von zu Hause wegwollten, ein übergewichtiger Kater und eine schwache Blase. Bald war er ein Greis und reif fürs Pflegeheim. Bevor er den jungen Mann jedoch anfahren konnte, rief er sich zur Ordnung. Patricks Worte klangen noch in ihm nach. Er musste sich zusammenreißen. Er war unleidlich. Ryan war eigentlich ein netter Kerl. Nur sehr jung.

»Ja, alles gut, danke. Bitte entschuldige, Ryan, ich muss meine Telefonliste abarbeiten, sonst sitzt mir wieder jemand im Nacken, du weißt schon.«

»Oh, na klar. Wir müssen die großen Abschlüsse an Land ziehen, bevor Ihre Hoheit uns an den Eiern packt, nicht wahr? Wie ich höre, bringt sie sogar erwachsene Männer zum Betteln. Ich muss jetzt mit der Werkstatt über den Golf GTI reden, den sie für einen meiner Kunden zurechtmachen. Der hat nämlich gerade angerufen, er will den Wagen früher abholen. Die Werkstatt wird begeistert sein. Stewart beschwert sich schon über die viele Arbeit. Wahrscheinlich bekommt er einen Herzinfarkt, wenn ich ihm sage, dass er sich mit dem GTI beeilen muss. Bis später!«

Simon verzog das Gesicht bei der Vorstellung seiner eingequetschten Hoden und rief Ryan nach: »Einen Witz noch! Ein Mann kommt in eine Garage und sagt: ›Ich brauche einen Tankdeckel für meinen KIA.‹ Der Betreiber denkt kurz nach und antwortet: ›Okay, klingt nach einem fairen Tausch.‹«

Ryan lachte. »Danke. Den gebe ich Stewart weiter. Dann fällt ihm die Arbeit vielleicht etwas leichter.«

»Das würde ich nicht. Seine Frau fährt einen KIA und liebt den Wagen.«

»Echt? Okay, dann sage ich nichts.«

»Ha! Ich nehme dich doch nur auf den Arm. Sie hat keinen KIA, sondern fährt einen Vauxhall.«

Ryan grinste und zeigte Simon den ausgestreckten Mittelfinger. Simon lächelte, hob den Telefonhörer ab und wählte eine Nummer. Gott allein wusste, wo Ryan die Zeit zum Autoverkaufen hernahm. Ständig redete er mit jemandem und schaffte es trotzdem, jeden Monat seinen Schnitt zu halten, ganz im Gegensatz zu Simon in der letzten Zeit. Sein Magen verkrampfte sich. Wenn er nicht aufpasste, bekam er vor lauter Sorgen noch ein Magengeschwür. Er hob den Kopf und sah, wie ein Paar einen Jaguar unter die Lupe nahm. Simon ließ den Blick durch den Showroom schweifen, während er aufstand, um das Paar zu begrüßen. Barry war am Telefon, Peter sprach mit einem älteren Mann, und Ryan war verschwunden. Endlich ergab sich eine Verkaufsmöglichkeit. Simon rückte seine Krawatte zurecht und setzte sein überzeugendstes Lächeln auf. Showtime! Als er sich den beiden Kunden näherte, kam Kimberly aus ihrem Büro und stellte sich ihm in den Weg. Ruhig, aber bestimmt sagte sie: »Simon, könnte ich kurz mit Ihnen sprechen? Und machen Sie die Tür hinter sich zu.«

Simon gehorchte und folgte ihr ins Büro. Kimberly bedeutete ihm, sich zu setzen, und überflog durch ihre Brille mit dem massiven Gestell einige Unterlagen, während er unbehaglich in dem Stuhl vor ihrem Schreibtisch hin und her rutschte. Durch die Glaswände konnte jeder im Showroom zu ihnen hineinsehen, deshalb war es egal, ob die Tür geschlossen oder offen blieb. Die meisten Angestellten konnten Körpersprache gut genug lesen, um zu verstehen, was vor sich ging. Simon fing Barrys Blick auf und nickte dem Kollegen kurz zu. Barry wandte sich ab. Die Temperatur im Büro sank um ein paar Grad, und ein stechender Schmerz durchfuhr Simons Bauch. Er verzog das Gesicht und sah zu Kimberly, die immer noch in ihre Unterlagen vertieft war.

Seine Vorgesetzte war eine kleine, schmale Frau, die konservative Kostüme in gedeckten Farben trug und eher einer Bibliothekarin ähnelte als einer Managerin. In ihrem Fall war das Äußere extrem irreführend. Sie hatte einen kometenhaften Aufstieg hingelegt. Angefangen hatte sie als Schuhverkäuferin. Ein Manager von Mercedes-Benz, der seiner Frau ein neues Paar Schuhe kaufen wollte, war so beeindruckt von Kimberlys Fähigkeiten, dass er ihr einen Job bei Mercedes-Benz angeboten hatte, wo sie sich schnell bis ins Management hocharbeitete. Dank eines ausgezeichneten Gehaltspakets und der Lust auf eine neue Herausforderung war sie jetzt bei Ernest-Deal. Das Unternehmen hatte diverse Niederlassungen mit Luxusautos im ganzen Land, und wenn eine Filiale in Schwierigkeiten geriet, schickte man Kimberly, um den Laden wieder auf Vordermann zu bringen. Zuvor war sie als Troubleshooterin bei einer von Ernest-Deals anderen schlecht laufenden Filialen im Süden gewesen. Sie hatte einige alteingesessene Angestellte gegen eifrige junge Leute ausgetauscht, denen sie allerlei Anreize und intensives Training versprochen hatte. Innerhalb von achtzehn Monaten war die Niederlassung die lukrativste im ganzen Land. Tideswell stand im Moment an letzter Stelle und lief Gefahr, geschlossen zu werden, wenn das Team seine Performance nicht verbesserte. Das war jetzt Kimberlys Job. Sie würde mit der sprichwörtlichen Axt hindurchgehen und jeden aussortieren müssen, der für sie nur totes Gewicht war.

Kimberly hustete trocken. Simon wurde ganz schwach zumute.

»Also gut, Simon. Ich werde nicht lange um den heißen Brei herumreden. Ich habe mir die Umsatzzahlen angesehen und bin ehrlich gesagt nicht begeistert«, sagte sie, legte die Finger aneinander und sah Simon in die Augen …

# Polly

7 Im Nachtclub war es drückend heiß, und als Polly aufstand, um zu tanzen, drehte sich alles um sie. Es war ihr egal. Sie würde heute bis zum bitteren Ende feiern.

»Ich glaube, wir sollten langsam gehen, Polly.«

»Einen Drink noch.«

»Nein, wir müssen jetzt los. Du hattest sowieso schon viel zu viel.«

Polly sah zu der Frau, die sich zu ihr beugte, und kniff die Augen zusammen. »Mum?«

»Natürlich bin ich deine Mutter. Wer soll ich denn sonst sein? Mutter Teresa? Jetzt komm schon. Sieh dich nur an.«

Polly sah auf ihr rosa Tutu hinab, das zu den Ballettschuhen an ihren Füßen passte. Sie hatte das Gefühl, dass ihre Mutter sie für sie gemacht hatte.

»Noch einen Tanz, Mum.«

»Nein, Polly.« Leises Kichern ertönte. Hinter ihrer Mutter stand eine Reihe blonder siebenjähriger Mädchen, die alle gleich aussahen und zusammen lachten.

»Warum lachen sie über mich, Mum?«, fragte Polly verwirrt.

»Sie machen nur Spaß, Liebes. Wir holen deine Jacke und gehen.«

Eines der Mädchen zeigte mit dem Finger auf sie. »Fette Fee!«, rief es, und die anderen Mädchen stimmten ein. »Fette Fee, fette Fee!«, spotteten sie. Polly sah auf ihren hübschen rosafarbenen Rock. Er war aufgerissen, und ihre kräftigen Beine, die in weißen Strumpfhosen steckten, sahen wie Baumstämme aus.

»Mum!«, heulte sie.

»Ignorier sie, Polly. Lass das nicht an dich heran. Du bist stark. Worte können dich nicht verletzen. Du bist eine unabhängige junge Frau und viel stärker, als du glaubst.«

Die Mädchen drehten um sie herum Pirouetten, sodass ihr schwindelig wurde. Ihre Mutter drohte, in einer gesichtslosen Menge zu verschwinden.

»Mum!«, rief sie. »Wo bist du? Ich brauche dich!«

»Polly, du bist eine erwachsene Frau. Du brauchst niemanden«, rief eine Stimme.

»Verlass mich nicht«, jammerte Polly.

»Ich muss aber gehen. Auch ich verdiene ein Leben. Ich war zu lange in einer lieblosen Ehe gefangen, Polly. Ich bin wegen dir geblieben, und jetzt muss ich noch etwas erleben, bevor ich zu alt bin. Mach nicht denselben Fehler wie ich. Lass dir von niemandem das Leben verderben. Wähle klug. Finde jemanden, der dich zum Lachen bringt und dich glücklich macht.«

Polly musste mit ansehen, wie ihre Mutter sich langsam auflöste. Die kleinen Mädchen tanzten weiter um sie herum und verhöhnten sie. »Fette Fee!«

Pollys Wangen waren nass von Tränen. Sie fühlte sich schrecklich traurig. Dann erklang aus der Ferne eine weitere Stimme.

»Polly, komm schon. Steh auf.«

Kaitlin stand neben ihrem Bett, ein Glas Orangensaft in

der Hand. »Guten Morgen. Ich dachte, du könntest ein wenig Vitamin C gegen den Kater gebrauchen.«

»Himmel, mein Mund fühlt sich wie ein Fellstiefel an.«

Kaitlin lächelte schwach. »Ich weiß, wie es dir geht. Ich musste mich vorhin übergeben. Miguel ist nicht gerade stolz auf mich.«

Polly versuchte, sich aufzusetzen, doch der Raum drehte sich zu sehr. »Woah! Beim nächsten Mal halten wir uns an Sangria.«

»Sag bloß das Wort nicht«, erwiderte Kaitlin und wurde grün im Gesicht.

Polly nahm den Orangensaft. »Danke, Kaitlin. Und danke, dass du dich letzte Nacht um mich gekümmert hast. Habe ich was angestellt?«

»Du hast dich sehr gut benommen. Immerhin hast du nicht dein Oberteil ausgezogen und allen im Nachtclub deine Brüste gezeigt wie die Mädels vom Junggesellinnenabschied. Die haben es wirklich krachen lassen. Auch wenn nicht ganz klar war, welche von ihnen heiratet, weil sie alle wild mit irgendwelchen Typen geknutscht haben. Für deine Verhältnisse warst du eigentlich ziemlich still. Einmal habe ich dich davon abgehalten, Mike anzurufen. Du wolltest dich bei ihm für die Trennung entschuldigen. Und ich habe dich daran gehindert, Gabi eine Nachricht zu schicken – der Inhalt hat überhaupt keinen Sinn ergeben, sonst hätte ich ja nichts dagegen gehabt. Miguel ist mit der Band nach dem Gig vorbeigekommen und hat noch mit uns angestoßen.«

»Daran kann ich mich undeutlich erinnern.«

»Matías wollte unbedingt neben dir im Van sitzen und dir die Treppen hinaufhelfen.«

»Ja, das weiß ich auch noch. Er hat dicht neben mir gesessen und dauernd meine Hand gehalten.«

»Einmal Pfleger, immer Pfleger. Er hat mir gesagt, ich soll dir viel Wasser zu trinken geben und aufpassen, dass du deine Zunge nicht verschluckst.«

»Danke, dass du dich um mich gekümmert hast. Die Anspannung in den letzten Wochen war wohl einfach zu viel. Ich wollte dir keine Last sein.«

»Hey, dafür hat man doch Freunde. Und du warst keine Last. Allerdings, und ich sage das nicht gern, musst du jetzt zurück nach England. Dein Flug geht um halb eins, und du musst spätestens um halb elf am Flughafen sein. Hopp, hopp!«

»Das hat Mum auch immer gesagt, wenn ich morgens vor der Schule getrödelt habe. Hopp, hopp!«

»Hast du in letzter Zeit mit ihr gesprochen?«

»Nein. Telefone mag man dort nicht, nur Frieden und Natur. Sie schickt mir etwa alle zwei Wochen eine Postkarte und erzählt, was sie so treibt. Sie ist so voller Leben. Das ist mir schon aufgefallen, als sie mich nach Dads Beerdigung besucht hat. Sie war so selbstbewusst, hat jünger ausgesehen und viel, viel glücklicher. Ich weiß, dass sie mich liebt. Ich weiß auch, wie viel sie geopfert hat, weil sie geblieben ist und sich um mich gekümmert hat. Ohne mich hätte sie meinen Vater schon vor Jahren verlassen. Erst kurz bevor sie mit Austin in die Vereinigten Staaten gegangen ist, habe ich erfahren, wie schlecht es ihr wirklich gegangen ist.«

Polly schloss für einen Moment die Augen …

*Goldene Blätter wirbeln um ihre Beine, ein eisiger Wind lässt ihre Augen tränen. Sie hüllt sich fester in den weichen Kaschmirschal – ein Geschenk ihrer Mutter. Er schmiegt sich an ihren Hals und erinnert sie daran, dass sie geliebt wird. Die Straßenlampen verbreiten flackernd ein orangefarbenes Licht, während die Dämmerung einsetzt. Es ist erst halb fünf, aber wegen der dichten Wolkendecke ist es schon den ganzen Tag trüb und düster.*

*Polly öffnet die Tür mit dem Schlüssel, den ihre Mutter ihr beim Auszug gegeben hat. »Falls du mal zurückkommen musst«, hatte sie gesagt. Polly hat aber nicht vor zurückzukehren. Sie hat ein neues Leben mit Callum, und jetzt sind sie verheiratet. Sie sollte den Schlüssel zurückgeben.*

*Zwei Koffer stehen im Flur.*

*»Hallo, Mum. Du hast mir gar nicht gesagt, dass ihr in Urlaub fahrt. Wie hast du Dad überredet freizunehmen?«, ruft sie, während sie aus ihrem Mantel schlüpft und ihn auf den hölzernen Kleiderständer hängt, der schon seit ihrer Kindheit dort steht. Sie atmet den Geruch nach Holzpolitur ein – den Geruch eines Zuhauses, um das sich gekümmert wird. Dann geht sie in die Küche. Ein Blick in das Gesicht ihrer Mutter sagt ihr, was sie schon lange befürchtet hat.*

*Ihre Mutter Alice sitzt am Küchentisch. Ihr rosiges Gesicht ist blass. Ihr sorgfältig frisiertes Haar, das normalerweise zu einer ordentlichen Rolle hochgesteckt ist, hängt lose herunter, was sie Jahre jünger erscheinen lässt. Ihre warmen braunen Augen sind feucht. »Polly«, flüstert sie. »Es tut mir so leid.« Sie steht auf und nimmt ihre Tochter fest in den Arm.*

*»Du gehst«, sagt Polly und macht sich frei.*

*Alice nickt.*

*»Ich will aber nicht, dass du gehst!«, ruft Polly.*

*»Ich muss«, erwidert Alice. Sonst wirkt sie immer so zerbrechlich, doch heute ist da eine Entschlossenheit und Zuversicht, die Polly so nicht von ihr kennt.*

*»Dad?«, fragt sie.*

*»Weiß es. Er ist unterwegs. Er wollte nicht hier sein, wenn Austin mich abholt.«*

*»Austin – dein Yogalehrer? Er ist so jung.« Sie kann es kaum glauben. Dann sagt sie: »Bist du dir sicher?«*

*»Das bin ich. Ich halte es keinen Tag länger mit deinem Vater aus. Er saugt mich aus, entzieht mir alle Energie, Lebenslust und Optimismus. Er tut es nicht mit Absicht. Aber trotzdem. Austin ist das Gegenteil. Er macht mich glücklich. Er ist unkompliziert, lustig und engt meinen Geist nicht ein. Ich weiß nicht, was die Zukunft bringt. Ich weiß nur, dass ich die Gelegenheit ergreifen muss. Du brauchst mich kaum mehr. Du bist erwachsen und führst mit Callum dein eigenes Leben. Ich habe versucht, die Bedürfnisse deines Vaters zu erfüllen, aber die ändern sich dauernd, und ich kann nicht länger dieser Mensch sein.«*

*Polly versteht das. Es war noch nie einfach gewesen, mit ihrem Vater auszukommen – er war schweigsam und ganz in sich zurückgezogen, im nächsten Moment übellaunig und irrational. Polly kann sich nicht erinnern, wann er das letzte Mal gelächelt hat. Sie sieht Hoffnung in den Augen ihrer Mutter. Wie könnte sie ihr das verwehren?*

Polly blinzelte. Die Erinnerung verblasste. »Ich kann es immer noch schwer begreifen«, sagte sie seufzend. »An einem Tag ist sie noch beim Women's Institute und bäckt mit den anderen respektablen Hausfrauen Kuchen für das jährliche Stadtfest, und am nächsten Tag begegnet sie einem amerikanischen Yogalehrer, der halb so alt ist wie sie, verliebt sich, fängt mit Tantra an – daran will ich wirklich nicht denken – und wandert nach Amerika aus, um sich dort einer Kommune anzuschließen und sich selbst zu finden. Sie soll ihre Zeit genießen. Auf ihrer letzten Postkarte war ein Wald abgebildet und ein Zitat, dass man die Reise allein unternehmen muss. Weise Worte. Ich sollte sie beherzigen.«

»Nein. Manchmal braucht man Liebe und Freundschaft,

um weiterzukommen. Triff dich mit Dignity, wenn du daheim bist. Du solltest nicht allein sein. Und mach dir nicht zu viele Sorgen wegen dieses Gabi-Unsinns.«

»Ich komme schon klar.« Polly versuchte stöhnend, aufzustehen. »Aber vielleicht bleibe ich besser hier und sterbe den Katertod.«

»Ich will aber keine Leiche in meinem Gästezimmer. Du musst aufstehen. Außerdem trifft sich Miguel gerade mit der Band, und sie kommen hierher, um zu proben. Anscheinend sind sie gestern so gut angekommen, dass das Hotel sie nächste Woche wieder engagieren will. Sie proben zwei neue Songs – *Eagle* und *Does Your Mother Know*.«

»Großartig! Du findest das sicher super.«

»Ich freue mich für ihn, auch wenn es mir lieber wäre, er würde in einer Tribute-Band für die Foo Fighters spielen und sich als Dave Grohl verkleiden. Dave ist einer der coolsten Frontmänner, die es gibt.«

»Und selbst wenn Miguel sich als Shirley Bassey verkleidet und *Big Spender* singt, wäre mir das egal. Er ist ein toller Typ. Er vergöttert dich. Wenn ich einen Mann wie ihn finden würde, wäre ich auf Wolke sieben. Und wo wir gerade von Wolken sprechen … Ich beeile mich lieber. Das Flugzeug wartet nicht.«

Eine Stunde später saß Polly im Taxi und winkte ihrer Freundin zum Abschied zu. Draußen war es heiß, dennoch überlief Polly ein eisiger Schauer. Die Rückkehr nach Hause bereitete ihr Angst. Sie bemerkte, wie sie der Taxifahrer im Rückspiegel musterte, und lächelte leicht. Er nickte ihr zu, dann wählte er eine Nummer auf seinem Handy und sprach leise hinein. Auch wenn Polly seine Worte nicht verstand, hatte sie das seltsame Gefühl, dass er über sie redete.

# Simon

# 8

Als Simon das Büro verließ, steuerte er direkt auf seinen Schreibtisch zu und mied die Verkäufer, die sich laut lachend um die Kaffeemaschine scharten. Er hörte, wie Barry ihnen von einem armen Teufel namens Nick Kevin Richardson erzählte, der sich sein Wunschkennzeichen aus seinen Initialen zusammenstellen ließ und schließlich »W4NKR« bekam – »Wichser«. Die Jungs waren bester Laune, zogen sich gegenseitig auf und ließen sich neue schmutzige Buchstabenkombinationen für ihre Kollegen einfallen. Simon hatte keine Lust, zu ihnen zu gehen. Sein Gespräch mit Kimberly hatte ihn schwer getroffen.

Er tat so, als sei er beschäftigt, konnte allerdings keinen klaren Gedanken fassen. Er erinnerte sich an den Tag, an dem Tony Hedge einen neuen Ferrari bei ihm gekauft hatte und dafür ein besonderes Nummernschild wollte. Simon hatte ihm bei der Auswahl geholfen. Damals waren personalisierte Nummernschilder der letzte Schrei …

*»Wie wäre es mit AH13?«*

*»Dreizehn. Das bringt Unglück, oder? Das lassen wir lieber, auch wenn ich die Initialen mag, A für Anthony und H für Hedge. Andererseits nennt mich nur meine alte Mum Anthony,*

*also lass das A weg. Das klingt zu angeberisch«, erklärt Tony und lehnt sich mit einer Tasse Kaffee in der Hand in seinem Stuhl zurück.*

*Simon tippt sich mit dem Kugelschreiber gegen die Zähne und scrollt durch weitere Möglichkeiten.*

*»TDH 704?«*

*»Diese Zahl ist nicht wichtig genug. Ich will herausbrüllen, dass Tony Hedge es geschafft hat. Schaut ihn euch an! Er fährt jetzt einen Ferrari!«*

*»928 TH. Schade, dass du keinen Porsche gekauft hast. Das Schild wäre perfekt dafür.«*

*»Vielleicht sollte ich mir auch einen Porsche 928 zulegen«, überlegt Tony.*

*»Warum nicht? Solange du ihn von mir kaufst«, scherzt Simon.*

*Tony lacht entspannt. »Ich werde meine Autos immer bei dir kaufen, solange du mein Geld willst.«*

Simon hatte natürlich sein Geld gewollt, und tatsächlich hatte Tony auch ein paar Autos gekauft: einen Bentley Continental, einen Porsche und einen Maserati. Dann hatte er einen protzigen Rolls-Royce von einem Freund erworben, der den Wagen nicht länger haben wollte, und einen Chauffeur angeheuert, der ihn ab da herumkutschierte. Er verlor die Lust auf Autos. Seine letzte große Anschaffung war der Helikopter gewesen. Simon würde wohl nie mit dem Verkauf von Autos an Tony reich werden.

*»Ich hab's!«, ruft Simon aus. »T9NY.«*

*Tony beugt sich vor. »Das ist gar nicht schlecht«, sagt er.*

*»Oder«, fährt Simon fort und scrollt durch die Liste, »wie wäre es mit 40 TH?«*

*Tony lacht verlegen. »Dafür bin ich zu jung. Ich werde erst in drei Jahren vierzig.«*

*»In ein paar Jahren, wenn du es verkaufen willst, wird es sicher viel wert sein, und außerdem sähe es fantastisch an einem großen Bentley aus«, schlägt Simon vor.*

*»Jetzt kommen wir der Sache schon näher. Ich könnte beide kaufen, das hier für den Bentley, und T9NY für den Ferrari.«*

Simon fragte sich, was wohl mit den Nummernschildern passiert war. Tony hatte sie wahrscheinlich gewinnbringend verkauft. Er war so ein Mensch. Man sagt, Geld zieht Geld an, und Tony war stinkreich und hatte noch andere Luxusgüter, die man mit großem Wohlstand verband …

*»Hallo, Liebling«, sagt Tony. Die umwerfende Frau legt ihre Hände auf seine Schultern und beugt sich zu einem Kuss hinunter. Simon nimmt einen Hauch ihres Parfüms wahr, er kennt die Marke nicht. Veronica riecht immer nach Seife.*

*»Das ist mein alter Kumpel Simon«, sagt Tony und genießt die Wirkung, die die Frau auf seinen Freund hat. Simon zerrt an seiner Krawatte, die ihm die Luft abschnürt. »Wir waren früher Nachbarn, bevor ich ins Manor House gezogen bin.«*

*»Ähm, h-hallo«, stottert Simon und streckt die Hand aus. Die Frau lacht – ein perlendes Geräusch – und erwidert die Geste. Er spürt ihre kühle Haut an seiner verschwitzten Handfläche und zieht seine Hand peinlich berührt zurück. Alles an ihr ist perfekt, von ihren langen glänzenden Haaren über die lebhaften dunklen Augen und die vollen, sinnlichen Lippen bis zu ihrer Modelfigur.*

*»Das ist Selena«, stellt Tony seine Begleiterin vor. »Sie zieht zu mir. Nicht wahr, Schatz?«*

*Sie küsst ihn auf den Kopf. »Aber sicher tue ich das. Jemand muss dich doch im Auge behalten«, sagt sie mit rauchiger Stimme, bei der Simons Knie weich werden. Ihn dürfte Selena auch gern im Auge behalten.*

Der Tag zog sich dahin. Simon verbrachte den Nachmittag mit einem Pärchen, das stundenlang in Autos spähte, eine Million Fragen zu den Spezifikationen stellte, ganz genau wissen wollte, ob der Wagen ein Schiebedach hatte oder ein Rückfahrsystem, und sich dann beschwerte, dass die Farbe »nicht ganz das ist, was wir gesucht haben«. Was waren das nur für Menschen? Als ihnen endlich etwas gefiel, bestanden sie auf einer langen Probefahrt, bevor es endlich an das Finanzierungsgespräch ging. Diverse Tassen Kaffee später, und nachdem er sich die ganze Lebensgeschichte der Kunden angehört hatte, musste er sich die Hacken ablaufen und mit dem Sales Manager einen Preis aushandeln, mit dem die Kunden leben konnten, nur damit diese dann aufstanden, ihm die Hand schüttelten und zum Abschied die Worte sagten, die jeder Verkäufer hasste: »Da haben wir jetzt ganz schön was zum Nachdenken.« Entweder wollte man das verdammte Auto oder nicht. Simon hämmerte auf seine Tastatur ein, um ähnliche Wagen zu suchen, falls das Paar zurückkam und er ihnen dann Alternativen anbieten konnte. Auch wenn er wusste, dass es vergebliche Liebesmüh war. Es war fast sechs, bis er wieder von seinem Computer aufblickte. Er war so in seine Arbeit vertieft gewesen, dass er nicht gehört hatte, wie Patrick zum Schreibtisch zurückgekommen war. Der junge Ire beobachtete ihn besorgt.

»Kommst du mit feiern, Simon?«, fragte er und nahm seinen Mantel. »Man verkauft nicht jeden Tag einen Oberklasse-Mercedes. Meine Frau lässt mich heute Abend weggehen. Die Jungs und ich wollen auf ein paar Gläser in ein neues

Pub in Wroxley. Komm doch mit. Du siehst aus, als könntest du etwas Ablenkung vertragen.«

»Nein, vielen Dank. Ich wäre heute keine gute Gesellschaft. Die Nacht war kurz, und ich habe Kopfschmerzen.«

Patrick zog seinen Mantel an und ging zu ihm.

»Hat sie dir die Hölle heiß gemacht?«, fragte er leise.

Simon lachte. »Aber nein! Wollte nur mit mir über ein paar Zahlen sprechen. Und ich habe einiges im Kopf – Haydon, zum Beispiel. Ich muss noch ein bisschen Papierkram erledigen, dann gehe ich heim und früh ins Bett. Viel Spaß und Glückwunsch zu dem Deal.«

»Komm schon, Simon. Es wird dir guttun. Du warst ewig nicht mehr weg. Ich lade dich ein. Eine kleine Auszeit wäre sicher gut. Wir hatten alle schon lange keinen Spaß mehr. Das Pub in Wroxley soll ein paar richtig feine Biersorten haben.«

»Nein, heute nicht. Ich will euch nicht den Abend verderben.«

Patrick zuckte mit den Schultern. »Na gut, wenn ich dich nicht überreden kann, dann fahre ich jetzt. Wenn du deine Meinung noch änderst, weißt du ja, wo du uns findest.«

Der Showroom leerte sich, bis nur noch Simon und Ken da waren. Ken war dafür verantwortlich, die Wagen abzuholen oder zu liefern. Gerade ging er seine Liste mit Zielen und Aufträgen für den nächsten Tag durch. Er hatte eigentlich immer Überführungskennzeichen unter dem Arm. Wenn er nicht gerade Autos zustellte, war er für die Reinigung und Politur der Wagen im Showroom zuständig, damit sie immer einladend glänzten. Außerdem schloss er abends ab.

»Bleibst du noch lange, Simon?«, fragte er. »Ich muss vor neun einen Kombi nach Birmingham bringen, der Typ wartet darauf.«

»Tut mir leid, Ken, ich bin sofort weg.«

»Alles in Ordnung? Du wirkst ein bisschen neben der Spur«, fragte Ken und ließ sich auf den Stuhl auf der anderen Seite des Schreibtischs fallen.

»Nein, es geht mir gut, wirklich«, antwortete Simon. Fast hätte er dem Kollegen sein Herz ausgeschüttet. Ken war ein paar Jahre älter als er. Früher hatte er für eine Steuerkanzlei gearbeitet, bevor er zu Tideswell gekommen war. Doch das hatte ihn irgendwann zu sehr belastet. Vor lauter Stress hatte er einen Herzinfarkt bekommen, den er nur knapp überlebte. Nachdem er sich nur sehr langsam wieder erholt hatte, kündigte er und fing bei Tideswell an.

»Pass auf dich auf. Ich weiß, wie es ist, wenn man unter Druck steht, und ich sehe, wie ihr Jungs zu zittern anfangt, wenn die Monatsziele nicht erreicht werden. Vergiss nicht, das Leben ist mehr als Arbeit.«

»Du hast recht. Vielleicht trinke ich mit den anderen doch noch einen.«

»Das klingt doch super. Und dann gehst du zu deiner wunderbaren Frau und den Kindern nach Hause. Du bist ein echter Glückspilz. Viele würden ihr Leben sofort gegen deines eintauschen.«

Simon nickte stumm. »Wir sehen uns morgen.« Er schaltete den Computer aus und lief zum Angestelltenparkplatz. *Was für ein schrecklicher Tag!* Im Kopf ging er noch einmal das Gespräch mit Kimberly vom Morgen durch.

*»Es fällt mir nicht leicht, das zu sagen, Simon«, fängt sie an. Simons Herz klopft so laut, dass sie es hören muss. Das Geräusch füllt seine Ohren und verdrängt beinahe Kimberlys Worte. Nur Ausschnitte dringen zu ihm durch »… tut mir leid … Warnung … Performance … Ziele.« Wenn sich doch nur sein Herz-*

*schlag beruhigen würde. Er versucht, sich auf ihre Worte zu konzentrieren, ihre Mundbewegungen, ihre Lippen zu lesen.*

*»Tideswell wird gerade großflächig umstrukturiert«, liest er. Das muss nichts Schlechtes bedeuten. Sein Puls verlangsamt sich genug, um endlich zu verstehen, was ihm gerade mitgeteilt wird.*

*»Wir müssen jeden Angestellten genau analysieren, unabhängig von Alter, Erfahrung oder Dienstjahren. Sie waren immer ein hervorragender Verkäufer, Simon, und ich weiß, dass Ihre Kollegen Sie sehr schätzen, aber hier geht es um Zahlen und Umsatz. Tideswell muss Kosten einsparen, Dinge verändern und schlussendlich auch Mitarbeitern kündigen.«*

*Sie hält inne, als ob sie die Bedeutung dessen, was sie ihm gleich eröffnen wird, unterstreichen will. Starr vor Sorge wartet er, dass sie weiterspricht. »Ich habe die Schwachpunkte bestimmt, und das Verkaufsteam als Ganzes ist unter Plan. Einige Angestellte hinken hinterher, und leider gehören Sie dazu. Ich habe Ihnen schon früher meine Sorge wegen der zu erfüllenden Planziele gemailt, also dürfte dieses Gespräch keine allzu große Überraschung für Sie darstellen.«*

*Simon versucht, sich an eine solche Mail zu erinnern. Schließlich fällt ihm etwas ein, das er nur überflogen hat. Kimberly verschickt so viele E-Mails, dass er nicht alle lesen kann. Er muss schließlich Autos verkaufen.*

*Kimberly redet immer noch. Sie erklärt, wie das Unternehmen verschlankt werden soll. Er denkt, sie meint, die Verkäufer sollen abnehmen, und hat Peter vor Augen, der nicht umsonst »Keks« genannt wird. Plötzlich schaltet sich sein Gehirn ein, und er versteht, dass eine Antwort von ihm erwartet wird.*

*»Wir möchten, dass Sie Ihre Kündigung einreichen, und als Gegenleistung werden Sie von uns ein angemessenes finanzielles Polster bekommen, das Sie zufriedenstellen dürfte. Kim aus der Buchhaltung wird alles mit Ihnen besprechen, wenn Sie so weit*

*sind. Wir stellen Ihnen natürlich ein hervorragendes Zeugnis und Empfehlungsschreiben aus. Sie dürfen das Firmenauto bis Ende des Monats behalten, ebenso Ihre Position. Die Provisionen, die Sie noch erwirtschaften, werden Ihrem Gehalt zugerechnet. Es tut uns wirklich sehr leid, dass Sie gehen, und wir wünschen Ihnen jeden erdenklichen Erfolg für die berufliche Zukunft. Noch Fragen?«*

*Simon schüttelt den Kopf. Fragen hat er viele, aber keine, die Kimberly ihm beantworten kann. Wie soll er seine Raten fürs Haus abzahlen? Wo soll er einen neuen Job finden? Wer wird einen Fünfzigjährigen einstellen, der in seinem Leben noch nicht einmal ein Bewerbungsformular für eine Stelle ausgefüllt hat? Und wie soll er das alles Veronica beibringen?*

*Kimberly lächelt knapp. »Es tut mir wirklich leid«, sagt sie. »Eine Bitte noch. Behalten Sie es erst einmal für sich. Wir müssen leider auch anderen Mitarbeitern kündigen, und ich möchte nicht, dass die Moral darunter leidet. Wenn es sich zu früh herumspricht, werden nur alle nervös, und das wirkt sich auf die Verkäufe aus. Bitte seien Sie diskret. Ich weiß, dass ich Ihnen vertrauen kann.«*

*Er nickt. Er wird nichts sagen. Nicht aus Loyalität der Firma gegenüber oder um keine Panik unter den Kollegen zu verbreiten, sondern weil er niemandem gegenüber eingestehen will, dass er ein Versager ist. Kimberly dankt ihm noch einmal, und er verlässt das Büro. Sein Herz hämmert nicht mehr, es ruht wie ein Felsbrocken in seiner Brust.*

Simon fühlte sich immer noch wie betäubt. Er arbeitete schon sein ganzes Leben für Tideswell. Er kannte nur diesen Betrieb. Wohin sollte er jetzt gehen? Er würde sich bewerben müssen. In seinem Alter. Er wusste nicht einmal, wie man einen Lebenslauf schrieb.

Simon war so in Gedanken versunken, dass er das Motorrad samt Fahrer nicht bemerkte, das gegenüber dem Showroom wartete. Als er vom Parkplatz fuhr, folgte ihm das Motorrad unauffällig.

Es regnete stark – der perfekte Abschluss eines maximal furchtbaren Tages. Die Scheibenwischer arbeiteten mit voller Kraft und kämpften gegen die nicht enden wollenden Wasserströme an. Simon sah kaum die Straße. Ein Van überholte ihn, das aufspritzende Wasser nahm ihm die Sicht. Er fluchte. Ein dumpfes Pochen – der Anfang einer Migräne – machte sich hinter seinen Augen bemerkbar. Er warf einen Blick auf das Armaturenbrett und fluchte erneut. Dieses Mal laut und deutlich. Der Tank war fast leer. Irgendein Idiot – Ryan – hatte sein Auto für eine Probefahrt benutzt und das Benzin nicht nachgefüllt. Es war ja schön und gut, ein Ausstellungsstück zu fahren, doch wenn ein Kunde es ausprobieren wollte, musste man es ihm überlassen. Verdammt! Die nächste Tankstelle war in Wroxley. Dort könnte er tanken. Und vielleicht noch auf ein Glas zu den Jungs ins Pub gehen.

Simon bog in eine enge, gewundene Seitenstraße ab. Windböen peitschten durch die Bäume am Wegesrand, die sich über die Straße neigten und fast das Auto berührten, als wollten sie durch die Fenster hineinsehen. Die Blätter flüsterten ihm Warnungen zu, und dann – *krach!* Ein Zweig brach ab und fiel mit einem lauten Knall auf die Windschutzscheibe und polterte gegen das Wagendach. Das Auto brach aus, und in letzter Sekunde brachte Simon es neben einer Hecke zum Stehen. Er ließ den Kopf in die Hände sinken. Das hatte gerade noch gefehlt. Der Wagen musste als Ausstellungsstück in perfektem Zustand zurückgegeben werden, wenn er die Firma verließ. Er würde ihn auf eigene Kosten reparieren lassen müssen. Simon hämmerte auf das Lenkrad ein und brüllte Flüche in die Nacht.

Ein Motorrad hielt neben ihm. Der Fahrer schob das Visier hoch und rief:

»Alles okay, Kumpel?«

Simon ließ das Fenster herunter. Im strömenden Regen konnte er das Gesicht des anderen Mannes nur schemenhaft erkennen. »Es geht mir gut, danke. Ein Ast hat das Auto getroffen. Ich glaube, es ist nichts Ernstes.«

»Mist. Aber ich sehe keine größeren Schäden. Sie wirken allerdings ein wenig zittrig. Im Dorf vor uns gibt es ein Pub. Warum halten Sie da nicht und schauen sich den Wagen genauer an?«

»Gute Idee. Ist es weit?«

»Nein, nur etwa eine Meile. Gleich hinter der Tankstelle. Wenn es Ihnen nichts ausmacht, fahre ich dann mal weiter.«

»Vielen Dank. Ich schaue mir die Schäden gleich genauer an.«

Der Fremde schob das Visier herunter, drückte auf die Hupe und ließ Simon auf der Straße zurück. Beim Fahren sprach er in ein Mikrofon. »Treffer. Er fährt in eure Richtung. Macht euch bereit.«

Simon sammelte sich und konzentrierte sich auf die Straße. Nirgends sah er freundliche Lichter oder beleuchtete Häuser, nur bedrohliche dunkle Schatten. Sein Kopf dröhnte mittlerweile. *Wie viel schlimmer würde es noch werden?* Die Hauptstraße bog nach rechts ab, und er fand sich in einer Straße wieder, die schwach von altmodischen Laternen beleuchtet wurde. Regentropfen prasselten gegen die Windschutzscheibe und raubten ihm die Sicht. Simon fuhr an einigen kleinen Cottages vorbei, einer Kirche, bis er schließlich erleichtert die Tankstelle fand. Er parkte davor, nahm seinen Anorak vom Rücksitz und machte sich bereit, Wind und Regen zu trotzen.

Nachdem der Wagen auf Schäden untersucht und aufgetankt worden war, wollte Simon nach Hause fahren. Doch da fiel sein Blick auf eine Tafel vor ihm, deren Aufschrift von der am oberen Rand angebrachten Lampe erhellt wurde: »Schlechter Tag? Gönnen Sie sich ein Bier!« Simons Mund war trocken. Er hatte sich wirklich ein richtig großes Bier verdient. Ein Leuchtröhrenpfeil deutete auf ein Gebäude – wahrscheinlich das Pub, von dem Patrick erzählt hatte. Der Parkplatz daneben war leer. Die Kollegen hatten sich also wohl doch einen anderen Ort zum Feiern gesucht oder waren nicht lange geblieben. Er konnte sie verstehen. Es sah eher wie ein einstöckiges Cottage aus als wie ein Pub. Regen tropfte Simon in den Nacken und hämmerte unaufhörlich auf das Wagendach. Dann traf er eine Entscheidung. Er würde im Pub warten, bis der Regen nachließ, und dann nach Hause fahren. Er wusste noch nicht, dass das sein Leben für immer verändern würde.

# Polly

## 9

Auch wenn Polly müde war, konnte sie auf dem Flug von Gran Canaria nach Hause nicht schlafen. Der Albtraum letzte Nacht hatte viele Erinnerungen an ihre Eltern zutage gefördert, und jetzt musste sie an ihren Vater denken.

*In wenigen Monaten scheint er um zwanzig Jahre gealtert zu sein. Sie kann sich nicht erinnern, dass seine Wangen so schlaff waren. Er sieht zerbrechlicher aus. Aber er lächelt, als er sie sieht, ein ehrliches Lächeln. Das macht er selten, und seine Reaktion rührt sie. Sie küsst ihn auf die Wange und setzt sich neben ihn. Er tätschelt ihr Knie, eine liebevolle Geste, die sie überrascht.*

*»Du siehst gut aus«, sagt er. »Ich mag die Frisur. Sie steht dir.«*

*Abwesend betastet sie die Strähnen, die sich aus ihrem Pferdeschwanz gelöst haben. »Stimmt etwas nicht mit dir?«, fragt sie. Komplimente von ihm ist sie nicht gewohnt. Sofort bedauert sie die oberflächliche Frage. Ein dunkler Schatten huscht über sein Gesicht, und das Licht in seinen Augen erlischt. So ähnelt er schon eher dem Mann, den sie kennt – düster gestimmt und unberechenbar. Zweifellos wird er es sie spüren lassen. Sie versucht, die Situation zu entschärfen.*

*»Entschuldige«, sagt sie. »Das war unhöflich.«*

*»Nein«, antwortet er ruhig. »Du hast es genau richtig erkannt.«*

*Sie mustert seine eingefallenen Wangen, die schärfer hervortretenden Wangenknochen, seine gräuliche Haut und versteht. »Es geht dir wirklich nicht gut, nicht wahr?«, sagt sie nach einem Moment. Ihr Herz schlägt schneller, als ihr dämmert, dass es ihm überhaupt nicht gut geht.*

All diese verschwendeten Jahre der Angst, bitteren Tränen und Streits mit ihren Eltern. Sie fragte sich, ob es das wert gewesen war. Schließlich hatte sie ihren Willen durchgesetzt, war von zu Hause weggegangen und bei Callum eingezogen, doch zu welchem Preis? Das Leben hatte sich nicht so entwickelt wie erhofft oder erwartet. Einer nach dem anderen waren die Menschen, die sie liebte, aus ihrem Leben verschwunden: ihre Mutter, Callum, ihr Vater, Kaitlin und Mike. Sie musste allein zurechtkommen. Aber gab es überhaupt irgendjemanden, der den richtigen Weg eingeschlagen hatte? Ihre Eltern zumindest nicht. Sie hatten sich voneinander entfernt. Ihre Ehe war nicht stark genug gewesen. Kaitlin würde es gut gehen. Es war unwahrscheinlich, dass es für sie und Miguel etwas anderes als ein Happy End geben würde.

Sie wünschte, sie wäre eine bessere Tochter gewesen – sie hatte sowohl ihre Mutter als auch ihren Vater enttäuscht. Wieso hatte sie nie verstanden, dass sie nur das Beste für sie wollten? Wenn nur ihr Vater hier wäre und ihr zuhören könnte. Kurz vor seinem Tod hatte er wirklich versucht, ihr Verhältnis zu verbessern. Jetzt könnte sie seinen Rat gebrauchen.

*»Polly, wir haben kaum geredet«, sagt er und ignoriert ihre Frage. »Über dich.«*

*»Wir reden doch. Ich habe dir von meiner neuen Praxis und*

*Kaitlins neuem Freund aus Spanien erzählt, Miguel, und von meiner Kollegin Dignity, die sich mit Reiki und Shiatsu-Massagen beschäftigt.«*

*Er seufzt. »Das meine ich nicht. Sondern dich.«*

*»Es geht mir gut. Du kennst mich. Ich komme immer zurecht.«*

*Er wirft ihr einen vielsagenden Blick zu. »Wir haben nie geredet, nachdem du und Callum euch getrennt habt. Du weichst immer aus, wenn ich dich nach Beziehungen frage. Glaubst du, ich bin gegen alle deine Freunde?«*

*Sie denkt über seine Worte nach. Ihr Vater hat seine Meinung zu Callum mehr als einmal geäußert, und seine Weigerung, an ihrer Hochzeit teilzunehmen, hatte sie damals tief verletzt. In letzter Zeit scheint er etwas milder geworden zu sein, und auch wenn er immer noch festgelegte Meinungen hat, will er ihr diese nicht mehr wie früher aufzwingen. Dadurch kann sie seine Eigenheiten und die vielen Beschwerden auch besser tolerieren.*

*»Sag mir, was du denkst«, bittet sie.*

*Er betrachtet sie eine Weile, bevor er spricht. »Ich mochte Callum nicht, weil ich genau gesehen habe, was für ein Mensch er ist, und ich wollte nicht, dass er dich auf sein Niveau herabzieht. Damit meine ich nicht: ›Ich habe es dir ja gesagt.‹ Manchmal sind wir geblendet und sehen das Offensichtliche nicht. Ich weiß aus eigener Erfahrung, wie es ist, Menschen herabzuziehen. Ich werde wahrscheinlich nicht mehr da sein, um den glücklichen Mann kennenzulernen, der deine Welt bunter machen wird. Aber egal, wer es sein wird, triff deine Wahl sorgfältig. Wähle jemanden, mit dem du glücklich bist. Nimm keinen, der das Leben aus dir heraussaugt. Das will ich nicht für dich. Und wer es auch sein wird, meinen Segen habt ihr.«*

Er hätte Mike verabscheut, dachte Polly. Das Flugzeug befand sich bereits im Landeanflug, und Polly spürte den Druck in den Ohren. Die Stewardess ging auf und ab und überprüfte, ob alle Sitzgurte geschlossen waren. Sie war eine Frau in den Fünfzigern und verströmte den Glamour, den man mit ihrem Beruf assoziierte. Unter der perfekt sitzenden blauen Uniform trug sie eine frisch gebügelte weiße Bluse, die noch keine Spuren eines langen Tages zeigte. Das feine, seidige Haar war aus dem sorgfältig geschminkten Gesicht genommen und mit einer kunstvollen schwarzen Schleife am Hinterkopf festgesteckt. Sie hatte hellgrüne Augen, mit denen sie die Sitzreihen bestimmt überblickte. Mit ihrer Effizienz und ihrer Professionalität erinnerte sie Polly an Anne, eine Schwester in dem Krankenhaus, in dem ihr Vater gelegen hatte.

*Polly zögert an der Stationstür. Durch das kleine Glasquadrat auf Augenhöhe sieht sie Anne. Ihr eisengraues Haar ist so gestärkt wie ihre Uniform. Anne ist Pollys Lieblingspflegerin. Sie herrscht wie ein Feldwebel, doch ihre schokoladenbraunen Augen sind mitfühlend, und sie ist sanft, vor allem bei ihren todkranken Patienten und denen, die das langsame Abgleiten in den Tod miterleben.*

*Anne entdeckt Polly und bedeutet ihr, einzutreten. Die Station riecht nach Desinfektionsmittel, und abgesehen von dem gedämpften Geplapper, das aus einem Fernseher dringt, herrscht Stille. Anne kommt zu ihr und legt ihr mitfühlend eine Hand auf die Schulter. Polly fragt sich, ob sie verheiratet ist, und hofft es. Sie kann sich Anne gut in einer Küche vorstellen, wie sie sich um einen Mann kümmert. Wie er wohl ist?*

*»Ich wollte Sie vorbereiten, Liebes«, sagt sie. Anne ist aus Durham und nennt jeden »Liebes«. Ihr Akzent und die liebevolle Ansprache wirken tröstlich. »Es geht ihm schlechter. Wir haben es ihm so angenehm wie möglich gemacht. Es ist nur noch eine Frage der Zeit.« Sie hält inne, um den Worten Raum zu geben.*

*»Melden Sie sich, wenn Sie etwas brauchen, egal, was. Wir sind nicht weit weg. Möchten Sie eine Tasse Tee?«*

*Polly bedankt sich, doch sie kann nichts trinken. Ihr Magen verkrampft sich, und sie kann ihre Gefühle kaum kontrollieren. Sie geht zum Bett ihres Vaters. Man hat einen blauen Wandschirm darum gestellt, um ihm etwas Würde zu ermöglichen. Die Würde eines sterbenden Mannes.*

*Sie wappnet sich, setzt ein falsches Lächeln auf und schlüpft hinter den Vorhang. Seine Augen sind geschlossen. Sein Atem unter der Sauerstoffmaske geht abgehackt und gequält. Es zerreißt ihr das Herz. Sein dünnes Haar steht wie Kükendaunen ab. Seine Stirn ist von tiefen Furchen durchzogen. Das Gesicht ist abgezehrt, und er wirkt nur noch wie ein Schatten seiner selbst.*

*Seine Augen öffnen sich flatternd. Nach einem Moment erkennt er sie. Er will die Maske abnehmen, um zu sprechen, doch sie tadelt ihn sanft. »Behalt sie auf. Wir wollen doch die Schwester nicht verärgern, nicht wahr?« Im Lauf der Zeit haben sie die Rollen getauscht, und jetzt ist er das Kind und will alles richtig machen. Er nimmt die Hand von der Maske.*

*»Muss etwas sagen«, murmelt er gedämpft.*

*Sie beugt sich zu ihm.*

*»Versprich, dass du Alice sagst, dass sie nicht zu meiner Beerdigung kommen soll. Versprich mir das. Sie soll auf keinen Fall kommen.« Er hält inne, erschöpft von der Anstrengung. Sie wartet, hält seine Hand so sanft wie möglich, um ihm keine Schmerzen zu bereiten. »Sie hat ihr Leben«, fährt er fort. »Ist jetzt glücklich.«*

*Polly kämpft gegen die Tränen an, die in ihren Augen brennen, doch sie rinnen lautlos über ihre Wangen. Sie streichelt seinen Handrücken – die Haut ist papierdünn – und nickt. Sie wird seinen Wunsch erfüllen.*

*Beruhigt schließt er die Augen. Aus dem Morphiumbeutel tropft die Erleichterung bringende Flüssigkeit in den Körper. Er reißt die Augen auf, als hätte er sich auf einmal an etwas Wichtiges erinnert.*

*»Polly«, sagt er plötzlich klar und deutlich. »Du hast mich glücklich gemacht. Sehr glücklich.«*

*Jetzt fließen die Tränen ungehindert. Dass er in der Vergangenheit spricht, zerreißt ihr das Herz.*

*»Callum war nicht gut für dich«, fährt er fort. »Er hat dich unglücklich gemacht. Wie ich. Ich habe Alice unglücklich gemacht.« Er bricht erschöpft ab und holt mühsam Atem. »Du verdienst es, glücklich zu sein.« Seine Lider flattern. »Sei glücklich.« Er schläft ein. Polly schluckt angestrengt gegen die Tränen an, ein abgehacktes Geräusch, das im Gegensatz zu dem regelmäßigen Pfeifen der an ihren Vater angeschlossenen Maschine steht.*

*»Ich liebe dich, Dad«, flüstert sie und küsst ihn sanft auf die Stirn. Sie fürchtet, dass die Worte zu spät kommen.*

Polly kauerte sich in den Sitz und sah sich in dem fast leeren Waggon um, in dem Sandwichverpackungen und Coffee-to-go-Becher verstreut herumlagen. Beim Einsteigen war der Zug voller Pendler gewesen, doch jetzt befanden sich nur noch zwei weitere Passagiere in dem Abteil. Einer saß sechs Sitze vor ihr und döste. Sie hörte blecherne Musik aus seinen Kopfhörern. Wie er dabei schlafen konnte, war ihr ein Rätsel. Die andere Passagierin saß ihr gegenüber und las die *Metro*. Die Frau trug dunkle Jeans und einen schwarzen Pullover und war bis auf die große bunte Brille, die ihr Gesicht beherrschte, unauffällig. Gelegentlich warf sie Polly einen Blick zu, als wolle sie ein Gespräch beginnen, doch diese ignorierte sie. Ihr war nicht nach Reden.

Der Zug rauschte an Wiesen vorbei, auf denen verdrießliche Kühe Schutz unter tropfenden Bäumen suchten. Sie näherten sich rasch der nächsten Station. Graue Häuser mit Schindeldächern lösten die Wiesen ab, die Bewohner saßen zweifellos gemütlich vor dem Fernseher und versteckten sich vor dem düsteren Tag. Polly sah blicklos hinaus und dachte ängstlich an das, was ihr wohl bevorstand. Der Regen peitschte gegen das Fenster und hinterließ lange, schneckenartige Spuren. Die graue Umgebung ging ihr an die Nieren und zog sie noch weiter in das schwarze Depressionsloch hinab, das sie zu verschlingen drohte.

Als der Zug langsam abbremste, stand die Frau auf, nickte Polly zu und ging den Gang entlang. Kurz darauf erreichten sie den letzten Halt vor Pollys Station. Sie beobachtete die Passagiere, die mit aufgespannten Regenschirmen an ihrem Fenster vorbeihasteten, die Mobiltelefone ans Ohr gedrückt, während sie mit unsichtbaren Menschen sprachen. Der Zug erwachte wieder zum Leben und setzte sich langsam und keuchend in Bewegung. Polly sah die Frau mit der Brille unter einem großen, burgunderfarbenen Regenschirm. Sie verfolgte, wie der Zug den Bahnhof verließ. Polly war sich sicher, dass die Frau ihr nachsah, und hätte ihr beinahe zugewinkt. Sie fixierte die Gestalt, bis der Bahnhof außer Sichtweite war. Nur noch zehn Minuten. Sie musste sich ablenken. Sie dachte an Kaitlin und ihr Leben auf Gran Canaria, was jedoch nicht half. In diesem Moment entdeckte sie, dass die Frau ihre Zeitung liegen gelassen hatte, sorgfältig gefaltet, sodass ihr eine halbseitige Anzeige in leuchtend roter Schrift ins Auge sprang. Polly drehte die Zeitung zu sich. Sie las die Anzeige einmal, dann ein zweites Mal und riss sie schließlich heraus, um sie in ihrer Handtasche zu verstauen.

Der Zug kam keuchend und schwerfällig zum Stehen. Der schlafende Passagier wachte wie aufs Stichwort auf, gähnte, kam auf die Füße und entfernte sich von Polly. Die Türen öffneten sich seufzend, und sie trat nach draußen in den Regen.

Polly schloss die Tür zu ihrem Zuhause auf – wie lange es das allerdings noch sein würde, war fraglich. Sie bückte sich, um den Haufen an Post auf dem Fußabstreifer aufzusammeln, und ging ins Wohnzimmer. Vertrocknete Nelken hingen in der Kristallvase, die auf dem staubigen Kieferntisch stand. Die Vase war ein Geschenk ihrer Mutter gewesen, Jahre bevor sie mit einem neuen Mann weggegangen war.

Sie warf die Post zusammen mit ihrer Handtasche auf das Sofa und zog die zimtfarbenen Laura-Ashley-Vorhänge zurück, die zu dem ockerfarbenen Sofa passten. Selbst sie wirkten gedämpft in dem grauen Licht, das den Raum kaum erhellen konnte. Polly stellte sich vor ein Gemälde, das in leuchtenden Karneol- und Orangetönen einen Sonnenuntergang zeigte, und saugte die Farben in sich auf. Sie erinnerte sich, wie sie ein Monatsgehalt dafür hingeblättert hatte, in der Hoffnung, dass es mit der Zeit an Wert gewinnen würde. Doch jetzt bekam sie nicht einmal mehr den ursprünglichen Kaufpreis dafür. Sie hatte versucht, es zu verkaufen, um Geld für teure Manschettenknöpfe für einen Freund zu haben. Man hatte ihr nicht genug angeboten, also hatte sie die Manschettenknöpfe mit ihrer Kreditkarte bezahlt und das Gemälde behalten. Es erinnerte sie an die Abende auf Gran Canaria – an Wärme, Glück und Kaitlin.

Polly schaltete eine modische Lampe ein, die sie passend zu den Möbeln ausgesucht hatte und die den Raum einladender und heller wirken lassen sollte. Doch heute gelang ihr das nicht. Das Wohnzimmer fühlte sich nicht wie ihr sonstiges Heiligtum an. Polly fuhr mit dem Finger durch den Staub auf dem Eichenbücherregal und betrachtete ihre CD-Sammlung, die wenigen DVDs und die Schneekugel, die Callum ihr einmal zu Weihnachten geschenkt hatte. Eine winzig kleine Welt in einer Glaskugel, in der Kinder und zufriedene Paare Hand in Hand Schlittschuh auf einem zugefrorenen See fuhren, umgeben von kleinen Häusern und Bäumen. Selbst nach der schrecklichen Zeit gegen Ende ihrer Ehe mit Callum wollte sie sich nie von der Schneekugel trennen. Sie konnte sie nicht wegwerfen oder zerbrechen und damit das Leben der kleinen Menschen im Inneren zerstören. Ihre eigene Welt mochte in Scherben liegen, aber sie konnte immer noch ihre beschützen. Sie schüttelte die Kugel und sah zu, wie die Schneeflocken sanft auf die winzigen Häuser sanken.

Polly hatte sich noch nie so allein gefühlt. Sie ging in die Küche und goss sich ein Glas gekühlten Wein ein. Dann kehrte sie ins Wohnzimmer zurück, ließ sich aufs Sofa fallen und sah den Poststapel durch, den sie von der Haustür mitgebracht hatte. Auch wenn sie den Inhalt kaum wahrnahm.

Mit dem Glas in der Hand hielt sie inne und dachte über ihr Leben nach.

Mit zweiunddreißig Jahren hatte sie keine Familie oder andere Freunde, an die sie sich in der Not wenden konnte. Kaitlin war ihre beste Freundin und lebte jetzt Hunderte von Kilometern entfernt. Polly hatte zwar schon viele harte Zeiten hinter sich gebracht, doch das hier war mit Abstand die schwerste. Die Entdeckung von Callums Untreue sowie die darauffolgende Scheidung waren im Vergleich dazu ein Kinderspiel gewesen. Dieses Erdbeben hatte sie vor allem dank Kaitlin überlebt, die mit drei Flaschen Wein vorbeigekommen war und die Nacht in eine Party verwandelt hatte. Schließlich hatten sie lautstark »We Are Family« gegrölt und waren auf dem Sofa herumgehüpft, bis die Polizei – die ein übellauniger Nachbar alarmiert hatte – sie schließlich aufgefordert hatte, leiser zu sein. Sie hatten schon so oft miteinander gelacht und geweint, und Kaitlin würde immer Pollys Freundin bleiben. Kaitlin war manchmal mehr eine Mutter für Polly gewesen als ihre eigene. Sie hatte sie getröstet, als ihr Vater den Kampf gegen den Krebs verloren hatte. Sie war mit ihr zur Beerdigung gegangen, während ihre Mutter in Amerika geblieben war.

Ihr Vater hatte über ein halbes Jahrhundert auf diesem Planeten verbracht, und doch nahmen nur fünf Menschen im Krematorium von ihm Abschied, Kaitlin eingeschlossen sowie drei Nachbarn aus der Straße, in der ihr Vater gewohnt hatte …

*Polly sitzt in der ersten Reihe der kleinen Kapelle. Sie trägt einen dunkelblauen Rock, eine ebensolche Bluse und einen bunten Seidenschal, den ihr Vater ihr einmal geschenkt hat, was gar nicht zu seiner mürrischen Natur passte. Kaitlin sitzt neben ihr auf der kalten Holzbank.*

*Der Pfarrer gibt Plattitüden und ein paar Details zum Leben von Douglas MacGregor von sich, doch Polly hat das Gefühl, als spräche er über einen Fremden. Seine Worte passen nicht zu ihren Erinnerungen, außerdem glaubt sie nicht, dass ihr Vater nun frei von allen Sorgen das ewige Leben genießen kann, auch wenn er jetzt aus seinem persönlichen Gefängnis entlassen ist.*

*Ihre Mutter hat am Morgen angerufen und ihr geholfen, einiges zu verstehen.*

*»Er war ein unglücklicher Mann. Er war in seinem Geist gefangen, der ihn das Leben nicht genießen ließ«, sagte sie. Pollys Vater war Opfer einer Depression gewesen, die ihn zu dem mürrischen, wortkargen Menschen gemacht hatte, der jede Möglichkeit auf Hilfe verweigerte.*

*Ihre Mutter hatte ihr Bestes gegeben, doch mit dem Alter hatte*

*Douglas sich immer mehr zurückgezogen und sie damit ihrer Energie beraubt.*

*»Er hat dich geliebt, Polly«, hatte sie gesagt. »Uns beide. Doch manche Menschen sind zu Glück nicht fähig. Sie können für den Moment glücklich sein, doch dann fallen sie in ein tiefes Loch, aus dem sie sich nicht mehr befreien können. Ich weiß, dass er nicht wollte, dass ich zu seiner Beerdigung komme, aber in Gedanken werde ich bei dir sein. Sei nicht zu traurig. Das würde er nicht wollen. Du warst immer sein Sonnenschein.«*

*Polly hört den letzten Worten des Pfarrers zu und stellt sich vor, wie der Geist ihres Vaters wie ein Vogel vom Sarg aufsteigt. Ihre Mutter hatte recht. Wenn ihn nicht der Krebs geholt hätte, hätte er auf andere Weise gelitten.*

*Die Türen öffnen sich, der Sarg wird darauf zugefahren, Musik spielt. Douglas MacGregor hatte keinen Psalm ausgewählt, sondern ein Lied aus seiner Heimat, das er als Kind gesungen hat. Aus den Lautsprechern erklingt das traurige schottische Volkslied* The Skye Boat Song, *und Kaitlin drückt ihre Hand. Polly schwört sich, niemals so unglücklich zu werden. Sie wird sich ihren Sonnenschein bewahren.*

Polly wischte sich eine Träne weg. Sie hatte versagt und das Gefühl, nie wieder glücklich sein zu können. Nicht so, wie sie es einmal gewesen war. Nicht so wie damals, als Kaitlin sie zu einem Kurs in Sporttherapie überredet hatte. Damals hatte sie noch optimistisch in die Zukunft geblickt.

*»Ich weiß nicht«, sagt Polly. »Es ist ein Riesenschritt. Was, wenn ich den Kurs nicht bestehe?«*

*»Sei nicht albern! Du bist so schlau. Du weißt ohne Taschenrechner, was eine Runde Drinks kostet«, antwortet Kaitlin. »Und du bist ein Arbeitstier. Du wirst dich durchbeißen.«*

*Polly verzieht das Gesicht. »Sie wollen mein Alter wissen. Ich bin zu alt für so einen Kurs. Die anderen werden alle Kinder sein im Vergleich zu mir.«*

*»Hör zu, du willst das machen, also lass die Ausreden. Du bist viel weiser und reifer. Du schaffst das mit links. Außerdem hattest du eine Eins in Bio.«*

*»Das ist doch ewig her. Ich muss dich nicht daran erinnern, dass ich beim Abi durchgefallen bin.«*

*»Du hast es nicht mal versucht, weil du so besessen von Callum warst. Das ist lange her. Jetzt ist alles anders. Bei diesem Kurs wird dich sicher nichts ablenken … außer du verknallst dich Hals über Kopf in einen der anderen Teilnehmer oder den Kursleiter«, meint Kaitlin grinsend. »Jetzt füll schon das Formular aus, Polly MacGregor, oder ich mache es für dich und denke mir ein paar schöne Dinge aus.«*

*Polly lacht. »Du hast gewonnen. Wer weiß, was du sonst für Halbwahrheiten erfindest. Was habe ich zu verlieren? Das könnte der Neuanfang sein, den ich dringend brauche.«*

*»Das klingt doch schon besser. Ich habe ein gutes Gefühl dabei. Wenn du den Kurs bestanden hast, will ich deine erste Kundin sein.«*

*»Das wirst du, und ich werde dich natürlich dein Leben lang kostenlos behandeln.«*

*»Darauf trinke ich. Auf dich, deinen Neuanfang und eine lebenslange kostenlose Behandlung!«*

Kaitlin war ihr Glücksbringer. Doch dann war sie von ihr, wie von ihrer Mutter, verlassen worden, und seither taumelte Polly durchs Leben. Gescheiterte Beziehungen, die letzte mit Mike, und jetzt dieser furchtbare Schlamassel mit Gabi. Und dann war da noch etwas. Polly hatte nämlich viel größere Schulden, als sie es ihrer Freundin gegenüber zugegeben hatte.

Der erste Brief kam von ihrer Bank. Sie wusste ziemlich genau, was darin stehen würde, deshalb öffnete sie ihn erst gar nicht, sondern warf ihn auf den Boden, zu der Stromrechnung und der vernichtend hohen Kreditkartenabrechnung – sie hätte nie so viel Geld für Geschenke für Mike ausgeben sollen. Oder für Kleider, mit denen sie ihn beeindrucken wollte. Das war alles Zeitverschwendung gewesen. Sie überflog die Mobiltelefonrechnung und wünschte, sie hätte Mike nicht so oft angerufen und ihm geschrieben.

Dann riss sie einen braunen Umschlag auf, der von einem Parkplatzbetreiber kam und in dem stand, sie hätte unerlaubt auf einem Ladenparkplatz gestanden. Laut dem Brief hatte sie dort länger als die für Kunden erlaubten zwei Stunden geparkt. Sie erinnerte sich. An dem Tag hatte sie die Uhr gekauft.

*»Dieses Exemplar hier, Madam, ist etwas ganz Besonderes. Eine Rolex GMT-Master II. Eine ikonische Zwei-Zeitzonen-Uhr mit einem pfeilförmigen Vierundzwanzig-Stunden-Zeiger und einer drehbaren Lünette mit Vierundzwanzig-Stunden-Graduierung. Die erste Rolex mit einer Cerachrom-Zahlenscheibe, absolut kratzfest und härter als Stahl.«*

*Polly hat keine Ahnung, was der Verkäufer ihr damit sagen will. Sie weiß nur, dass vor ihr eine wunderschöne schwarzchrom-farbene Uhr liegt, die über fünftausend Pfund kostet. Viel zu teuer. Sie betrachtet die Uhrenauswahl vor ihr. Es ist so schwer, sich für die richtige zu entscheiden. Mike liebt teure Uhren von hoher Qualität. Und nichts verbindet man mehr mit Qualität als die Rolex, die ihr der Verkäufer gerade entgegenhält.*

*»Umwerfend, nicht wahr?«, sagt der Mann. »Ursprünglich wurden sie für Piloten entworfen«, fährt er fort. »Daher auch die zwei Zeitzonen.«*

*Polly hält die Uhr an ihr Handgelenk. Sie ist schwer und klobig und sieht riesig an ihr aus, wird jedoch wunderbar zu Mike passen. Sie stellt sich sein Gesicht vor, wenn er die Schachtel öffnet und die Uhr sieht. Er wird überwältigt sein. Dieses Geschenk wird ihm zeigen, dass sie ihn wirklich liebt, und ihr letzter Streit wird vollkommen vergessen sein.*

*Die Uhr ist wirklich viel zu teuer, doch Polly beschließt, dass Geld allein zwar nicht glücklich macht, aber wenn man es für wunderschöne Uhren wie diese ausgibt, kann es Freude bereiten. Zum großen Entzücken des Verkäufers kauft sie die Rolex. Hastig packt er ihr die Uhr ein.*

Sie hätte vorher über den Kauf nachdenken sollen. Doch Polly war zu impulsiv. Das hatte ihre Mutter schon immer gesagt. Sie musste es von ihr geerbt haben, denn jetzt lebte Alice schließlich in einer Hippiekommune in den Staaten, mit einem Mann, der so alt war wie ihre Tochter. Mikes Reaktion auf ihr Geschenk war allerdings nicht so überschwänglich gewesen wie erhofft …

*»Oh, danke. Sehr nett.«*

*»Gefällt sie dir nicht?«*

*»Doch. Das habe ich ja gerade gesagt, oder?«*

*»Ich dachte, du würdest dich mehr freuen.«*

*»Polly, sie ist sehr hübsch. Ich habe mich bedankt. Die Uhr ist toll.«*

*»Aber …«*

*»Aber was? Was erwartest du? Soll ich rufen ›Juchhu! Das ist das tollste Geschenk der Welt! Ich weiß gar nicht wohin vor Freude!‹?«*

*»Ja, so etwas in der Art hatte ich erwartet. Es ist eine Rolex. Ich dachte, du liebst diese Uhren. Ich dachte, du würdest sie mehr*

*schätzen, wärst enthusiastischer, glücklicher …« Polly hasst sich selbst dafür, wie bedürftig sie klingt, und wünschte, sie hätte den Mund gehalten. Er sieht sie eisig an, und sie zuckt bei seinem Blick zusammen.*

*»Wenn du es genau wissen willst, bin ich auf Rolex überhaupt nicht scharf. Ich mag TAG Heuer lieber. Die sind viel eleganter. Rolex ist ein wenig zu angeberisch für meinen Geschmack«, antwortet er kalt. »Und ich bin kein Angeber.«*

*Polly ist sprachlos. Ihr Gehirn ist völlig leer, ihr fällt keine Antwort ein. Das hier geht fürchterlich schief. Mikes abweisende Reaktion hatte sie nicht erwartet. Sie öffnet den Mund, schließt ihn jedoch gleich wieder.*

*»Also«, sagt er und verschränkt die Arme vor der Brust. Er trägt die Uhr am Handgelenk, und Polly erträgt den Anblick nicht. »Du hast gefragt, warum ich nicht so ›enthusiastisch‹ bin, und ich sage es dir. Du hättest dich schlauer machen sollen, bevor du eine Uhr für mich ausgesucht hast. Du hast einfach angenommen, dass sie mir gefällt. Und weißt du was? Sie gefällt mir nicht.«*

*»Ja, ich hätte vorher fragen sollen«, stimmt sie zu und hofft, dass er nicht mehr so aggressiv ist.*

*»Eigentlich ist es sogar fast schon eine Beleidigung«, fährt er fort. »Wahrscheinlich hast du gedacht, ich könnte mir eine Uhr wie die hier nicht leisten. Du musstest mir unbedingt zeigen, dass du mehr verdienst als ich.«*

*»Das stimmt überhaupt nicht!«, platzt sie hervor. »Ich wollte dir etwas schenken, das dir etwas bedeutet. Ich wollte dir zeigen, wie wichtig du mir bist.«*

*Er wirft einen mürrischen Blick auf die Uhr.*

*»Wir tauschen sie um«, sagt sie. »Ich habe die Quittung. Wir können eine andere aussuchen.«*

*Seine Stimmung bessert sich, und er bringt ein dünnes Lächeln zustande. Sie ist erleichtert. Sie will nicht schon wieder streiten.*

*»Wenn es dir nichts ausmacht, würde ich das gern selbst erledigen. Du arbeitest so viel, gib mir am besten die Quittung, dann bringe ich die Uhr zurück zum Laden und suche eine andere aus.«*

*Polly verstummt. Mike wirkt glücklicher, doch Pollys Magen verkrampft sich. Sie möchte etwas einwenden, doch dann würden sie sich doch nur wieder streiten. Sie wünschte, sie wäre nicht so dumm gewesen.*

Polly blinzelte. Man forderte fünfundachtzig Pfund von ihr. Dann wurde ihr klar, dass sie das Zahlungsziel verpasst hatte und jetzt sogar hundertfünfundachtzig Pfund schuldig war. Wenn sie nicht in vier Tagen zahlte, würde ein amtsgerichtliches Mahnverfahren eröffnet. Das fehlte gerade noch. Damit würde sie sicher keinen Kredit mehr bekommen. Woher sollte sie nur das Geld für die Rechnung nehmen?

Sie füllte ihr Glas erneut und leerte es in wenigen Zügen. Verdammt! Sie steckte tief in der Klemme. Polly sah den Rest der Post durch und trank noch einen Schluck Wein. Ihre Lider fühlten sich schwer an. Sie konnte sich nicht überwinden, über ihre finanzielle Situation nachzudenken. Erst musste sie sich von anderen Dingen befreien, die dringender waren. Sie musste die Vergangenheit abschütteln.

Polly sah zu dem Stapel aus Briefen und Karten, den sie vor der Abreise nach Gran Canaria auf den Tisch gelegt hatte. Sie waren von Mike. Mike, der behauptete, sie nähme »ihre Arbeit zu ernst« und wäre »zu selbstbezogen«. Das stimmte nicht. Sie hatte sich bemüht. So sehr …

*Polly dreht sich vor dem deckenhohen Spiegel. Die kleine Italienerin beobachtet sie wie eine stolze Mutter ihr Kind, bevor es auf die Bühne tritt.*

*»Sie sehen göttlich aus«, sagt sie, und ihr Akzent verleiht ihren Worten noch mehr Gewicht. »Das Kleid ist wie für Sie gemacht.«*

*Polly fühlt sich auch göttlich. In dem Seidensatinkleid von Roberto Cavalli kommt sie sich wie eine Berühmtheit vor. Das auffällige Flammenmuster, das von glitzernden Steinen geschmückt wird, hat eine dramatische Wirkung, als sie sich bewegt. Es betont ihre Kurven, und sie sieht glamourös aus, fast so gut wie eine der bezaubernden Frauen, die sie in den Hochglanzzeitschriften bewundert – wie Alexa Chung zum Beispiel. Großartige und sexy Frauen in ihrem Alter. Mit diesem Kleid könnte sie im selben Raum stehen wie sie und dazugehören. Das ist nicht mehr die Durchschnitts-Polly, die Stretchjeans und weite Pullover trägt, um ihren Körper darunter zu verstecken.*

*»Es ist unser letztes Exemplar.«*

*Pollys Gewissen ruft ihr in Erinnerung, dass sie bereits ein schwarzes Cocktailkleid von Maria Grazia Severi zur Seite gelegt hat sowie eine Hose aus Woll-Seidengemisch von Max Mara in Taubengrau mit schmeichelnder hoher Taille. Außerdem hat sie sich in ein fuchsiafarbenes Jackett von Luisa Cerano verliebt und in einen Kaschmirpullover von Marc Cain. Dann sagt sie sich, dass alle Stücke heruntergesetzt sind. Wieder dreht sie sich und wirbelt das Kleid herum wie ein Stierkämpfer sein Tuch und weiß, dass sie alles kaufen muss. Sie sieht viel selbstbewusster und souveräner in dieser Kleidung aus, und Mike wird begeistert sein.*

*»Ich nehme alles«, sagt sie, bevor sie es sich anders überlegen kann.*

*Die Boutiquebesitzerin, die über eine Stunde mit ihr verbracht hat, klatscht entzückt mit kleinen Flatterbewegungen in die Hände. Sie nimmt die Kleider von dem Ständer im Anproberaum, legt sie auf die große Glastheke und schlägt alles sorgfältig in Papier ein. Dabei betrachtet sie jedes Kleidungsstück liebevoll, während sie alles in Tüten packt, die den Namen der schicken Boutique tragen.*

*Sie zählt Pollys Einkäufe zusammen, reicht ihr die Rechnung und fragt, wie sie zahlen möchte. Polly wirft einen Blick auf die Summe. 3256 Pfund. So viel Geld hat sie nicht auf dem Konto. Sie sollte das Roberto-Cavalli-Kleid zurückgeben, da es das teuerste ist, doch ihr Herz erinnert sie daran, wie großartig sie darin aussieht. Die Frau blickt sie abwartend an. Ihre Kunden lassen oft noch größere Summen hier. Die meisten Kleider in dieser Boutique kosten über fünfhundert Pfund. Polly zögert. Sie sollte erklären, dass sie etwas zurückgeben muss, doch sie will vor dieser anmutigen Frau nicht das Gesicht verlieren, die dabei geholfen hat, Polly von dem hässlichen Entlein in einen stolzen Schwan zu verwandeln. Sie wird einfach mit Kreditkarte bezahlen. Das Limit liegt bei fünftausend Pfund.*

*»Mit Kreditkarte, bitte«, sagt sie schließlich und weiß, dass sie das Richtige tut. Mike muss sie in diesen Kleidern einfach attraktiv finden.*

Das wunderschöne Roberto-Cavalli-Kleid war mittlerweile in einem Wohltätigkeitsladen gelandet. Mike hatte es nicht gefallen …

*»Das ist viel zu overdressed«, sagt er, als sie strahlend ins Zimmer kommt und sich vor ihm dreht.*

*»Du wirst wie eine Idiotin aussehen, wenn du da so auftauchst, und total auffallen. Du gehst doch nicht auf eine Kostümparty. Zieh dir was Passenderes an – den roten Rock zum Beispiel. In diesem Kleid kannst du jedenfalls nicht gehen. Wer glaubst du denn, wer du bist? Claudia Schiffer?«, schnaubt er. »Wir leben doch nicht in Südfrankreich. Das hier sind normale*

*Leute, und ich will nicht, dass du in diesem Kleid meine Arbeitskollegen triffst. Das macht mich zur Witzfigur.«*

*Vernichtet rennt Polly mit rotem Gesicht aus dem Zimmer. Mike hat recht. Was hatte sie sich nur dabei gedacht? Sie muss die Kleider loswerden, bevor er sieht, was sie noch gekauft hat. Sie wegwerfen. Zurückbringen in den Laden kann sie sie nicht, diese Möglichkeit bietet die Boutique nicht an. Sie sind viel zu auffällig für ihren Lebensstil. Manchmal ist sie einfach so dumm.*

Polly dachte an das Gespräch mit Kaitlin in Gran Canaria. Kaitlin glaubte, dass Mike die Schuld an der Trennung trug. Polly gab sich aber die Schuld. Sie hatte Mike so unbedingt zufriedenstellen wollen, doch die Beziehung hatte bei ihr nicht an erster Stelle gestanden. Sondern die Arbeit. Wenn sie nicht ständig gearbeitet hätte, hätte er vielleicht keine Affäre mit einer Kollegin angefangen und mit ihr Sex auf dem Parkplatz und dem Angestelltenklo gehabt. Er hatte Bedürfnisse, und Polly hatte diese nicht erfüllt. Abends war sie immer zu erschöpft gewesen. Eine Praxis zu führen war fordernd, und den ganzen Tag zu massieren war körperlich anstrengend. Außerdem hatte er ganz systematisch ihr Selbstvertrauen zerstört.

*Sie sieht sich von der Seite im Spiegel und atmet tief ein. Ihr Bauch bleibt störrisch rund. Selbst nach einer Woche, in der sie kaum etwas gegessen und viel grünen Tee getrunken hat, hat sie sich kein bisschen verändert. Ihr Magen protestiert mit einem traurigen Gurgeln. »Klappe«, knurrt sie zurück. Verbittert zieht sie die rote Seidenunterwäsche aus und windet sich in einen schwarzen Spitzenbody, der so viel gekostet hat, wie sie an einem Tag verdient, aber es würde sich lohnen – und wenn er riss, während Mike ihn ihr auszog, wäre das auch egal. Sie trägt ihren neuen Lippenstift auf, fährt sich mit zitternden Fingern durch das zerzauste Haar und schiebt die Füße mit den lackierten Nägeln in hochhackige Sandalen.*

*Dann überprüft sie ihr Spiegelbild. Sie sieht gut aus. Sexy. Aufregung gemischt mit Verlangen steigt in ihr auf. Sie geht ins Wohnzimmer. Mike sieht einen Film, in dem einige junge Männer in Kampfkleidung ihren Verfolgern entkommen wollen, indem sie taillentief in einem Fluss stehen. Pollys Meinung nach ist das nicht gerade das beste Versteck. Sie hüstelt leise und nimmt eine verführerische Haltung ein.*

*Er reißt sich vom Fernseher los und sieht kurz zu ihr auf.*

*»Also?«, sagt sie. Kein anerkennendes Pfeifen, kein Aufblitzen von Lust in seinen pechschwarzen Augen. Sein Ausdruck ist völlig neutral.*

*»Neue Schuhe?«, fragt er, als er sich wieder dem Fernseher zuwendet.*

*»Kommst du ins Bett?«, fragt sie nach einer Weile.*

*»Ja«, antwortet er. »Gleich. Ich schaue das noch zu Ende.«*

*Die freudige Erwartung verpufft, und stattdessen steigt Wut in ihr auf, die beinahe sofort von einem Gefühl der Niederlage ersetzt wird. Er begehrt sie nicht mehr. Sie kämpft eine Schlacht, die sie längst verloren hat.*

Polly nahm die oberste Karte und musterte ein Bild von einem Teddybären, der ein Kätzchen umarmt. Auf der Innenseite hatte Mike geschrieben, wie sehr er sie liebte. Sie warf einen letzten Blick auf den flauschigen Teddybären und zerriss die Karte schweren Herzens, bevor sie die Einzelteile auf den Teppich warf. Dann nahm sie eine zweite Karte, auf der ein herzförmiger Stein an einem Strand abgebildet war. Im Inneren stand etwas davon, wie Pinguine ihren Auserwählten als Liebesbeweis einen Stein schenkten. Und diese Karte war sein »Stein« für sie. Mit einem lauten Geräusch zerriss sie das Papier. Sie arbeitete sich durch den Stapel mit Fotos, Karten und Briefen. Mit jedem Papierschnipsel wurde die Anspannung weniger, bis sie sich schließlich mit einem neuen Glas Wein in der Hand zurücksetzte. Sie prostete ihrem Spiegelbild im Fernseher zu.

»Auf mich«, verkündete sie. »Auf einen Neuanfang.« Als sie die Beine überschlug, stieß sie dabei gegen ihre Handtasche, die neben dem Sofa stand und daraufhin ihren Inhalt auf den Teppich ergoss. Die Anzeige, die sie aus der *Metro* gerissen hatte, rutschte ebenfalls heraus. Polly beugte sich nach unten, nahm das Stück Papier und las laut vor: »Ist Ihr Leben die Hölle auf Erden? Das können wir ändern. Rufen Sie Nick an unter 0800 666 666.«

Das beschrieb ihr Leben perfekt – die Hölle auf Erden. Sie las die Anzeige noch einmal, bevor sie sie auf den Couchtisch legte. Dann sah sie auf die Uhr. Vier Uhr nachmittags. Sie würde noch ein Glas Wein trinken und dann die Nummer wählen. Was konnte es schon schaden? Denn genau das war es, was sie brauchte – eine Veränderung.

# Simon

# 10

Die wahnsinnige Fratze eines Teufels grinste von dem Schild der *Devil's Tavern* auf ihn herab. Im roten Licht sahen die herabprasselnden Regentropfen aus wie Blut. Ein Schauder überlief Simon. Er zog sich die Jacke über den Kopf und rannte zur Tür. Die beiden Gestalten, die ihn beobachteten, bemerkte er nicht. Sie zogen sich von dem verdunkelten Fenster des Gebäudes zurück in den Schatten.

Simon schob die schwere Holztür auf und stand einen Augenblick im Eingang, während das Wasser von ihm auf den gefliesten Boden tropfte. Die einzige Tür war mit »Privat« beschriftet, also musste er die Treppe nach unten nehmen. So ein Pub hatte er noch nie gesehen. Mit quietschenden Schuhen stieg er nach unten und fand sich blinzelnd in einem leeren Raum wieder. Eine Bar am anderen Ende war in tiefrotes Licht getaucht und bildete zusammen mit den Flammen eines knisternden Kaminfeuers die einzige Beleuchtung. Zwei schwarze Armsessel standen neben dem Kamin. Simon ging darauf zu, zog seinen durchweichten Anorak aus und hängte ihn auf einen Kleiderständer neben dem Feuer. Dann sah er sich um. Die Flammen warfen tanzende Schatten an die dunklen Wände. Zu seiner Rechten erstreckte sich eine Kunstlederbank über die ganze Raumlänge, während vereinzelte schwarze Tische und Stühle zwischen ihm und der Bar standen. Alle waren unbesetzt. Auf der anderen Raumseite befand sich ein Billardtisch. Zwei einsame Stöcke lehnten daran. Simon ging auf die Bar zu. Plötzlich dröhnte *Runnin' with the Devil* von Van Halen aus den Lautsprechern, und er blieb abrupt stehen. Die Stimme der Vernunft in seinem Kopf sagte, dass er mit dem Auto unterwegs war und keinen Alkohol trinken sollte. Doch bevor er auf dem Absatz kehrtmachen konnte, tauchte ein Mann hinter der Bar auf. Zumindest dachte Simon, dass es ein Mann war. Er trug einen schwarzen Ziegenbart, und aus seiner Stirn schienen seltsamerweise zwei kurze Hörner zu ragen.

»Hi, kann ich Ihnen helfen?«, fragte der Mann. »Tut mir leid, ich war gerade hinten. Das Bitter war aus.« Simon riss den Blick von den Hörnern los – denn so sahen sie wirklich aus. Sie mussten Teil des Barmottos sein – der Kellerraum, die Flammen, die Musik und der dämonische Barkeeper. Genau. Das hier war ein Mottopub.

»Äh, nur eine Flasche Heineken, bitte«, sagte Simon. Der Mann drehte sich um und suchte in einem Kühlschrank nach dem gewünschten Getränk. Dann schob er die Flasche auf Simon zu. »Brauchen Sie ein Glas?«, fragte er, und Simon schüttelte den Kopf. Der Mann entfernte den Kronkorken mit einem Flaschenöffner in Dämonenkopfform. Simon hob die Augenbrauen und gab dem Barkeeper eine Fünf-Pfund-Note. Hier drin war es echt seltsam. Kein Wunder, dass Patrick und die anderen nicht lange geblieben waren.

»Ist hier immer so wenig los?«, fragte er, als der Mann den Betrag in die Kasse tippte und das Wechselgeld herausholte. Bei dem klirrenden Geräusch warf Simon einen Blick über die Bar. Der Mann trug eine lange rote Tunika über dicken roten Strumpfhosen und Schuhen, die Ziegenhufen ähnelten. Das mussten Spezialanfertigungen sein. *Das Ganze hier wird immer verrückter.* Der Typ nahm das Teufelsmotto wirklich ernst.

»Nein, heute ist das Wetter schuld. Normalerweise ist mehr Betrieb. Vielleicht kommen später noch ein paar Leute. Am frühen Abend ist es immer ziemlich leer.«

Der Kamin in der Ecke zischte leise. Van Halen hörten auf, von Ausschweifungen und Exzessen zu singen. In der darauffolgenden kurzen Pause trank Simon die Hälfte seines Biers, bevor Iron Maiden ihm etwas von der Zahl des Teufels vorzusingen begannen. Simon kicherte. Das war wirklich unglaublich. Kein Wunder, dass er der einzige Gast war.

»Also, was führt Sie in die *Devil's Tavern*?«, flüsterte eine Stimme an seinem Ohr, und er zuckte zusammen. Als er sich umdrehte, saß ein weiterer Dämon auf dem benachbarten Barhocker. Auch dieser Mann trug Hörner und fellbesetzte Ziegenschuhe, außerdem hatte er – Simon blinzelte ungläubig – einen langen Schwanz. *O Mann, die Typen hier waren wirklich verrückt. Das musste er den Jungs in der Arbeit erzählen. Moment mal. Er hatte ja bald keine Arbeit mehr.*

»Scheißtag im Büro«, antwortete Simon, und weil er nicht unhöflich sein wollte, fragte er: »Sie arbeiten hier?«

»Ja. Woher wissen Sie das? Das Pub gehört mir zum Teil, deshalb bin ich oft hier, auch wenn ich gerade keine Schicht habe. Man weiß schließlich nie, wen man so alles trifft«, sagte der Fremde.

Der Barkeeper erschien wieder wie aus dem Nichts.

»Hi, Nick«, sagte er. »Du bist früh dran. Wie immer?«

Der Mann nickte. Der Barkeeper holte einige Flaschen und machte sich daran, einen Cocktail zu mixen. Nick wandte sich an Simon. »Auch einen?«

»Was wird das?«

»Jungfrauenblut«, erwiderte der Mann lächelnd. »Sehr beliebt in dieser Gegend.«

Simon verzog das Gesicht. »Ich verzichte besser. Heute Abend ist mir nicht nach Jungfrauen.«

Der Mann grinste anzüglich. »Da ich Sie nicht kenne, reiße ich mich mal zusammen. Man sagt mir oft, ich solle meine Zunge hüten«, fügte er zwinkernd hinzu. »Wenn Ihnen nicht nach Jungfrauen ist, dann müssen Sie wirklich schlecht drauf sein. Noch mal dasselbe?«, bot er an. Simon sah auf seine leere Flasche.

»Ja, okay. Warum nicht. Danke.«

Der Barkeeper stellte ein großes Glas mit einer himbeerfarbenen Mischung auf den Tresen, zusammen mit einer weiteren Flasche Bier.

»Prost! Danke«, sagte Simon, hob die Flasche und stieß sie leicht gegen das Cocktailglas.

Nick rührte mit einem langen Plastiklöffel in der roten Flüssigkeit und trank schlürfend einen ersten Schluck.

»Wohnen Sie in der Gegend?«, fragte er. »Ich habe Sie hier noch nicht gesehen.«

»Nein, ich war auf dem Heimweg und musste tanken«, erklärte Simon. »Es hat geregnet, ich habe das Pubschild gesehen und dachte, ›warum nicht?‹. Ich brauchte noch ein wenig Zeit für mich, bevor ich nach Hause zu meiner Frau fahre.«

Der Fremde warf ihm einen wissenden Blick zu.

»Was ist mit Ihnen? Frau? Kinder?«

Nick lachte. »Auf keinen Fall. Ich bin jung, frei und Single. Nun ja, zumindest frei und Single.«

Die Musik verstummte. Die beiden Männer tranken. Der Barkeeper polierte einige Gläser. Das Feuer knisterte. Simon spürte den Alkohol und erinnerte sich, dass er den ganzen Tag nichts gegessen hatte. Er sollte besser aufbrechen, bevor er zu betrunken war, um nach Hause fahren zu können. In diesem Moment klingelte das Telefon. Veronica. Er entschuldigte sich und entfernte sich ein Stück, um den Anruf anzunehmen.

»Wo bist du? Hast du eine Ahnung, wie spät es ist? Bist du noch bei der Arbeit oder mit den Kollegen im Pub? Kommst du heute Abend überhaupt noch nach Hause?«, bellte Veronica. Ihre Fragen schossen durch seinen Kopf.

»Ich bin auf dem Weg. Nein, es ist nicht spät. Nein und nein. Ja, natürlich komme ich. Warum?«

»Ich habe dich schon vor Stunden erwartet. Mum ist hier. Du solltest sie empfangen und ausnahmsweise mal einen guten Eindruck machen – vor allem, nachdem du ihre Küche abgefackelt hast. Ich musste dich schon wieder entschuldigen. Du machst es mir wirklich nicht leicht. Ich habe ihr gesagt, dass du noch ein wichtiges Verkaufsmeeting hast. Sie hat es mir allerdings nicht geglaubt. Sie ist ja nicht dumm. Sie denkt, dass du etwas vor ihr verheimlichst und nur zu feige bist, ihr gegenüberzutreten. Was soll ich ihr jetzt also sagen?«

»O Mist! Es tut mir leid, Veronica, ich hatte einen schlimmen …«

»Ich will deine jämmerlichen Entschuldigungen nicht hören. Das hier war wichtig, Simon.«

»Veronica, ich habe gesagt, dass es mir leidtut. Ich hatte wirklich einen höllischen Tag …«

»Simon, das kannst du später erklären. Lass dir ruhig Zeit, wir gehen zum Bingo. Wir haben auch schon gegessen, du musst dich also selbst um dein Essen kümmern. Im Ernst, Simon, ich dachte wirklich, dass du dich dieses Mal bemühen würdest. Ich hätte es besser wissen sollen.«

Der Anruf brach ab. Simon starrte auf das Display und den kleinen roten Telefonhörer, der ihn anblinkte, und stöhnte.

Er hatte Veronicas Mutter völlig verdrängt. Sie würde bei ihnen wohnen, während die Handwerker ihre Küche renovierten. Wie hatte er das nur vergessen können? Er hätte zu Hause sein sollen – den Familienmenschen, Versorger und aufmerksamen Ehemann mimen – und versuchen, den alten Drachen auszuhalten.

Simon schob das Handy in die hintere Hosentasche und ging zurück zur Bar, wo bereits eine neue Flasche Bier auf ihn wartete. Er sah sich nach Nick um, doch der war verschwunden. Der Barkeeper füllte kleine Tonschalen mit Schinkenspeckchips – oder zumindest hoffte Simon, dass es sich darum handelte. »Ich dachte, Sie könnten noch eins vertragen«, sagte der Mann, ohne von seiner Arbeit aufzublicken. »Das geht aufs Haus.«

»Danke, das ist sehr freundlich von Ihnen. Soll ich das Bier wirklich nicht bezahlen?«

»Nein, lassen Sie es gut sein. Dafür sind Pubs doch da. Damit die Menschen ihre Sorgen vergessen; warme, freundliche Oasen für die, die sie brauchen.«

Simon trank einen großen Schluck kaltes Bier. Sein Magen knurrte.

»Sie bieten nicht zufällig warmes Essen an, oder?«

»Doch, Nick ist gerade in der Küche und macht ein paar scharfe Pasteten warm. Möchten Sie eine?«

»Ja, bitte. Ich habe seit heute Morgen nichts gegessen. Der Tag hat sich nicht so entwickelt wie gedacht, und das hat mir den Appetit heute Mittag verdorben.«

»Nick!«, rief der Barkeeper. »Pastete für unseren Gast.« Er verteilte die Tonschalen auf dem Tresen. »Sie sehen aus wie ein Mann, der etwas Heißes braucht«, sagte er mit einem Zwinkern.

»Erst einmal gebe ich mich mit etwas Kaltem gegen meine

Kopfschmerzen zufrieden«, antwortete Simon und deutete auf die Bierflasche.

»Schlechter Tag, hm?«

»Das ist noch untertrieben. Höllisch.«

Der Barkeeper deutete auf das Schild über einer Tür mit der Aufschrift »Hell's Kitchen« und sagte: »Scheint der richtige Ort zu sein, um uns Ihr Herz auszuschütten, oder?«

Nick trat durch ebendiese Tür mit einem Teller, auf dem ein Haufen knusprig goldglänzender Pommes frites und eine Pastete lagen.

»Bitte schön«, sagte er und stellte den Teller vor Simon ab.

Der nahm eine Gabel und stach sie in die Pastete. Dampf stieg auf, zusammen mit dem Geruch nach Thymian und anderen Gewürzen, die Simon nicht erkannte. Er schob sich einen großen Bissen in den Mund und kaute genüsslich. Nick lehnte an der Bar und knabberte an ein paar Speckchips.

»Der Mann hier hatte einen höllischen Tag«, sagte der Barkeeper.

»Geteiltes Leid ist halbes Leid«, meinte Nick.

»Ich will nicht jammern«, sagte Simon.

»Unsinn. Man soll nicht zu viel Stress mit sich herumschleppen. Sonst bekommen Sie noch einen Herzinfarkt und müssen mit Blaulicht abtransportiert werden.«

Simon prustete. »Das wäre gar nicht so schlecht. Dann hätte ich vielleicht ein wenig Ruhe, und man würde sich wenigstens um mich kümmern.«

Nick warf dem Barkeeper einen Blick zu, der kaum sichtbar nickte. Simon bemerkte nichts davon, während er sein Abendessen verschlang.

»Wirklich gut, das Essen. Sehr angenehme Schärfe.«

»Das ist sicher das Chili. Wir mögen es gern warm«, sagte der Barkeeper. »Also, was war heute los? Was hat Ihnen solche

Kopfschmerzen bereitet, dass Sie schließlich in der *Devil's Tavern* gelandet sind und mit zwei Teufeln abhängen?«

Simon betrachtete die beiden Männer. Nick wirbelte seinen Schwanz und wackelte übertrieben mit den Augenbrauen.

»Es ist schon ein bisschen anders hier. Ich war noch nie in einem Pub mit Höllenmotto. Seid ihr immer so angezogen?«

Nick nickte. »Das ist unsere Standarduniform. Alle Angestellten müssen sie tragen. Die Frauen sehen darin allerdings sehr viel besser aus. Sogar rote Strumpfhosen sind dann sexy.« Er zwirbelte seinen dünnen Schnurrbart und sah einen Augenblick tatsächlich wie ein Dämon aus, als sich das Kaminfeuer in seinen dunklen Augen spiegelte.

»Der Tag hat eigentlich ganz normal angefangen«, begann Simon. »Die Katze hat versucht, mich zu ermorden, mein Sohn hat mich ignoriert und mich wie einen dummen alten Idioten behandelt, meine Frau hat mir wie immer meine Männlichkeit abgesprochen, der Maulwurf hat noch ein wenig mehr von unserem Garten zerstört, an dem ich monatelang gearbeitet habe, im Büro habe ich einen weiteren Abschluss verloren, dann wurde mir gekündigt, ein Ast ist auf mein Auto gefallen und hat es beschädigt – das Auto, das ich am Ende des Monats zurückgeben und vorher auf eigene Kosten reparieren lassen muss –, und um dem Ganzen noch die Krone aufzusetzen, war ich nicht zu Hause, um meine Schwiegermutter zu begrüßen.« Er trank noch etwas Bier.

»Das ist Mist. Aber es ist doch sicher nicht so schlimm, dass Sie nicht zu Hause waren, um Ihre Schwiegermutter zu begrüßen. Dann treffen Sie sie eben später oder morgen.«

»Sie kennen meine Schwiegermutter nicht. Sie verabscheut mich und versucht ständig, meiner Frau klarzumachen, was für ein Fehler die Heirat mit mir war. Es hat schon damals angefangen, als wir uns kennengelernt haben. Veronica war eine echte Schönheit mit ihren großen braunen Augen – die immer ein wenig funkelten«, fügte er lächelnd hinzu. »Sie hatte langes hellblondes Haar, große … na, Sie wissen schon«, sagte er und deutete ausladende Brüste mit den Händen an.

Nick nickte. »Schon viele Männer haben den Verstand verloren, wenn sie einer hübschen Frau mit riesigen Hupen begegnet sind«, sagte er.

»Ja, so war es wirklich. Nach unserem dritten Date habe ich Veronica nach Hause gebracht. Wir haben uns erst umarmt, dann geküsst und irgendwann leidenschaftlich geknutscht. Ich muss nicht ins Detail gehen, aber es reicht zu wissen, dass ich den Verschluss ihres Spitzen-BHs besiegt und gerade den Hauptgewinn freigelegt hatte, als ihre Mutter die Haustür aufriss. Veronica hat mich zurückgeschoben und ihre Bluse zugeknöpft. Ich bin nach hinten gestolpert und mitten auf dem Familienhund Arnold gelandet. Morag – Veronicas Mutter – hat dann versucht, das Tier unter mir hervorzuziehen, und sich dabei an meinem Ständer fast ein Auge ausgestochen. Der verdammte Hund ist ausgeflippt und hat mich in die Wade gebissen. Instinktiv habe ich dann nach ihm getreten, sodass er gegen die Wand geflogen ist. Er hat sich zwar nicht verletzt, aber trotzdem herzzerreißend gejault. Das war der Moment, in dem meine Schwiegermutter beschloss, dass ich ein rücksichtsloses Monster bin, das nur ihre kostbare Tochter schänden wollte. Sie hat Veronica mit sich ins Haus gezogen und mag mich bis heute nicht.«

Nicks Lippen zuckten. Er strich sich über den Schnurrbart und versuchte, ein Lächeln zu unterdrücken.

»Sie hat es zu ihrer Lebensaufgabe gemacht, mich bei Veronica schlechtzumachen. Stundenlang erzählt sie ihr von dem Erfolg ihrer früheren Freunde. Jeremy zum Beispiel, der ist jetzt Staranwalt. Strafrecht natürlich. Er hat vor ein paar Jahren irgendeine Gameshow gewonnen und besitzt mittlerweile eine Jacht in Monaco. Im Sommer veranstaltet er dort protzige Partys und lädt Klienten während des Grand Prix ein.« Simon stach mit der Gabel auf ein Pommes frites ein. »Der verdammte Kerl hat die Jacht *Veronica* genannt. Morag liebt das natürlich und spricht bei jeder Gelegenheit davon.«

Gedankenverloren starrte er auf das Schild über der Bar, auf dem stand: »Nicht aufregen, heimzahlen.« Er blinzelte und trank einen Schluck Bier.

»Dann ist da noch Adam. Er ist Bauträger und besitzt laut Morag halb Wales, außerdem einige große Projekte in Dubai auf den künstlich aufgeschütteten Palm Islands und The World. Er ist stinkreich und hat sogar zwei Häuser in London, die er an vermögende Ausländer vermietet. Jedes kostet etwa elf Millionen Pfund! Er taucht regelmäßig in Hochglanzzeitschriften auf und ist einer der begehrtesten Junggesellen des Landes. Er und Veronica waren auf dem College zusammen. Morag versteht nicht, warum Veronica ihm den Laufpass gegeben hat. Ehrlich gesagt, verstehe ich es auch nicht. Veronica spricht nie über ihn.« Simon bemerkte ein weiteres Schild über der Bar. Es zeigte einen kleinen Dämon unter den Worten »Lucifer, Inc.«.

»Und dann Toby. Er führt zwei mit einem Michelin-Stern ausgezeichnete Restaurants in Devon«, fuhr er fort. »Toby ist der Traum aller Schwiegermütter. Er hat Morag angeblich immer Blumen mitgebracht, wenn er mit Veronica ausgegangen ist, und belgische Pralinen. Außerdem hat er Morag beim Kochen geholfen. Der kleine Schleimer. Er hat die Latte sehr hoch gelegt. Nach ihm war keiner mehr gut genug für Veronica.«

Das Feuer knisterte zustimmend, und Simon spießte noch

eine lauwarme Pommes frites auf und schob sie sich in den Mund.

»Ich war jedenfalls immer eine Enttäuschung für Morag. Seit Jahren bin ich nicht befördert worden, ich habe kein eigenes Unternehmen. Ich bin nicht mal Manager. Unser Haus ist nur Durchschnitt. Einfacher Durchschnitt. Wir machen keine protzigen Urlaube oder irgendetwas anderes, mit dem sie angeben kann. Vor zwei Wochen habe ich es richtig verbockt. Jemand sollte ihren Toaster reparieren. Sie hat so lange Veronica davon vorgejammert, bis sie sagte, dass ich mich darum kümmere. Keine Ahnung, warum sie nicht einfach einen neuen Toaster gekauft hat. Stattdessen musste ich ihn reparieren. Ich bin normalerweise ganz geschickt mit so was, aber dieses Mal ging alles schief, und der Toaster fing Feuer. Es war kein Feuerlöscher zur Hand, also habe ich versucht, die Flammen mit einem Handtuch zu ersticken. Das brannte dann allerdings auch, das Feuer ist rasend schnell auf die Arbeitsfläche übergegangen. Und auf einmal stand die Feuerwehr vor der Tür, und Morags Küche war ein stinkendes, verrußtes Chaos. Sie ist dann zu einer alten Schulfreundin an der Küste gezogen, um sich von dem Schock zu erholen. Allerdings ist sie dort nicht lange geblieben, denn jetzt wohnt sie bei uns, während die Handwerker ihre Küche – auf meine Kosten – renovieren. Morag wollte unbedingt etwas Todschickes, und das frisst meine mageren Ersparnisse noch weiter auf. Eigentlich wollte ich einen neuen großen Fernseher kaufen. Den könnte ich auch mit einer meiner Kreditkarten bezahlen, doch deren Limit ist wegen der Klassenfahrt meiner Tochter erschöpft und weil meine Frau auch ständig irgendetwas kaufen muss. Das Geld rinnt einem nur so durch die Finger. Das war mein Notgroschen, den ich seit Ewigkeiten angespart hatte.«

Nick machte ein mitfühlendes Geräusch.

»Tut mir leid, ich klinge erbärmlich, nicht wahr? Früher konnte ich die ganze Kritik gut ab. Ich war jung und selbstbewusst. Ich hatte einen guten Job, der mir Spaß gemacht hat. Ich wusste, dass Veronica mich liebt. Meine Kinder liebten mich. Die Vergangenheit ist vergangen, es ist also egal, mit wem Veronica vor mir zusammen war. Doch in letzter Zeit hat sich alles geändert. Meine Kinder tun so, als gäbe es mich gar nicht, und Veronica ist immer auf ihrer Seite. Wir streiten mehr als je zuvor im Leben. Meine Meinung ist überhaupt nichts wert. Sie verachtet mich, da bin ich mir sicher. Wenn ich manchmal bemerke, wie sie mich ansieht, frage ich mich, ob sie lieber jemand anderen geheiratet hätte; jemanden, der mehr als zwanzigtausend Pfund als Grundeinkommen hat und nicht wie verrückt arbeitet, um jeden Monat dringend nötige Provisionen zu verdienen, damit sie sich alles kaufen kann, was sie möchte: ein hübsches Haus, neue Kleidung … Ach, Sie wissen schon.«

Die zwei Männer brummten zustimmend.

»Es ist nicht einfach, der Ernährer der Familie zu sein«, murmelte Nick. Simon hörte jedoch gar nicht zu, sondern starrte auf die Reste der Pastete. Der Alkohol löste seine Zunge.

»Sex haben wir auch nicht mehr. Schon seit dreieinhalb Monaten. Könnt ihr euch das vorstellen? Nicht einmal ein bisschen Knutschen. Wenn wir ein Gästezimmer hätten, würde sie sicher dahin umziehen. Sie beschwert sich schon immer, dass ich schnarche. Wir haben uns auseinandergelebt, und ich weiß nicht, ob ich ihre verdammte Mutter ertrage, die die ganze Zeit auf mir herumhackt. Irgendwann werde ich ausflippen.«

Er fuhr mit dem Finger über die Flaschenöffnung und

seufzte. »Schaut mich an. Ich bin wirklich kein großer Fang, nicht wahr? Ich bin ein kurzsichtiger Mann mit Brille und Bierbauch, dem nach und nach die Haare ausfallen. Ich bin nur der, der die Rechnungen zahlt. Und nicht einmal das. Ab nächsten Monat werde ich ein nutzloser, kurzsichtiger Mann mit Halbglatze auf Stütze sein. Morag wird sich gar nicht mehr einkriegen.«

Simon hielt inne, trank sein Bier aus und legte einen Zwanzig-Pfund-Schein auf den Tresen.

»Danke fürs Zuhören. Wirklich nett, dass ihr einem deprimierten Fremden euer Ohr leiht und versucht, ihn ein wenig aufzumuntern. Ich fahre jetzt besser, schließlich habe ich noch ein ganzes Stück vor mir.«

»Es schüttet immer noch. Trinken Sie ein Wasser und warten noch eine halbe Stunde. Dann kann Ihr Körper den Alkohol ein wenig abbauen.«

Es war warm im Raum. Das Bier, zusammen mit der Hitze, ließ Simon schläfrig werden.

»Na gut, ich nehme dann einen Kaffee und ein Wasser. Jetzt erwartet mich sowieso noch niemand, sie kommen nicht vor elf zurück. Ich gehe nur kurz auf die Toilette.«

»Da drüben links. Die Tür mit der Aufschrift ›Dämonen‹. Gehen Sie nicht aus Versehen zu den ›Engeln‹.«

Simon lachte und ging auf die Männertoilette, wo ihm ein Poster über dem Urinal auffiel: »Ist Ihr Leben die Hölle auf Erden? Das können wir ändern. Rufen Sie Nick an unter 0800 666 666.« Simon lachte wieder. *Schön wär's.*

Als er in den Gastraum zurückkam, richteten Nick und der Barkeeper gerade den Billardtisch her.

»Lust auf ein Spiel?«

»Lieber nicht, da bin ich ganz schlecht. Ich schaue zu.«

Die Jukebox erwachte plötzlich zum Leben. Freddie Mercury sang davon auszubrechen. »Ich wünschte, ich könnte genau das tun – ausbrechen«, sagte Simon.

Nick warf dem Barkeeper einen Blick zu, der wieder nickte. Nick hustete und zwirbelte seinen Schnurrbart. »Wie sehr würden Sie gern ausbrechen?«, fragte er.

»Sehr gern. Ich würde alles tun, um mein Leben zu ändern.«

»Sie würden es auch gegen das Leben eines anderen Menschen eintauschen?«

»Natürlich. Wenn es mir möglich wäre, würde ich es sofort tun.«

Nick lächelte und zeigte dabei gelbe Zähne. »Ausgezeichnet, dann schauen wir mal, was sich da machen lässt«, meinte er und rieb sich die Hände.

# Simon

11 »Sie machen Witze, oder?«

»Nein. Es ist uns todernst.«

»Ich soll also glauben, dass ihr beiden Dämonen seid, die das Leben von Menschen ändern können?«

»Haben Sie nicht das Poster auf der Toilette gesehen?«

»Das war doch nur ein Witz, oder? 666 666 – die Zahl des Teufels und all das. Das gehört doch nur zu diesem ganzen Höllenmotto.«

»Was für ein Motto?«, fragte Nick. »Das hier ist *The Devil's Tavern*, und wir sind Dämonen. Wir verstecken uns hier, damit wir niemanden verängstigen, aber trotzdem sind wir Dämonen. Sollen wir Ihnen ein paar Zitate von unserer Webseite zeigen?«

Simon saß den beiden gegenüber. Er hatte gerade erfahren, dass der Barkeeper Len hieß.

»Eigentlich Leonard, oder ›Meister in schwarzer Magie und Zauberei‹«, erklärte Nick.

Simon war von der surrealen Situation ganz schwindelig, als er auf den Laptopbildschirm starrte. Die Überschrift der Webseite lautete »Lucifer, Inc.«. Die zwei Dämonen grinsten teuflisch von einem Foto unter einem Banner, auf dem stand: »Ist Ihr Leben die Hölle auf Erden? Das können wir ändern.« Unter dem Banner stand in ziemlich altmodischer Kursivschrift:

*Komm trink mit uns und erzähl uns deine Sorgen,*
*dann unterschreib den Vertrag noch vor dem nächsten*
*Morgen.*
*Wir werden alles ändern und dein Leben tauschen,*
*lassen sogar die nervige Frau abrauschen.*
*Wir garantieren Spaß in Hülle und Fülle,*
*denn das Leben soll schließlich mehr sein als die*
*reinste Hölle.*

Simon schüttelte ungläubig den Kopf. »Das ist doch bestimmt ein Scherz. Oder?«

»Ziehen Sie an meinem Schwanz«, forderte Nick ihn auf.

»Wie bitte?«

»Na los, ziehen Sie schon daran.« Nick hielt Simon seinen Schwanz hin.

Zögerlich streckte Simon die Hand aus und zog daran. Da bewegte sich das Körperteil und wackelte. Simon unterdrückte einen Schrei.

»Der ist ja … echt«, sagte er keuchend.

Nick grinste teuflisch. »Und wie.«

»Nein … nein … nein«, stotterte Simon.

»Na los, reißen Sie sich zusammen. Sie haben ganz andere Sorgen als Nicks Schwanz und dass wir zwei kleine Helfer des Teufels sind. Wir sind auf Ihrer Seite. Sie dürfen allerdings weder Ihrer Familie noch Ihren Freunden von uns erzählen. Also, am besten sagen Sie niemandem etwas. Sonst hält man Sie für völlig durchgeknallt«, fuhr Len fort. »Sie wissen schon, gaga, irre, nicht mehr ganz sauber …«

Nick unterbrach Len. »Ich glaube, er hat's kapiert.«

Simon blieb der Mund offen stehen. Er fuhr sich mit der Hand durchs Haar.

»Okay, jetzt reden wir Klartext. Haben Sie schon mal von Faust gehört?«

Simon schluckte und nickte. »Der Typ, der dem Teufel seine Seele verkauft hat, nicht wahr?«

»Genau. Er war die Inspiration für unser Geschäft. Menschen haben ihr Leben oft satt und wollen es ändern. Wir haben da eine Marktlücke erkannt und beschlossen, sie zu besetzen. Wir bieten Menschen die Gelegenheit, ihr Leben zu tauschen. Vollständig oder nur in Teilen. Das entscheiden Sie.«

»Und wie soll das gehen?«, fragte Simon, dem immer schwindeliger wurde.

Len hob die Arme. »Was glauben Sie denn? Wir sind Dämonen. Wir können alles Mögliche.«

»Was zum Beispiel?«, fragte Simon. Eine Hälfte seines Gehirns weigerte sich, den beiden zu glauben. Man nahm ihn hier auf den Arm. Er drehte sich zu Nick und schrie laut. Der Kopf des Dämons hatte sich um hundertachtzig Grad gedreht und starrte ihn aus einer teuflischen Fratze an. Simon krümmte sich und fiel von seinem Barhocker.

»O Nick, das war zu viel«, tadelte ihn Len und wedelte Simon Luft mit seinem Geschirrtuch zu. »Du hast sogar mich ganz schön erschreckt.«

»Ich wollte dieses ganze ›Das kann doch nicht wahr sein‹ abkürzen. Er muss unterschreiben, die Zeit drängt. Du hast doch gehört, was der Chef gesagt hat.«

»Okay, aber jetzt keine gruseligen Tricks mehr. Wir müssen ihn auf sanfte Weise überreden.«

Simon öffnete die Augen. Ein Mann mit Hörnern, schwarzem Haar, schmalem Schnurrbart und einem Ziegenbärtchen sah auf ihn herab. Nein, er träumte nicht. Er war in einer Bar mit zwei Dämonen.

»Alles in Ordnung?«, fragte Nick. »Tut mir leid. Ich werde leicht ungeduldig. Len schimpft mich immer deswegen.«

»Äh, ja, alles okay. Glaube ich.«

Len brachte ihm ein Glas Wasser. »Hier, trinken Sie das. Dann geht es Ihnen bald besser.«

Simon rappelte sich mit Lens Hilfe auf und trank das Wasser.

»Bevor Sie etwas sagen, lassen Sie mich Ihnen eine Frage stellen … Hätten Sie gern ein anderes Leben? Eines, in dem Sie noch einen Job haben, Ihre Kinder Sie lieben, Ihre Frau Ihnen jede Nacht die Hosen herunterreißen und Sie durchvögeln will und Ihre Schwiegermutter Sie für Mr Perfect hält?«

»Das wäre wunderbar, aber ich kann mir nicht vorstellen, wie das gehen soll.«

»Oh, das geht. Sie können alles haben. Oder auch etwas völlig anderes. Sie könnten sogar Veronicas Ex-Freund mit der Jacht sein. Sie könnten Ihr Leben gegen seines tauschen.«

»Ach, redet doch keinen Unsinn!«, sagte Simon mit weit aufgerissenen Augen. »Oh, Entschuldigung! Ich bin nur so überrascht.«

»Schon okay. So reagieren die Leute oft. Der letzte Typ hat gesagt, wir sollen uns verpissen, insofern waren Sie noch nett. Ja. Es ist definitiv möglich. Sie können tauschen, mit wem Sie wollen. Nun, im angemessenen Rahmen. Sie schreiben eine Liste mit Menschen, die für Sie infrage kommen, und wir ziehen einen Namen für Sie. Dann arrangieren wir alles. Geben Sie das Okay und unterschreiben Sie den Vertrag. Wir können Sie zum reichsten Mann der Welt machen, zum bestaussehendsten …«

Len stieß Nick an. »Genug. Er hat es kapiert.«

»Ich könnte der Präsident der Vereinigten Staaten werden oder …«

»Moment! Ein paar Regeln gibt es. Sie können nicht einfach die Weltherrschaft an sich reißen. Normalerweise empfehlen wir, dass Sie mit jemandem tauschen, den Sie kennen oder mit dem Sie Kontakt hatten. Wie wäre es, wenn Sie sich an Menschen halten, die Sie um ihr Leben beneiden oder deren Jobs Sie gerne hätten? Wir machen am besten eine Liste.« Er griff nach einem Kugelschreiber und einem Bierdeckel. »Schießen Sie los.«

»Adam.«

»Adam?«

»Der Ex-Freund von Veronica.«

»Mit ihm würde ich nicht tauschen, außer Sie sind vom anderen Ufer.«

»Hä?«

»Er … Wie soll ich sagen? Er spielt für das andere Team.«

»Er ist schwul?«

»Ja.«

»Dann lieber nicht. Ich habe kein Problem mit Homosexuellen, aber ich stehe einfach nicht auf Männer.«

»Kein Problem.«

»Ich hätte gern Sebastian Charmers Leben«, fuhr Simon fort. »Er ist einer meiner besten Kunden. Er hat eine riesige Oldtimer-Sammlung und lebt mitten im Nirgendwo, umgeben von Wiesen und Schafen. Ich glaube nicht einmal, dass er verheiratet ist. Ich könnte an den Autos herumbasteln und wegfahren, wann und wohin ich will.«

»Wirklich?«, sagte Nick und verdrehte die Augen.

»Ja, wirklich?«, wiederholte Len, verschränkte die Arme und machte ein missbilligendes Geräusch.

»Warum denn nicht? Was wisst ihr über Sebastian? Er ist reich, gut aussehend und liebt Motorsport. Er hat alles, was ich will.«

»Außerdem hat er Hämorrhoiden – armer Kerl, wäre er mal besser nicht jedes Wochenende Fahrrad gefahren –, einen Berg Schulden, der sein ganzes Imperium bald einstürzen lassen wird, eine Anklage wegen sexueller Belästigung einer Angestellten sowie ein hässliches Kokainproblem. Mit so jemandem möchte man eigentlich nicht tauschen.«

Len nickte zustimmend.

Simon blieb wieder der Mund offen stehen.

»Wir wissen eine Menge über diese Menschen. Sie brauchen Anleitung, Simon. Wie wäre es, wenn wir mit etwas Kleinem anfangen. Sie können mit jemandem in der Arbeit tauschen. Vielleicht Ihrer Vorgesetzten. Wir können es so einrichten, dass Sie zur Arbeit gehen und das Sagen haben, und sie wird gefeuert. Sollen wir damit anfangen?«

Simon lächelte. »Das könntet ihr tun? Ich könnte Kimberlys Job bekommen und sie feuern? O Gott!«

Nick und Len steckten sich die Finger in die Ohren und zischten gleichzeitig. »Nicht hier. Erwähnen Sie nicht *diesen* Namen«, tadelte ihn Nick. »Das tut weh.«

»Oh, Entschuldigung, Jungs. Daran habe ich nicht gedacht. Aber Moment mal. Was wollt ihr eigentlich als Gegenleistung? Verkaufe ich meine Seele wie der gute alte Faust und schmore auf ewig in der Hölle?«

Die Dämonen lachten schallend. »Das ist doch so was von gestern«, sagte Nick.

»Wir leben im 21. Jahrhundert. Wir versuchen nicht mehr, Menschen davon zu überzeugen, uns ihre Seele zu verkaufen. Dafür sind sie mittlerweile zu schlau. Egal, was wir angeboten haben, keiner wollte ewige Höllenqualen leiden. Außerdem fanden alle die Hitze abstoßend. Wir verfolgen jetzt eine neue Strategie. Sie nominieren die Seele eines anderen. Heutzutage ist das ganz leicht. Sie nominieren jemand – ein Familienmitglied oder einen Freund –, und wir geben Ihnen alles, was Sie sich nur erträumen können.«

Simons Gesicht zeigte seine Enttäuschung. »Das kann ich nicht machen. Ich kann nicht das Leben eines anderen Menschen zerstören. Und was meine Familie angeht – ich könnte niemals meine Kinder ausliefern, und Veronica verdient keine Ewigkeit in der Hölle. Sie musste schon mich einen Großteil ihres Lebens ertragen.«

»Fällt Ihnen sonst niemand ein?«, fragte Len. »Denken Sie noch mal nach.«

Simon trank einen Schluck Wasser.

»Das Leben könnte so schön sein – mit einem großzügigen Gehalt könnten Sie die Raten abzahlen, Haydon bekommt Fahrstunden und ein eigenes Auto, und Sie könnten Morag die neue Designerküche kaufen. Stellen Sie sich vor, wie sie Sie dafür loben würde. Sie wären ab sofort ihr Lieblingsschwiegersohn. Und denken Sie nur an den Respekt. Ihre Kinder werden Sie bewundern, und Ihre Frau wird so begeistert sein, dass sie Sie mit Aufmerksamkeit überschüttet. Sie werden sich wieder wie ein richtiger Mann fühlen. Und stellen Sie sich mal vor, was passiert, wenn Sie unser Angebot nicht annehmen. Wird Veronica Ihre schlechte Laune weiter ertragen, wenn Sie keinen Job mehr haben? Werden sie und die Kinder Sie verlassen? Das können wir alles verhindern. Sobald Sie sich für den ersten Tausch entscheiden, erledigen wir alles weitere.«

Simon kaute an seinem Daumennagel. Es war verlockend. Aber war es auch möglich? Könnten diese zwei Kerle seine Welt retten?

»Na los, wer geht Ihnen am meisten auf die Nerven? Es muss doch jemanden geben, ohne den Sie gut leben können. So schlecht ist es gar nicht in der Hölle. Wir lieben es dort. Meistens feiern wir. Es passiert richtig viel – Orgien, Alkohol, wir dürfen sogar fernsehen, wenn wir wollen. Auch wenn nur eine Sendung rund um die Uhr läuft, *Big Brother*. Aber wem macht es keinen Spaß, nervtötenden Wesen, die in einem Haus eingesperrt sind, dabei zuzuschauen, wie sie jeden Tag sinnlose Dinge tun und die ganze Zeit streiten? Es ist sehr unterhaltsam.«

Simon stellte sein Glas ab. »Jede Seele? Jedes Lebewesen?«, fragte er.

»Ja, ja. Jedes Lebewesen. Der Maulwurf, den Sie erwähnt haben, geht allerdings nicht. Er lebt im Garten und ist kein Freund von Ihnen. Versuchen Sie nicht, uns übers Ohr zu hauen. Das zählt nicht. Es muss die Seele von jemandem sein, den Sie persönlich kennen. Politiker sind auch ausgeschlossen – das versuchen die meisten. Sie müssen jemanden wählen, den Sie kennen, mit dem Sie arbeiten, der in der Nähe oder mit Ihnen zusammen wohnt.«

Simon kratzte sich am Kinn und blinzelte dann zweimal.

»Okay, ich mach's«, verkündete er. »Was muss ich unterschreiben?«

Nick ging zur Bar, bückte sich und holte eine Mappe hervor, auf der in großen Kursivbuchstaben »Lucifer, Inc.« stand. Daraus nahm er ein Stück Pergament mit weinroter Schrift.

»Das hier ist unser Standardvertrag. Er ist nicht sehr lang. Ich lese ihn vor. Hier drinnen ist es ein wenig schummrig«, sagte Len und nahm Nick das Pergament aus der Hand. *»Ich, ›bla bla bla‹, verspreche hiermit, die Seele von ›xyz‹ zu übergeben, auf dass sie von diesem Planeten entfernt und in die Hölle* *gebracht werde, im Folgenden ›da unten‹ genannt. Im Gegenzug wird mir gestattet, mit jemandem zu tauschen, der ein sehr viel angenehmeres Leben zu führen scheint als ich. Meine Wünsche sollen im angemessenen Rahmen erfüllt werden, und ich darf ein Leben voller Ausschweifungen, Gier und Verkommenheit führen, sollte ich das wollen. Wenn ich den Standort der* Devil's Tavern *sowie die Anwesenheit der Dämonen Nick und Len enthülle oder mit jemandem über diesen Vertrag spreche, werde ich sofort nach ›da unten‹ gebracht, wo ich in alle Ewigkeit von Teufeln und anderen höllischen Kreaturen gefoltert und gequält werde und ich mir wünsche, ich hätte diesem Vertrag niemals zugestimmt.* So weit okay?«

Simon war blass, nickte jedoch zustimmend.

»*Nach Unterzeichnung des Vertrages werden wir, die Dämonen Nick und Len, unser erstes Versprechen innerhalb von achtundvierzig Stunden erfüllen. Der Begünstigte der dämonischen Dienste ist verpflichtet, eine Seele zur Bezahlung zu nennen. Diese wird bei Erfüllung des ersten Dienstes geholt. Gezeichnet, usw. usw.* Das ist alles. Wir unterschreiben zuerst, dann denken Sie kurz nach und lassen uns dann Ihre Nominierung wissen. Keine Eile. Nächste Woche reicht völlig.«

Simon sah zu Len. »Wo unterschreibe ich?«

»Ganz unten. Und Sie müssen mit Ihrem eigenen Blut unterschreiben.«

»Oh. Das hätte ich nicht erwartet. Was muss ich dafür tun, mich in den Finger schneiden oder stechen?«

Len lachte schallend. »Das war nur Spaß. Auch das ist furchtbar altmodisch. Wir sind moderne Dämonen. Wir haben Stifte mit roter Tinte. Unterschreiben Sie einfach mit Ihrem Namen. Nick wird ebenfalls unterzeichnen, und dann ist alles offiziell.«

Len streckte Simon einen Stift hin, den dieser nahm und

damit den Vertrag unterzeichnete. Len setzte ebenfalls seinen Namen darunter und gab Nick den Stift, der seine Unterschrift hinzufügte sowie einen Smiley mit Hörnern. Simon sah zu den zwei eifrigen Dämonen, deren dunkle Augen vor Aufregung funkelten.

»Okay, sieht alles gut aus. Jetzt brauchen wir nur noch einen Zeugen.« Er pfiff laut, worauf eine einen Meter achtzig große Frau in der Tür erschien, den Kopf gesenkt wie ein angriffslustiger Bulle. Simon schnappte entzückt nach Luft. Sie war umwerfend. Vor ihm stand ein weiblicher Teufel, dessen schlanker, perfekt geformter Körper in einen schwarzen Leder-Catsuit gehüllt war. Das kurze, stachelige Haar war pechschwarz. Zwei kleine Hörner ragten aus ihrer Stirn. Ihre Haut war blass, und sie trug glitzernden pinkfarbenen Lidschatten. Ihre roten Lippen waren verführerisch gespitzt, als wolle sie Simon einen Kuss zuhauchen. Sie hob den Kopf und öffnete plötzlich die Augen. Ihre Iris waren ebenfalls feuerrot. Simon unterdrückte einen weiteren Schrei und presste den Mund zusammen, als die Teufelin auf ihn zukam. Ihr samtschwarzer Schwanz bewegte sich beim Gehen hin und her.

»Deine Unterschrift wird benötigt, Mania. Unser Mann hier braucht eine Veränderung.«

Mania lachte rauchig. »Eine Veränderung ist so gut wie eine Pause«, gab sie zurück, während ihre blutroten Augen Simon anstarrten. Er schauderte.

»Mania ist der Boss *da unten*«, sagte Len.

»Und ein ziemliches Biest«, fügte Nick hinzu, was ihm einen bösen Blick von Mania einbrachte. »Sie war früher mal Anwältin, deshalb soll sie die offiziellen Dokumente bezeugen. Das Management möchte, dass sich einer von uns um den Papierkram kümmert. Das verstehen Sie doch, nicht wahr? Es soll ja sozusagen nichts durchs Netz schlüpfen.« Er musterte Mania von oben bis unten und warf ihr einen Kuss zu.

»Träum weiter«, schnurrte sie. Nick zwinkerte Simon zu und zuckte mit den Schultern. Mania überprüfte das Pergament, fügte ihre Unterschrift hinzu und richtete sich auf, wobei sie Nick und Len überragte.

»Danke, Mania«, sagte Len. »Grüß doch bitte den Boss. Wir kommen dann in ein paar Tagen mit dem neuesten Opfer runter.«

Mania ignorierte ihn und sah weiter Simon an. »Sehr erfreut«, sagte sie. »Ich hoffe, wir lernen uns noch etwas eingehender kennen.« Sie spazierte zurück in die Küche. Nick starrte ihr mit unverhohlener Gier auf den Hintern.

»Träum weiter, Nick. Ich weiß, dass du auf meinen Arsch glotzt. Das tust du immer. Mein Hintern ist aber tabu für euch kleine Teufel. Ich gebe mich nur mit den hohen Tieren ab«, rief sie und verschwand. Das Feuer knisterte im Kamin, und die Temperatur im Raum schien anzusteigen. Simon zerrte an seinem Hemdkragen. Es war wirklich heiß.

»Sie steht total auf mich«, meinte Nick grinsend.

»Nein, tut sie nicht. Das denkst du jedes Mal. Aber sie spielt in einer völlig anderen Liga«, antwortete Len.

»Okay, Simon. Jetzt müssten wir noch wissen, wo Sie arbeiten und wohnen, Telefonnummer, E-Mail-Adresse und so weiter. Wenn Sie bitte dafür dieses Formular ausfüllen.« Nick schob Simon ein Blatt Papier zu, das dieser sogleich bearbeitete.

»Nehmen Sie sich morgen frei und gehen am Samstag wieder in die Arbeit. Sie werden eine große Veränderung bemerken. Wir werden das Unmögliche möglich machen.«

»Wirklich?«

»O ja. Wir sind gut in unserem Job. Auswechslungen sind

unsere Spezialität. Also los, spannen Sie uns nicht länger auf die Folter. Wen nominieren Sie? Veronica? Ihre Schwiegermutter?«

Simon leckte sich über die trockenen Lippen. »Ich gebe Bescheid, sobald ich mich entschieden habe.«

# Polly

# 12

Polly überprüfte die Firmennamen am Eingang des Gebäudes. Schließlich fand sie »Lucifer, Inc.« und drückte auf die Klingel.

»Guten Morgen, Lucifer, Inc.«, erklang es aus der Gegensprechanlage.

»Hallo, hier ist Polly MacGregor. Wir haben gestern telefoniert. Ich habe einen Termin mit Mania.«

»Ja, wir haben Sie schon erwartet. Ich öffne Ihnen die Tür. Wir sitzen im Untergeschoss. Bis gleich.«

Der Türöffner summte. Polly drückte die Glastür mit einem lauten Klicken auf und betrat das Foyer. Im Gebäude selbst waren keine Schilder angebracht. Es war düster und nicht besonders einladend, doch da die Stimme freundlich geklungen hatte, schob Polly ihre Angst beiseite und ging ins Untergeschoss, wo sie eine Tür mit der Aufschrift »Lucifer, Inc.« fand. Sie klopfte leise, und die Tür öffnete sich, um den Blick auf ein ungewöhnliches Büro freizugeben. Es war sehr rudimentär eingerichtet, um es vorsichtig auszudrücken. Weder Gemälde noch Diplome hingen an den Wänden. Rote Kreise aus Licht wirbelten über die grauen Wände und die weichen schwarzen Ledersessel, die um einen leeren Glastisch platziert waren. Es sah eher wie ein Nachtclub aus als ein

Büro. Im Hintergrund sang Cliff Richard *Devil Woman* – das Lied kannte sie von ihren Eltern, die treue Fans von Sir Cliff gewesen waren und all seine Alben besessen hatten.

Eine junge Frau, nicht älter als zwanzig, kam aus dem Hinterraum und riss Polly aus ihren Gedanken. Sie trug einen glänzenden Leder-Catsuit und hochhackige Stiefel. Ein leuchtend roter Haarreif hielt ebenso rote Haare zurück, und darauf waren kleine Hörner befestigt. Polly war etwas erstaunt über das Auftreten, das so gar nicht einer Sekretärin entsprach.

»Hallo, ich bin Lilith. Sie müssen Polly sein. Kann ich Ihnen etwas zu trinken anbieten? Mania ist noch am Telefon und wird bald für Sie da sein. Bitte setzen Sie sich. Tee, Kaffee, Wasser, irgendetwas anderes?«

»Wasser wäre nett, danke.«

»Nach dem Morgen«, sagte die Frau, »würde ich nur zu gern den Pinot Grigio aufmachen.« Sie lächelte Polly zu, die das seltsame Gefühl hatte, dass sie sich schon mal begegnet waren.

»Zuerst sind die Computer abgestürzt, dann hat Mania einen Anfall bekommen, weil ich ein Dokument nicht finden konnte. Na ja, so bleibt es nicht langweilig, nicht wahr?«

Polly nickte. »Ähm. Wie lange gibt es die Firma schon? Alles hier sieht so neu und modern aus.«

Lilith lachte. »Wir sind schon sehr, sehr lange im Geschäft. Lassen Sie sich von der Einrichtung nicht täuschen. Wir gehen mit der Zeit. Eines dieser Topinneneinrichtungsbüros hat hier erst kürzlich alles umgestaltet. Sie wissen schon: Ein Typ in einem geblümten Hemd kommt her, fuchtelt mit den Armen, trinkt Kamillentee und verstummt, sobald er sich an seinen kreativen Kraftort zurückzieht. Ich habe erst gedacht, Mania würde ihn erwürgen, nachdem er was von Karma und Raum gebrabbelt hat. Einer von den Designern, die alles ganz außergewöhnlich gestalten wollen und vorschlagen, ein Zebramuster an die Wand zu malen oder sie in einer seltsamen Farbe zu streichen, die ›der Atem des Elefanten‹ heißt und für mich einfach nur grau aussieht. Besonders toll fand er aber den Minimalismus. Wir haben alle alten Möbel rauswerfen und sie durch den ›Zen-Look‹ ersetzen müssen, wie sie ihn nennen. Hier drin ist es jetzt so leer, dass ich mein Gehirn hören kann. Aber zumindest stolpere ich nicht mehr über Aktenschränke.«

Polly entspannte sich und lächelte Lilith zu. Die junge Frau ging zu einem glatten schwarzen Schrank, drückte leicht auf die Tür und zog sie auf. Dahinter verbarg sich ein Kühlschrank, in den sie hineinspähte.

»Still oder mit Kohlensäure?«

»Mit Kohlensäure, bitte.«

Lilith kam zurück und stellte Flasche und Glas vor Polly ab, dann setzte sie sich ihr gegenüber. Polly fielen ihre Augen auf. Sie waren so schwarz wie polierter Onyx und dunkler als das Lederoutfit.

»Ja, ich habe auf dem Flug nicht genug Wasser getrunken und gestern Abend dann dummerweise noch ein, zwei Gläser Wein und dazu nichts gegessen«, plapperte Polly nervös. Sie hatte noch nie so schwarze Augen gesehen. Sie goss das Wasser ins Glas und trank durstig.

»Bei Wasser bin ich hoffnungslos. Ich vergesse immer, dass man eigentlich acht Gläser am Tag trinken sollte oder wie viel auch immer. Wein geht dagegen immer. Oder Wodka.« Lilith grinste und enthüllte eine kleine Lücke zwischen den Schneidezähnen. »Mania hat mich gebeten, mich erst ein wenig mit Ihnen zu unterhalten, bevor Sie zu ihr hineingehen. Ich bin ihre Assistentin und erledige normalerweise die Vorarbeit. Sind Sie damit einverstanden?«

»Ja, natürlich.«

»Sie haben unsere Anzeige in einer Zeitung gesehen, richtig?«

»Ja, in der *Metro*. Ich habe sie im Zug entdeckt.«

Lilith nickte uninteressiert und fuhr fort. »Ich habe mit dem Teufel gesprochen, der gestern Abend Ihren Anruf entgegengenommen hat …«

»Teufel?«, fragte Polly.

»Das sind wir hier alle, abgesehen von Mania. Sie ist eine Dämonin.«

Pollys Mundwinkel hoben sich. »Ihr nehmt eure Rolle also ganz schön ernst?«

»Absolut. Wir sind Teufel, wie Bäcker eben Bäcker sind oder Schuhmacher Schuster«, sagte Lilith, worauf Polly wieder lächelte. »Ich habe heute Morgen mit Zepar gesprochen. Er sagte, Sie klangen sehr aufgewühlt.«

»Zepar? Habe ich mit ihm gestern Abend telefoniert?«

»Genau. Er ist heute nicht im Büro, sondern assistiert Nick und Len, zwei weiteren Teammitgliedern – sie befinden sich auf einer Mission. Sie werden Zepar mögen, wie alle Frauen. Er ist sehr charmant. Wie auch immer, er hat mich informiert, dass Sie ein paar harte Monate hinter sich haben.«

»Ja, das Leben ist gerade nicht so toll.«

»Das sagen die meisten unserer Klienten. Deshalb gibt es uns«, sagte Lilith und legte eine kühle Hand auf Pollys. »Wenn Sie reden wollen, ich bin ganz Ohr.«

»Sie haben das wahrscheinlich alles schon mal gehört: zerbrochene Beziehungen, Schulden und so weiter. Ich verschwende wahrscheinlich nur Ihre Zeit und sollte besser gehen …«

Lilith verstärkte den Druck auf Pollys Hand.

»Bitte bleiben Sie. Wir können Ihnen wirklich helfen. Wissen Sie, ich weiß bereits einiges über Sie, Polly. Wir haben ein paar Nachforschungen angestellt. Das machen wir immer bei unseren Klienten, um ihnen den bestmöglichen Service zu bieten«, fügte sie hinzu, als sie Pollys besorgten Gesichtsausdruck sah.

Sie nahm ein kleines iPad und scrollte auf eine Seite, las etwas und lehnte sich zurück.

»Ich verstehe, warum Sie sich bei uns gemeldet haben. Ich an Ihrer Stelle hätte meinen Mann umbringen wollen, wenn er mich betrogen hätte. Geduld ist nicht gerade meine Stärke«, sagte sie und lächelte. Ihre Augen blickten jedoch kalt.

Polly holte tief Luft. Diese Situation war wirklich seltsam. Lilith sah sie an und erwartete, dass sie mehr erzählte. Polly musste sich ihren Kummer tatsächlich von der Seele reden. Sie brauchte eine Freundin, und Lilith würde zuhören.

»Ich war sehr verletzt und aufgewühlt. Es war ein Schock, auch wenn ich eigentlich nicht so überrascht hätte sein sollen. In unserer Beziehung lief es schon lange nicht mehr besonders gut, auch wenn ich das erst ignoriert habe. Callum hat sich beschwert, dass ich ständig über Geld rede. Er wollte einfach nur seine Ruhe haben – ins Pub gehen, Computerspiele spielen, jede Woche mit den Jungs ausgehen, das Essen auf dem Tisch, wenn er nach Hause kommt. Bloß keine Verantwortung tragen. Das eigentliche Problem war aber, dass er viel zu selbstgefällig war. Er wollte einfach so weitermachen, er wollte sich nicht ändern, und er hatte auch keine Lust, zu arbeiten. Er hält es nie lange in einem Job aus. Wenn das Geld knapp wird, stört ihn das nicht. Mich aber schon. Ich hasse es, im Supermarkt nach Sonderangeboten suchen zu müssen. Das war auch der Grund, warum ich einen Nebenjob angenommen habe. Ich habe abends in einem Pub gearbeitet und tagsüber als Rezeptionistin in einer Arztpraxis. Mit der Zeit bin ich krank geworden von der Belastung, zwei Jobs zu haben, die Rechnungen bezahlen zu müssen und dann nach Hause zu kommen, wo er schlafend vor dem Fernseher sitzt und den ganzen Tag nicht einen Finger krumm gemacht hat. Dann ist er gewalttätig geworden, hat mich ein paarmal geschlagen. Danach hat er sich immer sofort entschuldigt und versprochen, es nicht wieder zu tun. Er hat es auf den Druck in der Arbeit geschoben und mir das Gefühl gegeben, ich hätte es verdient. Als ich ihn mit Gabi im Bett erwischt habe, war ich völlig ruhig. Es war eine Erleichterung, endlich einen Grund zu haben, ihn zu verlassen. Ich habe ihn in der schäbigen Mietwohnung zurückgelassen und bin zu Kaitlin gezogen. Er wohnt immer noch dort, jetzt zusammen mit Gabi. Sie haben letztes Jahr geheiratet.«

Lilith beugte sich vor und hörte aufmerksam zu.

»Mit Kaitlins Hilfe habe ich mein Leben verändert. Ich habe eine Umschulung gemacht, die Nächte durchgelernt, aber es hat sich gelohnt. Ich habe meine eigene Praxis aufmachen können und genug verdient, um mir ein Haus zu kaufen. Nach einer Weile ist Dignity in den Raum nebenan gezogen; sie bietet Reiki und andere alternative Behandlungen an. Wir verstehen uns gut, und unsere Kunden kommen von dem Schönheitssalon und dem Friseur im Erdgeschoss zu uns nach oben.« Lilith nickte. Polly trank einen Schluck Wasser. Im Hintergrund spielte immer noch Musik. Sie erkannte die Rolling Stones mit *Sympathy for the Devil.* In dieser Firma hatte man offensichtlich einen ganz besonderen Geschmack.

»Callums und meine Wege kreuzen sich heutzutage zum Glück nicht mehr«, fuhr sie fort und erinnerte sich an ihre letzte Begegnung mit ihm.

*Es ist spät. Ihre letzte Kundin ist nach der Behandlung noch länger geblieben und hat sie nach Rückenübungen gefragt. Polly hat es nicht übers Herz gebracht, sie wegzuschicken, und ihr ausführlich die Übungen gezeigt. Mike wird sicher furchtbar wütend sein. Eigentlich hat sie gesagt, dass sie heute früher nach Hause kommt, um für ihn zu kochen. Nicht zum ersten Mal bricht sie ihr Versprechen. Sie beschließt, etwas vom Chinesen zu holen und ihn mit Frühlingsrollen und Pekingente zu besänftigen. Sie ist so damit beschäftigt, ihre Bestellung zu planen, dass sie die dunkle Gestalt nicht bemerkt, die aus dem Wettbüro kommt. Der Mann prallt gegen sie und stößt ihr die Handtasche von der Schulter. Sie blickt auf und erkennt überrascht Callum.*

*»Pass doch auf, wo du hinläufst, du lahme Kuh«, knurrt er.*

*»Hallo, Callum«, sagt sie und zieht ihre Tasche wieder auf die Schulter, während sie seine unordentlichen Klamotten und den ungepflegten Bart mustert.*

*»Ach, du bist's«, erwidert er.*

*Er ist nicht mehr attraktiv. Sein früher so glänzendes Haar ist jetzt strähnig und schmutzig. Er riecht ungewaschen, ist aber noch genauso großspurig wie früher.*

*»Schau dich nur an, wie schick du bist«, knurrt er und mustert sie von oben bis unten, vor allem ihre Ted-Baker-Tasche. »Du haust das Geld wohl ganz schön raus.«*

*Polly merkt, dass er betrunken ist. Sie will keinen Streit auf der Straße, und sie hat es eilig. »Guten Abend, Callum«, sagt sie und geht davon.*

*»Du verdammte Schlampe! Du lässt mich nicht einfach so stehen!«, brüllt er und wankt ihr nach. »Du gehst nicht einfach weg, wenn ich mit dir rede. Hältst du dich plötzlich für etwas Besseres als mich? Oh, das bist du nicht. Du bist genauso ein Flittchen wie die meisten Frauen. Du treibst dich bestimmt noch genauso herum wie damals, als ich dich kennengelernt habe. Ich*

*war aber der Erste, oder? Ich wette, keiner war seither so gut wie ich. Wenn dich überhaupt einer vögeln will.«*

*Sie geht weiter, blendet seine Schimpftirade aus.*

*»Du schrumpeliges Miststück!«, brüllt er. »Du hochnäsige Fotze!« Er stolpert und flucht. Sie biegt um die Ecke. Er folgt ihr nicht. Sie ist erleichtert. Sie eilt zum Chinesen, will nur noch die hellen Lichter sehen und dann nach Hause zu Mike. Sie ist froh, dass sie diesen Teil ihres Lebens – Callum – hinter sich gelassen hat.*

»Er hat sich sehr verändert und ist nicht mehr der Mann, den ich geliebt und geheiratet habe«, antwortete sie.

»Seit ihm hatten Sie aber noch andere Beziehungen, nicht wahr? Was ist mit Mike?«

»Ja«, sagte Polly nervös und trank einen Schluck Wasser. »Sie haben Ihre Hausaufgaben gemacht. Ihn kontaktiert haben Sie aber nicht, oder?«

»O nein! Das hier ist vertraulich. Darin sind wir sehr gut. Niemand hegt einen Verdacht, was wir vorhaben. Es ist sehr wichtig, dass wir alles in unserer Macht Stehende tun, um unseren Klienten die bestmöglichen Lösungen zu bieten.«

»Mike hat mich geliebt. Da bin ich mir ganz sicher, bis ich alles kaputtgemacht habe. Er hat mir vorgeworfen, dass ich ihn vernachlässige und nur an die Arbeit denke. Damals dachte ich, ich würde ihm genug geben. Ich habe alles in die Beziehung gesteckt. Irgendwann war ich erschöpft von den Versuchen, die zu sein, die er haben wollte. Und trotzdem hat er mich verlassen. Das Leben mit ihm war eine emotionale Achterbahnfahrt. So etwas würde ich nicht mehr aushalten. Zuerst habe ich es also mit Callum vermasselt, dann mit Mike. Zwischen den beiden Beziehungen gab es auch noch ein paar andere Katastrophen. Tolle Erfolgsbilanz bei Männern, nicht wahr?«

Lilith nahm Pollys Hand. Polly wunderte sich über ihre kühlen Finger. Lilith flüsterte: »Sie sind nicht allein. Viele Frauen und Männer machen ähnliche Erfahrungen. Manchmal muss man erst ein paar Frösche küssen, bevor man seinen Prinzen findet.«

Polly holte tief Luft und seufzte. »Wahrscheinlich, ja. Im Moment habe ich aber ganz andere Sorgen. Ich weiß nicht, ob ich die Kraft oder das Selbstbewusstsein für eine neue Beziehung habe, selbst wenn ich zufällig auf jemanden stoßen würde, den ich mag.«

Nach kurzem Schweigen sagte Lilith: »Ich weiß auch von – wie soll ich sagen – Ihren aktuellen finanziellen Problemen.«

Polly machte sich los und vergrub das Gesicht in den Händen. »Ich schäme mich so. Bis gestern Nachmittag hatte ich niemandem davon erzählt. Der Wein muss mich gesprächig gemacht haben. Im einen Moment frage ich, wie mir eure Organisation helfen könnte, im nächsten schütte ich Zepar mein Herz aus.«

»Er kann Menschen gut ihre Geheimnisse entlocken«, sagte Lilith.

»Niemand, absolut niemand weiß, wie hoch meine Schulden sind. Ich habe all meine Kreditkarten überzogen, ebenso mein Konto, und man wird ein Mahnverfahren gegen mich einleiten, wenn ich nicht hundertfünfundachtzig Pfund an Parkgebühren zahle.«

»Das kleine Problem mit den Parkgebühren wurde bereits gelöst. Mania hat sich gleich als Erstes heute Morgen darum gekümmert. Sie fand, es würde Ihnen zeigen, wie ernst es uns damit ist, Ihnen zu helfen, Ihr Leben zu ändern.«

»Woher wussten Sie überhaupt von der Gebühr?«, fragte Polly und sah Lilith an.

Lilith tippte sich an den Nasenflügel. »Das ist unser Job. Haben Sie keine Angst. Wie ich schon sagte, Ihre Geheimnisse sind sicher bei uns. Jetzt, da wir offen darüber reden können … Wieso haben Sie überhaupt so hohe Schulden?«

Polly senkte den Blick zu den Schuhen. Ihr bestes Paar – Jimmy Choo. Sie erinnerte sich, wie sie mit Kaitlin nach London gefahren war und sie in einem Schaufenster gesehen hatte. Sie hatte kurz gezögert, sie zu kaufen. Doch dann hatte Kaitlin verkündet, wie großartig sie an ihr aussehen würden.

*»Na los, Polly. Gönn dir was. Mach schon. Du weißt, dass du sie willst, und außerdem passen sie perfekt zu dem Armani-Kleid, das wir vorhin gefunden haben.«* Und so hatte sie zugeschlagen.

»Ich glaube, ich weiß warum.« Polly hielt inne und holte tief Luft. »Ich … Ich habe viel Geld ausgegeben. Geld, das ich oft nicht hatte. Zuerst will ich die Sachen gar nicht kaufen, die ich sehe – ein Kleid, Schuhe, eine Handtasche –, und dann denke ich, dass ich damit hübscher oder begehrenswerter bin, und dann kommt dieses … Verlangen. Das einfach nicht weggeht. Ich versuche zu vergessen, was ich gesehen habe, doch eine Stimme in meinem Kopf beharrt darauf, es zu kaufen. Dieses Gefühl überwältigt mich, und ich kann an nichts anderes denken als an die Schuhe oder das Kleid oder was auch immer. Einmal ist mir drei Tage lang ein Hermès-Schal einfach nicht aus dem Kopf gegangen. Ich habe ihn in einer Zeitschrift entdeckt, und er war einfach perfekt: wunderschöne Grüntöne mit pinken Farbtupfern. Ich wollte ihn so unbedingt, dass ich nicht essen oder mich auf etwas Wichtiges konzentrieren konnte. Ich habe das Bild in der Zeitschrift angesehen und mir ausgemalt, wie ich den Schal mit

Mike beim Italiener trage. Ich war überzeugt, dass er ihm gefallen würde. Grün ist seine Lieblingsfarbe. Schließlich habe ich ihn im Internet bestellt. Er hat mir nicht gestanden. Mike hat gesagt, meine Augen würden damit so blutunterlaufen aussehen. Ich habe ihn nur einmal getragen.«

Polly senkte den Blick. Sie zupfte an einem unsichtbaren Faden an ihrem Pullover.

Lilith drückte ihre Hand. »Glauben Sie mir, Sie sind nicht die erste Frau, die unbedingt ein Paar Louboutin-Schuhe oder eine Louis-Vuitton-Handtasche braucht, um sich besser zu fühlen. Ich habe mein ganzes erstes Monatsgehalt für ein Outfit von Ted Baker ausgegeben und musste jeden Abend bei meiner Mum essen, weil ich kein Geld mehr hatte.«

»Ich kaufe nicht immer nur für mich. Ich mag es auch, anderen Menschen Dinge zu schenken; Menschen, die mir wichtig sind.«

Sie dachte daran, wie sie Kaitlin das gleiche Paar Jimmy Choos gekauft und darauf bestanden hatte, es sich leisten zu können. Kaitlin hatte sich so gefreut, dass sie Polly in dem Laden sogar geküsst hatte. Der überraschte Gesichtsausdruck des Verkäufers hatte sie zum Kichern gebracht. Lilith hielt immer noch ihre Hand. Polly hatte keine Ahnung, warum sie ihre ganzen Geheimnisse einer Fremden erzählte. Es fühlte sich einfach richtig an. Die Umgebung war entspannend. Die leise Musik im Hintergrund. Und Liliths Augen waren irgendwie hypnotisierend. Polly konnte fast ihr Spiegelbild darin sehen.

»Reden Sie weiter«, sagte Lilith leise.

»Schlimm wurde es, als es mit Mike immer schwieriger wurde. Das war mein Tiefpunkt. Ich habe sofort gemerkt, dass er das Interesse an mir verloren hat. Das hat mich unglaublich verletzt. Ich dachte, wir hätten die wahre Liebe gefunden; doch nachdem wir ein paarmal miteinander geschlafen hatten, war's das für ihn. Ich habe so hart dafür gearbeitet, dass er in meinem Leben bleibt. Jeden Abend bin ich nach Hause gerast, um für ihn zu kochen und um ihn zu sehen, bevor er in die Arbeit ging. Ich habe Wochenendtrips in teure Hotels organisiert, Überraschungsreisen ins Ausland, Restaurantbesuche. Wahrscheinlich hat er gar nicht vorgehabt, so lange bei mir zu bleiben. Ich war nur eine seiner Eroberungen. Ich habe ihn dazu gedrängt zusammenzuziehen, nach ein paar Wochen war er dann richtig abweisend. Wie konnte ich nur so dumm sein!« Sie schüttelte ungläubig den Kopf. »Ich habe immer alles falsch verstanden. Zum Beispiel wusste ich, dass Mike Abbey Clancy toll findet – die Fernsehmoderatorin –, deshalb habe ich mir Unterwäsche gekauft, in der sie mal abgebildet war, und Leggins. Mir haben sie natürlich überhaupt nicht gestanden. Wie ein Ackergaul habe ich ausgesehen. Dabei war ich geradezu besessen davon, glamourös zu wirken. Ich habe den ganzen Kram nur gekauft, weil ich attraktiv sein wollte. Verstehen Sie?«

Lilith nickte zustimmend.

»Für Mike habe ich auch Sachen gekauft – Geschenke, um ihm zu zeigen, wie wichtig er mir ist. Doch ich habe herausgefunden, dass wenn jemand einen nicht mehr liebt, man ihn auch mit Geld nicht mehr zurückholen kann. Versucht habe ich es trotzdem – Kleider, alberne Geschenke, Manschettenknöpfe, Technikkram. Ich habe immer weiter Geld ausgegeben. Ich habe ihm sogar ein Auto gekauft – einen hübschen klassischen kleinen MG. Sie hätten sein Gesicht sehen sollen, als er es sah. Er war so nett zu mir. Für etwa zwei Wochen, dann war er wieder gemein.« Polly schniefte traurig, trank einen Schluck Wasser und erzählte weiter. »Bei meinem nächsten Kontoauszug habe ich gesehen, dass ich meine ganzen Ersparnisse aufgebraucht hatte und auch mein Gehaltskonto leer war.« Polly kamen die Tränen. »Dann habe ich die Kreditkartenabrechnung bekommen, und ich konnte kaum die Zinsen zahlen. Nach und nach sind die anderen Rechnungen eingetrudelt. Ich habe mir Geld geliehen auf einer dieser Seiten im Internet, um ein paar Schulden abzuzahlen, aber das hat alles nur noch schlimmer gemacht. Ich bin mit den Raten fürs Haus im Rückstand. Ich habe ein paar Kleider und andere Sachen auf eBay verkaufen müssen, um letzten Monat die Praxismiete bezahlen zu können. Ich habe meine Versicherung nicht verlängert, weil ich es mir nicht leisten kann, und jetzt werde ich durch die Hölle gehen wegen dieser Klage.«

Lilith stand auf und holte eine Schachtel Taschentücher aus dem schwarzen Schrank. Polly nahm eines und putzte sich die Nase.

»Danke. Sie sind sehr freundlich.«

»Sie haben also Kaitlin nichts davon erzählt. Hat sie nicht vermutet, dass Sie in Schwierigkeiten stecken? Schließlich standen Sie einander mal sehr nahe.«

Polly liefen Tränen über die Wangen. »Ich konnte es ihr nicht sagen … Ich hoffte … Ich weiß nicht, was ich gehofft habe. Ich wollte einfach, dass alles verschwindet, und dann habe ich Ihre Anzeige entdeckt.«

»Sie haben mir erst einmal genug erzählt«, sagte Lilith. »Es sieht nicht so schlimm aus, wie es Ihnen gerade vorkommt. Sie sind hier am richtigen Ort.«

Lilith tätschelte wieder ihre Hand.

»Ich weiß nicht. Ich bin ein ziemlich hoffnungsloser Fall.«

»Das bezweifle ich. Wenn es theoretisch möglich wäre, dass Sie Ihre ganzen Probleme loswerden könnten, indem Sie das Leben mit jemandem tauschen – wen würden Sie wählen?«

*Polly bereitet gerade das Behandlungszimmer vor, als ihre Kundin hereinschwebt und sie beide in eine Wolke aus Bergamotte- und Orangenparfüm einhüllt. In der schlichten Lederjacke, den Jeans, den grauen Wildlederstiefeln und mit der wunderhübschen Louis-Vuitton-Handtasche sieht die Frau aus wie eine durchschnittliche, gut gepflegte Dreißigjährige, bis sie die Hand hebt, an der ein riesiger Smaragdring funkelt, und sagt: »Polly, Sie sind so ein Schatz, dass ich so kurzfristig vorbeikommen kann. Die Verspannung in meinem Nacken macht mich wahnsinnig. Der Flug von New York war schrecklich. Ich weiß nicht, warum ich überhaupt für die erste Klasse zahle. Ein entsetzliches Paar, das von Kopf bis Fuß in Burberry gekleidet war, hat sein Kind mitgenommen, und es hat die ganze Nacht geweint. So etwas sollte nicht erlaubt sein. Babys sollten nicht fliegen dürfen. Ich habe keine Sekunde geschlafen, und ich muss für die große Gala heute Abend doch unbedingt gut aussehen. Diese Charity Events sind immer etwas Besonderes, und ich werde etwas Exklusives von Stella McCartney tragen.«*

*Polly gibt bewundernde Geräusche von sich und hofft, dass ihre Kundin weiterredet. Sie liebt es, aus dem Leben von Stephanie De Loren zu hören. Es ist wie eine Mischung aus einem Klatschmagazin und einem Märchen, denn Stephanie lebt in einem riesigen Haus auf dem Land, verbringt aber einen Großteil ihrer Zeit mit Promis und damit, um die Welt zu jetten. Ostern hat sie auf Sir Richard Bransons Necker Island verbracht und danach so einiges zu erzählen gehabt.*

*»Sie sind großartig. Es fühlt sich schon viel besser an«, seufzt Stephanie, nachdem Polly die Massage begonnen hat. »Sie haben heilende Hände. Ich fühle mich immer so viel besser, wenn ich bei Ihnen war.«*

*Sie schweigt eine Weile. Pollys Hände gleiten über ihren durchtrainierten Körper und die definierten Muskeln. Stephanie ist ausgezeichnet in Form und hat einfach alles: gutes Aussehen, Kontakte, Geld. Polly wünschte, sie wäre wie Stephanie.*

*»Habe ich Ihnen von dem Fiasko in Monaco erzählt?« Stephanie plappert weiter und berichtet amüsante Anekdoten von A-Promis, mit denen sie so befreundet ist wie Polly mit Dignity oder Kaitlin.*

»Da gibt es jemanden. Sie verkörpert alles, was ich gerne sein möchte. Und obwohl sie stinkreich ist, ist sie eigentlich ziemlich bodenständig in vielen Dingen.«

Polly wollte gerade weitersprechen, als sie von einer rauchigen Stimme unterbrochen wurde, die »Lilith!« rief.

»Das ist Mania. Entschuldigen Sie mich einen Moment.«

Lilith ließ Polly mit ihren Gedanken an Stephanie zurück. Wie schön es doch wäre, mit jemandem zu tauschen. Stephanie hatte keine Geldsorgen. Sie arbeitete als freie Agentin, die alles tat, worauf sie Lust hatte. Sie war sicher nie einsam. Ihr Adressbuch las sich wie das *Who's who* der internationalen Berühmtheiten. Polly hatte sie mit einem ledergebundenen Kalender gesehen, in dem sie alle Termine und Kontakte aufbewahrte. *»Ich vertraue Telefonen nicht und bin lieber altmodisch. Handys können kaputtgehen.«* Und sie hatte eine Schuhsammlung, um die sie Polly mehr als alles andere beneidete. Polly starrte auf das Glas und schnupperte daran. Das Wasser roch süßlich. War das eine Art Wahrheitsserum? Es war völlig untypisch für sie, jemandem von ihren tiefsten Ängsten und Problemen zu erzählen. So eng sie und Kaitlin auch befreundet waren, hatte Polly doch immer darauf geachtet, was sie mit ihrer Freundin teilte. Diese dunkle Seite an Polly hätte Kaitlin gar nicht gefallen. Sie sah sich um. Vielleicht war das eine schlechte Idee. Dieses Büro war wirklich seltsam. Sie stellte das Glas auf den Tisch und erhob sich.

»Ah, Polly. Bitte entschuldigen Sie, dass Sie warten mussten.«

Eine große Gestalt betrat den Raum. Polly schnappte unwillkürlich nach Luft. Die Frau, wenn sie denn eine war, trug ebenfalls einen schwarzen Leder-Catsuit. Sie war so groß, dass Polly den Kopf in den Nacken legen musste, um zu ihr aufzusehen. Sie setzte sich neben sie und streckte die Hand aus. Dabei fielen Polly ihre Fingernägel auf, die tiefrot lackiert und so lang waren, dass sie sich einrollten. Polly schüttelte ihr die Hand. Ihr Griff war deutlich fester als erwartet.

»Ich muss mich entschuldigen, dass ich Sie nicht empfangen habe. Lilith hat ja in der Zwischenzeit das Vorbereitungsgespräch mit Ihnen geführt. Vielen Dank, dass Sie sich bei uns gemeldet haben, und ich darf Ihnen versichern, dass Ihr Leben nach diesem Besuch eine dramatische Wendung nehmen wird.«

# Simon

## 13

Simon wachte völlig erschlagen auf und stellte fest, dass die Bettseite neben ihm leer war. Veronica war bereits aufgestanden. Als er letzte Nacht die Treppen nach oben gestolpert und ins Bett gefallen war, hatte sie schon geschlafen – oder so getan. Er musste seine gestrige Abwesenheit also noch erklären. Er gähnte. Der Abend erschien ihm jetzt unwirklich. Er hatte wohl zu viel getrunken und sich alles eingebildet. Unmöglich konnte er zwei Dämonen kennengelernt haben. Und doch hatte er es. Er setzte sich auf den Bettrand und sah auf die Uhr. Fünf nach sieben. Er sollte sich für die Arbeit fertig machen. Wenn er nicht im Verkehr feststecken wollte, musste er sich beeilen. Verspäten würde er sich jedoch auf jeden Fall. Er griff nach seiner Brille. Seine Augen brannten. Seit einer Netzhautablösung waren sie schwächer geworden. Beim Gedanken an die Behandlung zuckte er immer noch zusammen. Ein Albtraum – und kostspielig. Doch die Brille half. Er stand auf, kratzte sich am Rücken, gähnte und zog die Vorhänge zurück. Beim Blick auf die Einfahrt schrie er auf und taumelte überrascht zurück. Das dunkelgraue Mercedes S63 AMG Coupé vor seinem Haus gehörte Kimberly. Definitiv. Es hatte cremefarbene Lederbezüge – »Porzellan« für die Eingeweihten. Er erinnerte sich, wie das

Auto in der Filiale angeliefert worden war und wie neidisch sich das ganze Team gezeigt hatte. Es war das neueste Mercedes-Modell und hatte unglaubliche Spezifikationen – Scheinwerfer aus Swarovski-Kristall, ein Glasdach, das sich über Magic Sky steuern ließ und selbst in geschlossenem Zustand den Eindruck vermittelte, man führe unter freiem Himmel, einen Diamantgrill und ein vorausschauendes Federungssystem namens Magic Body Control, das die Straße vor einem auslas und die Räder von selbst hoch- oder runterließ, um Unebenheiten auszugleichen. Es war der Inbegriff von Luxus und eines der prestigeträchtigsten Autos, die man mit Geld kaufen konnte.

Er riss sich aus seiner Erstarrung und überprüfte das Nummernschild. Es war Kimberlys. Was zum Teufel machte sie hier? Sein Herzschlag beschleunigte sich, als er rasch die auf dem Boden verstreuten Kleider aufsammelte. Wenn Kimberly hier war, um über seine bevorstehende Kündigung zu sprechen, hatte er ein Problem. Er zog die Boxershorts von gestern an. Keine Zeit, um nach einem sauberen Paar zu suchen. Er musste Kimberly abfangen, bevor sie Veronica alles erzählte. Oder schlimmer noch, Morag.

Simon hüpfte durch das Schlafzimmer, während er versuchte, sich Socken und Hose anzuziehen, dabei gegen die Kommode prallte und sich den Zeh am Bett stieß. Er schlüpfte in ein Hemd, das über einer Stuhllehne hing, knöpfte es ungeschickt zu, stopfte es in die Hose, riss die Schlafzimmertür auf und stürzte nach unten ins Wohnzimmer. Niemand zu sehen. Stimmen drangen aus der Küche. Simon glättete mit zitternder Hand sein Haar, warf einen prüfenden Blick in den Spiegel im Flur und ging zur Küche.

»Na sieh mal an, wen haben wir denn da?«, knurrte Morag mit einer Zigarette in der Hand. Rauch kräuselte sich über ihrem Kopf. Sie kauerte auf einem der Barhocker, eine Tasse Kaffee vor sich. »Schön, dich wach und so arbeitseifrig zu sehen, Simon«, fuhr sie fort. »Was denn? Hat es dir die Sprache verschlagen? Du weißt doch noch, dass ich hier bei euch wohne, nicht wahr?«

Simon erholte sich rasch. Kimberly war nicht hier. Veronica stand an der Spüle und löffelte Frühstücksflocken.

»Guten Morgen, meine Damen«, sagte Simon und sah sich suchend nach Kimberly um. »Seid nur ihr beide hier?«

»Natürlich. Wer sollte denn noch hier sein? Präsident Putin?« Morag gluckste.

Verblüfft sah Simon aus dem Fenster, um zu überprüfen, ob niemand an der Tür wartete.

»Geht es dir nicht gut?«, fragte Veronica. »Du benimmst dich seltsam.«

Simon starrte auf das Coupé. Seine Gedanken schossen zurück zum gestrigen Abend und dem Pakt, den er geschlossen hatte. Allmählich dämmerte ihm, dass sein Firmenwagen nicht in der Einfahrt stand. Konnte es möglich sein? Hatten sie das wirklich getan? Hatten Nick und Len begonnen, sein Leben zu ändern? Er sah zu Veronica. Sie gestikulierte beim Sprechen mit ihrem Löffel.

»Du siehst ganz blass aus. Ich glaube, du arbeitest zu viel.«

»Ja, das wird es sein. Zu viel Arbeit. Ich sollte heute daheimbleiben und Zeit mit dir und Morag verbringen. Und mich dadurch entschuldigen, dass ich deine Ankunft gestern verpasst habe«, sagte er an seine Schwiegermutter gewandt.

»Ach, schon vergessen«, meinte Morag leichthin. »Du hättest uns einfach sagen können, dass du später kommst, weil du deinen neuen Firmenwagen abholen musst. Das hätten wir doch verstanden, nicht wahr, Veronica?«

Veronica lächelte. »Ja, das hast du verheimlicht, nicht

wahr? Du wolltest uns damit wahrscheinlich überraschen. Hast du noch mehr von der Sorte auf Lager?«, fragte sie.

Simon rieb sich das Kinn. Er musste nachdenken. »Oh, vor lauter Aufregung, dich zu sehen, Morag, habe ich das Rasieren ganz vergessen. Ich erledige das besser gleich und springe auch schnell unter die Dusche, ziehe mich um und gebe in der Arbeit Bescheid, dass ich heute nicht komme. Später können wir mit dem neuen Wagen in die Stadt fahren – es ist eines der ersten Modelle im Land. Euch ein bisschen verwöhnen, was, Morag?«

Seine Schwiegermutter legte den Kopf zur Seite und sah ihn durchdringend an. »Ja«, antwortete sie schließlich, »das wäre schön. Und zur Abwechslung müsste ich mich nicht wie sonst auf den Rücksitz quetschen.«

»Großartig«, erwiderte Simon mit zusammengebissenen Zähnen.

Er eilte nach oben, riss sich die Kleider vom Leib und stellte sich unter die heiße Dusche, um über den gestrigen Tag nachzudenken. Seine Gedanken rasten, doch ein kleiner Teil seines Gehirns konnte die Ereignisse verarbeiten und erklären. Als er sich abgetrocknet hatte, war er überzeugt, dass die Dämonen oder Teufel gerade sein Leben veränderten. Er setzte sich auf den Bettrand, das Handtuch um die Hüften geschlungen, und durchsuchte seine Hosentaschen, bis er ein verknittertes Stück Papier fand. Eine Kopie des Vertrags. Er strich sie glatt und las den Text durch. Offenbar hatte er tatsächlich eine Seele für ein Leben im Luxus eingetauscht. Noch einmal überprüfte er alles. Am unteren Rand stand etwas Kleingedrucktes, das er auch mit Brille nicht lesen konnte. Er brauchte ein Vergrößerungsglas. Später würde er eines kaufen und die winzigen Zeilen entziffern.

Es war kurz vor acht. Der Showroom würde jeden Moment

öffnen. Ken wäre dort sowie zwei Empfangsleute. Das After-Sales-Team würde sich für die Auslieferung der Wagen bereitmachen, an denen noch etwas getan werden musste; außerdem vielleicht ein oder zwei Verkäufer. Er beschloss, anzurufen und Bescheid zu sagen, dass er heute nicht ins Autohaus kam.

Beim fünften Läuten nahm jemand ab. »Guten Morgen, Ernest-Deal, Autohaus Tideswell, wie kann ich Ihnen helfen? Sie sprechen mit Jackie.«

»Hi, Jackie«, sagte Simon. »Ich vermute, Kimberly ist noch nicht da, oder?«

»Doch, sie war schon da, als ich kam, was sehr ungewöhnlich ist. Sie ist im Büro mit drei Anzugträgern.«

Jackie war gerade sechzig geworden, lebte nach dem Tod ihres Mannes allein und kannte jeden bei Tideswell, die Familienmitglieder eingeschlossen. Sie war Erics Schwägerin und Georgies Patentante. Sie war das Herz und das Gesicht von Tideswell. Wenn jemand Geburtstag feierte, brachte Jackie einen selbst gebackenen Kuchen mit und sorgte bei besonderen Anlässen dafür, dass Geld gesammelt und ein Geschenk gekauft wurde. Kurz gesagt, sie war die Ersatzmutter für alle. Außerdem war sie das warme, einladende Gesicht für die Kunden. Ihre ruhige Stimme und ihre fröhliche Gelassenheit hatten schon mehr als einen wütenden oder frustrierten Kunden beruhigt. Tideswell wäre ohne sie nicht mehr dasselbe. Es würde sein Herz und seine Seele verlieren. *Seele.* Das erinnerte ihn an den Grund seines Anrufs.

»Jackie, du musst mir einen Gefallen tun«, sagte er.

»Schieß los.«

»Könntest du Kimberly bitte ausrichten, dass ich mich nicht gut fühle und den Tag freinehme? Ich denke nicht, dass es ihr etwas ausmachen wird.«

»Nun, das ist doch kein Gefallen. Natürlich sage ich es ihr.

Ruh dich aus. Du siehst schon den ganzen Monat erschöpft aus. Es ist wirklich verrückt hier mit den ganzen neuen Planzielen. Kein Wunder, dass es dir nicht gut geht. Schau nur, was mit Alan passiert ist. Er ist immer noch krankgeschrieben und nimmt Antidepressiva. Du solltest mal Urlaub machen.«

»Nein, so schlimm ist es nicht. Ich bin nur etwas angeschlagen. Und das war auch nicht der Gefallen. Könntest du bitte auf dem Parkplatz nachsehen, ob Kimberly heute mit ihrem Wagen da ist? Er müsste auf dem üblichen Platz stehen.«

»Bleib dran.«

Simon wartete ein paar Minuten, dann hörte er gedämpftes Klappern, als Jackie das Headset wieder aufsetzte. »Simon, bist du noch dran? Nein, sie ist heute nicht in dem schicken Coupé da. Ihr Parkplatz ist leer, und auch sonst steht der Wagen nirgends. Hatte sie einen Unfall damit?«

»Nein. Ich dachte nur, ich hätte den Wagen vorbeifahren sehen. Vielleicht ist heute ja ihr Mann damit unterwegs.«

»Ich weiß nicht, ob das erlaubt ist. Aber wenn man der Boss ist, spielt das wohl keine Rolle. Was für uns gilt …«

»… muss nicht für alle gelten«, beendete Simon ihren Satz. »Danke, Jackie. Du bist die Beste. Bis morgen.«

»Ich hoffe, dir geht's bald besser. Oh, und sag doch bitte Veronica, dass ich das Kleid für Georgie fertiggenäht habe. Ich hoffe, es gefällt ihr.«

»Oh, das ist toll. Vielen Dank, Jackie, du bist wirklich unser Goldstern.«

»Na, dann leuchte ich jetzt mal ein bisschen vor mich hin. Bis bald, Simon.«

Simon beendete das Gespräch. Die arme Jackie. Wenn man sie als Nächstes kündigen würde, würde sich auch ihr Leben gewaltig ändern, und das nicht zum Besseren. Er kratzte sich am Ohr und überlegte, was er nun tun sollte. Dann griff er wieder nach seiner Hose und holte die Visitenkarte heraus, die man ihm gegeben hatte. Sie war schwarz. In ochsenblutroter Farbe stand darauf »Lucifer, Inc.« sowie die Telefonnummer: 0800 666 666. Er wählte.

»Guten Morgen, Simon«, meldete sich eine Stimme, die er kannte. »Gefällt Ihnen Ihr neues Auto?«

»Dann wart ihr das tatsächlich?«

»Wer denn sonst? Wir haben zugesagt, unsere Versprechen einzuhalten. Im Moment sind wir schwer beschäftigt. Müssen viel für andere unglückliche Menschen organisieren. Wir teilen Ihnen noch mit, wann wir uns das nächste Mal treffen – wieder in unserem Pub –, damit Sie uns Ihre nominierte Seele bringen können. Wir freuen uns darauf, ihn oder sie kennenzulernen. Wird es Ihr früherer Nachbar sein?«

Simon schluckte. Vielleicht sollte er lieber Farbe bekennen, bevor das hier aus dem Ruder lief. Dann sah er aus dem Fenster auf sein wunderschönes neues Auto und entschied, alles so zu belassen. Was war denn das Schlimmste, was passieren konnte?

»Nein, jemand aus der Familie.«

»Sehr schön. Bis bald.«

# Polly

## 14

»Ich glaube, du hast deine Brille zu früh abgenommen«, sagte Lilith leise. »Diese roten Augen sind ganz schön gruselig.«

»Das überlebt sie schon«, antwortete Mania. »Da, sie kommt bereits wieder zu sich.«

Polly stöhnte leise.

»Alles in Ordnung, Polly. Sie sind nur ohnmächtig geworden.«

Polly öffnete die Augen und sah zu Lilith auf. Die unterschiedlichsten Gefühle spiegelten sich auf ihrem Gesicht, als sie die Situation zu erfassen versuchte.

»Das ist kein Traum, oder?«

»Nein. Tut mir leid, wenn ich Sie erschreckt habe, Polly«, sagte Mania.

Polly wollte von der Furcht einflößenden Frau abrücken, die neben ihr auf dem Boden kauerte.

»Keine Angst, niemand tut Ihnen etwas. Wir sind hier, um zu helfen, wissen Sie noch? Wir haben die Parkgebühren bezahlt und sprachen gerade darüber, wessen Leben Sie statt Ihres eigenen führen möchten.«

Polly setzte sich auf und kam mühsam auf die Füße.

»Sie sind ein echter Teufel«, sagte sie und deutete auf Lilith.

Diese nickte. Polly erinnerte sich, dass sie versucht hatte, eines der Hörner von ihrer Stirn abzuziehen, doch es hatte sich nicht bewegt. Ungläubig schüttelte sie den Kopf. »Und Mania ist eine … Dämonin?«, fuhr sie fort, als sie langsam zu begreifen begann.

»Das stimmt«, erwiderte Mania. »Ich wollte Sie nicht zu Tode erschrecken. Deshalb bedecke ich normalerweise meine Augen und verstecke den Schwanz.«

Polly erschauderte. Der Schwanz hatte sie schockiert, aber die blutroten Augen hatten sie vor Angst erstarren lassen. Doch jetzt fühlte sie sich ruhiger. Lilith und Mania waren sehr nett zu ihr. Was machte es schon, dass sie Höllenwesen waren? Sie boten ihr eine Lösung für all ihre Probleme.

»Geht es Ihnen besser?«, fragte Lilith und gab Polly ein Glas mit Wasser.

»Ja, alles in Ordnung. Wirklich. Es war nur der Schock. Und weil ich gestern nichts gegessen habe. Es geht mir gut. Ich fasse noch mal zusammen: Sie können dafür sorgen, dass ich das Leben mit Stephanie de Loren tausche, die stinkreiche, verwöhnte Singlefrau. Dafür nominiere ich jemanden, den ich kenne, der dann auf ewig in der Hölle schmoren wird?«

»Das trifft es sehr gut. Wenn ich mir die Liste mit Menschen anschaue, mit denen Sie gern tauschen würden, haben Sie eine gute Wahl getroffen.«

»Das war eher Glück, dass ich ihren Namen gezogen habe. Mit Angelina Jolie oder Kate Middleton zu tauschen war wohl ein wenig zu ambitioniert.«

»Und gegen die Regeln. Wenn Sie Kate persönlich gekannt und ihren Namen aus dem Hut gezogen hätten, dann wären Sie jetzt auf dem Weg zu William. Leider müssen die Regeln eingehalten werden, und Sie können nur jemanden wählen, den Sie kennen. Sind Sie zufrieden mit Ihrer Entscheidung, mit Stephanie zu tauschen?«

»Nun, sie hat auf jeden Fall mehr Spaß im Leben als ich. Ab und zu kommt sie wegen einer Massage zu mir – die ihr offensichtlich lieber ist als die ihres Personal Trainers. Sie lässt sich oft die Nägel in dem Salon im Erdgeschoss machen und scheint immer auf dem Weg zum Lunch oder anderen Events zu sein. So ein Leben würde mir schon gefallen. Ich stelle es mir großartig vor, im Bett herumzulungern, bis ich aufstehen möchte, und mich dann in einem Beautysalon verwöhnen zu lassen, bevor ich mich auf einem roten Teppich oder einer Wohltätigkeitsveranstaltung zeige. Gegen den Reichtum hätte ich ganz bestimmt nichts. Als ich sie das letzte Mal gesehen habe, hat sie mir von einer Gala in Paris erzählt – der Ball fand im Präsidentenpalast statt. Ausgerechnet. Können Sie sich das vorstellen? Das muss unglaublich gewesen sein. Ich frage mich, was ich zu so einer Veranstaltung anziehen würde. Ich müsste zu einem französischen Top-Designer und mir etwas anpassen lassen. Ich würde nicht billig aussehen wollen, und ich bräuchte ein Kleid, das meine breite Taille kaschiert und mich schlanker aussehen lässt.« Polly gab sich einen Moment ihrem Tagtraum hin. »Und ich glaube, sie ist mit David Candy befreundet. Ich stelle es mir großartig vor, mit ihm auf Partys zu gehen.«

»Sie meinen wohl David Gandy. Das Model.«

»Ach herrje, da muss ich wohl meine Promis noch besser lernen. Das wird ein Spaß – Champagner, Partys, Designerkleider, wunderschöne Menschen. Wie kann einem das nicht gefallen?«

Lilith unterdrückte ein Lächeln.

»Nun, da Sie offenbar Designerkleidung lieben, haben Sie vermutlich eine gute Wahl getroffen. Stephanie hat Geld und eine Vorliebe für Glamour. Ich denke, dass wir den Tausch für Sie arrangieren können. Natürlich werden Sie nicht ihren Körper bekommen, nur ihr Leben, und sie Ihres. Jetzt müssen wir nur noch den Vertrag abschließen. Bereit zur Unterschrift?«

»Und ob ich das bin. Das ist alles so surreal. Ich kann immer noch nicht begreifen, dass ihr beide überhaupt keine echten Frauen seid.«

Mania zwirbelte ihren Schwanz.

»Man muss sich daran gewöhnen, aber Sie haben ja gesehen, wie überzeugend wir sein können.«

# Simon

## 15

Der Tag verging wie in einem Nebel. Simon fuhr mit seiner Frau und seiner Schwiegermutter in die Stadt, lud sie zum Mittagessen ein, benahm sich wie der perfekte Ehemann und saß dann mit den beiden vor dem Fernseher, um sich Sendungen anzusehen, über die er sich unter normalen Umständen beschwert hätte. Er sah lieber Dokumentationen oder Filme. Diese Talent- und Gameshows gingen ihm auf die Nerven. In der Werbepause begann Veronica, das Abendessen vorzubereiten, und Simon blieb mit Morag im Wohnzimmer zurück, die sich schon wieder darüber beschwerte, wie unbequem sie saß.

»Du solltest ein neues Sofa kaufen, nachdem du endlich befördert wurdest«, verkündete sie. »Das hier ist völlig durchgesessen.«

*Eher ist bei dir was durch,* dachte Simon und warf einen Blick auf den breiten Hintern seiner Schwiegermutter. Er murmelte etwas Zustimmendes und konzentrierte sich auf den Werbesport für den neuen Jaguar XE; danach wurde ein kryptischer Spruch eingeblendet: »Können Sie ein Geheimnis bewahren? Bald erfahren Sie mehr.« Er schnaubte. Bestimmt wieder eine von diesen skandinavischen Serien. Manche waren gar nicht schlecht – schön düster –, das einzige

Problem war nur, dass man sich so auf die Untertitel konzentrieren musste. Aber immerhin waren sie besser als der Mist, den Morag und Veronica anschauten. Tanzende Hunde, Menschen, die unbedingt berühmt werden wollten, oder C-Promis, die verzweifelt an ihrer Bekanntheit festzuhalten versuchten, waren nicht sein Geschmack. Die Show begann wieder. Morag lebte auf, als ein Mann mit einer Affenpuppe auf die Bühne kam und vor die vier Juroren trat. Simon träumte von seiner neuen Rolle als Manager und blendete Morags Kommentare aus.

»Danke, Simon«, sagte Veronica leise, als er in die Küche kam, um Morag einen kleinen Sherry vor dem Abendessen zu holen. »Du hast dich heute selbst übertroffen. Der neue Mercedes war eine echte Überraschung. Du hättest mir davon erzählen sollen. Ich war gestern Abend wirklich schrecklich zu dir. Aber du weißt ja, wie schwierig sie selbst an einem guten Tag ist, und ich hatte versprochen, dass du zu Hause sein würdest. Trotzdem hätte ich dir die Möglichkeit geben sollen, alles zu erklären. Das Auto bedeutet hoffentlich, dass du jetzt endlich mal ein wenig Pause machen kannst. Das hast du dir verdient.«

Simon entkorkte den Sherry und mied den Blick seiner Frau. »Ja, das ist der Beginn eines neuen Simon Green«, sagte er.

»Und gerade noch rechtzeitig«, entgegnete seine Frau. »Der alte hat mich ganz schön frustriert. Er brauchte dringend eine Rundumerneuerung.«

Simon eilte aus der Küche und überließ es Veronica, das Gemüse fürs Abendessen zu schneiden. Beinahe wäre er mit Haydon zusammengestoßen.

»Na, wie läuft's mit dem Lernen?«, fragte er.

»Gut. Coole Karre. Deine?«

»Ja. Neuer Firmenwagen.«

»Wenn du ein neues Auto hast, musst du auch eine Gehaltserhöhung bekommen haben«, fuhr Haydon fort. »Und dann könntest du mir vielleicht Fahrstunden und ein Auto zahlen?«

»Wir wollen mal nichts überstürzen, Haydon. Es ist noch nicht alles entschieden.« Doch als er die Enttäuschung auf dem Gesicht seines Sohnes sah, klopfte er ihm auf den Rücken und fügte hinzu: »Aber ich bin mir sicher, dass wir da was machen können.«

Haydons Miene hellte sich auf. »Super! Und vielen Dank, Dad!«

Simon wurde beinahe von der Bärenumarmung seines Sohnes erdrückt. Es war sehr lange her, seit sie irgendeinen körperlichen Kontakt gehabt hatten. Das unbekannte warme Gefühl in ihm war wohl so etwas wie Stolz. Und das war erst der Anfang, er würde seinen Sohn wieder für sich gewinnen. Diesen Dämonen schuldete er wirklich was.

Ivan lag zusammengerollt auf Simons Stuhl. Simon gab seiner Schwiegermutter den Sherry und wollte die Katze wegschieben, doch das Tier weigerte sich nachzugeben.

»Ach, lass ihn doch, wenn es ihm dort so gut gefällt«, sagte Morag gereizt. »Der Stuhl ist wahrscheinlich bequemer als das Sofa.«

Simon entschied sich, den Kater in Ruhe zu lassen. Vielleicht kratzte Ivan die alte Hexe ja ordentlich, wenn er es sich beim nächsten Mal auf ihrem Schoß bequem machte.

Simon war optimistisch, als er sich am nächsten Morgen in seinen besten Anzug warf und die Schuhe polierte. Wenn alles nach Plan lief, hätte er einen neuen Job und keine Geldsorgen mehr. Er fuhr mit seinem glänzenden Luxusauto zum

Autohaus und fühlte sich schon ganz wie ein Manager. Er stellte den Wagen auf dem Parkplatz vor der Filiale ab, atmete tief durch und ging hinein.

Bei seinem Schreibtisch blieb er abrupt stehen. Der Computer fehlte, ebenso wie das große gerahmte Foto von Veronica und den Kindern bei einem Familienausflug ins Animal World. Jetzt stand hier das Bild eines gut aussehenden Mannes in Sweatshirt und Jeans, der mit einem großen Rottweiler posierte. Beide sahen selbstbewusst in die Kamera. Auch Simons Namensschild war verschwunden, stattdessen sah er eines mit der Aufschrift »Kimberly Clarke« – *Verkauf*. Sein Atem ging schneller. Die Teufel, oder was auch immer sie waren, hatten Wort gehalten. Kimberly saß jetzt an seinem Platz, mit seinem alten Job. Er wandte sich zum Managerbüro.

»Morgen, Patrick«, rief er, als sein Kollege hereineilte.

»Morgen, Boss!«, antwortete der junge Ire. Simon strahlte. Es stimmte also. Er verstand zwar nicht, wie das sein konnte, aber er war jetzt Manager bei Ernest-Deal.

»Hey, ich habe einen für dich«, sagte er zu Patrick. Dieser starrte ihn verständnislos an. »Den Witz des Tages«, half ihm Simon mit einem schiefen Grinsen auf die Sprünge. »Ein Mann geht die Kleinanzeigen durch und stößt dabei auf ein Inserat: ›Brandneuer Ferrari für 200 Pfund.‹ Er liest den Preis noch einmal. Definitiv zweihundert Pfund. Das muss ein Druckfehler oder ein Witz sein, denkt er, bis die Neugier siegt. Er fährt zu der angegebenen Adresse. Eine Frau öffnet die Tür und führt ihn in die Garage, wo tatsächlich ein brandneuer Ferrari steht. ›Wow!‹, sagt der Mann. ›Kann ich ihn mal Probe fahren?‹ Die Frau stimmt zu, und er unternimmt eine fünfzehnminütige Fahrt. Alles ist perfekt. Fährt sich wie ein Traum. Er muss den Wagen haben. Also kehrt er zu dem

Haus zurück und fragt, warum die Frau den Ferrari für nur zweihundert Pfund verkaufen will. Diese lacht und sagt: ›Mein Mann ist mit der Sekretärin durchgebrannt. Er hat mir gesagt, ich könne das Haus und die Möbel behalten, solle aber den Ferrari verkaufen und ihm das Geld schicken.‹«

Patrick lächelte schwach. Simon verlagerte unbehaglich das Gewicht. »Wann holt dein Fußballer den SLS ab?«, fragte er und wechselte das Thema.

»Er hat sich umentschieden. Gerade als ich das Büro verlassen wollte, hat er angerufen. Er wird sich bei Supercars einen Audi R8 kaufen. Heute ist eigentlich mein freier Tag, aber ich muss versuchen, einen anderen Kunden zu finden.«

Simon wollte seinen Freund bemitleiden, spürte allerdings, dass sich ihr Verhältnis geändert hatte. Die frühere Kameradschaft war verschwunden. An ihre Stelle war verlegenes Schweigen getreten. Patrick mied Simons Blick und starrte auf seine glänzenden Schuhe.

»Mach dir keine Gedanken. Ganz bestimmt bringst du den Wagen noch los. Du bist ein guter Verkäufer«, antwortete Simon.

Patrick murmelte etwas und zog sich in die Ecke zurück, in der sich die Verkäufer trafen. Simon hörte Gelächter. Barry und Ryan klopften Patrick auf den Rücken und munterten ihn zweifellos mit schmutzigen Witzen oder auch ein paar abfälligen Kommentaren über Simon auf.

Simon verdrängte die Begegnung, auch wenn ihm das Herz ein wenig schwer war. Er hätte wissen müssen, dass sich mit ihm als Chef einiges ändern würde. So hatte er sich die Beförderung allerdings nicht vorgestellt. Er hatte immer gedacht, er würde einer der Jungs bleiben und gleichzeitig ein respektiertes Mitglied der Belegschaft sein, das die Firma zu neuen Erfolgen führte. Daran würde er arbeiten müssen.

Schließlich wollte er nicht ausgeschlossen werden. Er ging ins Managerbüro. Auf seinem Schreibtisch stand eine kleine Zinnplakette mit der Aufschrift »Simon Green, Manager«. Er ließ sich in den Ledersessel fallen und drehte sich einmal um die eigene Achse, bevor er die oberste Schreibtischschublade öffnete. Seine Pfefferminzkaugummis, der Stressball und sein bester Füller lagen genauso wie in seinem alten Schreibtisch. Wieder drehte er den Stuhl und sah dabei nach draußen in den Showroom. Über all das würde er ab jetzt bestimmen.

Die anderen Angestellten trafen nach und nach ein. Ken eilte herbei, packte einige Nummernschilder und hastete weiter zur Werkstatt, wobei er Simons Büro nur einen flüchtigen Blick zuwarf. Jackie kam herein mit einer großen Baumwolltasche, aus der sie eine Tupperdose herausholte und sie auf ein Regal unter dem Empfangstresen stellte. Sie sah zu seinem Büro, und Simon winkte ihr zu. Sie nickte knapp, dann drehte sie sich wieder um, setzte das Headset auf und machte sich bereit, die ersten Kunden zu begrüßen. Fast im selben Augenblick betrat eine große junge Frau Anfang zwanzig den Showroom. Jackie meldete sich bei Simon über die Sprechanlage.

»Miss Chance ist hier.«

»Danke, Jackie. Übrigens, wer hat denn heute Geburtstag?«

»Ich«, antwortete Jackie.

»Himmel! Das habe ich vergessen. Ich war, äh, ziemlich beschäftigt. Alles Gute zum Geburtstag! Hat dir Georgies Geschenk gefallen?«, fuhr er fort und rief sich die Porzellantasse in Form eines Cupcakes in Erinnerung, die in seiner Küche gestanden und auf die Geschenkverpackung gewartet hatte. Er hatte sich über den Preis eines Silberarmbands beschwert, das Veronica für ihre Freundin hatte kaufen wollen, und zuckte jetzt bei der Erinnerung peinlich berührt zusammen.

»Keine Ahnung, warum du heute so nett zu mir bist. Du hast sehr deutlich gemacht, als du aufgestiegen bist, dass du nicht länger mit uns *Angestellten* etwas zu tun haben willst. Wenn das also deine Vorstellung von einem Scherz ist, dann ist er misslungen. Bitte entschuldige mich jetzt, ich habe zu tun. Ich schicke Miss Chance dann rein.«

Simon kratzte sich am Ohr und dachte über das Gespräch nach. Hatten er und Jackie sich zerstritten? Doch bestimmt nicht. Dafür waren sie schon zu lange befreundet. Ein höfliches Klopfen riss ihn aus seinen Gedanken. Eine spärlich bekleidete junge Frau stand in der Tür.

»Kommen Sie rein, Miss Chance«, sagte er, erhob sich und streckte ihr die Hand entgegen.

»Danke, Mr Green.«

»Simon, bitte, so nennt mich jeder«, sagte er, obwohl das vielleicht gar nicht mehr stimmte.

»Ich habe meine Bewerbungsmappe mitgebracht, wie Sie es gefordert haben«, sagte die Frau und setzte sich. Ihr enger Rock rutschte nach oben und entblößte lange, wohlgeformte Beine.

»Ähm, ja«, meinte Simon und riss den Blick von ihren Schenkeln los. Er beugte sich und nahm die Mappe entgegen, die sie ihm reichte, und sah sich plötzlich einer üppigen Oberweite gegenüber, die aus einem eng anliegenden Kaschmirpullover ausbrechen wollte. Sein Gesicht nahm eine ähnliche Farbe wie der pinkfarbene Pullover an, und mit glühenden Wangen öffnete er die Mappe. Jennifer Chance hatte drei Jahre als Rezeptionistin in einem Autohaus in Birmingham gearbeitet.

»Ja, das sieht alles gut aus. Jennifer, könnten Sie mich kurz auf den aktuellen Stand bringen?«, fragte er und versuchte, sich die Situation zu erklären.

Die junge Frau zog perfekt gezupfte Augenbrauen in die Höhe. »Ich dachte, das wäre nur noch eine Formalität, Mr Green. Sie haben mir die Stelle zugesichert und gesagt, dass ich heute nur mit meinen Zeugnissen und dem Lebenslauf vorbeizukommen brauche. Ich hoffe, Sie haben es sich jetzt nicht anders überlegt.«

»Nein, nein, natürlich nicht. Ich wollte das nur noch mal zusammenfassen und mich versichern, dass Sie mit allem einverstanden sind. Wenn ich mich recht erinnere, haben wir auch ein Gehaltspaket vereinbart, nicht wahr?«

Die Frau machte mit ihren unanständig vollen und glänzenden Lippen einen Schmollmund, und eine verrückte Sekunde lang wollte Simon ihr am liebsten den pinkfarbenen Lipgloss ablecken und sie küssen.

»Natürlich haben wir das. Sie haben mir das Doppelte meines letzten Gehalts angeboten.«

Simon lockerte seine Krawatte, die sich plötzlich unangenehm eng anfühlte.

»Und ich sollte heute anfangen. Sie überlegen es sich doch nicht anders, oder? Ich habe meine Kündigung eingereicht, sobald Sie mir diesen Job angeboten haben, und mein letzter Arbeitgeber war darüber gar nicht glücklich. Ich bin laut seiner Aussage unersetzlich.«

»Himmel, nein, auf gar keinen Fall«, antwortete Simon und fragte sich, warum zum Teufel irgendwer bei Ernest-Deal einer Rezeptionistin ein so lächerlich hohes Gehalt zahlen würde, wenn es der Filiale sowieso schon nicht gut ging.

»Gut. Dann fange ich am besten gleich an.«

»Ähm, okay. Ich muss nur noch etwas mit Jackie besprechen. Wenn Sie bitte kurz hier warten würden, Jennifer.«

Er hastete aus dem Büro. Jackie las an ihrem Platz eine Zeitschrift, eine Tasse Kaffee in der Hand.

»Jackie, äh, heute fängt eine neue Mitarbeiterin an. Würdest du Miss Chance bitte alles erklären?«

Jackie stellte die Tasse klappernd auf ihrem Tisch ab.

»Soll die billige Schlampe etwa an der Rezeption arbeiten?«

»Jackie, nicht so laut. So spricht man nicht über eine Kollegin.«

»Kollegin? Sie ist – und ich mag das Wort wirklich nicht – eine Nutte«, zischte sie. »Frag die Jungs. Sie ist bekannt hier in der Gegend. Sie arbeitet in Birmingham, nicht wahr? Ich kenne die Leute in ihrem Autohaus. Sie macht überhaupt nichts. Entweder feilt sie ihre Nägel oder vögelt mit einem der Azubis in der Werkstatt. Das ist kein Geheimnis«, fuhr sie fort, während Simon vor Abscheu das Gesicht verzog. »Sie hat den Ruf, faul und nuttig zu sein, und ich wette, man konnte sie bei ihrer letzten Stelle gar nicht schnell genug loswerden. Welcher Idiot hat sie also eingestellt? Oh«, sagte sie, als Simon wieder tief errötete. »Ich werde nicht mit ihr arbeiten.«

»Jackie, bitte, sei vernünftig. Gib dem Mädchen eine Chance.«

»Nein. Frag sie einfach nach letztem Weihnachten.«

»Was ist da passiert?«

»Sie wurde im Managerbüro erwischt, wie sie dem Chef dort … ein ganz besonderes Weihnachtsgeschenk gemacht hat. Man sagt, das sei ihre Spezialität. Wahrscheinlich sind diese Schlauchbootlippen ziemlich hilfreich. Oder vielleicht weißt du das ja schon«, sagte sie und schnaubte verächtlich.

Simon schluckte. »Nein, natürlich nicht. Ich würde doch niemals … Auf gar keinen Fall … Nein! Definitiv nein!«

»Ich bin überrascht, dass du nichts davon gehört hast. Wir alle wissen es. Das Video hat viele Klicks auf YouTube.«

»Jemand hat gefilmt?«

»Ja, und sie hat es sogar geteilt, zusammen mit ihren anderen sexuellen Eroberungen. Sie hat Tausende Follower. Kein Wunder. Sie postet nur über Sex.«

»Ehrlich, das wusste ich nicht. Du glaubst doch nicht, dass ich sie eingestellt habe, weil ich wollte, dass sie …«

Jackie verschränkte die Arme und starrte ihn an. »Ich werde nicht mit ihr arbeiten, und das ist mein letztes Wort. Sie ist pures Gift. Sie hat die Ehe einer Freundin von mir zerstört, weil sie mit ihrem Mann geschlafen hat. Dorothy und Brian waren fast vierzig Jahre verheiratet. Und dann springt so ein junges Ding mit einem Sechzigjährigen in die Kiste. Sie hat keine Moral. Außerdem tratscht sie gehässig und flirtet mit allen Kunden. Mir liegen die Leute hier zu sehr am Herzen, als dass ich zulassen könnte, dass sie unsere Familie kaputtmacht. Und das wird sie.«

Simon warf einen Blick zu seinem Büro, in dem Jennifer gerade eine neue Schicht Lipgloss auftrug.

»Hör mal, gib ihr ein paar Tage, und wenn es nicht funktioniert, feuere ich sie wieder.«

Jackie klappte ihre Zeitschrift zusammen, nahm Jacke und Tasche und drehte sich zu Simon. »Ich werde nicht mit ihr arbeiten. Wenn du sie so unbedingt haben willst, dann musst du sie selbst einlernen. Ich kündige.«

Und damit marschierte Jackie mit hoch erhobenem Kopf aus dem Showroom. Simon wollte ihr hinterherlaufen, wurde jedoch von Barrys Stimme aufgehalten. »Mr Green!«

»Nicht jetzt, Barry«, rief Simon und eilte weiter.

»Es ist aber wichtig, Mr Green. Es geht um Patrick!«

»Patrick?«

»Er hat eine große Dose mit Tabletten. Ryan hat ihn damit gesehen, und jetzt hat er sich auf dem Klo eingesperrt und will nicht herauskommen. Dass ihm der Kunde abgesprungen ist, hat ihn schwer getroffen.«

Simon beobachtete, wie Jackie ihr Auto aufschloss. Er würde sie später anrufen und alles mit ihr klären. Sie durfte einfach nicht kündigen. Ohne ihren mütterlichen Einfluss würde hier alles zusammenbrechen.

»Ich komme!«, sagte er und folgte Barry zu den Toiletten.

»Patrick!«, brüllte er. »Kannst du mich hören?«

Nichts.

»Patrick, wenn es wegen des abgesprungenen Fußballers ist, das ist wirklich nicht wichtig. Komm raus, und wir reden darüber.«

Immer noch kein Geräusch. Barry verknotete nervös die Hände.

»Patrick!«, rief Simon und hämmerte gegen die Tür. »Um Himmels willen, mach keine Dummheiten. Du musst doch an deine Familie denken. Was ist mit dem Baby? Bitte komm raus.«

»Patrick, sag etwas. Bitte sprich mit mir! Verdammt noch mal. Patrick!«

»Hast du mich gerufen?«

Simon wirbelte herum. Patrick sah sie beide an, als wären sie Zirkusclowns.

»O Patrick, dem Himmel sei Dank«, sagte Barry und küsste ihn auf die Stirn.

»Hau ab!« Patrick schob ihn spielerisch weg.

»Ryan hat dich mit Tabletten gesehen und gedacht …« Barry wirkte zutiefst erleichtert.

»Das sind Vitamintabletten, du Idiot«, antwortete Patrick. »Für meine Frau, sie ist erschöpft. Jetzt in der Schwangerschaft muss sie auf sich achten. Ich musste nach Hause fahren und sie ihr bringen. Ihr habt doch nicht gedacht, ich würde mir was antun, oder?«

»Doch, daran haben wir tatsächlich gedacht«, erwiderte Simon und versuchte, das korrekte Gleichgewicht aus Manager und Freund zu finden.

»Es geht mir gut, Mr Green«, sagte Patrick und zog sich hinter die unsichtbare Grenze zwischen ihnen zurück. »Tut mir leid, wenn ich Unannehmlichkeiten bereitet habe. Sie haben sicher wichtigere Dinge zu tun. Komm schon, Barry. Verkaufen wir Autos.«

Simon rieb sich den Kopf und warf einen Blick in den Spiegel. Seine kahle Stelle schien größer geworden zu sein. Er sollte die Teufel nach einer Haartransplantation fragen. Wenn er heute noch mehr Stress hatte, würden sie ihm vollständig ausfallen. Er kehrte in sein Büro zurück, wo Ryan am Schreibtisch saß und sich mit Jennifer unterhielt. Als Simon eintrat, sprang er auf. »Tut mir leid, Chef. Ich habe Miss Chance Gesellschaft geleistet. Soll ich sie dem Team vorstellen?«

Jennifer sah aus, als würde sie Ryan nur zu gern die Hose mit den Zähnen herunterreißen. Simon wischte sich den Schweiß von der Stirn und wünschte, dass dieser Tag sich nicht zur Hölle entwickeln würde. Er musste unbedingt mit Jackie reden und dieses Chaos bereinigen. Doch in der Zwischenzeit war die Rezeption unbesetzt, deshalb war er auf Jennifer angewiesen.

»Danke, Ryan, könntest du sie bitte in die Rezeption einweisen? Tut mir leid, dass ich Sie gleich ins kalte Wasser werfen muss, Jennifer. Jackie hat sich nicht wohlgefühlt, also habe ich ihr den Tag freigegeben. Außerdem hat sie heute Geburtstag.«

Ryan warf ihm einen fragenden Blick zu. »Geht es ihr gut? Heute Morgen hat sie noch nichts gesagt.«

»Frauenprobleme.« Sofort wünschte Simon, er hätte den Mund gehalten. Jackie war eigentlich schon zu alt dafür. Ryan fragte allerdings nicht nach, vielleicht weil er ständig verstohlen auf Jennifers Brüste linsen musste. »Ich organisiere jemanden, der sich zu Ihnen setzt.«

»Kein Problem, ich weiß, was am Empfang alles zu tun ist«, sagte sie, stand auf und zog ihren Pullover nach unten, sodass er beinahe den Bauch bedeckte. Mit schwingenden Ohrringen schwebte sie aus dem Büro, Ryan heißblütig auf den Fersen.

Simon betrachtete seufzend den Stapel Unterlagen auf dem Schreibtisch und fragte sich, was er als Nächstes tun sollte. Bisher hatte er noch nichts geschafft. Wieder klopfte es an der Tür, und Dave steckte den Kopf ins Zimmer.

»Haben Sie kurz Zeit, Mr Green?« Simon hatte die Nase voll davon, Mr Green genannt zu werden, vor allem von Leuten, die er seit Jahren kannte.

»Ja, Dave, worum geht's?«

»Ich habe ein Problem mit einem Jaguar E-Type.«

»Was für ein Problem?«

»Ich habe ihn für einen neuen XF in Zahlung genommen, und die Mechaniker sagen mir gerade, dass er verpfuscht ist. Jemand hat offensichtlich einiges schlampig repariert. Ganze Verschalungen müssen ausgetauscht werden, und es wird einiges kosten, den Schaden zu beheben. Es wird den ganzen Gewinn auffressen, den ich bei dem Geschäft gemacht habe. Dave sagt, er hat noch nie so schlechte Arbeit gesehen. Es ist ein komplettes Desaster.«

»Okay.«

»Das ist alles? Okay?«

»Im Moment ja. Ich muss darüber nachdenken und entscheiden, was wir tun sollen. Überlass die Sache mir.«

»Gut.«

Simon sah aus dem Fenster. Wenn das so weiterging, gab es in einem Monat kein Ernest-Deal mehr. Er würde ausrechnen müssen, wie das Haus den Verlust, den das Auto eingebracht hatte, schlucken konnte, und außerdem musste es ihm gelingen, Jennifer loszuwerden und Jackie zurückzugewinnen. Das Telefon auf dem Schreibtisch klingelte.

»Hi, Simon. Ein Typ aus der Chefetage möchte mit Ihnen reden«, meldete sich Jennifer.

»Danke, Jennifer. Stellen Sie ihn durch.«

»Welchen Knopf muss ich da drücken?«

Simon stöhnte und fragte sich, ob der Tag noch schlimmer werden konnte. Schon bald würde er es herausfinden.

# Simon

# 16

»Guten Morgen, Simon«, dröhnte eine männliche Stimme aus dem Hörer. »Tom Sanders am Apparat. Ich wollte nur bestätigen, worüber wir gestern gesprochen haben – die Umstrukturierung. Wir haben uns die Verkäuferliste angesehen, die Sie uns gegeben haben, und wir stimmen zu. Wir müssen Patrick Johnson entlassen. Er hat im letzten Quartal zu wenig Leistung erbracht. Insgesamt haben Sie ausgewählt: Trevor Allbright vom Kundendienst, Jackie Turnbull von der Rezeption, Patrick Johnson und Kimberly Clarke aus dem Verkauf sowie Ken Close, der die Autos ausliefert und putzt. Wir können uns als Unternehmen keinen Stillstand leisten und sind gestern zu dem Schluss gekommen, dass diese Änderungen nötig sind.«

Simon kniff die Augen zusammen und rieb sich den Nasenrücken. Tom bellte weitere Anweisungen in den Hörer. »Wo wir schon von Veränderungen sprechen … Ich hoffe, Sie haben Jennifer mittlerweile eingearbeitet. Sehr charmante junge Frau.« Simon hörte die Gier in Toms Stimme. »Schön, wenn die Kunden von einem hübschen jungen Gesicht begrüßt werden. Also, könnten Sie die Betreffenden von ihrer Kündigung informieren und sie bitten, ihre Lohn- und Steuerbescheinigungen abzuholen? Sie bekommen natürlich das

Paket, über das wir gesprochen haben, und ein Zeugnis. Dann bis nächste Woche. Sie sind doch dabei beim Firmengolfwochenende, oder?«

»Ja, klar. Das lasse ich mir nicht entgehen. Bis zum Wochenende!«

Simon legte den Hörer auf und wischte sich die Stirn. Tom Sanders war ein Wichser in den mittleren Jahren, der dank zu vieler Geschäftsessen immer fetter wurde. Er hatte ein rundes, rotes Gesicht und fürchterlichen Mundgeruch. Niemand verstand, warum er im Senior Management war, auch wenn man munkelte, dass er in der Schule dick mit dem derzeitigen Chef befreundet gewesen war. Simon vermutete nach diesem Gespräch, dass sein erster Job als Manager die Kündigung seiner Freunde und Kollegen sein würde. Doch das würde er nicht tun. Er zog das Handy aus der Tasche und wählte die Nummer der Teufel.

»Willkommen bei Lucifer, Inc. Ist Ihr Leben die Hölle auf Erden? Das können wir ändern. Bitte hinterlassen Sie eine Nachricht nach dem Knurren, und wir rufen Sie zurück. Danke.«

»Len? Nick? Ich weiß, dass ihr da seid. Hebt ab. Ich habe ein Problem. Man hat mir gerade gesagt, dass ich meine Freunde feuern soll. Das war nicht Teil des Deals. Ich wollte einen netten, angenehmen Job als Manager und nicht die einzigen Menschen kündigen müssen, die lange Jahre als Einzige nett zu mir waren. Bitte ruft mich zurück, sobald ihr diese Nachricht hört.«

Er knallte das Handy auf den Tisch und kaute an einem Hautfetzen an einem Fingernagel. Das hatte er nicht erwartet. Er las einige der Unterlagen auf seinem Schreibtisch. Es handelte sich um generelle Anweisungen, wie die Filiale zu führen war, Dokumente zum Umsatz und dem erwarteten

Wachstum des Autohauses, zusammen mit vielen anderen Informationen, von denen er Kopfschmerzen bekam. Er öffnete die Schreibtischschubladen und fand eine mit »vertraulich« beschriftete Mappe. Sie enthielt einen Plan, die Filiale auf Linie zu bringen. Er musste bei dem Meeting am Tag zuvor ausgearbeitet worden sein, denn er bestätigte, was Tom Sanders ihm gerade gesagt hatte. Fünf Angestellte mussten das Haus verlassen – drei aus dem Verkaufsteam, zwei aus anderen Bereichen. Er würde irgendwo anfangen müssen. Und zwar bei Kimberly, damit würde er ihr eine Lektion erteilen. Sie hätte nicht seine Kündigung einfordern sollen. Das war alles ihre Schuld. Wenn er sie entließ, dann meldeten sich die Teufel vielleicht noch rechtzeitig bei ihm und konnten die Situation wieder geraderücken.

Er wusste nicht, was er sagen sollte. Er könnte es mit der Ansprache versuchen, die er von ihr gehört hatte. Was, wenn sie weinte? Das wäre gut möglich. Damit käme er klar. Er würde ihr sein Taschentuch geben, um sich die Tränen abzuwischen, und ihr dann tröstend eine Hand auf die Schulter legen, um ihr zu zeigen, dass er nicht herzlos war. Ah, nein, besser ohne Berührungen. Sie könnte das sonst für Belästigung halten. Er tippte mit einem Stift gegen die Zähne und versuchte, die beste Lösung für diese Situation zu finden.

»Es tut mir sehr leid, Kimberly, aber das Management hat entschieden, Ihnen zu kündigen.« Ja, das gefiel ihm. Es klang nicht danach, als sei er direkt an dem Beschluss beteiligt. Er notierte den Satz auf einem Block, bevor er ihn vergaß. Wie sollte er wirken? Traurig, aber nicht zu traurig. Enttäuscht … Als ob das Management nicht auf ihn gehört hätte. Sie durfte nicht herausfinden, dass er ihren Namen vorgeschlagen hatte. Er sah aus dem Fenster. Kimberly ging gerade zum Wasserspender. Er klopfte gegen die Glasscheibe und winkte sie herein.

»Ja, Simon?«, fragte Kimberly.

»Äh, bitte nehmen Sie doch Platz.«

Kimberly glättete ihren schiefergrauen Faltenrock und setzte sich. Sie rückte ihre Brille zurecht und sah ihn an. Ihre Augen, die die Farbe von frischen Blättern mit muskatfarbenen Flecken hatten, funkelten fröhlich. Das war Simon bisher noch nie aufgefallen. Sie sah auch viel jünger aus, als er sie in Erinnerung hatte. Ihre makellose Haut leuchtete rosig. Ohne den Druck des Managerpostens ging es ihr offensichtlich besser. Sie wirkte nicht mehr so gehetzt und erschöpft. Er hustete.

»Kimberly, Sie sind eine ausgezeichnete Verkäuferin«, begann er.

»Danke. Ich liebe es, Autos zu verkaufen. Es muss mir im Blut liegen. Ich bin jeden Tag ganz aufgeregt bei dem Gedanken, etwas zu verkaufen.«

»Äh, ja. Nun, ich, hm, habe mir die Zahlen der letzten Monate angesehen, und Sie haben unsere vereinbarten Ziele leider nicht erreicht.«

Kimberly senkte den Blick. »Es wird immer schwieriger in letzter Zeit. Die Ziele sind ziemlich hoch, und jeder versucht, den anderen zu übertrumpfen.«

»Ja, zurzeit ist es nicht einfach. Und dass auch noch die neue Audi-Niederlassung am Ende der Straße aufgemacht hat, hilft nicht gerade, ebenso wie die Sparpolitik der Regierung. Die Leute haben einfach nicht mehr so viel Geld. Es fällt mir nicht leicht, das zu sagen.« Simon zerrte an seiner Krawatte, die ihn zu erwürgen drohte. »Kimberly. Sie sind eine ausgezeichnete Verkäuferin, und wenn die Zeiten anders wären, würde ich mit Ihnen nicht darüber reden müssen, aber mir sind die Hände gebunden.« Er warf ihr einen Blick zu. Sie saß an der Stuhlkante, den Mund leicht verzogen.

»Ich habe den Auftrag von der Chefetage, Kürzungen vorzunehmen, darunter auch im Verkaufsteam. Kimberly, es tut mir sehr leid, Ihnen mitteilen zu müssen, dass ich Sie nicht weiter beschäftigen kann.«

»Sie feuern mich?« Kimberlys Stimme war kaum ein Flüstern. »Nein, das können Sie nicht!«

»Mir gefällt das Wort ›feuern‹ nicht. Ich muss Sie leider bitten, Tideswell zu verlassen. Ich meine, Ernest-Deal. Das muss keine Katastrophe sein. Ich kann Ihnen einen besonderen Sozialplan anbieten, der sehr großzügig ist. Und Sie können den Firmenwagen bis Monatsende behalten. Natürlich bekommen Sie auch ein hervorragendes Zeugnis. Kimberly? Alles in Ordnung?«

Kimberly hatte das Gesicht in den Händen vergraben und wiegte sich vor und zurück. »Nein, nein, nein«, wiederholte sie.

Simon schob ihr eine Taschentuchbox über den Tisch zu und setzte eine besorgte, väterliche Miene auf.

»Kimberly, alles wird gut. Sie sind eine ausgezeichnete Verkäuferin …«

»Das haben Sie schon gesagt«, gab sie zurück und sah ihn wütend an. Sie sah nicht mehr jung und strahlend aus, sondern trotzig und hart und bereit, ihm einiges entgegenzusetzen. Er hatte recht. Plötzlich explodierte sie. »Wenn ich so toll bin, warum werde ich dann gefeuert? Warum nicht Patrick oder Barry oder Ryan? Ryans Verkäufe liegen weit unter Plan. Meine nur ganz wenig. Weil ich eine Frau bin, das ist der Grund, nicht wahr? Sie haben mich nie gemocht. Ich wette, Sie ertragen es nicht, dass eine Frau in dieser Machoumgebung Autos verkauft.«

Simon schüttelte nachdrücklich den Kopf. »Auf keinen Fall. Sie kamen nur als Letzte zu uns und müssen daher als Erste gehen«, platzte er heraus und versuchte verzweifelt, die Situation wieder unter Kontrolle zu bekommen. Er hasste Konfrontationen.

»Was für ein Mist! Sie sind ein sexistisches Schwein, und ich wette, Sie selbst wollen, dass ich gehe. Nun, das werde ich, aber bestimmt nicht still und leise. Ich werde die Entscheidung anfechten. Das ist sexuelle Diskriminierung, die Entlassung ist ungerecht!«, rief sie.

»Kimberly, beruhigen Sie sich«, sagte Simon, stand auf und überprüfte, ob sie auch niemand beobachtete. Zu spät. Alle Anwesenden im Showroom – darunter drei Kunden – verfolgten das Drama hinter der Glasscheibe. Simon drehte ihnen den Rücken zu und versuchte, ihnen die Sicht zu nehmen. Kimberly hämmerte mit der Faust auf die Tischplatte und verlangte, mit jemandem aus der Chefetage zu sprechen. Simon hatte Tränen erwartet, vielleicht sogar leichte Hysterie, etwas Bitten und Betteln, aber nicht so etwas.

»Ich werde dieses Büro nicht verlassen, bis mir nicht jemand aus der Chefetage erklärt hat, warum ich hier zum Opfer gemacht werde«, kreischte sie. »Meine Zahlen sind nicht so schlecht wie die von anderen, die ich jetzt nennen könnte.«

»Kimberly, können wir das bitte etwas leiser besprechen?«, drängte er. »Es sollen doch nicht alle wissen, worüber wir hier gerade reden.«

»O doch, das sollen sie!« Sie schob mit einem quietschenden Geräusch ihren Stuhl zurück. Mit drei Schritten war sie an der Bürotür, und bevor Simon sie aufhalten konnte, riss sie die Tür auf und brüllte: »Jemand soll die Presse anrufen! Die interessiert sich bestimmt dafür, wie Ernest-Deal mit seinen weiblichen Angestellten umgeht.«

Simon stellte sich vor sie. »Achtet nicht darauf. Kimberly macht nur Witze.«

»Nein, das mache ich ganz und gar nicht.«

»Kimberly, kommen Sie bitte zurück ins Büro. Wir klären das«, bat Simon und rieb sich hektisch den Kopf.

»Sie rufen die Chefs an, dass sie ihre Meinung ändern sollen?«

»Ja, das mache ich, wenn Sie bitte wieder reinkommen und sich setzen.«

Kimberly ging zu seinem Schreibtisch und setzte sich.

»Zurück an die Arbeit, bitte!«, rief er in einem hoffentlich angemessen autoritären Ton und schloss die Tür.

»Das sagt nichts über Ihre verkäuferischen Fähigkeiten aus. Sie waren die letzte neue Angestellte, und deshalb müssen Sie auch als Erste gehen«, brachte er sein ursprüngliches Argument noch einmal an und wünschte, er hätte eine bessere Antwort parat.

»Ich dachte, Sie wollten die Chefs anrufen?«, erwiderte Kimberly, verschränkte die Arme und starrte ihn eisig an. »Wenn nicht, werde ich die Zeitung hinzuziehen und meine Version der Ereignisse verbreiten. Ich werde damit anfangen, wie unprofessionell Sie sich verhalten haben.«

»Ich?«

»Sie hätten mir eine schriftliche Warnung wegen meiner Leistung zukommen lassen müssen, anstatt mich einfach damit zu überfallen. Dann hätte ich mich auf dieses Gespräch vorbereiten können. Sie hätten die Situation erklären müssen, in der sich die Firma befindet, mir den Sozialplan präsentieren, und erst dann hätten Sie mich fragen dürfen, ob ich ihn annehmen möchte. Sie können nicht einfach jemandem eröffnen, dass er gehen muss. Wir sind nicht mehr in den Vierzigern. Man muss bestimmte Abläufe einhalten und die

Umstände deutlich machen, bevor man jemandem kündigt. Sie hätten überprüfen sollen, wer am nächsten vor der Rente steht, und nach freiwilligen Kündigungen fragen, bevor Sie einfach jemanden auswählen. Haben Sie das getan?«

Simon lehnte sich niedergeschlagen in seinem Stuhl zurück. Es war unerträglich. Kimberly hatte ihm keine schriftliche Warnung zukommen lassen, bevor sie ihm gekündigt hatte. Doch bei näherer Betrachtung war da tatsächlich so etwas Ähnliches gewesen und eine E-Mail, in der sie von Verkaufszielen sprach. Er hatte sie gelöscht, ohne sie genauer zu lesen. Er dachte, es handelte sich um eine allgemeine Mail, die an jeden gegangen war. Mit diesem ganzen internen Kram beschäftigte er sich kaum, das war nur Zeitverschwendung. Freiwillige Kündigungen? War im letzten Monat noch jemand gegangen? Er durchforstete sein Gehirn und erinnerte sich, dass einer der Seniormonteure – der achtundfünfzigjährige Chris – drei Wochen vor dem Gespräch mit Kimberly gekündigt hatte. Jackie hatte die Sammlung zu seinem Abschied organisiert. War er freiwillig gegangen?

In diesem Moment meldete sich Jennifer über die Sprechanlage.

»Simon«, sagte sie atemlos. »Hier sind zwei Polizeibeamte.«

»Was, jetzt schon? Sind sie wegen der kleinen Diskussion mit Kimberly hier? Wir klären das gerade. Es war nichts – nur eine Meinungsverschiedenheit. Sagen Sie ihnen das. Wer hat sie gerufen?«

»Ich weiß es nicht. Sie sagten, Sie hätten einen wichtigen Termin mit Ihnen. Soll ich sie bitten, hier an der Rezeption auf Sie zu warten?«

Simon sah durch die Glasscheibe zu den zwei Männern und erkannte Lens Ziegenbart. Erleichtert atmete er aus.

»Bringen Sie sie bitte ins Besprechungszimmer. Ich bin gleich da. Danke, Jackie. Ich meine, Jennifer. Danke, Jennifer … Kimberly, überlassen Sie alles mir. Ich habe noch ein Meeting mit der Chefetage, und daran werden Sie teilnehmen. Wir werden sicher eine Lösung finden, die für beide Seiten zufriedenstellend ist.«

Kimberly musterte ihn kühl. »Na gut. Aber Sie klären das besser heute noch. Und ich will eine umfassende Entschuldigung in schriftlicher Form. Diese Behandlung ist vollkommen regelwidrig.«

Ohne ein weiteres Wort stand sie auf und ging unter dem Applaus der Kollegen hoch erhobenen Hauptes zu ihrem Schreibtisch. Simon nahm die Brille ab und kniff sich fest in den Nasenrücken. Es war schrecklich. Er hatte eine Katastrophe angerichtet. Er war wirklich nicht für das Management geschaffen. Wenn er unfähig war, jemandem zu kündigen, den er nicht einmal mochte, wie sollte er das nur bei seinen Freunden schaffen?

Er verließ das sichere Büro und eilte in den Bereich, in dem sich die Kunden aufhalten konnten, während sie auf ihre Autos oder Termine warteten. Ein abgetrennter Raum mit Broschüren, Zeitschriften und Zeitungen. Auf einem großen Bildschirm lief den ganzen Tag Sky News, und man konnte sich aus einer Kaffeemaschine verschiedene Getränken ziehen.

Len schlürfte laut einen großen Cappuccino und starrte auf den Bildschirm, während Nick seine Nase in einem Automagazin vergraben hatte.

»Ich kann das nicht«, zischte Simon. »Ihr müsst alles wieder rückgängig machen. Es ist schrecklich. Kimberly wird mich der Presse zum Fraß vorwerfen.«

»Ach du Scheiße!«, sagte Nick kichernd.

»Das ist nicht lustig«, fuhr Simon fort. »Ich habe hier mächtigen Ärger. Ich soll drei guten Freunden kündigen, die mir nie vergeben werden. Jackie ist die Patentante meiner Tochter und sehr wichtig für die ganze Familie. Wenn sie erfahren, dass ich sie gefeuert habe, werde ich große Probleme bekommen.«

»Die Mühe hat sie Ihnen ja offensichtlich erspart, indem sie von selbst gegangen ist«, murmelte Len.

»Ich hole sie zurück«, zischte Simon. »Oder besser gesagt, ihr macht das. Ihr werdet das klären.«

»Nein, werden wir nicht. Wir haben die Leben getauscht, aber wenn Sie Mist bauen, können wir da auch nicht viel tun«, sagte Len. »Wir können Ihr Leben nur ein weiteres Mal tauschen.«

»Ich dachte, ihr könntet mir ein Leben voller Ausschweifungen und meinen wildesten Träumen ermöglichen?«

»Können wir, wenn Sie mit der richtigen Person tauschen. Da müssen Sie allerdings jemand anderen wählen, denn ich kann mir nicht vorstellen, dass Kimberly irgendetwas auch nur ansatzweise Lockeres tun wird, geschweige denn Ausschweifendes. Für das ganz große Geld müssten Sie mit jemandem wie Donald Trump tauschen. Doch der Letzte, der das getan hat, hat es keinen Tag ausgehalten. Er konnte es gar nicht erwarten, sein altes Leben als Stromableser zurückzubekommen. Viel zu viel Druck.«

Simon rieb sich wieder den Kopf.

»Sie sollten damit aufhören. Davon fallen nur die Haare aus«, sagte Nick und sah von seiner Zeitschrift auf. »Schade, dass Sie Lewis Hamilton nicht kennen. Mit ihm zu tauschen wäre lustig. Sie könnten lauter Luxuskarren fahren, statt sie zu verkaufen, und um die Welt reisen und haufenweise Geld verdienen.«

»Für andere organisiert ihr also ganz großartige Sachen, aber mir könnt ihr nicht aus meinem Schlamassel helfen? Ihr seid miese Dämonen. Ich dachte, ihr macht Unmögliches möglich. Im Moment sieht mir das aber nicht danach aus. Ich will den Vertrag rückgängig machen!«

»Autsch. Ganz schön hart«, sagte Nick und legte die Zeitschrift auf den Tisch. »Wir haben große Mühen auf uns genommen, um Ihnen Ihren Wunsch zu erfüllen. Aber Sie können sowieso nicht von dem Vertrag zurücktreten. Sie haben ihn unterschrieben, und wenn ich nicht falsch liege, so steht im Kleingedruckten …« Nick holte eine Kopie des Vertrags unter der Zeitschrift hervor. »… *bei Vertragsbruch sind Sie verpflichtet, Ihre eigene Seele als Pfand abzutreten, ebenso wie die Ihrer nächsten Angehörigen.* Sie und Ihre Familie werden also auf ewig ›da unten‹ schmoren. Klingt das nicht lustig?«

»Ich kann also mein altes Leben nicht zurückbekommen?«

»Wir könnten versuchen, alles zurückzutauschen. Sie hätten dann dieselben Probleme wie bei unserem ersten Gespräch – Schulden, Einsamkeit, die nervige Schwiegermutter, die noch zehnmal nerviger sein wird, wenn sie herausfindet, dass Sie nicht nur die Beförderung verloren haben, sondern auch Ihren Job. Da möchte ich nicht in Ihren Schuhen stecken. Gibt es niemand anderen, mit dem Sie gerne tauschen würden? Das könnten wir für heute im Lauf des Tages arrangieren.«

Simon trommelte nervös mit den Fingerspitzen gegeneinander. »Okay, jetzt weiß ich eine Lösung. Wie wäre es, wenn ihr mein Leben gegen das von Tony Hedge tauscht? Ich habe ihn schon immer beneidet. Er verbringt einen Großteil seiner Zeit auf dem Golfplatz oder sonnt sich irgendwo an einem Strand. Er hat eine heiße Frau, Unmengen Geld, und er arbeitet sicher nicht viel. Er ist Finanzberater. Die kümmern sich doch nur um das Geld von irgendwelchen Trotteln, oder? Ein Kinderspiel.«

»Sind Sie sicher?«

»Nein, aber mir fällt sonst niemand für einen Tausch ein, und ich muss hier raus, bevor es zur Meuterei kommt.«

»Na gut. Fahren Sie heim, während wir hier aufräumen. Wenn wir fertig sind, organisieren wir den neuen Tausch. Dieses Mal muss aber alles klappen, wir können nicht ständig nacharbeiten. Wir sind schließlich schwer beschäftigte Dämonen.«

# Polly

## 17

Polly starrte aus dem Fenster, als die Limousine abbog, und kniff sich in den Arm. Nein, das war kein Traum. Sie saß tatsächlich auf einem weichen, cremefarbenen Ledersitz mit einem Kristallglas voll Champagner in der Hand und wurde zu ihrem neuen Domizil gefahren. Vor zwei Stunden hatte sie wirklich einen Anruf erhalten, in dem man sie gebeten hatte, die wichtigsten Sachen zu packen und sich für ihr neues Leben bereitzumachen.

Der Wagen fuhr auf ein großes Tor zu, das sich automatisch öffnete, als der Fahrer eine Fernbedienung darauf richtete, und rollte eine lange Kiesauffahrt entlang. Das Haus – The Old Rectory – war ein entzückendes dreistöckiges Gebäude inmitten von Gärten und Wäldern. Und das alles gehörte ihr. Sie schlag die Arme um den Oberkörper und quietschte vor Freude.

»Alles in Ordnung, Madam?«, fragte der Chauffeur.

»Oh, Entschuldigung. Ja, mir geht es gut, danke. Ich freue mich nur, zu Hause zu sein.« Sie ließ die Worte »zu Hause« noch ein wenig nachwirken. Sie klangen gut.

Der Mann hielt vor dem Gebäude, kam zu ihr nach hinten und hielt ihr die Tür auf. Dann nahm er ihr das leere Glas ab.

»Brauchen Sie mich heute noch, Madam?«

»Nein, vielen Dank.«

»Und morgen, Madam?«

Polly konnte nur mit Mühe das breite Grinsen unterdrücken, als sie sich an Liliths letzte Worte erinnerte.

»Nein, ich brauche Sie nicht, danke. Morgen wird ein neues Auto geliefert, und ich werde selbst fahren.«

»Sehr wohl, Madam. Rufen Sie einfach die Agentur an, wenn Sie mich benötigen.«

Er reichte ihr eine Visitenkarte, die sie in ihrer Handtasche verstaute. Der Kofferraum der Limousine öffnete sich lautlos, und der Mann holte ihre Reisetasche heraus. Er trug sie vor die Haustür und stellte sie dort ab. Sie folgte ihm wie in Trance.

»Auf Wiedersehen, Madam.«

Er tippte sich wie ein Gentleman an die Kappe. Da sie nicht wusste, ob sie ihm die Hand geben sollte, neigte Polly leicht den Kopf, wie um den Mann zu entlassen. Dieser stieg in den Wagen, der daraufhin leise schnurrend die Auffahrt entlangfuhr. Polly blieb allein vor ihrem neuen Haus zurück. Mit der Hand strich sie über das hölzerne Namensschild. Es war echt. Alles war echt. Die Schlüssel klirrten, als sie den Bund aus der Tasche holte. Seit der Chauffeur vor ihrem alten Haus erschienen und ihn ihr im Austausch gegen die alten Schlüssel überreicht hatte, hielt sie ihn fest umklammert. Der erste Schlüssel passte ins Schloss. Sie öffnete die Tür, trat in die holzgetäfelte Eingangshalle und schrie laut, als zwei haarige Geschosse auf sie zustürmten.

»Runter von mir!«, rief sie, als die kleinen Tiere an ihr hochsprangen. Sie waren kräftig und wogen sicher je zehn Kilo. Zusammen brachten sie Polly so aus dem Gleichgewicht, dass sie mit dem Hintern auf den Marmorboden fiel, wo die Tiere sie beschnüffelten. Eines rannte zu der vollgestopften Reisetasche, und der sowieso schon mitgenommene Reißverschluss kapitulierte nun endgültig, sodass einige Dinge herausfielen. Der Hund schnappte sich ihre beste Unterhose und rannte damit davon. Das andere Tier beschnupperte sie immer noch und schnaufte ihr den nach Fleisch riechenden Atem ins Gesicht. Sie schob den Hund weg und rappelte sich auf. »Gib das wieder her!«, brüllte sie dem anderen Biest hinterher, das mit ihrer Unterhose im Maul fröhlich herumwetzte. Sie lief ihm nach und schlitterte durch die Eingangshalle. Der zweite Hund gesellte sich zu ihnen und schnappte ebenfalls nach der Unterhose. Beide Tiere zerrten an der Beute, bis Polly an dem Stück Stoff riss und die beiden Übeltäter anbrüllte. Ein Hund ließ tatsächlich los und beobachtete, wie Polly die Unterhose dem anderen Tier entwand. »Gib her! Sitz!«, befahl sie laut. Doch ihre Worte schienen die beiden nur noch mehr anzuheizen, die sie jetzt wild umkreisten. Polly wühlte in ihrer Tasche nach dem Notfallschokoladenriegel und hielt ihn in die Höhe. Sofort setzten sich die beiden Hunde mit heraushängenden Zungen, als hätte ein unsichtbarer Puppenspieler die Fäden gezogen. »Ah, das bringt euch also zur Ruhe«, sagte sie, riss die Verpackung auf und brach ein kleines Stück ab.

»Du solltest den Hunden keine Schokolade geben«, sagte da eine leise Stimme. Polly drehte sich um und sah ein junges Mädchen, das an einer Tür lehnte und mit verschränkten Armen eine Zigarette rauchte. Sie trug regenbogenfarbene Leggins und ein zerrissenes graues Top. Ihre Füße waren nackt, die Nägel schwarz lackiert.

»Wer bist du?«

»Das könnte ich dich auch fragen. Wahrscheinlich der Ersatz für meine Mutter – Stephanie. Ich habe dich schon erwartet. Sie ist weg. Total geil. Wir hatten, wie sie immer so schön sagt, *ein paar Probleme.*«

»Moment mal, woher weißt du davon? Ich sollte hier einziehen und das glamouröse Leben einer Singlefrau führen. Von Kindern hat keiner was gesagt. Das gehört nicht zur Abmachung.«

»Und ich habe um eine neue Mutter gebeten. Du bist auch nicht gerade das, was ich erwartet habe«, erwiderte sie. »Mit dem Verhätscheln von Tieren hast du es nicht so, oder? Meine Mutter – oder besser gesagt, Ex-Mutter – hätte die beiden jetzt schon längst aufgehoben und abgeknutscht, während sie mir einen bösen Blick wegen meiner gepiercten Nase zugeworfen hätte.«

Polly bemerkte den kleinen Ring im Nasenflügel des Mädchens.

»Dann hätte sie mir befohlen, das Piercing zu entfernen. Ich hätte ihr gesagt, dass sie sich *verpissen* soll, und das wäre es gewesen. Ich hoffe, du kannst besser kochen als sie.«

»Du? Du wolltest eine neue Mutter haben?«

»Ist das so komisch?«

»Ich bin etwas verwirrt. Wen hast du darum gebeten?«

Das Mädchen verdrehte die Augen. »Mann, die Dämonen natürlich. Wahrscheinlich dieselben, die dir ein Leben im Luxus versprochen haben. Sie sagten, sie würden mir für eine Seele eine neue Mutter beschaffen.«

»Das haben sie mir auch gesagt. Ist das überhaupt legal? Ich meine, können sie zwei Leuten dasselbe versprechen? Ich bin mir da nicht so sicher ...«

Polly sah zu den Hunden, die immer noch geduldig vor ihr saßen und ihr aufmerksam zuhörten.

»Keine Schokolade?«, fragte sie.

»Nein, das kann sie töten. Aber mach nur, wenn du keine

Hunde magst. Mir ist das egal. Das sind Stephanies Viecher. Ich habe nicht viel mit ihnen zu tun. Schade, dass sie sie nicht mitnehmen konnte. Es sind ihre ›Babys‹.«

»Was ist das für eine Rasse?«

»Französische Bulldoggen.«

»Für Hunde sind sie ganz schön ruhig. Sie bellen gar nicht.«

»Nein, sie bellen nicht oft. Nur wenn man mit Hundekeksen vor ihrer Schnauze wedelt oder es an der Tür klingelt. Ich wollte einen Labrador. Stephanie hat stattdessen die beiden ausgesucht. Das hier ist Dolce«, sagte sie und deutete auf den brauneren der beiden Hunde. »Wie der andere heißt, kannst du dir wahrscheinlich denken. Dämliche Namen!«

Polly verstaute die Schokolade wieder in ihrer Tasche. Die Hunde sahen sie anklagend an.

»Dolce. Gabbana«, sagte das Mädchen leise, aber bestimmt. »Bett. Sofort!« Die Hunde trotteten widerwillig davon, ihre Krallen klickten auf dem Marmorboden.

»Was soll ich also jetzt tun?«, fragte Polly.

»Keine Ahnung. Was Mütter so tun, schätze ich. Du kannst meinem Internat sagen, dass ich nach den Ferien nicht zurückkomme.«

»Schule? Wie alt bist du?«

»Fast sechzehn. Warum? Hast du ein Problem damit, dass ich nicht zurückgehe?«

»Du bist erst fünfzehn? Du siehst … älter aus.«

Das Mädchen zog an der Zigarette und warf Polly einen mürrischen Blick zu.

»Hey, es geht mich ja eigentlich nichts an, aber solltest du wirklich rauchen?«

Das Mädchen musterte sie von oben bis unten und lächelte bitter. »Genau, fang mit der Nörgelei ein. Du bist die geborene Mutter.«

»Nein, ich will dich nicht herumkommandieren oder nörgeln. Mein Vater ist an Lungenkrebs gestorben. Er hat geraucht, seit er dreizehn war. Er hatte jahrelang starken Husten, der sich dann als Krebs entpuppt hat, und er hat ein Jahr gelitten, bis er endlich gestorben ist. Und nicht friedlich. Es ist schrecklich, jemandem, den man liebt, bei so einem Tod zuzusehen. Ich saß an seinem Bett und habe mitverfolgt, wie diese furchtbare Krankheit ihn seiner Gesundheit und seines Lebens beraubt hat. Jetzt sage ich allen, die rauchen – vor allem jüngeren Menschen –, dass es das einfach nicht wert ist. Vor allem ist es nicht den Schmerz wert, den es den Hinterbliebenen bereitet.« Das Mädchen verlagerte das Gewicht. »Deine Mutter wird mir nie verzeihen, wenn ich nicht wenigstens versuchen würde zu erklären, wie schädlich es ist.«

»Ihr schien es nichts auszumachen. Sie wusste davon. Wie auch immer, jetzt bist du meine Mutter.«

»Dann möchte ich nicht, dass du wegen des Rauchens krank wirst. Also mach den Krebsstängel jetzt sofort aus, oder … oder … du bekommst Hausarrest.«

Das Mädchen prustete. »Haha! Du bist ja lustig! Okay. Ich mache die Kippe aus. Aber nur, weil du mich zum Lachen gebracht hast«, fügte sie hinzu.

Polly sah sich in der großen Eingangshalle um. Diverse Türen gingen nach links ab.

»Ich bin mir nicht sicher, ob ich das kann. Du bist bestimmt ein nettes Mädchen und so, aber ich kann nicht so einfach deine Mutter sein. Darin habe ich keinerlei Erfahrung. Ich kann mich kaum um mich selbst kümmern. Deshalb bin ich hier. Ich habe mein Leben zerstört. Ich habe Menschen enttäuscht, und ich bin echt schlecht in Beziehungen. Ich habe nicht einmal einen Freund.«

»Das hatte Stephanie auch nicht. Sie wollte lieber allein sein. Ich bin fast sechzehn. Ich kann auf mich selbst aufpassen. Gib mir jeden Monat mein Taschengeld, und ich lasse dich in Ruhe. Ein Elternteil muss da sein, bis ich achtzehn bin und meinen Treuhandfonds ausgezahlt bekomme, dann bin ich hier weg, und du kannst tun und lassen, was du willst. Win-win.«

Polly spielte mit ihren Haaren. Die Situation war speziell, und ihr Bauchgefühl sagte ihr, besser die Finger davon zu lassen. Doch wenn sie Lilith anrief und um einen neuen Tausch bat, wer würde dann auf dieses Mädchen hier aufpassen? Unter dem Make-up, dem Nasenring und der trotzigen Fassade war sie ein verwundbares Kind. Polly sah eine jüngere Version von sich selbst, verwirrt und voller Hormone.

»Kannst du nicht bei deinem Vater bleiben?«

Ein Schatten huschte über das Gesicht des Mädchens. »Habe ihn nie kennengelernt. Er hat meine Mutter geschwängert, als sie jung war, und wollte dann nichts mit mir zu tun haben. Aber ich spreche nicht darüber. Es geht mir gut.«

Polly hörte den Schmerz in ihrer Stimme, und sie traf eine Entscheidung.

»Okay, also, jetzt bin ich hier. Warten wir doch mal ein, zwei Tage, wie es läuft. Wenn wir gar nicht miteinander klarkommen, reden wir mit den Teufeln. Da gibt es bestimmt ein Schlupfloch. Bis dahin kann ich aber nicht deine Mutter sein, das ist ein zu großer Schritt. Wie wäre es, wenn ich erst einmal deine Freundin bin?«

Das Mädchen nickte knapp. »Solange es das Leben einfacher macht. Du willst dich wahrscheinlich erst mal einrichten. Mach nur. Das Haus gehört jetzt dir. Ich gehe später noch aus«, fügte sie hinzu. »Ich übernachte bei einer Freundin. Und sag mir gar nicht erst, dass ich das nicht darf.«

Polly wusste nicht, wie sie darauf reagieren sollte. Sie konnte das Mädchen ja nicht daheim einsperren.

»Wie schade. Ich wollte Pizza bestellen, und eine Flasche Wein habe ich auch. Wir hätten sie gemeinsam trinken und uns besser kennenlernen können. Ich weiß nicht mal deinen Namen.«

»Du bist ja verrückt. Erst schimpfst du mit mir, weil ich rauche, und dann soll ich mit dir trinken. Wie wäre es mal mit eindeutigen Botschaften.«

»Das stimmt. Ich bin gegen das Rauchen. Aber nicht gegen ein gelegentliches Glas Wein. Wenn du auch nur ein bisschen so bist wie ich in deinem Alter, dann trinkst du jede Menge Alkohol mit deinen Freunden.«

»Du findest es in Ordnung, in meinem Alter zu trinken?«

»Du hast recht. Ich sollte dich nicht darin bestärken. Vergiss es. Ich bin wirklich keine gute Mutter.«

Das Mädchen grinste. »Stimmt, du bist echt mies. Stephanie hasst Alkohol, hat nie einen Tropfen getrunken. Hat immer gesagt, er benebelt das Gehirn und ruiniert den Teint.«

Polly wand sich unter dem kühlen Blick des Mädchens.

»Das hat mich allerdings nicht davon abgehalten«, fuhr sie fort. »Die Mädchen in der Schule haben jeden Samstag Alkohol reingeschmuggelt. Wir haben genügend Verstecke in unseren Zimmern. Die Hausmutter hat nie Verdacht geschöpft. Ich trinke lieber Wodka Bull als Wein. Wein ist okay, wenn der Wodka aus ist. Heute habe ich allerdings schon andere Pläne.«

Das Mädchen musterte Polly mit bernsteinfarbenen Augen.

»Ich heiße übrigens Chelsea.«

»Hübscher Name. Okay, Chelsea, ich sehe mich mal um und bin gleich wieder da.«

»Ja, ja«, antwortete das Mädchen, ging in das Zimmer

zurück, aus dem es gekommen war, und schloss die Tür hinter sich.

Polly kratzte sich am Kopf. Das war ein Rückschlag. Aber jetzt würde sie sich erst einmal dieses unglaubliche Haus ansehen. Sie sammelte die auf dem Boden verstreut liegenden Kleider ein und stopfte sie zurück in die Tasche. Diese hievte sie sich auf die Schulter und öffnete die erste Tür, die in einen beeindruckenden Raum führte, mit Holzbalken an der Decke, Holzboden und großen Fenstern. Edle Ledersessel standen neben einem Kamin. Das Zimmer wurde von einem Flügel dominiert, der in der Mitte stand. Der fehlende Teppich ließ den Raum kalt und nackt wirken. Die Kunst an den Wänden war modern – große Leinwände mit geometrischen Formen in leuchtenden Farben. Wenn sich hier Leute aufhalten sollten, dann fehlten eindeutig Wärme und Gemütlichkeit. Nichts deutete darauf hin, dass der Raum genutzt wurde – weder Fotos noch andere Einrichtungsgegenstände. Nicht einmal ein Fernseher. Das würde Polly ändern.

In einem zweiten Salon waren Bücherregale in die Wände gebaut und enthielten Kriminalromane und heitere Frauenunterhaltung, zusammen mit Selbsthilfebüchern und einer umfassenden CD-Sammlung. Polly erkannte die Namen einiger ihrer Lieblingsautoren. Einige Bücher würde sie gern lesen, wenn auch nicht gerade die über makrobiotische Ernährung oder wie man sich selbst durch Meditation fand. Außerdem entdeckte sie ein Soundsystem in einem stylishen Schrank, der sich mit einem leichten Fingerdruck öffnen ließ. Dieser Raum war offensichtlich zum Lesen gedacht, und Polly liebte Bücher. Jetzt würde sie auch die Zeit haben, um in Ruhe zu lesen.

Sie ging in die entgegengesetzte Richtung und entdeckte den Mittelpunkt des Hauses – die Küche. Die Hunde sprangen von ihren Betten neben dem dunklen Aga-Herd und rannten ihr entgegen, als hätten sie sie schon lange nicht mehr gesehen. Mit ihren ernsten flachen Gesichtern und den Fledermausohren sahen sie witzig aus. Polly bückte sich und streichelte die beiden Tiere, die ihr die Hand leckten und sie dankbar ansahen.

»Ihr seid zwei ganz Liebe, nicht wahr? Ich weiß nicht, warum man euch italienische Namen gegeben hat, wenn ihr doch aus Frankreich kommt. Du«, sagte sie zu dem ersten Hund, »siehst viel eher wie ein Hugo aus als ein Dolce, und du, mit deinem traurigen Gesicht und den großen Augen, erinnerst mich an Serge Gainsbourg.« Sie saugten ihre Worte auf und nickten beinahe zustimmend, bevor sie ihr auf den Fersen folgten, während Polly die schicken cremefarbenen Schränke durchsuchte. Stephanie schien ebenso viel zu essen und zu trinken, wie sie Zeit vor dem Fernseher verbrachte. Polly förderte Flaschen mit Quellwasser zutage, Reiscracker, Linsen, Tofu und Bio-Kokosöl. Wenn Stephanie nur so etwas aß, dann war es kein Wunder, dass sie so schlank blieb. Polly holte eine Packung Hundekekse hervor und gab ihren neuen Freunden ein paar, die sie gierig verschlangen. Der Kühlschrank war leer bis auf etwas Bio-Sojamilch und zwei Eier. Eine Obstschale stand auf der Marmorplatte der Frühstücksbar. Polly nahm sich einen Apfel und begann ihn zu essen, während sie den Wasserhahn der edlen Belfast-Spüle ausprobierte. Ihre Laune stieg, als sie einen Weinkühlschrank fand, der jedoch voller Obst- und Gemüsesaftflaschen war. Die würde sie schnellstmöglich entsorgen. Sie wühlte in ihrer Tasche und holte eine Weinflasche heraus, die sie in den Kühlschrank legte, froh, dass sie auf dem Weg hierher noch in einem Supermarkt die wichtigsten Dinge besorgt hatte.

Von der Küche ging ein Wintergarten mit einem Holzofen

und einer Sitzgruppe ab. Hier war es viel gemütlicher als in dem Raum mit den Ledersesseln. Ein guter Platz, um mit Freunden zusammenzusitzen. Polly dachte an Kaitlin. Die Teufel hatten ihr gesagt, sie solle ihr Handy nicht mitnehmen, da ihr früheres Leben jetzt vorbei sei. Doch das hatte sie nicht getan. Auf keinen Fall würde sie die Verbindung zu Kaitlin abreißen lassen. Sie musste ihr unbedingt von diesem Haus erzählen. Kaitlin säße sofort im ersten Flieger zurück, um sich alles mit eigenen Augen anzusehen. Sie öffnete die Doppeltür zu der gepflasterten, überdachten Terrasse und schnappte wieder nach Luft. Da stand ein Whirlpool. Sie musste Kaitlin unbedingt anrufen.

Sie holte das Handy aus der Tasche und wählte, ohne zu zögern, die Nummer ihrer Freundin, grinsend vor Freude, ihr die Neuigkeiten zu erzählen. Doch niemand nahm ab. Leise seufzend steckte sie das Telefon wieder weg. Sie würde es später noch einmal versuchen. Die Hunde warfen ihr bettelnde Blicke zu, worauf sie den Apfel entzweibrach und ihn an die beiden verfütterte. In der Hoffnung auf weitere Leckerlis folgten ihr Dolce und Gabbana nach oben; ihre Krallen machten auf dem pflaumenfarbenen Teppich kein Geräusch. Polly hatte das Gefühl, auf einem riesigen Schwamm zu laufen.

Sie öffnete die erste Tür zur Linken. Das war definitiv ihr Zimmer. Sie ließ die Tasche auf den Boden rutschen und sah sich voller Bewunderung um. Ein Himmelbett stand in der Raummitte. Es war das größte Bett, das sie je gesehen hatte. Die zwei Hunde sprangen darauf, scharrten an dem Überwurf und machten es sich bequem. Sie beobachteten Polly, während sie durch den Raum ging, den antiken Schminktisch bewunderte, den Kamin und den Gartenblick aus dem Fenster. Drei Eichentüren gingen von hier ab; eine führte in einen begehbaren Schrank von der Größe ihrer Küche in ihrem alten Haus. Zwei Reihen Designerkleider hingen an Stangen, während darunter Schuhe in jeder vorstellbaren Farbe sorgfältig aufgereiht standen. Stephanie schien dieselbe Schuhgröße wie Polly zu haben. Sie probierte ein Paar Gucci-Sandalen an und spazierte vor einen deckenhohen Spiegel. Mit offenem Mund besah sie sich die Regale. Schuhe von Christian Louboutin, Manolo Blahnik, Louis Vuitton, Miu Miu, Jimmy Choo und – o mein Gott! – ein Paar Alexander McQueens in einem unfassbaren Grünton. Polly war im Schuhhimmel. Sie nahm die grünen Schuhe und drückte sie an die Brust. Die gehörten ihr! Dolce gesellte sich zu ihr, offensichtlich gefiel ihm ihre Wahl.

Die Kleider waren allerdings viel zu klein für Polly, was sie aber nicht davon abhielt, sie herauszunehmen und vor den Körper zu halten. Sie würde abnehmen und dann hineinpassen. Oder neue kaufen. Jetzt konnte sie sich alles leisten, was sie sich wünschte. Wie viel Geld sie wohl besaß? Vielleicht konnte sie sich eine Reise nach Paris oder New York leisten und eine ganze Schuhkollektion kaufen.

Die Zeit stand still, als Polly in den Schätzen im Kleiderschrank schwelgte und alle Outfits bewunderte. Schließlich ging sie durch die zweite Tür und brach vor Begeisterung fast zusammen. Das Bad war in beigem und braunem Marmor gehalten mit zwei Waschbecken auf einer Seite und Regalen auf der anderen. Marmorstufen führten vor ihr in eine in den Boden eingelassene Wanne. Polly besah die verschiedenen Öle neben der Wanne, bewunderte den goldenen Wasserfallhahn und beschloss, dass sie eine ganze Woche im Wasser verbringen könnte. Und wenn sie kein Bad wollte, würde die benachbarte Dusche ihr viel Freude bereiten, die diverse Massageeinstellungen und einen Regenduschkopf hatte.

»Ich bin dann mal weg!«, rief eine Stimme aus dem Schlafzimmer.

»Hey, warte! Geh noch nicht.« Polly lief ins Schlafzimmer und traf auf Chelsea, die jetzt ein hautenges schwarzes Kleid und lilafarbene Doc Martens trug.

»Ich bin doch gerade mal fünf Minuten hier …«

»Dreiundvierzig«, unterbrach das Mädchen sie gelangweilt.

»Nein! Oder doch? Verdammt. Nein. Aber egal, wie lange ich schon hier bin, ich kann dich nicht gehen lassen.«

»So, wie ich aussehe?«, fügte Chelsea hinzu. »Ich bin fast sechzehn und kann sehr gut selbst entscheiden, was ich machen und wohin ich gehen will.«

Polly fühlte sich in die Vergangenheit zurückversetzt und erinnerte sich an ein anderes Mädchen in Shorts, gemusterten Strumpfhosen und Plateauschuhen, das seine Mutter anschrie. Dieses Mädchen war ausgegangen, egal, wie sehr seine Mutter weinte oder bettelte. Und seht nur, was aus ihr geworden ist!

»Nein, du siehst gut aus. Sehr stylish. Ich liebe die Schuhe. Ich wünschte, ich könnte so was auch tragen. Aber ich bin im Moment eher der Schlabberpulli- und Stretchjeans-Typ. Nein, ich dachte, wir setzen uns zusammen, lernen uns ein wenig kennen und sprechen über ein paar wichtige Sachen wie die Schule und so.«

»Ich werde nicht zurückgehen, also müssen wir auch nicht darüber reden. Und ich weiß schon alles über dich. Die Dämonen haben es mir erzählt.«

»Was weißt du?«

»Du bist Polly MacGregor und in den Dreißigern. Du bist – *warst* – Sporttherapeutin. Du magst Kleider und Schuhe – auch wenn du selbst Schlabberpullis und viel zu bunte Socken trägst«, fügte sie hinzu und deutete auf Pollys neongelbe Socken mit Smiley-Muster. »Du hast keine Beziehung, liebst es, fernzusehen, und du lachst gern.«

»Und aufgrund dieser Zusammenfassung hast du mich ausgewählt?«

»Du warst besser als die anderen, die man mir angeboten hat. Außerdem dachte ich, dass du zu sehr mit Shopping beschäftigt sein würdest, um dich um mich zu kümmern.«

»Moment mal. Wie kommst du darauf? Vielleicht bist du mir ja wichtig, und ich will mich um dich kümmern. Wir könnten damit anfangen, indem wir uns besser kennenlernen.«

»Dazu haben wir noch genug Zeit, wenn du unbedingt willst. So interessant bin ich nicht. Ich mag Teenagersachen, Instagram, Snapchat und so was.«

Polly nickte, auch wenn sie keine Ahnung hatte, wovon Chelsea sprach.

»Die verkniffenen Tussis in der Schule hängen mir zum Hals raus, die blöde Kommentare über meine Outfits abgeben, und die spießigen Lehrer auch, die ständig auf mir herumhacken. Ich hasse es, dort Schuljahr um Schuljahr eingesperrt zu sein und Sachen lernen zu müssen, die mich nicht interessieren. Es ist so sinnlos. Ich brauche keinen Abschluss. In zwei Jahren habe ich sowieso genug Geld, um das zu tun, was ich will.«

»Du willst keinen Abschluss machen? Das ist aber nicht gerade eine kluge Entscheidung, weißt du.«

»Wenn du mir deshalb auf die Nerven gehen willst«, sagte Chelsea mit abfällig verzogenen Lippen, »sage ich den Dämonen, dass sie dich in dein altes, beschissenes Leben zurückschicken sollen.«

»Na gut«, erwiderte Polly und verschränkte die Arme. »Tu

das. Schau, ob sie irgendeinen verantwortungslosen Menschen finden, dem das alles egal ist. Du machst einen Fehler. Ich wäre sowieso lieber woanders. Ein riesiges Haus, ein paar Schuhe und ein gigantisches Bad sind es nicht wert, wenn ich mich mit einer starrsinnigen Göre herumschlagen muss, die glaubt, am besten zu wissen, was gut für sie ist. Ein Schulabschluss ist wichtig, völlig unabhängig vom Geld. Irgendwann in deinem Leben wirst du ihn brauchen. Ich wünschte, ich hätte die Chance gehabt, auf eine Privatschule zu gehen anstatt auf meine öffentliche. Ich bin die meiste Zeit den Schulhoftyrannen und den Drogendealern aus dem Weg gegangen.«

»Und was hat dir die Schule gebracht? Du bist jetzt hier, weil du dein altes Leben nicht mehr ausgehalten hast.«

Polly fühlte sich plötzlich mutlos. »Ich habe ein paar Fehler gemacht, das ist alles. Hart zu arbeiten, meine Ausbildungen zu machen und meine Praxis zu eröffnen waren die besten Entscheidungen meines Lebens. Ich war einmal wirklich stolz auf mich, und das, weil ich gelernt habe. Sonst hätte ich das alles nicht geschafft. Wirf deine Chancen nicht weg. So viele bekommt man nicht«, sagte sie und setzte sich auf das Bett. Gabbana legte seinen Kopf in ihren Schoß, und sie streichelte ihn. Bei seinem ernsten Gesicht hätte sie am liebsten geweint. »Ich rufe die Dämonen an und verlange mein altes Leben zurück. Und du kannst dann tun, was du willst.«

Das Mädchen verzog das Gesicht und zuckte mit den Schultern. »Nein«, sagte sie schließlich. »Ich denke darüber nach, was du gesagt hast. Bleib noch.«

Wie aufs Stichwort legte sich Dolce auf Pollys Beine und leckte ihre Knie. Chelseas Lippen zuckten leicht.

»Sie scheinen dich zu mögen. Dann bist du wohl okay.«

Polly nickte. »Wir reden morgen.«

»Cool. Bis dann.«

Chelsea verschwand. Polly fragte sich, worauf sie sich eingelassen und warum sie zugestimmt hatte zu bleiben.

# Simon

18 Simon versteckte sich in seinem Schuppen. Nur dort hatte er Ruhe vor seiner Frau und seiner Schwiegermutter. Von Morags schriller Stimme hatte er Kopfweh bekommen. Die Überraschung, plötzlich einen erfolgreichen Schwiegersohn zu haben, ließ nach, und sie war wieder ganz die übliche giftige Schreckschraube. Zumindest würde er etwas Frieden finden, wenn er das Leben mit Tony Hedge tauschte. Er bezweifelte, dass Selena ihn unter Druck setzen würde – *höchstens in einem Punkt.* Er war sich nicht sicher, was er über den Sex denken sollte. Theoretisch würde er gerne mit Selena schlafen, aber es wäre doch irgendwie seltsam. Er war Veronica immer ein treuer Ehemann gewesen. Wahrscheinlich musste er das einfach auf sich zukommen lassen. Die Teufel machten dieses Mal hoffentlich keine Fehler. Er dachte an Selena, ihre verführerisch geschminkten Augen und natürlich ihre wundervollen Brüste. Er stellte sich vor, wie er seinen Kopf zwischen sie betten würde. Sie wären weiß, makellos und so weich und …

Ein scharfes Klopfen an der Schuppentür riss ihn aus seiner Fantasie. Er sprang auf und packte den nächstgelegenen Gegenstand.

»Hallo, Liebes«, sagte er, als Veronica den Kopf durch die

Tür steckte. »Ich suche nur nach etwas, mit dem ich den Schrank in Georginas Zimmer reparieren kann.«

Veronica warf einen Blick auf die Grillzange in seiner Hand. Simon legte sie rasch zur Seite und nahm einen Schraubenzieher.

»Ich habe dich schon überall gesucht. Du hast versprochen, dass du die Schranktür reparierst, bevor Georgie zurückkommt. Meiner Berechnung nach hast du noch zwanzig Minuten.«

»Ich fange gleich an.«

»Gut. Sie ist meiner Mutter fast entgegengefallen, als sie ein paar von Georgies Sachen aufhängen wollte.«

Simon wünschte, die Tür hätte die alte Hexe getroffen und sie damit für eine Weile ruhiggestellt. Sie fand wirklich immer etwas, um an ihm herumzunörgeln. Er nahm die Werkzeuge und marschierte durch die Küche zurück ins Haus, in der Hoffnung, so seiner Schwiegermutter aus dem Weg gehen zu können, die ziemlich sicher vor dem Fernseher saß.

»Ach, da bist du ja, Simon«, ertönte eine schrille Stimme hinter der Frühstücksbar. Simon krümmte sich innerlich. »Veronica sucht dich. Die …«

»Ich war im Schuppen und habe nach einem Schraubenzieher gesucht, um mich um Georgies Schrank zu kümmern.«

»Das wird aber auch Zeit. Veronica hat mir gesagt, dass er schon seit über einem Monat kaputt ist. Hoffentlich kannst du das besser, als elektrische Geräte zu reparieren«, fügte sie hinzu.

Simon verdrehte die Augen. Er wollte sich gerade verteidigen, als es an der Haustür klingelte.

»Ich gehe schon!«, rief Veronica. Morag walzte ins Wohnzimmer.

Ein rundgesichtiges Mädchen, das einen asiatischen Kegelhut trug, stürmte in die Küche. Ein größeres folgte ihr mit mürrischem Gesichtsausdruck und einem großen Rucksack, den es neben dem Kühlschrank auf den Boden fallen ließ. Georgina war zurück.

»Wo ist Ivan?«, fragte sie.

»Er schläft auf deinem Bett. Er hat dich sehr vermisst«, antwortete Veronica. »Fast so sehr wie wir«, fuhr sie fort und umarmte ihre Tochter. Diese entwand sich ihr, Veronica konnte ihr aber noch einen feuchten Kuss auf die Wange drücken.

»Hallo, Faith. Na, hattet ihr Spaß? Schön, dass du wieder da bist, Georgie«, sagte Simon, als seine Frau ihm mit einer energischen Kopfbewegung bedeutete, er solle sich mit seiner Tochter unterhalten. »Wie war es in China? Bestimmt toll, oder?«

»Hi, Mr Green. Es war total super, nicht wahr, Georgie? Wir haben diese riesige Tonkriegerarmee gesehen, Tempel und die Chinesische Mauer. Der Weg hat ewig gedauert. Georgie hat gekotzt, als wir oben waren.«

»Habe ich nicht«, sagte diese und errötete.

»Doch«, beharrte das kleine Mädchen und bemerkte Georgies Verlegenheit gar nicht.

Veronica warf ihrer Tochter einen Blick zu, die sich mit ihrem Rucksack beschäftigte und ihre Freundin zu ignorieren versuchte. »Freut mich, dass ihr eine tolle Zeit hattet. Der Hut ist ja super.«

»Georgie hat auch einen. Ihrer ist lila und schwarz.«

Eine erschöpft aussehende dunkelhaarige Frau kam mit zwei Reisetaschen in die Küche, die sie auf dem Boden abstellte.

»Hier, Georgie, dein Gepäck. Jetzt müssen wir nur noch unseres aussortieren.«

»Hi, Karen, vielen Dank. Simon wollte gerade die Taschen holen gehen«, sagte Veronica und sah ihren Mann bedeutungsvoll an.

»Tut mir leid, Karen. Du hättest sie im Auto lassen sollen, damit ich sie hole.«

»Überhaupt kein Problem. Sie waren unter einem Haufen anderer Sachen. Ich bin es gewohnt, sie herumzuschleppen. Ich habe die ganze Woche das Gepäck der Kinder getragen. Auch wenn es wirklich eine einmalige Reise war, bin ich froh, dass sie jetzt vorbei ist. Es war wirklich anstrengend, auf einen ganzen Jahrgang von Schülern aufzupassen, die genug Energie haben, um ein kleines Land damit zu versorgen. Doch es war auf jeden Fall lehrreich und hat viel Spaß gemacht, oder, Mädchen?«

Faith nickte eifrig und zog ein Handy aus der Tasche. »Wollt ihr Bilder von der Chinesischen Mauer sehen? Wir haben Selfies gemacht.«

»Georgie wird ihnen ihre eigenen Bilder zeigen wollen, Faith. Außerdem müssen wir jetzt nach Hause fahren. Ich habe Tonnen Schmutzwäsche, und Charlie wird sicher all unsere Abenteuer hören wollen. Also sag jetzt Tschüs. Ist es okay, wenn Faith nächsten Freitag bei euch bleibt, Veronica? Ich habe eine Mitarbeiterbesprechung, und Adam ist in London. Um sieben sollte ich fertig sein.«

»Natürlich. Es ist immer schön, wenn Faith hier ist und Georgie Gesellschaft leistet.« Georgie verzog das Gesicht.

»Ich bringe die DVD von *High School Musical* mit, die können wir dann anschauen.«

»Cool«, murmelte Georgie. Ihre Mutter warf ihr einen scharfen Blick zu, den sie ignorierte.

»Wir sehen uns am Montag in der Schule, Georgie«, verabschiedete sich Karen. »Schönes Wochenende – oder was davon übrig ist. Das Auto in der Einfahrt ist übrigens hübsch – ist das deins, Simon?«

»Ja«, antwortete Veronica stolz. »Es ist wunderschön, nicht wahr? Simon bringt es zu was.«

»Herzlichen Glückwunsch«, sagte Karen. »Nach der Chinareise will ich jetzt mehr machen, als nur Erdkunde zu unterrichten. Auch wenn es die Miete zahlt. Na komm, Faith, fahren wir und lassen die Greens sich erst mal in Ruhe begrüßen. Tschüs!«

»Tschüs, und danke, dass du Georgie abgesetzt hast! Georgina, bedank dich bei Mrs Benton.«

»Danke«, murmelte ihre Tochter gehorsam.

»Bis Montag, Georgie«, rief Faith und hüpfte wie ein aufgeregtes Hündchen auf der Stelle. Karen winkte, scheuchte ihre Tochter vor sich her aus dem Haus und ging zu ihrem Wagen.

»Ihr hattet also Spaß?«, fragte Veronica.

»Ja, war okay«, antwortete Georgie. »Ich packe mal aus und sehe nach Ivan.«

»Hey, warte. Wolltest du uns nicht Fotos zeigen und von deinen Abenteuern erzählen?«, fragte Simon. Veronica warf ihm einen Blick zu.

Georgie nestelte an ihrem Rucksack. »Später. Ich bin müde und gehe in mein Zimmer.«

»Gran ist hier«, sagte Veronica. »Sie würde gern etwas über deine Reise erfahren. Willst du sie nicht begrüßen? Sie ist im Wohnzimmer.«

»Später«, wiederholte Georgie, lud sich ihre Reisetasche auf die Schulter und verschwand.

»Was war das denn?«, fragte Simon.

»Lass sie in Ruhe«, bremste ihn Veronica. »Die Reise war lang, und Faith hat sie wahrscheinlich zu Tode genervt mit ihrer Fröhlichkeit. Sie kann manchmal ganz schön unreif sein für ihre dreizehn Jahre – und anstrengend. Georgie wird schon kommen. Es scheint etwas passiert zu sein, das sie immer noch beschäftigt. Sie wird es mir sicher erzählen, wenn sie so weit ist.«

»Ich habe ein Vermögen ausgegeben, damit sie um den halben Erdball in ein Land reisen kann, das ich selbst auch gern besuchen würde, und dann bringt sie nicht einmal einen Funken Enthusiasmus auf. Warum lässt du ihr so ein Benehmen durchgehen? Man muss ihr mal den Kopf geraderücken«, sagte er und wurde dabei immer lauter.

»Nein, Simon«, zischte seine Frau. »Lass sie in Ruhe. Ich kümmere mich später darum. Bring Mum lieber ihr Sherry-Glas, das hat sie nämlich vergessen.«

Simon schnappte sich das Glas von der Arbeitsfläche und stapfte ins Wohnzimmer, wo Morag eine Talentshow im Fernsehen anschaute. Ivan lag schnurrend auf ihrem Schoß. Keiner nahm Simons Anwesenheit zur Kenntnis.

»Bitte schön, keine Ursache«, murmelte er, als er den Sherry vor seiner Schwiegermutter abstellte.

»Simon«, rief Veronica. »Anruf für dich! Ernest-Deal! Du musst ins Autohaus kommen.«

Simon stöhnte. Noch einen Tag, an dem er sich mit Leuten zerstritt, ertrug er nicht. Er nahm den Hörer vom Telefon im Flur.

»Simon am Apparat.«

»Ich bin's, Len. Pack deine Sachen. Du tauschst mit Tony. Ich habe deiner Frau gesagt, dass du zur Arbeit fahren musst. Um den Rest kümmern wir uns dann, wenn du weg bist. Also raus, hopp, hopp. Viel Spaß!«

»Was? Einfach so?«

»Das wolltest du doch.«

»Ja, stimmt«, antwortete Simon etwas nervös. Er kaute an seiner Lippe und dachte kurz darüber nach, was ein Lebenstausch mit Tony bedeuten würde. »Georgie ist gerade aus China zurückgekommen. Ich konnte noch nicht einmal mit ihr über die Reise sprechen. Und Haydon kommt bald zum Abendessen nach Hause. Es geht nicht. Man wird mich hier vermissen.«

Len gluckste. »Man wird dich nicht vermissen, Kumpel. Hast du je den Film *Men in Black* gesehen?«

»Vor Jahren, mit den Kindern. Im Kino. Haydon wollte danach jahrelang ein Agent sein«, erklärte Simon.

»Dann kennst du doch bestimmt diese Geräte, mit denen sie Erinnerungen ausgelöscht haben, nicht wahr?«

»Ah, so macht ihr das! Ihr löscht mich aus ihrem Gedächtnis. Das ist unglaublich.«

»Wir blitzdingsen jeden, der an dem Tausch beteiligt ist. Also los, fang dein neues Leben an. Überlass alles andere uns Dämonen.«

»Ich bin mir nicht sicher. Können wir nicht erst morgen damit anfangen? Ich sollte am Wochenende wirklich hier sein, den Rasen mähen und noch einmal mit allen essen.«

»Das würde ich nicht tun. Jackie hat gerade herausgefunden, dass du deinen Job verloren hast, und ist auf dem Weg zu dir, um dich zu bemitleiden. Das bedeutet, dass auch Veronica und Morag bald davon wissen. Haydon hat in der Zwischenzeit aber schon bei seinen Freunden damit angegeben, dass du ihm ein Auto kaufen wirst. Wie wird er wohl reagieren, wenn du es dir plötzlich doch nicht leisten kannst?«

»Okay, okay, ich hab's kapiert. Ich gehe.«

»Wir sind gleich da, um alle zu blitzdingsen. Oh, das hätte ich beinahe vergessen. Der Hausschlüssel ist unter dem Fußabstreifer. Selena ist im Moment unterwegs. Sie wird erst morgen zurückkommen, du kannst dich also in Ruhe einrichten.«

»Verstanden.«

Len legte auf. Simons Herz raste. Es war so weit. Der Neuanfang, den er gefordert hatte. Kein ständiger Streit mehr, keine Nörgeleien, schlechte Laune, Elend oder Maulwürfe. Jetzt würde er schnelle Autos, Hubschrauber und viel Sex bekommen. Er zögerte. *Aber das war nicht in Ordnung, oder?* Er hatte eine Familie – der er wichtig war. Er konnte sie nicht einfach im Stich lassen. Doch dann sah er die Roboterrasenmäher vor sich, wie sie über das Gras glitten, während er ein kaltes Bier trank und Selena ihm den Rücken massierte.

Simon ging ins Wohnzimmer und sagte: »Tut mir leid, ich muss noch mal in die Arbeit.« Veronica saß neben ihrer Mutter auf dem Sofa. Simon fiel auf, dass sie sich immer mehr ähnelten. Sollte sie graue Haare bekommen, könnte man sie wahrscheinlich kaum mehr auseinanderhalten. Wieder ignorierte man ihn.

»Ich muss mich um ein paar Probleme in der Arbeit kümmern«, sagte er etwas lauter. Nur Ivan blickte auf und miaute. Simon wartete einen Moment. Die Frauen waren von der Fernsehshow gefesselt. Nein, man würde ihn nicht vermissen. Selbst wenn man ihr Gedächtnis nicht löschen würde, würde er ihnen nicht fehlen.

Er stand mit dem Mantel in der Hand an der Haustür. Ein Geräusch aus dem Obergeschoss erinnerte ihn an seine Tochter. Er hängte den Mantel wieder an den Haken, ging nach oben und klopfte an die Zimmertür. »Georgie, hier ist Dad.« Keine Antwort. »Ivan ist unten, wenn du ihn begrüßen willst. Georgie, geht es dir gut?«

»Geh weg. Ich bin beschäftigt«, ertönte die Antwort.

Ernüchtert ging er die Treppe wieder nach unten. Man würde ihn wirklich überhaupt nicht vermissen. Er nahm seinen Mantel wieder vom Haken, öffnete die Tür und ließ sein altes Leben hinter sich.

# Polly

19 Die Hunde weckten sie. Ihr Körper schien an das Bett geschweißt zu sein, und sie hatte wenig Lust, die schweren Gliedmaßen zu bewegen, doch die beiden schnüffelten und bewegten sich unruhig und sprangen schließlich auf den Boden. Ein Besucher, der den Haushalt offenbar unbedingt aufwecken wollte, lehnte sich auf die Türklingel, sodass sie unaufhörlich schrillte. Polly setzte sich abrupt auf und wusste im ersten Moment nicht, wo sie sich befand. Die Hunde blickten zu ihr auf und stürmten davon, als sie die Schlafzimmertür öffnete. Sie tappte ihnen hinterher auf den Flur und die Treppe hinunter ins Erdgeschoss. Dort hechelten sie bereits erwartungsvoll an der Tür. Die Klingel schrillte immer noch.

»Na endlich«, sagte der Besucher, als Polly die Tür öffnete. »Ich dachte schon, ich müsste die Mauer hinaufklettern und dich aus dem Schlafzimmer zerren. Guten Morgen, Süße«, sagte er, trat auf sie zu und küsste sie auf die Wangen.

Bevor sie reagieren konnte, hatte er sich schon an ihr vorbeigedrängt. Die Hunde sprangen an seinen Beinen hoch und wetteiferten um seine Aufmerksamkeit. Er schob eine Hand in die Tasche seiner Jogginghose, holte ein paar Hundeleckerlis heraus und warf sie den beiden hin, die das Futter sofort verschlangen.

»Ihr seid brave Wachhunde. Aber seid ihr auch nett zu Polly? Bestimmt, ihr seid ja gute Jungs, nicht wahr? Gib Onkel Calvin Pfötchen, Dolce.«

Die kleine Bulldogge sah den Mann bewundernd an, setzte sich und streckte eine Pfote aus. Der Mann lobte den Hund überschwänglich und gab ihm noch ein Leckerli.

»Guter Junge. Und jetzt du, Gabbana.«

Polly fragte sich, ob der Mann ein Hundeflüsterer war, da beide Tiere wie verzaubert waren. Bevor sie fragen konnte, hatte er die beiden noch einmal gestreichelt und war aufgestanden.

»Also, Süße, bist du bereit?«

»Wofür?«

»Für unser Morgentraining. Deiner Kleidung nach zu urteilen bist du es nicht. Kein Problem. Ich warte in der Küche, während du dich umziehst, und dann fangen wir an.«

»Bitte erklär mir das, ich weiß gerade überhaupt nicht, wovon du sprichst.«

»Ach herrje. Hast du die Info nicht bekommen? Chelsea sollte dir deinen Terminplan für diese Woche erklären. Das kleine Biest hat es dir wahrscheinlich mit Absicht nicht gesagt. Ich bin Calvin – dein Personal Trainer. Früher war ich Stephanies Trainer. Jetzt habt ihr beide Plätze getauscht – was ich total spitze finde –, und ich bin ganz dein.« Er kicherte affektiert. »Normalerweise trainieren wir jeden Tag drei Stunden, außer Sonntag. Wir fangen mit dem Fünf-Meilen-Lauf an, dann geht es ins Studio für ein paar Gewichte und stretchen dann zum Schluss. Hast du das Studio schon gesehen? Ich habe bei der Einrichtung geholfen.«

Polly schüttelte ungläubig den Kopf. »Nein, ich habe es noch nicht gesehen. Ich gehe auch nicht in Fitnessstudios. Das mit dem Sport können wir vergessen. Sehe ich aus, als könnte ich einen Supermarktgang entlangjoggen, geschweige denn fünf Meilen?«

Calvin verschränkte die Arme und schürzte mit geneigtem Kopf die Lippen. »Ich habe schon Schlimmeres gesehen«, meinte er ungerührt. »Da besteht noch Hoffnung. Jetzt hör auf zu quengeln, zieh dich um, und los geht's.«

»Ich habe aber keine Trainingsklamotten.«

»Natürlich hast du die. Komm mit, ich zeige sie dir«, sagte er und ging durch die Eingangshalle, als wäre er bei sich zu Hause. Polly eilte ihm nach, als er zwei Stufen auf einmal nehmend ins Obergeschoss joggte. Dolce und Gabbana rannten ihnen nach und brachten Polly beinahe ins Stolpern, als sie unbedingt vor ihr ins Schlafzimmer galoppieren wollten. Calvin steuerte auf den begehbaren Kleiderschrank zu, wo er eine Schublade öffnete, die voller Trainingskleidung war. Er nahm ein Paar neongelber Joggingschuhe heraus und gab sie Polly.

»Bitte schön. Wir treffen uns unten. Ich hole dir ein Glas Wasser, bevor wir aufbrechen.«

»Warte mal«, sagte Polly, die schon von dem Spurt nach oben außer Atem war. »Ich will wirklich nicht trainieren. Ich hasse Sport. Und er hasst mich. Ich bin nicht der Typ dafür. Ich bin für Gemütlichkeit gemacht und möchte das auch gar nicht ändern.«

»Natürlich willst du das«, erwiderte Calvin. »Sonst hättest du nicht mit Stephanie getauscht. Du wolltest so sein wie sie, und dafür musst du dich anstrengen. Komm schon, Schätzchen. Am Ende wirst du mir danken. Wir sehen uns gleich unten. Na los.«

Polly schnaubte verächtlich. Sie würde mit niemandem joggen gehen, sondern zurück ins Bett. Doch dann erhaschte sie einen Blick auf ihr gerötetes Gesicht und die stämmigen

Beine im Spiegel und hielt inne. Es wäre schön, schlank und durchtrainiert zu sein und in solchen Outfits wie denen im Schrank strahlen zu können. Eine Trainingseinheit. Einmal würde sie es mit Calvin versuchen, wenn er schon mal da war, und wenn es zu viel war, würde sie ihn bitten, nicht mehr zu kommen. Sie wand sich in die hautenge Lycra-Hose und das phosphoreszierende T-Shirt, die zu ihrer Überraschung beide passten. Die Schuhe waren auch kein Problem. Sie band sich die Haare mit einem Gummi nach hinten, fand, sie sah aus wie eine Neonbanane, und ging nach unten zu Calvin, der sich in der Eingangshalle die Zeit mit Ausfallschritten und Dehnübungen vertrieb. Er blickte auf und nickte.

»Na also, das sieht doch schon mal ganz gut aus. Und du wirkst schon viel fitter. Beginnen wir mit ein paar Aufwärmübungen. Wir joggen von hier bis zum Ende des Grundstücks und fangen dort an.«

Die Hunde setzten sich neben die Tür.

»Wollen sie nicht mitkommen?«

»Du machst wohl Witze! Das sind reinrassige Französische Bulldoggen. Die wollen nicht rennen. Mit viel Glück kann man sie mal die Auffahrt entlangzerren. Tschüs, Jungs!«, rief er und sprintete davon wie eine Gazelle, die von einem Löwen gejagt wird. Polly blieb nichts anderes übrig, als ihm hinterherzuhetzen und sich zu fragen, warum sie unbedingt mit einem Sportfreak hatte tauschen wollen.

# Simon

## 20

Simon saß im Wohnzimmer und starrte auf einen schwarzen Fernsehbildschirm. Er drückte mit dem Daumen auf die Fernbedienung. Nichts. Er schaltete den Fernseher aus und wieder ein – immer noch nichts. So war es ihm auch schon mit dem Apparat in der Küche gegangen. Vielleicht gab es ein Problem mit der Satellitenschüssel. Er saß am Rand eines großen bestickten Sessels. Hier konnte er nicht entspannen, er fühlte sich wie ein Einbrecher. Ruhelos ging er herum und betrachtete die Kunstgegenstände im Raum. Hier sah es aus wie in einem Einrichtungsmagazin.

Er spazierte in die Küche und warf einen Blick in den Kühlschrank, der nichts enthielt, worauf er Lust gehabt hätte, außer einer Dose Bier. Er öffnete sie und trank die Hälfte aus. Daheim saß seine Familie bestimmt gerade beim Essen, das Veronica gekocht hatte. Sie war eine gute Köchin. Heute würde es Shepherd's Pie geben. Er mochte Shepherd's Pie.

Ein Geräusch an der Hintertür ließ ihn zusammenzucken. Ein kleiner, energiegeladener Mann mit sorgfältig geschnittenem schwarzem Haar und glatt rasiertem Gesicht eilte in die Küche. Er trug schwarze Hosen und ein gestreiftes Hemd und blieb nur stehen, um ein paar Plastiktüten auf der Arbeitsfläche abzustellen.

»Tut mir sehr leid, Sir. Wurde auf der M42 aufgehalten. Ich kann mich nur entschuldigen. Ich mache sofort alles fertig. Die Tabletts von den Kanapees habe ich eingesammelt, sie sind im Kofferraum. Alles wurde nach Ihren Anweisungen organisiert, die Gäste haben die Einladungen erhalten. Um acht Uhr dreißig sind die Vorbereitungen abgeschlossen. Ich lasse Ihnen ein Bad ein, lege die Kleidung aufs Bett und überprüfe dann, ob alles zu Ihrer Zufriedenheit erledigt wird.«

Simon war verwirrt. Der Mann musste ein Butler oder Diener oder so etwas sein. Was für eine Überraschung. Er hatte keine Ahnung, dass Tony Angestellte beschäftigte. Das war ihm unangenehm. Niemand hatte ihm bisher ein Bad eingelassen, nur Veronica, wenn er mal krank gewesen war. Wie sprach man mit Bediensteten? Der Mann kehrte zurück und räumte den Inhalt der Tüten in den Kühlschrank. Simon fragte sich, was er sagen sollte. Zum Glück rettete ihn das läutende Telefon. Der Mann nahm ab. »Guten Tag, Paul am Apparat. Nein, Selena ist leider heute Abend nicht zu Hause. Sie kommt morgen Nachmittag zurück. Kann ich ihr etwas ausrichten? Sie würden gern mit Simon sprechen? Natürlich. Ich gebe Sie weiter.«

Er reichte Simon das Telefon und ließ ihn allein.

»Hallo«, meldete sich Simon.

»Hallo, reicher Junge«, sagte Len. »Ich habe vergessen, dich vorzuwarnen, dass Paul heute Abend da sein würde. Er ist von einer Agentur – ein Butler. Du mietest ihn ab und zu, wenn du eine Feier veranstaltest. Er arbeitet schon eine Weile für dich, auch wenn er normalerweise in London lebt. Er kümmert sich um alles, worum du dich nicht kümmern kannst. Normalerweise engagiert Selena ihn. Vielleicht dachte sie, du könntest heute Abend etwas Gesellschaft gebrauchen.

Also, das war es schon. Ich muss los. Muss mich um ein paar seltsame Menschen kümmern.« Dann legte er auf

»Ihr Bad ist bereit, Sir, und ich habe Ihr übliches Outfit herausgelegt«, meldete sich Paul zu Wort.

»O ja, vielen Dank, Paul. Halb neun, haben Sie gesagt. Und die Gäste?«

»Richtig, Sir, die kommen um acht Uhr dreißig. Sie haben noch viel Zeit. Möchten Sie noch ein Bier?«

»Vielen Dank, aber ich gehe jetzt mal in die Badewanne. Der Tag war etwas seltsam.«

»Aber natürlich, Sir. Das stimmt. Ich bin in der Küche, wenn Sie etwas brauchen.«

Simon ging nach oben in das große Badezimmer, das offensichtlich seins war. Zuvor hatte er schon das Schlafzimmer mit dem Doppelbett und angeschlossenem Bad gefunden, das Selena zu benutzen schien. Aufwendig verzierte Flaschen mit Make-up und Parfüm standen auf den Regalen über dem muschelförmigen Waschbecken, und über der großen Badewanne mit Klauenfüßen hing ein durchsichtiges Paar Strümpfe. Sein Badezimmer war maskuliner eingerichtet, mit nautischem Einschlag – blau-weiß gestreifte Tapeten mit kleinen geprägten Ankern an den Wänden, über der Badewanne hing ein riesiges Gemälde eines Fischs, und neben einer antiken, blau gestrichenen Kommode stand ein großes hölzernes Schiffsmodell mit gehissten Segeln. Simon ließ sich in das warme Wasser sinken und genoss die beruhigende Wirkung auf seinen Geist. Er wünschte, er könnte sich hier im Bad verstecken. Er war kein Fan von Partys und kannte keinen der Gäste. Hatten die Teufel alle geblitzdingst? Was, wenn sie jemanden vergessen hatten?

Frischer Kieferduft stieg aus dem Wasser auf. Er atmete tief ein und stellte sich vor, er wäre in einem Wald. Bisher hatte alles geklappt. Paul war hier und würde sich um die Gäste kümmern. Simon würde einfach improvisieren müssen. Darin war er gut.

Etwas ruhiger und leicht benommen von dem Bier, das er auf nüchternen Magen getrunken hatte, ging er schließlich ins Schlafzimmer. Paul hatte ein großes Kaninchenkostüm aufs Bett gelegt. Es war wie ein riesiger Overall, nur etwas authentischer wirkend. Der Kopf sah tatsächlich aus wie ein riesiger Kaninchenkopf, mit Öffnungen, damit er essen und trinken konnte. Es war ziemlich lange her, seit er sich zuletzt verkleidet hatte. Einmal hatten er und Veronica sich zum vierzigsten Geburtstag eines Freundes als Fred und Wilma Feuerstein kostümiert. Er hatte furchtbar gern seine Keule geschwungen, allerdings Ärger mit Veronica bekommen, als er versucht hatte, sie sich über die Schulter zu legen und nach Hause zu tragen. In dem Höhlenmenschenkostüm hatte er gar nicht schlecht ausgesehen, auch wenn er so etwas heutzutage nicht mehr anziehen würde. Je weniger man von seinem Körper sah, desto besser. Fred lag lange zurück, bevor er sich hatte gehen lassen. Das Kaninchenkostüm war zwar nicht seine erste Wahl, aber es wäre eine gute Verkleidung. Niemand würde erraten, wer sich hinter dem ganzen Fell verbarg.

Der erste Gast traf ein, während Simon sich noch in den Overall zwängte, in dem es wärmer war als gedacht. Er musste ihn auch überdehnt haben, denn unter dem Schwanz befand sich ein Riss. Wahrscheinlich gab er eine *Alice-im-Wunderland*-Party und war das weiße Kaninchen. Aber eigentlich trug das im Buch eine Weste und eine Taschenuhr, das wusste er ganz sicher. Er wartete ein paar Minuten. Je später er sich zu den Gästen gesellte, desto größer die Chance, dass er sich unerkannt unter die Anwesenden mischen konnte. Wieder ertönte die Türklingel, gefolgt von lauten Stimmen. Paul kümmerte sich um die Eintreffenden. Simon wartete noch zehn Minuten, dann ging er nach unten.

Als er das Wohnzimmer betrat, sah er zu seiner Überraschung diverse Gäste in flauschiger Verkleidung. Paul reichte Getränke herum, und pelzige Pfoten umklammerten Gläser, während sich Mäuse und Wiesel mit Wölfen unterhielten und Kaninchen angeregt Konversation mit Katzen, Tigern und Löwen betrieben. Einige Gäste tanzten zu den Black Eyed Peas, wobei ihre Ohren wild hin und her wackelten. Ein Dachs streichelte einen Tiger, um die Weichheit des Fells mit seinem eigenen zu vergleichen. Simon fand das alles völlig bizarr. Er fragte sich, ob das Motto nicht eher »Tiere des Waldes« lautete oder das Ganze eine Wohltätigkeitsveranstaltung für Tiere war.

Ein schwarzes Kaninchen mit amerikanischem Akzent machte Simon ein Kompliment wegen seines Kostüms und fragte, ob er die Fur Con in Baltimore im Jahr zuvor besucht hatte und ob er andere Furry-Liebhaber oder Cosplayer in der Gegend kannte. Er hatte keine Ahnung, was er darauf antworten sollte, deshalb nickte er nur und tätschelte dem Kaninchen den Rücken, das sich daraufhin enger an ihn schmiegte. Streichelte es etwa Simons Pelzbauch? Ihm war unangenehm warm in dem schweren Kostüm. Ein verspieltes Kaninchen, das es auf ihn abgesehen hatte, konnte er gar nicht gebrauchen. Er schob vor, sich etwas zu essen und zu trinken besorgen zu wollen, und ließ seine plüschige Verehrerin in der Mitte des Raums stehen.

Ein großer Fuchs packte ihn am Arm, als er flüchten wollte. »Hallo, Simon. Du bist es doch, oder? Ich dachte, ich hätte dich erkannt. Nach dem letzten Mal, was? Einen niedlichen Baumwollschwanz vergisst man nicht so schnell.« Der Mann unter dem Fuchskostüm lachte herzlich. Simon stellte ihn sich groß vor, mit rötlichem Gesicht und einem Schnauzbart. »Ich muss schon sagen, du bist wirklich mutig, dass du diese kleine Furry-Party hier bei dir zu Hause veranstaltest. Das sollte besser nicht bekannt werden, nicht wahr? Wenn irgendjemand herausfindet, was wir in unserer Freizeit so treiben, wäre das das Ende unserer Karrieren – ach was, unseres Lebens. Stell dir vor, die Zeitungen bekämen davon Wind … Aber Selena ist ja nicht hier, und dein Butler Paul sehr diskret.«

Simon nickte. »Ja, er ist ein guter Kerl«, sagte er, etwas verwirrt von der Bemerkung. Der Fuchs stieß ein scharfes, hundeartiges Lachen aus, das Simon überraschte. »Ich freue mich darauf, dich später zu sehen«, knurrte er. »Klopfer schüttelt dann bestimmt noch was anderes als seine Pfote, was?«

Simon lachte nervös, drehte sich um und prallte gegen einen Löwen. *»Roar!«*, gab dieser von sich.

»Dir auch *Roar!*«

»Du kannst das nicht. Du bist ein Kaninchen.«

»Ich bin ein wütendes Kaninchen«, entgegnete Simon. »Da kann ich sehr wohl brüllen.«

»Ha, ich hab's kapiert. Du bist verärgert. Wahrscheinlich hast du zu viel Salat gefuttert. Soll ich dir die Ohren streicheln, damit es dir besser geht?«

»Nein. Geh jemand anderem auf die Nerven.«

*Diese Leute sind völlig durchgeknallt,* entschied Simon und machte sich auf die Suche nach Paul.

Der war in der Küche und arrangierte Karottensticks auf einem Teller. Er zuckte zusammen, als er Simon sah. »Tut mir leid, Sir. Ich hatte Sie hier nicht erwartet. Ist alles in Ordnung? Amüsieren Sie sich?«

»Es ist wirklich seltsam. Alle scheinen als Tiere verkleidet zu sein. Ich habe vier Füchse und drei Kaninchen gesehen, zwei Katzen, zwei Wölfe, ein Wiesel, einen Dachs und sehr viele undefinierbare Kreaturen.«

»Was erwarten Sie denn auf einer Yiffing-Party?«, fragte Paul.

»Yiffing? Was ist das denn?«

»Haha, natürlich! Jetzt verstehe ich. Keine Panik, ich werde es niemandem erzählen. Das verspreche ich. Nicht einmal Selena. Ihr Geheimnis ist bei mir sicher. Ich werde die Knabbereien hinausbringen und dann gehen. Die Getränke sind in dem großen Kühlschrank im Wirtschaftsraum und natürlich im Keller. Sie können dann in Ruhe … nun, was auch immer Sie tun wollen.«

Paul ging mit den Häppchen ins Wohnzimmer und ließ Simon verwirrt zurück.

»Na, mein Hase«, sagte eine leise Stimme. »Ich habe dich gesucht. Magst du eine Karotte?« Das kleine Wiesel schob eine lange Karotte in Simons Mund und streichelte seinen Kopf. »Braves Kaninchen. Du magst Karotten, nicht wahr?«

Simons Herzschlag beschleunigte sich. Das Wiesel legte die Arme um ihn und rieb sich an seinem Bein.

»Äh, ich … ich glaube nicht, dass wir uns kennen«, stotterte er.

»O doch, Hase. Wir haben uns schon öfter getroffen. Und wir kennen uns natürlich aus dem Internet. Du warst mein Erster. Kein anderes Kaninchen ist so abgegangen wie du. Beim letzten Mal konnte ich tagelang nicht aufstehen.«

»Ich glaube, du verwechselst mich mit jemand anderem«, sagte Simon und wich zurück.

»Ah, ich verstehe. Zu viel Auswahl bei dieser Party, was? Nun, wenn du meinst. Da draußen sind noch viele andere Kaninchen.«

Das Wiesel entfernte sich mit hoch erhobenem Kopf.

Simon stöhnte. Das hier war fürchterlich. Menschen mit einer ungesunden Obsession für Pelztiere würden sehr wahrscheinlich unaussprechliche Dinge in diesem Haus tun – seinem Haus. Er musste hier raus. Oder die anderen loswerden.

Paul kam mit einem leeren Tablett zurück. Simon stürzte auf ihn zu.

»Paul, ich muss diese Leute loswerden.«

»Wirklich?«

»Ja. Ich dachte, das hier wäre eine Kostümparty. Jetzt fürchte ich, dass es viel mehr ist als das.«

Paul riss die Augen auf. »Natürlich ist es mehr als das. Haben Sie getrunken? Das hier ist eine Yiffing-Party. Sie findet zum ersten Mal in Ihrem Haus statt, und ich fand es sehr riskant, sie hier zu veranstalten. Draußen im Wald ist es besser, wo einen niemand sehen kann. Ich tue nur das, was man mir aufträgt. Sie bezahlen die Rechnung, Sir.«

»Da haben Sie recht, das tue ich«, sagte Simon und dachte angestrengt nach. *Was hatte der Fuchs gesagt?* »Rufen Sie alle zusammen und sagen Sie, dass angeblich ein Journalist Wind von der Sache bekommen hat und auf dem Weg hierher ist. Damit sollten wir sie loswerden.«

»Sind Sie sicher?«

»Definitiv. Sorgen Sie dafür, dass diese Fellmonster abhauen, und dann können Sie auch nach Hause gehen. Vielen Dank, Paul.«

»Wenn Sie darauf bestehen. Soll ich noch aufräumen, bevor ich gehe? Ich übernachte heute bei einem Freund im Dorf und habe es nicht weit.«

»Nein, das mache ich schon. Ich bin ans Abwaschen gewöhnt. Es lenkt mich ab. Übrigens, der Fernseher funktioniert nicht.«

»Das müssen Satellitenprobleme sein. Ich rufe morgen

früh jemanden an und lasse das in Ordnung bringen. Wenn Sie einen Film anschauen wollen, können Sie das ja im Keller im Heimkino machen.«

»Gute Idee. Ich gehe gleich runter. Geben Sie Bescheid, wenn die Luft rein ist.«

Drei Stunden später taumelte Simon ins Bett. Er hatte diverse Dosen Bier getrunken, einen Haufen Karottensticks geknabbert und versucht, *Die üblichen Verdächtigen* im Heimkino anzusehen, sich jedoch ab der Hälfte nicht mehr konzentrieren können. Diese ganze Tauscherei wurde ihm zu kompliziert, und er verlor langsam den Sinn für die Realität.

Er fragte sich, ob Veronica schon im Bett war. An Tony zu denken brachte er nicht fertig. Dann fiel ihm etwas anderes ein. Er schlief immer auf der rechten Bettseite, aber was, wenn dort eigentlich Selena lag? Dann müsste er die Seiten wechseln.

Er tastete nach dem Lichtschalter und fluchte, als er ihn nicht fand. Schließlich hieb er frustriert gegen den Fuß der Nachttischlampe, und sie leuchtete auf. Im dämmrigen Licht öffnete er die Nachttischschublade und spähte hinein. Das hier war definitiv Selenas Seite. Er pfiff laut vor Überraschung, als er einen riesigen neonrosa Vibrator herausnahm. Er schaltete ihn ein, und der Kopf rotierte. Dann holte er Gleitgel mit den Bezeichnungen Cool Tingle und Heat Wave heraus sowie ein seltsames goldenes Gerät, das vielleicht ein vibrierender Cockring war. Einer der Jungs in der Arbeit hatte so etwas mal als Geburtstagsgeschenk bekommen. Er selbst hatte keine Ahnung von so etwas. Veronica hatte sich nie für Sexspielzeug interessiert. Ihr Sexleben war auch so gesund gewesen. In den ersten Jahren hatte es sie schon angeturnt, sich gegenseitig die Kleider vom Leib zu reißen.

Er zog die Schublade heraus, kippte den restlichen Inhalt aufs Bett und fragte sich, wie er die Gegenstände bei Selena anwenden sollte. Er hielt eine Kette hellblauer Kugeln in verschiedenen Größen in die Höhe und dachte darüber nach, bis er schließlich nach unten ging, den Laptop im Büro hochfuhr und bei Google »Sexspielzeug« eingab. Eine halbe Stunde später wusste er mehr über thailändische Analkugeln, Liebeskugeln und Anal-Fingertoys. Er putzte sich die Brille am Ärmel seines Paisley-Pyjamas und überlegte, ob er sich eine große Schachtel Viagra im Internet bestellen sollte.

Er ging zurück ins Schlafzimmer, schob alle Spielzeuge, Gleitmittel und die restlichen Dinge zurück in die Schublade und rollte sich auf die andere Bettseite, um den dort stehenden Nachttisch näher zu untersuchen. Die Schublade war leer bis auf drei Asthmasprays. Selena würde nicht leicht zu befriedigen sein. Das hier war eine Nummer zu groß für ihn. Er würde sich noch sehr viel mehr als Viagra und ein paar Inhalatoren kaufen müssen.

In den frühen Morgenstunden schlief er schließlich ein.

# Simon

## 21

Simon fühlte sich wie im siebten Himmel. Der Sessel ließ sich in die optimale Lage zurückstellen, sodass er mit erhöhten Beinen darin liegen konnte. Die gedämpfte Beleuchtung war jetzt angenehm für seine Augen eingestellt, und er hatte alles, was er brauchte – ein Bier neben sich und eine große Tüte Popcorn auf dem Schoß. Er war völlig gefangen von einem seiner Lieblingsfilme und fasziniert, wie viel besser er auf einem 126-Zoll-Bildschirm anzusehen war. Kein Vergleich zu dem 38-Zoll-Apparat, an den er gewöhnt war. Auch wenn der Film oft im Fernsehen lief, konnte er ihn nie in Ruhe ansehen. Immer, wenn er *Die Brücke am Kwai* genießen wollte, störte ihn eines der Kinder, oder Veronica kam herein und schaltete auf irgendeine verdammte Soap oder romantische Komödie um. Das hier war ein Segen – sein eigenes Kino. Jetzt fehlte nur noch die Eisverkäuferin in der Pause. Wer würde kein solches Heimkino wollen, mit zwei Reihen zu je acht Sitzen, jeder mit einem kleinen Tisch für Getränke? Tony Hedge hatte an alles gedacht. In der Ecke des Raums war sogar eine Bar, damit man nicht extra in die Küche zurückgehen musste. Genial!

Er hatte den ganzen Tag im Spielezimmer verbracht und ein paar Löcher auf einem der St-Andrews-Links-Golfplätze gespielt, wenn auch nur virtuell. Auch wenn er kein Handicap hatte, spielte er gern Golf. Allerdings bekam er nicht oft die Gelegenheit dazu. Zuletzt bei einem Familienausflug nach Blackpool, wo er beim Pitch und Putt gegen Haydon gewonnen hatte. Er seufzte. Das war ein guter Tag gewesen. Doch jetzt konnte er so oft spielen, wie er wollte, und von der Golfkleidung in Tonys Schrank und den Schlägern hier im Spielezimmer zu schließen, verbrachte Tony viele Nachmittage auf dem Grün. Dagegen hatte Simon überhaupt nichts.

Am frühen Abend trödelte er im Haus herum und versuchte, nicht an die Schublade im Schlafzimmer zu denken. Das Stöbern in der umfangreichen Blu-Ray-Sammlung im Heimkino hatte ihn abgelenkt. Doch plötzlich holte ihn das schlechte Gewissen ein, und er rief zu Hause an. Haydon ging ans Telefon. Und dann folgte das seltsamste Gespräch seines Lebens.

»Hallo?«

»Hallo, ist da Haydon?«

»Ja, wer ist denn dran?«

»Äh, dein Vater.«

»Ja, klar. Heute ist aber nicht der 1. April.«

»Hier ist dein Dad.«

»Bist du das, Adam? Ich hab's gewusst. Sei kein Idiot. Mein Vater ist hier. Er spielt Scrabble mit meiner Mum und meiner Gran, und ich will ihn nicht wütend machen. Gran hackt schon den ganzen Tag auf ihm herum. Georgina schmollt in ihrem Zimmer wegen irgendeinem Typen und will nicht runterkommen. Mum sieht aus, als würde sie Dad am liebsten umbringen, weil er die Schranktür immer noch nicht repariert hat, und die Katze hat gerade auf seinen Stuhl gekotzt. Ich muss los. Bis bald. Tschüs.«

Len und Nick hatten offensichtlich Erfolg gehabt und ihn

durch Tony ersetzt. Er war sich nicht sicher, was er darüber denken sollte, doch je länger er sich vorstellte, wie Tony Scrabble mit Morag spielte, desto besser gefiel ihm das Bild. Tony lebte jetzt sein erbärmliches Leben, und er war in Tonys Haus – nein, seinem Haus. Alles um ihn herum gehörte ihm. Es war surreal. Ein leises Rascheln bedeutete ihm, dass Selena nach Hause gekommen war. Ihm trat der Schweiß auf die Stirn, und er drehte sich zu ihr um. Sie trug cremefarbene Jeans und ein rotes Top mit einem Glitzerherz, das funkelte, als das Licht von der Leinwand darauf fiel.

»Hallo, Simon. Ich dachte mir schon, dass du hier sein würdest. Oder im Billardzimmer.«

»Oh, äh, hi, Selena.«

»Willst du noch ein Bier?«

»Nein, vielen Dank. Mir reicht das hier.«

»*Die Brücke am Kwai,* ein toller Film. Macht es dir etwas aus, wenn ich ihn mit dir zusammen ansehe?«

Simon war unbehaglich zumute, doch dann erinnerte er sich, dass das jetzt sein Haus war. Und Selena seine Frau. Für die Menschen in seinem früheren Leben existierte er nicht mehr. Er vermutete, dass Len und Nick Selena auch irgendwie verändert hatten. Sie schien sich in seiner Gegenwart recht wohlzufühlen.

»Sehr gern. Aber ich habe schon über die Hälfte. Soll ich noch mal von vorne beginnen?«

»Nein, lass nur. Ich komme auch so mit.« Selena ging zur Bar, ihre High Heels verursachten kein Geräusch auf dem dichten Teppich. Sie schenkte sich einen Drink ein, setzte sich neben Simon, streifte die Schuhe ab und zog die Füße unter sich.

Am Ende des Films war Simon überzeugt, dass auch Selenas Gedächtnis gelöscht worden war. Warum hätte sie ihn sonst mit Bier versorgt und würde jetzt in der Küche das Abendessen kochen? Sie bereitete sein Lieblingsessen zu – Ribeye-Steak, Zwiebelringe und Pommes frites. Simon rieb sich voller Vorfreude die Hände. Wer hätte das für möglich gehalten? Er ging vom Heimkino in die Küche. Selena summte vor sich hin. Der Küchentisch war gedeckt.

»Ich hoffe, es ist okay, wenn wir heute hier essen. Dann müssen wir nicht alles ins Esszimmer tragen, und nach dem letzten Mal, als wir dort gegessen haben, dachte ich, wir bleiben besser hier. Aber wenn du magst …«

Simon lächelte sie an. *Wovon redete sie da?* »Klar, kein Problem. Lass uns heute hier essen. Was dir lieber ist.«

»Könntest du mir bitte ein Glas Wein einschenken? Ich will das Steak nicht aus den Augen lassen, es ist fast fertig. Da drüben steht eine offene Flasche Châteauneuf-du-Pape. Ich habe sie vorhin geöffnet, damit sie atmen kann. Der Wein sollte gut zum Steak passen.« Sie deutete mit dem Ellbogen auf die Flasche.

Simon goss den Wein in zwei funkelnde Kristallgläser, bewunderte die Farbe, schwenkte die Flüssigkeit hin und her und atmete das Bouquet ein – Himbeere mit einem intensiven Veilchenaroma. Er fühlte sich sofort in die Provence versetzt und sah endlose, sanft geschwungene Abhänge vor sich, felsiges Gelände, das nach Knoblauch, Lavendel und Thymian duftete. Kein Vergleich zu dem Billigwein, den er sonst trank. Er reichte Selena ein Glas. Sie küsste ihn zärtlich auf die Wange. »Danke, Liebling«, murmelte sie. Simon spürte, wie ihm das Blut nicht nur in den Kopf, sondern auch in die unteren Körperregionen strömte. Er stieß mit Selena an, trank einen großen Schluck Wein und setzte sich eilig an den Tisch. Selena gesellte sich fast augenblicklich zu ihm, mit eleganten Porzellantellern in den Händen. Sie beugte sich vor, um einen davon vor Simon abzustellen, und streifte ihn mit ihren Brüsten.

»Ich hoffe, es schmeckt«, sagte sie und glitt auf den Stuhl gegenüber. Sie sah ihn aus sinnlichen Augen an.

»Es wird köstlich sein«, antwortete er, auch wenn er plötzlich eine ganz andere Art Appetit entwickelte.

Selena spießte ein winziges Stück Steak auf, und Simon verfolgte, wie das Fleisch auf ihre geöffneten, roten Lippen zusteuerte und in ihrem Mund verschwand, wo es kurz von ihrer rosafarbenen Zunge liebkost wurde. Er schluckte angestrengt und richtete seine Aufmerksamkeit wieder auf sein eigenes Essen.

»Ich habe übrigens die Südamerikareise gebucht, über die wir gesprochen haben«, sagte sie, nun mit leerem Mund.

»Super. Wann geht es los?«, fragte Simon.

»Nächsten Monat, am 16.«

Simon kaute gerade ein Stück Fleisch und hielt inne, als er die Neuigkeiten verdaute. Der 16. war der Geburtstag seiner Tochter. Er hatte noch nie ihren Geburtstag verpasst, egal, wie viel er hatte arbeiten müssen. Er war immer dabei gewesen, wenn sie ihre Geschenke geöffnet und die Kerzen auf dem Kuchen ausgeblasen hatte, den Veronica jedes Jahr buk. Morgens beim Frühstück sang er für sie, wenn er ihr seine selbst gebastelte Karte überreichte, die er immer witzig gestaltet hatte. Er erinnerte sich an die, die er vor Kurzem noch gebastelt hatte, als der Rest der Familie gerade unterwegs gewesen war. Sie lag in der Küchenschublade – eine Karte mit einer albernen Zeichnung von einem mürrischen Teenager, der wie ein Superheld gekleidet war. Der dazugehörige Text lautete: »Man braucht Jahre, um ein perfekter schlecht gelaunter Teenager zu werden. Jetzt hast du eine neue Superkraft.« In diesem Moment änderte sich alles für Simon. Bilder seiner Familie traten ihm vor Augen: Erinnerungen an Geburtstage, Ausflüge in den Zoo, Mottopartys und wie er sich als Clown verkleidet hatte, um Georgies Freunde zu unterhalten. Wie er mit Haydon zu dessen fünftem Geburtstag in den Streichelzoo gegangen war, ihr Lächeln, als Haydon die stinkende Ziege als Geburtstagsgeschenk mit nach Hause nehmen wollte. Seine Freude, als er entdeckte, dass er stattdessen ein Fahrrad bekam, und er Simon umarmte, wobei seine kleinen Arme kaum um Simons Taille herumreichten. Er erinnerte sich an den Stolz, den er empfand, wenn er seine Kinder ansah und ihm klar wurde, was für Wunder er und Veronica doch zustande gebracht hatten. Dieser Tausch war ein Fehler. Er musste zurück in sein altes Leben.

Doch bevor er irgendetwas herausbrachte, spürte er, wie Hände seinen Nacken liebkosten. Selena stand hinter ihm, ihre Finger strichen durch sein Haar. Sie beugte sich vor ihn, hauchte auf seine Brille, sodass die Gläser beschlugen. Sie lachte leise und verführerisch, dann blies sie ihm sanft ins Ohr und sandte damit winzige elektrische Schocks bis in seine Haarspitzen. Er seufzte.

»Männer, die ihre Frauen verwöhnen, müssen selbst verwöhnt werden«, flüsterte sie. »Möchtest du deine Lieblingssüßigkeit?«

Simon wollte sich wehren, sich von Selena losmachen, doch ein Teil von ihm zuckte erwartungsvoll, und dieser Teil würde ihn auch vom Weg abbringen. Er würde seine Frau betrügen. Doch welche Frau? Sie war geblitzdingst. Er hatte Selena. Selena gehörte ihm, und er sollte den Moment genießen.

Selena legte die Arme um ihn, ihre vollen Brüste drückten sich an ihn. Oh, wie sehr er sie wollte. Von einer unsichtbaren

Kraft angetrieben bewegte sich sein Mund zu ihrem. Er spürte die Hitze ihrer Lippen, als sein Gewissen sich plötzlich lautstark einschaltete. Er zog sich zurück.

»Nein, ich kann nicht ...«, sagte er.

»Komm mit, Liebling«, drängte sie ihn und hielt ihm die Hand hin. Er bewegte sich nicht. Sie packte seine Hand. Ihre war weich und anmutig, mit manikürten Nägeln. Sie passte so gut in seine. Sein Gewissen wurde vom hämmernden Pulsieren des Bluts in seinem Gehirn zum Schweigen gebracht. Stumm ließ er sich von dieser sinnlichen Frau, die er kaum kannte, ins Schlafzimmer führen. Er machte einen Schritt auf das Bett zu, blieb stehen und drehte sich zu Selena um, die Zurückweisung schon auf den Lippen.

»Nicht da«, schnurrte sie. »Hier drin.«

Sie drückte auf einen Schalter, und eine Tür an der anderen Seite des Raums öffnete sich. Simons Erektion fiel in sich zusammen, als er einen großen Käfig anstarrte, der von der Decke hing. An der Wand sah er eine Reihe von Peitschen und Nippelklemmen in einem Schaukasten, neben einer Fetisch-Lederhaube und einer Kamera auf einem Stativ. Selena drehte sich mit einer Furcht einflößenden Peitsche in der Hand zu ihm um.

»Also, welcher böse Junge muss ordentlich bestraft werden?«, fragte sie in einem Ton, der keinen Zweifel daran ließ, dass sie es ernst meinte.

# Polly

22 »Ich … schaffe … das … nicht«, keuchte Polly.

»Okay, Süße. Das Joggen beenden wir für heute. Aber du musst dich noch dehnen, sonst kannst du dich die nächsten Tage nicht bewegen.«

Polly murmelte etwas Unverständliches.

»Man hat mir schon viel schlimmere Sachen an den Kopf geworfen«, meinte Calvin fröhlich. »Dafür musst du fünf Push-ups zusätzlich machen.«

»Ich streike.«

»Wenn du sie nicht machst, lasse ich den Tausch rückgängig machen, und du musst in dein altes Leben zurückkehren.«

»Wieso weiß eigentlich jeder davon?«

»Nicht jeder – nur die, die ebenfalls tauschen wollen. Ich werde dir noch helfen, dich an dein neues Leben zu gewöhnen, bevor mein eigenes anfängt. Ich werde das Leben eines Popstars führen, den ich mal trainiert habe. Er ist unglaublich heiß«, sagte er und verdrehte genießerisch die Augen. »Und er lebt in Beverly Hills. Ich kann es kaum erwarten. Also, auf die Knie, meine Liebe, und gib mir fünf.«

»Calvin.«

»Ja, Süße?«

»Ich hasse dich.«

»Ich weiß. Jeder hasst mich am Anfang. Doch in zwei Wochen wirst du mich lieben. Nein, du wirst mich vergöttern.«

Polly schnaufte mit zitternden Armen und absolvierte gehorsam die fünf Push-ups und die zwanzig Minuten Stretching. Danach konnte sie sich kaum auf den Beinen halten.

»Okay, Süße, ich muss los. Morgen bin ich um dieselbe Zeit wieder hier. Chelsea hat dir sicher auch nichts von deinem Termin im Spa erzählt. Sie ist wirklich nicht einfach. Auf deinem Schreibtisch im Büro liegt eine Karte mit allen Infos. Man erwartet dich um zwölf. Geh in die Sauna und lass dich massieren, wenn du dort bist. Dann bist du morgen weniger steif.«

»Zwölf? Und wie spät ist es jetzt?«

Calvin sah auf seine Fitnessuhr. »Fast halb neun.«

»Halb neun! Und wann haben wir angefangen?«

»Wie immer: um sechs. Heute mussten wir natürlich früher aufhören, weil du das alles noch nicht kennst.«

»Du hast mich um sechs aus dem Bett gescheucht, damit ich herumrenne, Sternsprünge mache, meine Muskeln zum Schreien bringe und mir unglaublich übel ist?«

»Gutes Aussehen kommt nicht von allein. Man muss etwas dafür tun. Stephanie wusste das. Bis morgen!«, rief er, während er auf sein Auto zujoggte.

Polly schleppte sich in ihr Schlafzimmer. Die Hunde schliefen auf dem Bett. Dolce fiepte leise und träumte zweifellos von Hundekeksen oder wie er wie ein Verrückter durch das Haus rannte. Sie fragte sich, ob sie ihr Frauchen vermissten. Irgendwie sahen sie schon süß aus im Schlaf. Gabbana hatte sich dicht neben seinem Freund zusammengerollt, und nur die kleine schwarze Nase war sichtbar. Unter seiner Pfote lugte etwas Gelbes hervor. Eine der neonfarbenen Socken, die sie am Tag zuvor getragen hatte. Das kleine Biest hatte offensichtlich in ihrer schmutzigen Kleidung gewühlt, die sie auf dem Badezimmerboden liegen gelassen hatte. Sie war nicht böse. Die Socken waren sowieso schon fadenscheinig. Dolce konnte sie behalten. Ein schwacher Ersatz für sein wahres Frauchen.

Sie ließ sich ein Bad ein, schälte sich aus den Trainingsklamotten und ließ sich in das warme Wasser sinken. Gleich darauf klingelte es an der Tür, die Hunde sprangen auf den Boden und trabten die Treppe hinunter. Dass man in diesem Haus auch keinen Moment seine Ruhe hatte. So viel zu einem entspannten Leben.

Polly stieg aus der Wanne, trocknete sich rasch ab und hüllte sich in einen Seidenmorgenmantel, der an der Rückseite der Badezimmertür hing. Er klebte an ihrem feuchten Körper. Es klingelte wieder. Sie ging nach unten und verzog bei jedem Schritt das Gesicht. Die Hunde sahen erwartungsvoll zu ihr auf.

»Bellt ihr zwei denn nie?«

Sie überprüfte, dass der Morgenmantel an der Brust geschlossen war, und öffnete die Tür. Der Mann vor ihr trug einen Anorak mit Mercedes-Benz-Logo. Die Hunde rannten auf ihn zu und beschnüffelten den Fremden, der überrascht vor dem Angriff zurückwich.

»Sie beißen nicht, sie sind nur ein wenig aufgeregt.«

»Aus gutem Grund«, antwortete er und wich Gabbana aus, der unbedingt seinen Schuh näher inspizieren wollte. »Ich bringe Ihnen Ihr neues Auto, auf das Sie schon gewartet haben.«

»O ja, stimmt! Das hatte ich vergessen. Einen Moment bitte, ich ziehe mich schnell um, so kann ich nicht rausgehen.

Macht es Ihnen etwas aus, kurz hier draußen zu warten? Damit die Hunde Sie nicht anfallen.«

»Kein Problem. Ich muss das Auto sowieso noch abladen. Es kommt in ein, zwei Minuten mit dem Laster.«

»Wunderbar. Bin gleich zurück. Und ihr zwei – ab ins Haus!«

Polly hinkte zurück ins Obergeschoss, die Hunde im Schlepptau, und schlüpfte in ihre Jeans. Sie zog sich einen Pullover über, nahm die Joggingschuhe vom Morgen, warf den Hunden die andere gelbe Socke als Ball zu, damit sie sie jagen konnten, schloss die Schlafzimmertür und ging nach unten, um ihr neues Auto zu begutachten. Stephanie hatte einen Mercedes bestellt. Wie schick! Pollys letztes Auto war ein fünf Jahre alter Nissan mit über hunderttausend Meilen gewesen. Er hatte ihr gute Dienste geleistet, doch dann hatte sie ihn verkaufen müssen, um damit das Ticket nach Gran Canaria zu bezahlen. Sie fragte sich, was Stephanie wohl ausgesucht hatte. Ein Cabrio? Sie sah sich damit schon durch die Gegend flitzen. Polly zog die Joggingschuhe an und riss die Haustür auf. Der Lastwagen war eingetroffen, ihr neues Auto wurde abgeladen. Es war kein protziger Mercedes. Sondern ein winziger pinkfarbener Smart mit zwei Sitzen.

»Das ist kein Mercedes«, beschwerte sie sich bei dem Mann.

Der lachte nur. »Smart gehört Mercedes. Und das hier ist definitiv Ihre Bestellung. Ich habe es schwarz auf weiß. Sie waren sehr entschieden, was Farbe und Stil betrifft. Sie wollten dasselbe Auto wie Katy Perry.«

»Es ist pink!«

»Ja, pink. Wie Sie es wollten.«

»Und winzig!«

»Smarts sind innen sehr viel größer, als sie von außen aussehen – wie eine TARDIS –, und sehr beliebt, vor allem bei den Promis. Justin Bieber hat einen schwarzen mit geschwärzten Fenstern.«

»Das Auto entspricht aber nicht besonders meiner Persönlichkeit.«

»Ich bin mir sicher, dass Sie toll darin aussehen werden. Smarts sind voll im Trend. Und praktisch. Sie werden auch in der kleinsten Parklücke Platz haben. Wenn Sie sich kurz hineinsetzen wollen, erkläre ich Ihnen alles.«

»Sogar mein Name steht an der Seite«, rief sie. »In gelber Schrift. Das ist furchtbar. Jeder weiß doch dann, wer den Wagen fährt.«

»Ich glaube, genau deshalb sollte es so gemacht werden. Warum bescheiden sein, wenn man es sich leisten kann?«, antwortete der Verkäufer.

»Können Sie ihn zurücknehmen?«

»Nein, tut mir leid. Das ist eine Spezialanfertigung, die wir anderweitig kaum verkaufen könnten.«

»Ich bin überrascht, dass Sie ihn überhaupt verkaufen konnten«, knurrte sie und setzte sich auf den Fahrersitz. Wie der Mann versprochen hatte, war der Innenraum größer als gedacht. Er bestand darauf, ihr alle Anzeigen und Schalter zu erklären. Pollys Muskeln verspannten sich, während sie Interesse an dem Wagen heuchelte. Etwa zwanzig Minuten später verabschiedete sich der Verkäufer. Sie saß wie betäubt da, starrte ins Leere und fragte sich, ob der Tausch eine so gute Idee gewesen war. Sie hatte zwei exzentrische Hunde, eine Teenagertochter und jetzt auch noch ein Miniauto. In Pink. Das Leben war als Sporttherapeutin weniger kompliziert gewesen. Doch immerhin hatte sie jetzt keine Schulden und besaß ein wunderschönes Haus. Außerdem stand bald ein Termin im Spa an. Sie zwang ihre zögernden Beine aus dem Wagen und ging zurück ins Haus.

Die Hunde begrüßten sie überschwänglich. »Wie seid ihr denn aus dem Schlafzimmer gekommen?«, fragte sie. »Hat Chelsea euch herausgelassen?« Gabbana schleckte an ihren Schuhen. Dolce legte den Kopf zur Seite und sah sie aus großen Augen an. »Na kommt. Ich muss frühstücken.«

Die Hunde rannten in die Küche und ließen sich auf ihre Hundebetten fallen, von wo aus sie Pollys Bewegungen genau verfolgten. Die Suche nach etwas Essbarem blieb erfolglos. Der erste Schrank enthielt nur Unmengen an Kräutertees und ein Glas mit entkoffeiniertem Kaffee. Sie nahm es heraus und setzte Wasser auf. Zum Glück hatte sie am Tag zuvor Eier und Brot gekauft. Sie suchte nach einer Pfanne und stieß auf einen Schrank voller Tüten mit Futter für Französische Bulldoggen. Dolce und Gabbana schienen besser zu essen als ihr Frauchen. Sie füllte zwei Näpfe, die bei der Spüle standen, und beobachtete, wie die Hunde das Futter verschlangen. Dolce schnüffelte nach Bröckchen, die eventuell danebengefallen sein könnten, während Gabbana sich hinsetzte und Polly mit aufgestellten Fledermausohren ansah.

»Was wollt ihr denn jetzt?«

»Hundekekse«, ertönte die Antwort. Chelsea war in die Küche gekommen.

»Guten Morgen.«

»Hi«, erwiderte das Mädchen.

»Willst du was zum Frühstück? Ich mache mir Eier.«

»Nein, danke. Ich bin verabredet.« Sie bückte sich, um Dolce zu streicheln, der ihr die Hand ableckte.

»Ich muss ein paar Sachen einkaufen. Magst du Pasteten?«

»Die sind okay.«

»Ich hole uns welche für morgen. Und ich mache uns Crêpes. Das kann ich richtig gut. Sie sind superlecker mit Schokocreme.«

»Nein, ist schon gut. Ich frühstücke nicht.«

»Die wichtigste Mahlzeit des Tages …« Polly beendete den Satz nicht. Sie klang wie ihre eigene Mutter, die Polly immer zum Frühstücken gedrängt hatte, obwohl sie am Morgen nie etwas essen wollte. Mittlerweile würde sie nie ohne ihr Müsli oder ein vollständiges englisches Frühstück aus dem Haus gehen. Wenn man jünger war, war es anders. Da brauchte man das Essen irgendwie nicht so sehr.

»In Ordnung. Gehst du in die Stadt?«

»Vielleicht. Bisschen abhängen.«

»Mit Freunden?«

»Allein geht das ja wohl schlecht, oder?«

»Wahrscheinlich nicht, nein. Ich wollte mit dir über die Schule sprechen.«

Chelsea zog die linke Augenbraue hoch.

»Es wäre doch schade, es nicht wenigstens zu versuchen. Schließlich hast du jahrelang im Unterricht gesessen und jede Menge Stoff in dich reingepaukt. Warum solltest du das so einfach wegwerfen?«

»Wieso denkst du, dass ich bestehen würde?«

»Weil ich nicht glaube, dass du fünf Jahre lang nur in die Luft gestarrt und deine Lehrer ignoriert hast. Außerdem habe ich gesehen, dass du *Wer die Nachtigall stört* liest. Ich schätze mal, es ist eine Schullektüre, und sie hat dir gefallen. Du solltest wenigstens die Englischprüfungen ablegen.«

»Du warst in meinem Wohnzimmer, oder?«

»Du hast nicht gesagt, dass es dir gehört. Ich habe mir das Haus angesehen, nicht herumgeschnüffelt. Wenn du Bücher offen auf dem Tisch liegen lässt, dann werden sie aller Wahrscheinlichkeit nach auch bemerkt, vor allem von Menschen, die gern lesen und denselben Text vor vielen Jahren für ihre eigene mittlere Reife bearbeitet haben.«

Chelsea schnaufte und musterte ihre Fingernägel.

»Also, magst du Englisch?«

»Ist schon okay.«

»Ich habe auch das hier im Mülleimer gefunden.« Polly zog eine Schublade auf und nahm einige DIN-A4-Blätter heraus. Chelsea starrte sie wütend an.

»Du hattest kein Recht dazu. Das ist privat.«

»Nein, Müll ist nicht privat. Sei nicht so empfindlich. Wer diese Gedichte geschrieben hat, hat echtes Talent und sollte unbedingt die Englischprüfungen ablegen.«

Chelsea biss sich auf die Unterlippe und starrte ins Leere.

»Chelsea, du kannst sehr gut schreiben. Und es muss dir Spaß machen, wenn du dir Gedichte ausdenkst.«

»Ich habe herumprobiert, sonst nichts. Sie sind Mist.«

»Lyrik ist persönlich und erforscht Gefühle und Emotionen. Für dich sind sie vielleicht nicht das, was du eigentlich ausdrücken wolltest. Auf jemand anderen wirken sie sehr kraftvoll.«

»Egal. Kann ich sie zurückhaben?«

Polly gab ihr die zerknickten Seiten. »Was hast du denn zu verlieren? Du schreibst ein paar Prüfungen. Im schlimmsten Fall schneidest du schlecht ab und kannst mir vorhalten: ›Ich hab's dir doch gesagt.‹ Im besten Fall erzielst du gute Ergebnisse und hast dann ein paar Möglichkeiten mehr im Leben. Entweder einen guten Job finden oder weiterlernen.«

Chelsea zuckte wieder mit den Schultern. »Ich will nicht zurück in die Schule.«

»Was, wenn ich die Schule anrufe und sage, dass du erst zu den Prüfungen wiederkommst? Ich bringe dich hin und hole dich auch wieder ab.«

»Ich denke drüber nach.«

»Schön, mach das.«

»Bis später.«

»Okay. Schönen Tag.«

»Dir auch. Ah, und was ich vergessen habe: Ich sollte dir von dem Kalender im Büro erzählen, in dem all deine Termine und Telefonnummern stehen. Er liegt in der obersten Schreibtischschublade. Tut mir leid.«

»Schon okay. Danke. Ich schaue mal nach, was Stephanie alles vereinbart hat.«

Chelsea verließ die Küche. Polly hörte ein Motorrad auf der Auffahrt, sah aber nicht aus dem Fenster. Sie hatte einen kleinen Sieg errungen. Mit der Zeit würde sich herausstellen, ob sie recht hatte.

Unter den wachsamen Blicken der Hunde ging sie nach oben, um endlich das Bad zu nehmen, das sie sich versprochen hatte. Ihre fledermausohrigen Bewacher machten es sich auf einem Handtuch neben der Badewanne bequem und dösten, während sie sich in das verführerisch nach Orange duftende Wasser gleiten ließ. Sie überlegte, was sie zum Abendessen kaufen sollte, als im Nebenzimmer laut *Human* von den Killers ertönte. Nach einer Minute verstummte der Song abrupt. Nachdem sie sich abgetrocknet hatte, suchte Polly nach einem Radio im Schlafzimmer, konnte jedoch nicht feststellen, woher die Musik gekommen war. Schließlich gab sie auf und beschloss, dass das schicke Soundsystem irgendeine Macke haben musste.

Wieder klingelte es an der Tür. Dieses Mal bellten die Hunde. Dolce war zuerst an der Haustür und schnüffelte aufgeregt. Gabbana trottete neben Polly her. Ein junger Mann Anfang zwanzig in Parka und zerrissenen Jeans stand auf der Treppe. Sein Haar war ungewaschen und zerzaust. Bei seinem sauren Körpergeruch rümpfte Polly die Nase. Die Hunde umsprangen ihn jedoch, als sei er ihr bester Freund.

»Hi«, sagte er. Polly riss den Blick los von der riesigen Scheibe in seinem Ohrläppchen, die wie ein Mini-Frisbee aussah und das Fleisch dehnte.

»Hallo.«

»Ist Chelsea da?«

»Nein, sie ist unterwegs.«

»Dann warte ich.«

»Das ist mir nicht so recht. Ich kenne Sie nicht, und ich möchte niemand Unbekannten ins Haus lassen.«

»Die beiden kennen mich«, erwiderte er und deutete auf die Hunde. Dolce saß gehorsam zu seinen Füßen.

»Das machen sie bei allen«, meinte Polly und verschränkte die Arme vor der Brust.

»Ich bin Zed.«

»Hallo, Zed.«

»Jetzt kennen Sie mich. Warum lassen Sie mich also nicht rein, und ich warte auf Chelsea in ihrem Zimmer?«

»Ich habe gleich einen Termin.«

»Das ist schon okay. Ich stelle nichts an.«

Der junge Mann nestelte an einem angestoßenen Gitarrenkoffer und wartete darauf, ins Haus gelassen zu werden. Polly starrte ihn nur weiter an, wandte jedoch bald den Blick ab.

»Hören Sie, ich sage es noch mal. Sie kommen hier nicht rein. Wenn Sie hier draußen unbedingt auf Chelsea warten wollen, gern. Ich denke, sie wird noch eine ganze Weile unterwegs sein. Sie ist in die Stadt gegangen, um mit Freunden abzuhängen.«

Der junge Mann warf ihr einen selbstzufriedenen Blick zu. »Das bin ich«, erklärte er. »Ich bin einer von denen, mit denen sie jetzt eigentlich verabredet ist. Ich bin ihr Freund. Wir wollten uns an der Bushaltestelle treffen. Ich bin aber stattdessen mit ein paar Kumpeln mitgefahren und wollte sie hier überraschen. Ich habe gedacht, ich erwische sie noch, bevor sie aus dem Haus geht. Sie kommt sicher zurück, wenn ich nicht an der Haltestelle bin. Mein Handyakku ist leer, und mitten im Nirgendwo findet man so schlecht eine Steckdose. Kann ich mir schnell Ihr Telefon ausleihen, damit ich ihr schreiben kann, dass ich hier bin?«

»Nein. Und ich lasse dich auch nicht ins Haus. Ich weiß ja nicht, ob du die Wahrheit sagst.«

»Okay. Chelsea hat mir schon erzählt, dass ihre Mutter eine stressige Zicke ist. Ich chille hier, bis sie zurückkommt.«

Er setzte sich auf die Treppe und holte ein zerknicktes Päckchen Zigarettenpapier aus seinem Parka, während Polly ihm einen verärgerten Blick zuwarf und überlegte, was sie als Nächstes tun sollte. Er wühlte in einer anderen Tasche und förderte eine Masse zutage, von der er etwas abbrach und die Krümel in ein Zigarettenpapier streute.

»Das ist aber nicht das, wofür ich es halte.«

»Kommt drauf an, wofür Sie es halten«, antwortete er, leckte das Papier an und rollte eine lange, dünne Zigarette. Dann suchte er in seinen Taschen nach Streichhölzern.

»Ich will nicht, dass du das hier auf meiner Treppe rauchst.«

»Und wo soll ich es dann rauchen? In diesem abscheulichen, lächerlichen pinken Auto?«, fragte er und deutete auf den Smart.

»Sehr lustig. Aber bitte geh. Verschwinde von der Treppe. Ich will nicht unhöflich sein, aber du könntest irgendwer sein, ein Landstreicher, ein Einbrecher …«

»Ein Zeuge Jehovas«, vervollständigte er ihren Satz, zog an seiner Zigarette und behielt den Rauch eine Weile in den Lungen, bevor er ihn Polly ins Gesicht blies. Das unverschämte Benehmen des jungen Mannes ärgerte sie, doch sie würde sich nicht auf eine Diskussion mit ihm einlassen.

»Wie du möchtest. Ins Haus kommst du jedenfalls nicht. Chelsea ist sicher nicht so bald zurück. Sie wollte bei einem Freund oder einer Freundin bleiben, also müsstest du wahrscheinlich die ganze Nacht hier sitzen.«

»Egal«, sagte Zed gedehnt und rauchte mit halb geschlossenen Augen weiter. »Sie sind wirklich eine alte Zicke.« Mit im Mundwinkel hängendem Joint öffnete er den Gitarrenkoffer und holte das Instrument hervor, stimmte ein paar Akkorde an und sang die ersten Zeilen von *American Pie*. Wütend gab Polly auf, rief die Hunde zu sich und knallte die Haustür vor dem jungen Mann zu, der immer noch auf der Treppe lümmelte. Wenn das wirklich Chelseas Freund war, musste sie sich um ein weiteres Problem kümmern. Ihr neues Leben wurde ganz schön kompliziert. Dolce saß auf seinem Bett und ließ sie nicht aus den Augen, während sie in der Küche auf und ab ging. Sie wollte zum Wellness fahren, das Haus aber auch nicht so zurücklassen, solange Zed hier herumlungerte. Schließlich nahm sie Autoschlüssel und Handtasche. Sie würde Zed sagen, er solle abhauen oder sie würde die Polizei rufen. Sie öffnete die Haustür. Die Treppe war leer. Dolce und Gabbana folgten ihr nach draußen. Zed hatte gerochen, als hätte er sich seit einem Monat nicht gewaschen, man würde ihn also aus mehreren Metern Entfernung noch riechen. Und da auch die Hunde nicht nach ihm suchten, war er wohl wirklich gegangen.

»Zurück ins Haus. Auf eure Betten.«

Die Hunde setzten sich gleichzeitig auf die Hinterbeine.

»Ins Haus«, befahl sie.

Die beiden blieben beharrlich mit gesenktem Blick sitzen. Polly ging verärgert vor sich hin murmelnd auf das Auto zu. Sollten die verdammten Viecher doch auch draußen bleiben. Sie schloss den Wagen auf und verzog das Gesicht. *Wer will denn schon ein pinkes Auto?* Sie öffnete die Beifahrertür, um ihre Handtasche hineinzulegen, als sie eine Bewegung im Gebüsch wahrnahm.

»Bist du das, Zed?«, rief sie.

Keine Antwort.

Sie ließ die Tür angelehnt und ging auf das Gebüsch zu. »Zed, was soll das? Es bringt nichts, hier herumzulungern. Wenn du nicht sofort herauskommst, rufe ich die Polizei.«

Es raschelte im Gebüsch, und heraus hüpfte ein winziges Kaninchen mit großen Augen, das sich rasch über den Rasen in den Wald entfernte. Polly lachte laut auf, ging zurück zum Wagen und schloss die Beifahrertür, die Büsche immer noch im Blick. Doch es bewegte sich nichts mehr. Sie kletterte auf den Fahrersitz und wurde von den beiden Hunden begrüßt, die sich auf den Beifahrersitz quetschten. Dolce leckte ihr die Nase, Gabbana starrte durch die Frontscheibe.

»Raus!«, befahl sie scharf. Die Hunde bewegten sich nicht. Sie zog an Dolces Halsband. Ohne Erfolg. Gabbana rührte sich ebenfalls nicht. Polly seufzte wieder.

»Na gut, ihr zwei. Dann fahren wir wohl gemeinsam zum Wellness. Ich hoffe, euch gefällt die Sauna.« Sie ließ das Beifahrerfenster halb hinunter, damit die Hunde die Köpfe hinausstrecken konnten. Ihre Fledermausohren lagen im Wind flach am Kopf an, und die beiden sahen aus, als flögen sie. Man konnte nicht wissen, ob sie glücklich waren, aber Polly musste zugeben, dass sie sich über ihre Gesellschaft freute.

# Polly

## 23

Es war schon nach sechs, als Polly das Auto vor dem Haus abstellte. Die Hunde schliefen auf dem Sitz neben ihr, nachdem sie schon den ganzen Nachmittag im Behandlungsraum gedöst hatten, während Polly massiert worden war. Sie fühlte sich jetzt viel besser und war fast bereit für eine weitere Trainingseinheit mit Calvin. »Na los, ihr beiden. Wir sind zu Hause«, sagte sie. Die Hunde öffneten widerwillig die Augen und sprangen zögernd zu Boden. »Ihr seid wirklich die faulsten Hunde, die mir je begegnet sind. Ihr wollt ja nicht einmal ein Kaninchen jagen.« Dolce warf ihr einen entschuldigenden Blick zu, während Gabbana an das Hinterrad des Smarts pinkelte.

Unter der Tür zu Chelseas Wohnzimmer war ein Lichtstreifen zu sehen. Dolce schnüffelte. Polly lauschte auf Fernsehgeräusche oder Musik, doch es war nichts zu hören. Chelsea las vielleicht oder schrieb Gedichte. In diesem Fall würde Polly versuchen, sie von den Abschlussprüfungen zu überzeugen. Sie klopfte an die Tür.

»Chelsea?«

Keine Antwort.

Sie schnupperte. Ein süßlicher Geruch drang aus dem Zimmer – so hatte auch Zeds Joint gerochen. War Zed eingebrochen, oder – noch schlimmer – hatte er seinen eigenen Schlüssel? Dieses freche Großmaul wollte sie nicht in ihrem Haus haben. Sie klopfte lauter. »Chelsea, kann ich reinkommen? Bist du allein?«

Wieder keine Antwort. Polly legte das Ohr an die Tür. Jetzt hörte sie gedämpftes Rascheln und andere Geräusche. Ihre Fantasie ging mit ihr durch. Sie hatte von Drogenabhängigen gelesen, die die Kontrolle verloren hatten. Zed hatte mit seinen ungewaschenen Haaren und dem unsteten Blick schon ganz schön seltsam gewirkt. Was, wenn er Chelsea gar nicht kannte oder die Lage ausgekundschaftet hatte, weil er einbrechen wollte, und von dem Mädchen überrascht worden war? Oder wenn er Chelsea entführen und ein Lösegeld erpressen wollte? Das Haus stank vor Geld. Jeder konnte sich ausrechnen, dass die Bewohner reich waren. Sie hatte Zed vom ersten Moment an nicht gemocht. Er war viel zu sehr von sich überzeugt. Und warum war er plötzlich verschwunden? Ob er hier etwas stehlen und die Sachen verticken würde, um mit dem Geld Drogen zu kaufen? Er sah ganz danach aus. Pollys Herzschlag beschleunigte sich. Jemand war im Zimmer. Nein, es waren sogar zwei Leute, und von dem gedämpften Stöhnen zu schließen, hatte einer ein Problem. Polly beschloss, sich der Gefahr zu stellen. Sie holte tief Luft, riss die Tür auf, stürzte ins Zimmer. Doch im nächsten Moment zog sie sich mit einem unterdrückten Aufschrei schnell wieder zurück. Chelseas Beine waren um Zeds Taille geschlungen, und sein pickliger Rücken bewegte sich rhythmisch vor und zurück.

Chelsea rief: »Härter, härter! Das ist so geil!«

Zed hatte offenbar gehört, wie Polly nach Luft schnappte, denn er drehte den Kopf zu ihr und brüllte: »Raus hier, du perverse Kuh!«

»Tut mir leid!« Polly wich in den Flur zurück und stolperte

beinahe über Dolce, der freudig auf Zed zurannte und vor den beiden auf und ab hüpfte, die ihn hektisch wegscheuchten. Polly eilte in die Küche, wo sie sich mit zitternden Händen eine Tasse Tee machte. Kurz darauf stürmte eine wütende Chelsea in den Raum, gefolgt von Dolce, der an ihren nackten Beinen hochsprang.

»Für wen hältst du dich eigentlich? Wieso tauchst du einfach in meinem Zimmer auf?«, fragte Chelsea aufgebracht.

»Zuerst einmal steht nichts von wegen ›privat‹ an der Tür. Außerdem habe ich mir Sorgen gemacht, dass vielleicht jemand eingebrochen sein und dir etwas angetan haben könnte. Schließlich bin ich im Moment deine Mutter und darf mir bitte schön Sorgen machen!«

»Du bist nicht meine Mutter! Stephanie wusste wenigstens, wann sie mir aus dem Weg gehen sollte. Sie hat meine Privatsphäre respektiert und mich nicht wie eine Zehnjährige behandelt. Weißt du, wie peinlich das für mich und Zed war?«

»Ich fand es auch nicht besonders angenehm«, erwiderte Polly, fest entschlossen, sich nicht von einem Teenager in die Enge treiben zu lassen. »Und fürs Protokoll, du solltest überhaupt nicht sexuell aktiv sein. Du bist noch nicht volljährig.«

Chelsea schnaubte. »Was für ein Mist. Ich bin seit drei Monaten mit Zed zusammen. Und er ist nicht der Erste, mit dem ich geschlafen habe. Ich habe schon als Kind alles über die Bienen und die Blumen gelernt. Ich trage einen BH, seit ich zwölf bin, habe kurz darauf meine Periode bekommen, und ich verhüte, also halt dich da raus!«

»Nein, Chelsea. Mir passt weder dein Freund noch die Tatsache, dass du Sex mit ihm hast. Unfälle passieren. Kein Verhütungsmittel ist hundertprozentig sicher, und du bist zu jung für eine ernsthafte Beziehung.«

»Was für eine Scheiße!«

»He, nicht solche Ausdrücke.«

»Verpiss dich!«

»Beruhige dich, Chelsea. Lass uns wie Erwachsene darüber reden.«

»Ja, genau. Wenn du so erwachsen bist, warum bist du dann hier und schmachtest Stephanies Kleider an wie eine Prinzessin in einer bescheuerten Fantasiewelt? Du hast doch keine Ahnung vom echten Leben! Du kannst dich wahrscheinlich nicht mal mehr daran erinnern, wie es war, jung zu sein. Du bist nur verbittert, weil du keinen Freund hast. Ich liebe Zed. Er liebt mich. Er hat mich gefragt, ob ich mit ihm nach Thailand und durch Asien reisen will. Das wird viel interessanter als die Schule, und ich werde viel mehr lernen, als wenn ich *Wer die Nachtigall stört* lese. Dank dir habe ich mich jetzt entschieden. Ich werde ihn begleiten. Wie erwachsen ist das, hm? Da ich also nicht hier leben werde, brauche ich dich auch nicht als meine Mutter. Ich werde um die Welt reisen und mein Erbe abholen, wenn ich alt genug bin. Bis dahin schlagen Zed und ich uns mit Gelegenheitsjobs durch. Siehst du, wie erwachsen ich bin? Also hau ab nach oben, halt dich aus meinem Leben raus, und morgen sollen die Dämonen dich dahin zurückschicken, woher du gekommen bist.«

»Nein, Chelsea. Du wirst mir nicht sagen, was ich zu tun habe. Es war meine Entscheidung, mit Stephanie zu tauschen, und ich werde nicht in mein altes Leben zurückkehren, nur weil du nicht mit mir klarkommst. Du wirst mich hier in diesem Haus ertragen müssen. Du bist wütend auf mich, und das verstehe ich. Triff keine übereilten Entscheidungen, nur weil du sauer bist. Lass uns darüber schlafen, und morgen sprechen wir vielleicht noch einmal darüber, wenn wir uns beruhigt haben.«

Polly lehnte sich gegen die Arbeitsfläche und versuchte, ihr Herz langsamer schlagen zu lassen. Sie hatte keine Ahnung, ob sie sich gerade um Kopf und Kragen geredet hatte. Immerhin schrie Chelsea nicht mehr herum.

»Sag Zed, es tut mir leid, dass ich so hereingeplatzt bin. Es wird nicht wieder vorkommen.«

Chelsea drehte sich um. »Das sollte es besser auch nicht«, knurrte sie und ging davon. Die Tür zum Wohnzimmer im Obergeschoss fiel ins Schloss. Polly atmete aus. Arme Stephanie, die sich so lange mit Chelsea hatte herumärgern müssen. Emotionale Teenagermädchen waren kein Spaß. Sie war schließlich auch einmal eins gewesen.

*»Warum, Polly?«, fragt ihre Mutter. Sie ist blass und zupft an einem Papiertaschentuch. Kleine weiße Flocken schweben zu Boden. Polly ist genervt, weil ihre Mutter sich so übertrieben sorgt.*

*»Das ist doch keine große Sache«, sagt sie, schiebt die Hände in die Achselhöhlen und hebt den Kopf. »Ich habe ein paar Unterrichtsstunden verpasst, mehr nicht.«*

*»Aber deine Englischlehrerin hat gesagt, dass du auch zwei wichtige Hausarbeiten nicht abgegeben hast. Sie macht sich wirklich große Sorgen. So wie wir«, fährt sie fort und sieht ihre Tochter eindringlich an. Polly wendet den Blick ab.*

*»Mrs Guildford ist eine alte Wichtigtuerin«, sagt sie, auch wenn sie sich dabei schuldig fühlt. Mrs Guildford war immer sehr geduldig mit Polly, obwohl sie wegen der verpassten Abgabetermine eine Entschuldigung nach der anderen vorgebracht hat. Sie ignoriert das Gefühl. Callum hat recht. Ihre Lehrer haben es auf sie abgesehen und behandeln sie wie ein kleines Kind. Wahrscheinlich passt es ihnen nicht, dass sie sich nicht an die Regeln hält und in der Mittagspause oder während der Bibliothekszeit*

abhaut, um Zeit mit Callum zu verbringen. Die Lehrer haben ihn noch nie gemocht. Deshalb ist er auch vor dem Abschluss schon von der Schule gegangen. Polly kann ihre Mutter nicht ansehen. Sie hat den furchtbaren Streit zwischen ihren Eltern nach dem Elternabend der Oberstufe gehört.

»Man muss ihr Grenzen setzen«, hatte ihr Vater gebrüllt. »Seit sie mit ihm zusammen ist, ist sie ein anderer Mensch. Und hast du gesehen, wie sie sich anzieht? Wie eine Nutte.«

»Du musst verstehen, dass das die Hormone sind. Es ist nur eine Phase. Sie glaubt, dass sie Callum liebt. Wenn wir ihr jetzt sagen, dass sie ihn nicht mehr sehen darf, wird sie überhaupt nicht mehr auf uns hören.«

»Unsinn. Du weißt so gut wie ich, dass er ein Nichtsnutz ist. Er arbeitet auf dem Bau und schleppt Ziegel, Himmel noch mal.«

»Es ist ein Handwerk.«

»Bist du verrückt? Das ist ein Job – für Menschen, die dumm sind, im Gegensatz zu Polly, die aber offensichtlich ihre Zukunft wegwerfen will.«

»Du bist zu hart …«

»Nein, das bin ich nicht. Wenn du dich nicht darum kümmerst, werde ich es tun. Sie muss sich zusammenreißen. Ich lasse nicht zu, dass sie sich das kaputtmacht.«

Danach hatte Polly gehört, wie ihre Mutter bis spät in die Nacht geweint hatte. Ihr Vater war früh zur Arbeit gegangen und hatte dabei die Tür hinter sich zugeschlagen. Jetzt steht ihre Mutter mit besorgtem Gesicht und blutunterlaufenen Augen vor ihr, doch Polly ist einfach nur wütend. Callum sagt, dass er sie liebt, und sie weiß, dass sie ihn auch liebt. Sie spürt es in ihrem ganzen Körper. Sie gehören jetzt zusammen. Sie hat ihm ihre Liebe auf dem Rücksitz seines alten Fiestas gezeigt, als er zum ersten Mal in sie eingedrungen ist. Er hat ihren Namen gerufen und *geflüstert, dass er sie liebt. Jeder Nerv in ihrem Körper hat vibriert. Was wussten ihre Eltern schon von so einer Leidenschaft? Ihr Vater ist ein kalter Fisch, und ihre Mutter tut sowieso nur das, was er ihr sagt.*

*»Ich werde von der Schule abgehen«, verkündet sie.*

*»Das kannst du doch nicht so einfach machen. Die Schule ist wichtig, Polly«, jammert ihre Mutter. »Du brauchst einen Abschluss, um da draußen eine gute Arbeit zu finden, und was ist mit der Uni? Wir dachten beide, du wärst klug genug dafür. Polly, denk darüber nach.«*

*Polly sieht sie finster an. »Ich habe darüber nachgedacht. Ich hasse die Oberstufe. Ich komme mit dem Lernen nicht hinterher, und ich brauche kein Abitur, um bei Tomkins zu arbeiten. Sie suchen nach Kassenkräften. Dann hätte ich mein eigenes Geld und ein Leben. Im Moment habe ich nichts davon.«*

*Ihre Mutter reißt weiter an dem Papiertaschentuch, und ihre Augen füllen sich mit Tränen. »Polly, bitte«, sagt sie. »Mach die Prüfungen. Ich weiß, es ist hart, aber versuch es wenigstens. Ich bitte dich nur, bis dahin durchzuhalten und dann zu sehen, was du für Möglichkeiten hast.«*

*Polly denkt über die Worte ihrer Mutter nach. So außer sich hat sie sie noch nie erlebt. Wenn sie ehrlich sein soll, hat sie auch keine große Lust, im Supermarkt zu arbeiten. Sie wird auf der Schule bleiben, um ihre Eltern ruhigzustellen, auch wenn sie das Abitur wahrscheinlich nicht besteht. Es sind nur noch ein paar Monate, und dann wird sie sich einen Job suchen und die ganze Zeit bei Callum sein. Sie malt sich ihre Zukunft aus, die vielen glücklichen gemeinsamen Tage, wie sie ein Haus kaufen und dann Kinder bekommen. Vielleicht könnte Callum seine eigene Baufirma hochziehen. Dann würde ihr Vater schon sehen. Sie ist siebzehn. Callum zweiundzwanzig. Sie wissen, was sie wollen.*

Polly seufzte. Sie hatte ihren Eltern das Leben auch nicht leicht gemacht. Kein Wunder, dass Stephanie lieber die Hunde verhätschelte. Die waren wenigstens nicht so unberechenbar. Dolce schnüffelte an ihren Füßen. »Bleib von den Snoopy-Socken weg. Sie sind ein Geschenk von Kaitlin. Die bekommst du nicht.«

In der Ecke der Küche lag Gabbana flach auf dem Rücken und schnarchte laut. Er hatte das Drama, das sich gerade neben ihm abgespielt hatte, verschlafen. Polly überlegte, dass sie vielleicht besser mit einem der Hunde hätte tauschen sollen. Dann wäre jetzt alles sehr viel leichter.

## Simon

## 24

»Komm ins Bett, Liebling«, sagte Selena und streichelte Simons Kopf. »Mummy macht, dass es dir besser geht. Wir kuscheln. Du liebst es doch, wenn Mummy mit ihrem kleinen Jungen kuschelt. Und Mummy wird dich an ihren Nippeln saugen lassen.«

Simon schluckte angestrengt und stöhnte dann laut. »Tut mir leid, Selena, aber es geht mir gar nicht gut«, erwiderte er, schlang die Arme um den Bauch und wand sich. »Ich weiß nicht, woher diese furchtbaren Krämpfe kommen. Ich traue mich nicht, mich ins Bett zu legen. Ich bleibe besser hier auf dem Sofa.«

Er sah auf und zuckte zusammen. Selena stand mit einer großen Frotteewindel in der einen und einem Schnuller in der anderen Hand vor ihm. Tony Hedge war völlig durchgeknallt – nein, schlimmer noch, er war sexuell abartig. Wer hatte schon Sex mit Menschen in Tierkostümen und verkleidete sich dann als Baby, um an den Brüsten der Frau zu nuckeln, die ihn gerade windelweich geprügelt hatte?

»Wie schade. Ich habe mir solche Sorgen um dich gemacht, als du abgehauen bist. Du hast wie ein kleines, verängstigtes Kätzchen ausgesehen, warst überhaupt nicht du selbst. Du liebst doch das Zimmer für den unartigen Jungen. Ich habe befürchtet, du hättest mit anderen gespielt und jetzt keine Lust.«

»Nein, nein, nein … nur diese Krämpfe.« Er zuckte wieder zusammen und hoffte, dass Selena ihm das Theater abnahm. »Ich muss weg«, sagte er und fügte »Liebling« hinzu, als er ihren irritierten Blick bemerkte. »Aufs Klo.«

Er rannte nach unten, schlüpfte in die Toilette und verriegelte die Tür. Er klappte die Klobrille nach unten, ließ sich darauf sinken und holte sein Telefon aus der Tasche. In diesem Irrenhaus konnte er nicht bleiben. Tony war völlig durchgeknallt und Selena sogar noch verrückter. Er hielt sich gern für einen Mann mit gewissen Vorlieben, der sicherlich auch ein paar exotische Fantasien hatte, aber er hatte sich ganz bestimmt nie gewünscht, dass irgendjemand – auch nicht Selena – seine Nippel abklemmte oder er eine Windel trug und so tat, als wäre er ein Baby. Er wischte sich den Schweiß von der Stirn und wählte die Nummer. Der Anrufbeantworter meldete sich. »Lucifer, Inc. Alle unsere Agenten sind gerade mit anderen traurigen Menschen beschäftigt. Wenn Sie Ihren Namen und Ihre Telefonnummer nach dem Signalton hinterlassen, wird sich jemand so schnell wie möglich mit Ihnen in Verbindung setzen.« Ein teuflisches Lachen folgte.

»Len, Nick, hier ist Simon. Hört mal, Jungs, für euch ist das vielleicht das perfekte Leben, aber ich muss hier unbedingt weg. Es ist mir egal, was dafür nötig ist, ich muss hier raus. Sofort! Gebt mir mein altes Leben zurück. Ruft mich an, sobald ihr diese Nachricht hört.«

Danach saß Simon auf der Toilette und fragte sich, was er als Nächstes tun sollte. Ein leises Klopfen an der Tür riss ihn aus seinen Gedanken. Er stöhnte und spülte rasch.

»Simon«, rief Selena. »Ich gehe ins Bett. Wenn es dir besser geht, komm nach. Ich habe etwas gegen deinen verdorbenen Magen auf die Anrichte in der Küche gestellt.«

»Danke«, sagte Simon. »Tut mir leid, dass ich dich enttäuscht habe.«

»Du kannst es ja wiedergutmachen«, antwortete Selena. »Nimm die Tabletten, dann geht es dir bestimmt bald besser, und du bist bereit für den Versöhnungssex. Ich lege deine Spielzeuge schon mal bereit.«

Simon erinnerte sich an die thailändischen Analkugeln und schauderte. »Okay. Ich schaue mal, ob sie helfen, und bin dann vielleicht bald bei dir.«

Er saß noch eine Viertelstunde da, spülte ab und zu, wollte sichergehen, dass sie wirklich gegangen war. Jeder seiner Anrufe bei den Teufeln landete auf der Mailbox. Vorsichtig öffnete er schließlich die Tür und schlich auf Zehenspitzen ins Wohnzimmer, wo er sich aufs Sofa setzte. Auf keinen Fall würde er nach oben gehen, damit Selena über ihn herfallen, ihm einen Schnuller in den Mund stecken und einen Ring über ein gewisses Körperteil streifen konnte. Spät in der Nacht schlief er schließlich zum Ticken einer alten Uhr ein. Er träumte, er trüge ein rosafarbenes Tutu und würde von einem Gorilla verfolgt, der mit einer Tube Powerkleber wedelte und schrie: »Komm schon, Simon. Das wird toll. Ich habe ganz viel Gleitgel.«

Ein lautes Geräusch riss ihn schließlich aus dem Schlaf. Das Dröhnen kam immer näher, vibrierte in seinen Knochen. Der Lärm war ohrenbetäubend, als der Helikopter auf dem Gras landete. Simon erhob sich mit schmerzendem Rücken vom Sofa und versuchte, sich gleichzeitig zu strecken und nach draußen zu blicken. Die Rotorblätter des Helikopters drehten sich noch immer. Er spähte aus dem Fenster. Der Pilot entdeckte ihn und winkte ihm zu. Simon sah auf die

Uhr. Fast sieben. Obwohl er in ihnen geschlafen hatte, sahen seine Jeans noch passabel aus. Er schnupperte an den Achselhöhlen. *Gerade noch okay.* Er wagte es nicht, sich oben umzuziehen; er würde so zur Arbeit gehen müssen. Er rannte zur Toilette, spritzte sich Wasser ins Gesicht, befeuchtete das Handtuch und rieb sich damit die Achseln. Dann fuhr er sich mit den Fingern durchs Haar und verließ das Haus.

Der Pilot sah ihn herankommen und ließ die Blätter schneller rotieren. Simon überprüfte die Aufschrift auf dem glänzenden orangefarbenen Helikopter – Simon Green and Associates – und kletterte neben den Piloten ins Cockpit. Er schnallte sich an und lehnte sich zurück.

»Morgen! Wieder eine harte Nacht gehabt?«

Simon lächelte. Der Pilot trug ein Namensschild, auf dem »Charles« stand. »Ha! Sie kennen mich doch, Charles.«

»Ja, fast so gut wie Madame Whiplash und ihre Mädchen! Sie haben sich übrigens gefragt, warum Sie mich gestern nicht begleitet haben. Ich habe ihnen gesagt, dass Sie daheim Ihrem Frauchen zu Diensten sein mussten.«

Simon nickte und zwang sich zu einem Lächeln. Charles' Erinnerungen mussten auch korrigiert worden sein.

»Die Kopfhörer fehlen noch«, meinte Charles grinsend. »Lange Nacht?«

Simon nickte, sah sich um, nahm das Headset und setzte es auf. Jetzt konnte er Charles deutlich hören. Er zog das Mikrofon vor den Mund. »Alles bereit«, sagte er.

»Dann mal los«, erwiderte Charles. Er legte einen Schalter um und sagte: »Sierra Golf bereit zum Start von Hills End mit Flug Richtung Süden nach Hillsdon, over.« Der Motorenlärm wurde lauter, als sich die Rotorblätter schneller drehten. Simon spürte die Kraft, die durch den Helikopter vibrierte. Er spannte die Pomuskeln an, als sie abhoben und

Charles die Maschine nach vorne manövrierte, die Spitze gesenkt, um in Schwung zu kommen. Als sie gerade mit den riesigen Leyland-Zypressen zu kollidieren schienen, die das Grundstück umgaben, schwang sich der Helikopter in die Lüfte und ließ Simons neues Zuhause hinter sich.

Simon sah das ganze Dorf unter sich, als sie weiter aufstiegen, und er entdeckte sogar sein altes Haus mit dem verkümmerten Garten und den Maulwurfshügeln. Ein schmerzhafter Stich durchfuhr ihn bei dem Anblick. Er war überzeugt, dass Ivan auf der Terrasse saß und zu ihm hinaufsah.

Charles riss ihn aus seinen Gedanken. »Wollen Sie steuern?«

»Heute nicht«, antwortete Simon. »War ein bisschen viel Alkohol letzte Nacht, und ich zittere noch ein wenig.«

»Das hält Sie ja normalerweise nicht ab«, meinte Charles zwinkernd. »Na los, übernehmen Sie für eine Sekunde. Ich muss mal auf die Karte schauen.«

Simon stöhnte. »Besser nicht. Schweißige Handflächen.«

»Ist doch nur für einen Moment.«

»Nein, lieber nicht.«

»Wenn Sie meinen.«

Simon starrte wieder aus dem Fenster und hoffte, Charles würde ihn nicht noch einmal bitten, das Steuer zu übernehmen. Er würde sehr schnell ein paar Stunden nehmen müssen, wenn er selbst fliegen sollte. Ob er sich wohl bei einer anderen Flugschule einschreiben konnte als Tonys?

»Diese Robinson R44s sind toll zu fliegen«, sagte Charles nach ein paar Minuten. »Gute Wahl. Ich habe gestern Jay Kays R44 gesehen – zumindest glaube ich, dass er ihm gehört, oder vielleicht ist er auch geleast. Das Registrierungsschild lautet G-JKAY – die Maschine fliegt er im Video zu seinem Song *White Knuckle Ride.*«

Simon gab sich interessiert, auch wenn er das Lied nicht kannte. Von den schwankenden Bewegungen des Helikopters hoch über den Wiesen wurde ihm langsam übel.

»Wussten Sie, dass Prinz Philippe von Belgien seit 2002 auch eine dieser kleinen Schönheiten besitzt? In Rot. Ich glaube, er hat ihn immer noch. Er fliegt ihn sogar selbst in der Freizeit. Super zum Entspannen.« Charles neigte den Helikopter nach rechts.

»Oh«, brachte Simon nur heraus, als sich sein Essen vom Abend zuvor meldete. Er versuchte, nicht an die frittierten Zwiebelringe und den Rotwein zu denken. Der Helikopter schwankte erneut. In der Ferne sah Simon das große Bürogebäude, das Tony Hedge gehörte. Es stand neben einer stark befahrenen zweispurigen Schnellstraße, dahinter erstreckten sich jedoch Felder.

»Wollen wir per Autorotation auf dem Parkplatz landen?«, fragte Charles.

Da er sein Unwissen nicht verraten wollte, nickte Simon wieder, bereute seine Entscheidung jedoch im selben Moment. Charles verlangsamte den Helikopter und leitete mit dem Hebel zwischen ihren Füßen einen Sturzflug ein, sodass es schien, als würden sie gleich in das Bürogebäude stürzen. Doch bevor das geschah und Simon schreien konnte, zog Charles die Nase des Helikopters hoch und kam auf dem Landeplatz zum Stehen. »Auf den Punkt. Morgen sind Sie dran«, sagte er mit einem breiten Grinsen. »Okay, ich hole Sie dann um vier herum wieder ab.«

»Klasse«, erwiderte Simon, zwang seine Hände zur Ruhe und schnallte sich los. Er riss sich die Kopfhörer ab, legte sie auf den Sitz und kletterte aus dem Helikopter. Er grüßte Charles mit erhobener Hand, der wieder in den grauen Himmel abhob. Simon stand eine Weile da, bevor er zum nächsten Gebüsch stolperte und halb verdautes Steak und Zwiebelringe erbrach.

Er nahm seine Brille ab und rieb sich den Nasenrücken. Der Anblick seines alten Hauses hatte ihn mehr mitgenommen als erwartet. Das hier war Irrsinn. Er konnte Tony Hedges Leben ebenso wenig leben, wie er mit einem Ultraleichtflugzeug zum Mond fliegen konnte. Dieser Unsinn musste aufhören. Er zog sein Handy aus der Tasche, um die Teufel anzurufen, doch da eilte eine Frau aus dem Bürogebäude auf ihn zu.

»Dem Himmel sei Dank, dass Sie hier sind. Haben Sie schon die Nachrichten gesehen? Auf den Aktienmärkten herrscht Chaos, und es rufen schon den ganzen Morgen Kunden an, die aus den Fonds aussteigen wollen. Beeilen Sie sich, Lord Carson ist am Apparat und will Sie dringend sprechen. Er macht sich große Sorgen um seine Altersvorsorge.« Sie hastete zurück zum Gebäude, Simon an ihrer Seite, der sich fragte, was er diesem Kunden nur sagen sollte.

»Halten Sie den Aufzug auf, Gavin«, rief die Frau einem Mann am Lift zu, während sie durch den Eingangsbereich eilten.

Der Mann war kräftig, hatte eine gebrochene Nase, war von Kopf bis Fuß in Schwarz gekleidet und trug einen Knopf im Ohr. Sein Sakko schien sich unter der linken Achselhöhe auszubeulen. Bestimmt trug er dort eine Waffe. Simon begann schon wieder der Schweiß über den Rücken zu laufen. Der Mann nickte ihm kaum merklich zu.

»Danke, Gavin«, sagte die Frau, als sie den Lift betraten. Gavin drückte den Knopf für den sechsten Stock, und der Aufzug setzte sich rasant in Bewegung.

»Sie haben noch nichts von dem Chaos auf den Hongkong-Aktienmärkten gehört?«

»Nein, ich war zu beschäftigt«, erwiderte Simon.

»Aus Asien kamen schlechte Konjunkturdaten. Der Hang Seng Index in Hongkong ist abgestürzt und hat 10,41 Prozent seines Werts verloren. Das hat die europäischen Märkte erschüttert, und man spekuliert, dass der Dow Jones dramatisch einbrechen wird. Der FTSE ist derzeit im Sturzflug. Wir sagen den Kunden, dass das eine reflexhafte Reaktion ist und sich die Märkte erholen werden, aber die verdammten Medien stürzen sich natürlich darauf, und die Investoren, selbst die erfahrenen, werden nervös. Das Telefon klingelt schon den ganzen Morgen. Terry und Dominic versuchen, die Kunden zu beruhigen, seit sie zur Tür hereingekommen sind. Wir haben erhebliche Probleme mit einigen der größeren Firmen – Bunton Holdings wollen ihren Account bei uns schließen und das ganze Geld abziehen.«

Simon nickte verstehend, auch wenn er keine Ahnung hatte, wovon die Frau sprach.

»Wenn man bedenkt, dass sie zwanzig Millionen bei uns investiert haben, würde uns das signifikanten Schaden zufügen. Rory trifft sich gerade mit ihrem Finanzdirektor und versucht, sie davon zu überzeugen, dass das nur ein kurzzeitiger Ausreißer ist.«

Die Aufzugtüren öffneten sich und gaben den Blick auf ein großes Penthouse-Büro frei. Die Fläche war in einzelne Bereiche unterteilt, in denen diverse Männer und Frauen telefonierten und auf Computerbildschirme starrten. Die deckenhohen Fenster boten einen beeindruckenden Ausblick auf die ländliche Gegend hinter dem Bürogebäude.

»Er ist gerade reingekommen, Lord Carson. Ich stelle Sie sofort zu ihm durch«, sagte ein junger Mann in grauen Hosen und rosa-grau gestreiftem Hemd, das am Hals offen stand.

»Lord Carson«, zischte er leise und reichte Simon den Hörer. »Wollen Sie das Gespräch hier annehmen oder an Ihrem Schreibtisch? Er ist sehr aufgebracht.«

Simon ließ rasch den Blick durch das Büro schweifen und entdeckte einen freien Arbeitsplatz, der wahrscheinlich ihm gehörte.

»Ich rede da drüben mit ihm.«

»An Rorys Schreibtisch?«

»Ja«, erwiderte Simon bestimmt, auch wenn ihm klar war, dass er gerade einen Fehler gemacht hatte.

»Ich stelle Sie jetzt durch, Lord Carson.«

Das Telefon auf dem Schreibtisch leuchtete auf. Simon hob ab. »Guten Morgen, Lord Carson. Wie kann ich Ihnen helfen?«

»Indem Sie aus dem nächsten Fenster springen«, lautete die aufgebrachte Antwort. »Haben Sie gesehen, was los ist, oder waren Sie zu sehr damit beschäftigt, die Mädchen bei Madame Whiplash flachzulegen, um das Chaos zu bemerken?«

Simon lachte – hoch und nervös.

»Ich war in einem Meeting mit Kollegen, wo wir genau darüber sprachen«, erklärte er und fand, dass das der Wahrheit ziemlich nahe kam.

»Also, was ist mein Portfolio im Moment wert?«

Simon sah sich um, während die Panik immer größer wurde. Er entdeckte die Frau, die mit ihm den Lift benutzt hatte, und winkte sie zu sich. »Können Sie mir den gegenwärtigen Wert von Lord Carsons Investitionen sowie alle Einzelheiten dazu besorgen?«, bat er sie flüsternd. »Einen Moment bitte, ich kümmere mich gerade um die Informationen«, fuhr er fort und war zufrieden mit sich, dass er die Situation so gut im Griff hatte.

»Ich sage Ihnen, was es gerade wert ist«, knurrte Lord Carson. »Einen Dreck! Sie haben mir versprochen, dass Sie auf mein Geld aufpassen und den Finger am Puls haben. Sie sind ein Scharlatan!«

»Ganz ruhig. Man kann nicht voraussagen, wie die Märkte reagieren.«

»So ein Schwachsinn! Sie haben doch die Technologie und die Erfahrung, um Fonds und Aktien klug auszuwählen. Sie haben mich davon überzeugt, zehn Millionen in Hongkong-Fonds zu investieren. Sie haben mir Ihr Wort gegeben, dass das eine bombensichere Investition ist, die von den Schwankungen und Abweichungen des Markts nicht betroffen ist. Nun, da lagen Sie falsch. Der verdammte Fonds ist am Boden. Ich hätte niemals bei Ihnen Geld angelegt, wenn wir nicht Freunde gewesen wären. Ich hätte auf die hören sollen, die mir gesagt haben, dass Sie ein Betrüger sind. Ich will mein Geld zurück! Es ist mir egal, ob Sie es aus eigener Tasche zahlen müssen. Ich will es diese Woche noch, oder ich muss die Dinge selbst in die Hand nehmen. Ich bin nicht nur ein geschickter Schütze, ich habe außerdem belastende Fotos von Ihnen, die ich nur zu gern der Presse zukommen lasse. Wirklich sehr unterhaltsam. Eines zeigt Sie auf einer gewissen Yiffing-Party. Sie haben sich als Kaninchen verkleidet, und Sie wissen ganz genau, wie man mit einem Baumwollschwanz umgeht. Auch wenn Ihr Gesicht verdeckt ist, das Mädchen, das Sie mit Karotten füttert, wird nur zu gern mit der Presse reden. Sie erinnern sich vielleicht an Celia? Das Wiesel? Sie sagt, dass Sie ein ganz schön böses Kaninchen sind und mit den Karotten noch viel mehr machen, als nur daran zu knabbern.« Damit beendete er das Gespräch. Simon sah sich im Büro um. Einige Mitarbeiter starrten ihn an.

»Was ist?«, fragte er.

»Sie hätten vielleicht nicht auf Mithören stellen sollen«, sagte der Mann mit dem gestreiften Hemd.

Simon schob den Stuhl zurück und ging mit gesenktem Kopf zum Aufzug, um seine brennenden Wangen zu verbergen. Hinter ihm sagte jemand, »Is' was, Doc?«, gefolgt von Kichern. Simon hämmerte auf den Knopf und stürzte in die Aufzugkabine, sobald sich die Türen öffneten. Auf dem Weg nach unten schlug er mit dem Kopf gegen die kühle Wand, dann holte er sein Handy hervor und rief Lucifer, Inc. an.

# Polly

25 Der Morgen war ein Desaster. Die ganze Nacht hatte Polly sich unruhig im Bett herumgewälzt und war schließlich in den frühen Morgenstunden eingeschlafen, nur um im nächsten Moment von der Türklingel geweckt zu werden.

»Guten Morgen, Süße. Oh, du bist noch nicht fertig«, sagte Calvin mit missbilligend zusammengepressten Lippen, als er ihr zerzaustes Haar und die verschmierte Wimperntusche in Augenschein nahm.

»Es ist viel zu früh, ich habe kaum geschlafen. Mir tut alles weh von gestern, und ich will nicht trainieren«, knurrte Polly.

Calvin schob sich die Finger in die Ohren. »Lalala, ich kann dich nicht hören. Also los, mach dich fertig. Heute steht viel auf dem Programm, Süße. Wir müssen nicht nur joggen, sondern auch dein Martial-Arts-Training unterbringen. Hopp, hopp.«

»Ich kann aber keine Martial Arts.«

»Genau. Deshalb müssen wir auch daran arbeiten. Jetzt beeil dich, oder ich rufe unsere gemeinsamen Freunde an, die dich wieder ins Land der Armut zurückschicken.«

»Calvin.«

»Ja, Süße?«

»Ich verachte dich zutiefst.«

»Wunderbar. So mag ich das. Vor allem bei dieser Art Training. Beeil dich, oder du musst zwei Meilen extra laufen.«

Polly marschierte zurück ins Schlafzimmer, um sich umzuziehen. Dieser ganze Sport musste aufhören. Sie würde mit Lilith reden.

Calvin scheuchte sie durch einen mörderischen Drei-Meilen-Lauf, Aufwärmübungen, Liegestützen und Sit-ups, bevor er sie ins Fitnessstudio dirigierte, das mit einigen Kraftmaschinen und Kardiotrainingsgeräten ausgestattet war. Er steuerte allerdings einen großen Boxsack an, der an einem Haken von der Decke hing. Dann reichte er ihr ein Paar Boxhandschuhe.

»Okay, das ist der lustige Teil. Zieh sie an und prügle mit aller Kraft auf den Sack ein. Es hilft, wenn du ihm den Namen von jemandem gibst, den du nicht magst … haha! Und du wärst nicht die Erste, die ihn Calvin nennt«, fügte er hinzu, als er das Aufblitzen in Pollys Augen bemerkte. »Okay, schlag zu!«, rief er.

Polly hämmerte zwei Minuten mit beiden Fäusten auf den Sack ein, bis ihre Arme bleischwer wurden. Schweißtropfen rannen über ihr Gesicht und ihre Lippen. Sie leckte die salzige Flüssigkeit ab und schlug noch einmal zu, brachte den Sack jedoch kaum zum Erzittern.

»Das war es schon?«, fragte Calvin mit hochgezogener Augenbraue und einem ironischen Lächeln. »Du musst Muskeln in den Armen aufbauen. O Liebes, ich dachte, du wärst tougher.«

Polly verzog das Gesicht. »Der Sack ist unglaublich schwer. Was ist da drin? Beton?«

»Gönnen wir den Muskeln eine Pause und arbeiten an deinen Beinen. Hast du schon mal *Matrix* gesehen? Schau mir zu und mach es nach.«

Calvin lehnte sich leicht auf eine Seite und trat mit dem anderen Bein aus, drehte sich dabei gleichzeitig, bis er fast Pollys Taille traf. Sie konnte nicht reagieren, so schnell war er. Er lachte. »Das ist ein Rundschlag. Sehr nützlich, wenn man einen Angreifer ausknocken will.«

»Als ob ich jeden Tag irgendwelche Typen treffe, die mich angreifen wollen«, schnaubte Polly.

Calvin sah sie fest an. »Nimm das ernst, Polly. Vertrau mir, du wirst das können müssen, wenn du in Stephanies Fußstapfen treten willst.«

»Wirklich? Sie wird oft angegriffen?«

Calvin antwortete darauf nicht, sondern zeigte ihr stattdessen verschiedene Kicks, bis sie sich selbst daran versuchen konnte, ohne umzufallen.

»Okay, jetzt tritt mal gegen den Sack«, verkündete er. Polly legte ihre ganze Kraft in den Kick und spürte, wie der Sack erst Widerstand bot und dann von ihr wegschwang.

»Und noch mal. Härter!«

Wieder trat sie zu und wieder, bis sie kaum mehr stehen konnte. Ihre Beine zitterten unkontrolliert. Nachdem sie eine letzte Salve auf den Sack abgefeuert hatte, ihr der Schweiß über das Gesicht lief und sie flehte, aufhören zu dürfen, erlaubte Calvin ihr, den Schmerz wegzudehnen. Sie absolvierte noch zwanzig Minuten Stretching und Cool Down und fühlte sich danach, als könne sie zwei Wochen durchschlafen.

Schließlich ging Calvin und überließ Polly ihrem Tag. Sie glitt ins heiße Badewasser, das ihre verkrampften, schmerzenden Muskeln nur wenig beruhigte. Sie hatten sich komplett versteift. Jedes Mal, wenn sie den Föhn in die Hand nahm, zitterte ihr Arm so stark, dass sie ihn wieder hinlegen musste.

Schließlich gab sie auf und ließ ihr Haar feucht, krisselig und unbändig.

Sie war in der Küche und versuchte gerade, einen Löffel voll Müsli zum Mund zu führen, als Zed in schmuddeligen Boxershorts hereinkam, auf den Kühlschrank zusteuerte, eine Packung Orangensaft herausnahm und wieder verschwand.

»Wie wäre es mit ein paar Manieren? Du könntest wenigstens Guten Morgen sagen.«

»Ich bin kein Morgenmensch«, erwiderte er.

»Und wohin gehst du mit dem Saft?«, fragte Polly.

»Mann, ins Schlafzimmer.«

»Den Saft trinkst du hier der Küche, nicht im Bett.«

»Himmel, Sie sind aber schlecht drauf morgens«, erwiderte er nur und ging davon.

Polly knallte die Müslischüssel in die Spüle. Dieser verdammte Kerl ging ihr so auf die Nerven. Sie würden nie miteinander auskommen. Sie wünschte, er würde einfach verschwinden. Zweifellos hatte er sich an Chelsea gehängt, weil er hoffte, irgendwann etwas von ihrem Erbe zu bekommen oder Treuhandfonds oder worauf auch immer sie wartete. Zed war genau wie Callum – ein Herumtreiber und ein Loser. Chelsea sollte nicht mit so jemandem zusammen sein. Sie war intelligent und natürlich auch viel zu jung für eine ernsthafte Beziehung. Polly kaute an ihren Nägeln und ging auf und ab, während sie darauf lauschte, ob Chelsea schon aufgestanden war. Das Mädchen erschien allerdings erst nach einer Stunde, und da war Polly so angespannt, dass ihr Kiefer schmerzte. Sobald sie Chelsea erblickte, stürzte sie sich auf sie.

»Chelsea, ich muss mit dir reden. Allein. Sofort. Ich will nicht herumnörgeln, und es tut mir sehr leid wegen gestern Abend, aber wir beide müssen uns wirklich unterhalten.«

Chelsea warf ihr einen eisigen Blick zu. »Ich habe dir eigentlich nichts zu sagen. Zed hat mir erzählt, dass du gemein zu ihm warst, als er mir Orangensaft geholt hat.«

»Ich war nicht gemein! Er war unhöflich.«

Chelsea schnalzte mit der Zunge. »Hörst du dir eigentlich selbst zu? Du klingst wie die dummen Mädchen in meiner Klasse. *Ich war nicht gemein. Er war unhöflich*«, äffte sie Polly mit hoher Stimme nach.

»Hör zu, Chelsea, ich weiß, Zed und ich verstehen uns nicht besonders gut. Was einfach daran liegt, dass wir beide völlig verschieden sind. Aber bitte vertrau mir, wenn ich sage, dass er nicht gut für dich ist. Du siehst nur eine Seite an ihm. Ich sehe eine andere. Er ist arrogant und respektlos, aber schlimmer noch, er lügt. Ich glaube, er belügt dich, und ich glaube, dass er dich manipuliert.«

»Wirklich? Und wie soll er das tun?«

»Er will dich von zu Hause und der Schule wegbringen und dich unter Aufsicht halten, bis du dein Geld bekommst. Dann wird er meinem Gefühl nach alles ausgeben oder mit einem Teil davon abhauen. Ich kenne Menschen wie ihn.« Polly verdrehte die Augen.

»Nur weil dein Leben verkorkst war, heißt das nicht, dass du in meins hineinpfuschen darfst. Zed macht sich überhaupt nichts aus Geld, das hat er mir gesagt. Er ist gegen den Kapitalismus.«

»Na dann!«, sagte Polly und wünschte, sie hätte den Mund gehalten, als Chelseas Gesichtsausdruck versteinerte.

»Entschuldige. Es steht mir nicht zu, all das zu sagen, weil ich ihn nicht so kenne wie du. Aber ich habe ein komisches Gefühl bei ihm.«

»Ich weiß nicht, warum du dir solche Gedanken machst. Wir sind ja schließlich nicht verwandt oder so.«

»Ich mag dich. So einfach ist das. Und ich möchte nicht, dass du einen Fehler machst. Du bist erst fünfzehn. Und als einzige Erwachsene in deinem Leben trage ich dir gegenüber die Verantwortung.«

»Okay, das kapiere ich. Aber du liegst bei ihm trotzdem falsch. Du kennst Zed nicht. Sonst würdest du verstehen, dass er mich liebt.«

In diesem Moment betrat Zed die Küche.

»Hi, Baby«, sagte er zu Chelsea und küsste sie lange auf die Lippen.

Polly hätte die beiden am liebsten getrennt. Stattdessen atmete sie tief durch und beschloss, auf den richtigen Zeitpunkt zu warten. »Guten Morgen, Zed«, sagte sie so fröhlich wie möglich. »Möchtest du Frühstück?«

Zed runzelte verärgert die Stirn. »Nein, danke.«

»Saft?«

»Ne. Wir frühstücken irgendwo anders richtig, nicht wahr, Baby?«

»Könnte ich mein Gespräch mit Chelsea vorher bitte noch zu Ende bringen?«

Zed warf ihr wieder einen verärgerten Blick zu und ließ sich auf einen Barhocker fallen.

»Allein?«

»Wegen mir darf er ruhig hierbleiben«, sagte Chelsea, nahm seine Hand und warf ihm ein schüchternes Lächeln zu.

*Na toll,* dachte Polly.

»Ich möchte dir vorschlagen, dass du so lange zur Schule gehst, bis die Prüfungen vorbei sind. Von mir aus brauchst du nicht den ganzen Unterricht besuchen. Die Schule stimmt sicher zu, dass du erst zu den Klausuren wiederkommst.«

»Prüfungen sind Zeitverschwendung«, murmelte Zed düster. »Selbst wenn man super Noten hat, Abitur macht und an die Uni geht, noch drei Jahre vergeudet für einen Abschluss in einem Fach, von dem man dachte, man findet damit einen vernünftigen Job, muss man sich immer noch gegen Tausende andere durchsetzen, und am Ende landet man doch beim Arbeitsamt. Außerdem hat man dann noch jahrelang die gigantischen Studienschulden an der Backe.«

»Das stimmt nicht«, sagte Polly, verblüfft von seiner Negativität.

»Doch.«

»Nein, das ist Unsinn. Bildung ist der einzige Weg nach vorn. Ohne einen Schulabschluss hat man überhaupt keine Chance, eine gute Arbeit zu finden.«

»Quatsch!«

»Zed, halt dich da raus. Das ist Chelseas Entscheidung, nicht deine. Du willst so eine Art Hippieleben ohne Verantwortung führen, Gitarre spielen und von Luft und Liebe leben. Du solltest aber nicht Chelsea zwingen, dasselbe zu tun.«

»So ein Mist! Abschlüsse und Qualifikationen sind totale Zeitverschwendung. Schüler werden dazu gebracht, an die Uni zu gehen, damit die Schulen in einem guten Licht dastehen. Nur darum geht es, vor allem bei den Privatschulen. Es ist allen egal, was man eigentlich lernt, solange sie sagen können, dass fünfundneunzig Prozent des Jahrgangs Bestnoten bei der mittleren Reife oder dem Abi haben.«

Polly öffnete den Mund und schloss ihn wieder. Sie hatte das unangenehme Gefühl, dass Zed ihre Argumente gleich widerlegen würde, und das tat er auch schon.

»Ich habe einen super Abschluss in Soziologie, und raten Sie mal, was man mir nach hundertfünfzig Bewerbungen für eine Stelle angeboten hat? In einem Callcenter zum Mindestlohn!«

Er warf Polly einen triumphierenden Blick zu, die die Tasse, die sie gerade in der Hand hielt, klappernd auf das Abtropfgestell rammte.

»Du hattest nur Pech«, sagte sie. »Wenn du drangeblieben wärst, hättest du sicher …«

»Wir wissen beide, dass Bildung nicht der einzige Weg ist, um es in dieser Welt zu etwas zu bringen. Reisen und Erfahrungen sammeln zählen genauso, wenn nicht sogar mehr. Chelsea ist ein kluges Mädchen. Sie ist besser dran, wenn sie diese Angeberschule verlässt und etwas von der Welt sieht. Es gibt noch mehr im Leben als große Häuser, dämliche pinke Autos und Unmengen Kohle.«

»Ich wette, du würdest ganz anders reden, wenn du plötzlich Geld hättest«, entgegnete Polly scharf vor Ärger, dass Zed diese Diskussion für sich entschied.

Zeds Blick sagte alles. Pollys Magen verkrampfte sich. »Da brauchen Sie mir nichts zu erzählen. Meine Familie ist stinkreich. Mein Vater ist Richter, meine Mutter hat ihr eigenes Unternehmen, das ein paar Millionen Umsatz im Jahr macht. Ich bin in geradezu obszönem Wohlstand aufgewachsen. Wir hatten Angestellte, Ställe, Pferde, ein riesiges Haus auf dem Land und noch eins auf Barbados. Geld bedeutet mir nichts. Menschen sind wichtig. Materialismus ist eine Krankheit. Deshalb finde ich, dass Chelsea mit mir reisen und etwas von der Welt sehen sollte, bevor sie ihr eigenes Geld bekommt. Es wird ihr guttun zu sehen, wie Menschen in ärmeren Ländern ums Überleben kämpfen. Und wir sind zusammen«, fügte er hinzu.

Polly knirschte mit den Zähnen. Trotz seiner Worte hatte sie immer noch das Gefühl, dass er etwas verheimlichte. Auf sie machte er den Eindruck, als schauspielerte er. Doch diese Runde ging trotzdem an ihn.

Chelseas Augen funkelten. »Siehst du? Ich habe dir doch gesagt, dass du ihn nicht kennst.«

Die beiden verschwanden ohne ein weiteres Wort.

Polly seufzte kurz und durchsuchte dann die Schubladen ihres Schreibtischs nach dem mysteriösen Kalender. Die Entdeckung, dass Zed einen Uniabschluss hatte und sich nichts aus Geld machte, ließ sie nur noch wütender werden. Sie wühlte in der zweiten Schublade zwischen Büroklammern, Scheren und einem Stapel unbeschriebenem DIN-A4-Papier, die sie alle auf die Schreibfläche warf. Da klingelte das Telefon.

»Hallo, Polly, genießt du dein neues Leben?«

»Hallo, Lilith, schön, dass du anrufst. Es läuft nicht ganz so, wie ich es mir vorgestellt hatte. Ich hasse diesen ganzen Sport am frühen Morgen.«

»Ich kann Calvin bitten, am Nachmittag zu kommen, wenn dir das lieber ist«, bot Lilith fröhlich an.

»Mir wäre es am liebsten, er kommt gar nicht mehr. Ich brauche meinen Schönheitsschlaf, und ich will mich nicht jeden Tag mit langen Läufen und dämlichen Work-outs quälen. Ich möchte, dass Calvin gekündigt wird.«

»Das wird leider nicht gehen. Du hast Stephanies Leben angenommen, und so hat sie es nun mal geführt. Sie war besessen von Sport. Du wirst dich schon bald daran gewöhnen.«

Polly stöhnte. »Und dann wäre da noch das kleine Problem, dass ich plötzlich eine streitlustige Tochter habe, die mit ihrem arroganten Besserwisserfreund herumhängt.«

»Chelsea ist ein cooles Mädchen, nicht wahr? Wir finden, ihr passt großartig zusammen.«

»Da bin ich mir nicht so sicher. Wir haben so unsere Probleme. Warum hast du mir nichts von ihr gesagt?«

»Dann hättest du gekniffen und eine großartige Gelegenheit verpasst. Ihr habt viel gemeinsam. Ich bin mir sicher, dass ihr euch einigt. Außerdem ist sie nur noch zwei Jahre da, und dann kannst du wieder allein sein, wenn du das möchtest.«

»Davon muss man mich noch überzeugen«, meinte Polly mit einem schweren Seufzer. »Es läuft nicht so gut wie erhofft. Wenn es nicht besser wird, möchte ich bitte eine Komme-aus-der-Hölle-frei-Karte und einen neuen Tausch.«

»Ich bin mir sicher, dass wir da etwas arrangieren können«, sagte Lilith ruhig.

»Und da wäre noch etwas. Ich habe Stephanies Kontoauszüge gefunden, und sie scheint weniger als zweihundert Pfund auf der Bank zu haben. Damit kann man dieses Haus nicht betreiben, Kleidung kaufen oder auch nur Lebensmittel für uns zwei. Wie soll ich mit dieser Summe ein luxuriöses Leben führen?«

»Darüber wollte ich mit dir reden. Stephanie vertraut Banken nicht. Schau mal hinter den Picasso im Büro. Hinter der unteren rechten Ecke ist ein kleiner Knopf, auf den du drücken musst.«

»*Der* Picasso? Ist er echt?«

»Natürlich ist er echt. Du hast ihn doch nicht für eine Fälschung gehalten, oder?«

Polly hob die Augenbrauen. Doch, genau das hatte sie gedacht. »Wenn er echt ist, ist er ein Vermögen wert.«

»Genau. Jetzt schau mal dahinter.«

Polly fand den Knopf unter dem Rahmen und drückte. Das Gemälde schwang nach links und gab den Blick auf eine Stahltür frei.

»Ich habe einen Safe gefunden«, flüsterte Polly in den Hörer.

»Wenn du unter der obersten Schreibtischschublade nachsiehst, findest du den Schlüssel dafür. Alles, was du brauchst, ist im Safe. Falls es Probleme gibt, ruf uns an. Gib nicht alles auf einmal aus«, rief Lilith und beendete das Gespräch, bevor Polly antworten konnte.

Sie schüttelte den Kopf. Das hier war Wahnsinn. Doch sie war auch neugierig, was sich in dem Safe befand.

Unter der Schublade war tatsächlich mit Klebeband ein Schlüssel befestigt. Mit zitternden Fingern löste Polly ihn ab. Der Schlüssel passte ins Safeschloss und öffnete die Tür mit einem Klicken. Auf der unteren Ebene lagen diverse samtbezogene Schachteln, die glitzernde Diamanthalsketten, Armbänder und Ringe enthielten. Polly schnappte nach Luft. Die Steine waren alle riesig. In der Mitte des Safes stand eine große Kiste, die Polly mit etwas Mühe herausnahm und auf den Schreibtisch stellte. Auch sie war verschlossen. Wo war der verdammte Schlüssel? Sie durchsuchte die Schubladen und erinnerte sich schließlich an den Schlüsselbund, an dem noch zwei kleinere Schlüssel befestigt waren. Sie verließ das Büro und wäre beinahe über zwei kleine Gestalten gestolpert, die ausgestreckt vor der Tür lagen.

»Warum seid ihr nicht auf euren Betten?«, fragte sie. Dolce sah auf, mit einem ihrer Snoopy-Socken im Maul. »Ach, was soll's. Behalt die Socke. Kau aber nicht darauf herum.«

Mit steifen Muskeln schleppte sie sich so schnell wie möglich ins Obergeschoss, gefolgt von den zwei Hunden, die sofort in den begehbaren Schrank schossen, zweifellos auf der Suche nach neuer Beute. Polly fand den Schlüsselring und ging zurück ins Büro, wo sie die Tür schloss und versuchte, die Kiste zu öffnen. Heureka! Sie hob den Deckel und spähte hinein. Alles verschwamm vor ihren Augen. Sie hielt sich an der Tischplatte fest und atmete tief ein. Die Kiste war voller

Fünfzig-Pfund-Bündel. Sie nahm einige Packen in Augenschein, die alle tausend Pfund enthielten. Sie stapelte sie auf dem Tisch und verlor bald den Überblick. Sie war reich. So reich, wie sie es sich nie hätte träumen lassen können.

Sie überprüfte den Safe auf Dokumente oder andere Dinge von Wert, tastete den Boden ab. Dabei berührte sie einen Gegenstand und holte ihn heraus. Eine Pistole. Laut der Prägung handelte es sich um einen Taurus-Judge-.410-Revolver. Die Entdeckung überraschte Polly nicht. Wer so viel Geld in seinem Haus versteckte, brauchte irgendeine Art Schutz. Langsam fügten sich die Puzzleteile zusammen. Polly verstand, warum Stephanie so fit bleiben und Martial Arts trainieren wollte. Das viele Geld im Haus war sicher der Grund dafür. Polly beschloss, dass das Training mit Calvin vielleicht doch nicht so schlecht war. Sie wog die Waffe in der Hand, den Finger weit weg vom Abzug, falls sie geladen war. Es war kein gutes Gefühl. Auf keinen Fall würde sie sie benutzen können. Sie legte den Revolver zurück in den Safe, dann überlegte sie, wie viel Geld sie für eine Mulberry-Handtasche und ein Top-Designer-Outfit benötigen würde. Sie legte erst ein, dann noch drei weitere Geldbündel zur Seite, verstaute das restliche Geld wieder in der Kiste, verschloss sie und stellte sie zurück in ihr Versteck.

Dann schwebte sie geradezu die Treppe nach oben, die schmerzenden Muskeln waren vergessen. Zuerst würde sie in die Stadt fahren, ein paar Geschäfte unsicher machen und sich Lunch in einem schicken Bistro gönnen. Dann fiel ihr ein, dass sie die Freude mit niemandem teilen konnte. Sofort dachte sie an Kaitlin. Jahrelange Freundschaft konnte man nicht einfach vergessen, egal, was die Dämonen verlangten. Sie wählte Kaitlins Nummer. Es klingelte lange. Schließlich meldete sich ihre Freundin.

»Hallo, meine Liebe! Ich muss dir unbedingt was erzählen! Du wirst nicht glauben, was passiert ist.«

»Tut mir leid, aber wer ist denn da?«, fragte Kaitlin.

»Ich. Polly.«

»Polly?«

»Haha! Ja, Polly.«

Schweigen.

»Jetzt hör schon auf. Etwas Unglaubliches ist passiert.«

»Tut mir leid, ich kenne keine Polly«, antwortete Kaitlin.

»Aber natürlich tust du das! Machst du das mit Absicht?«

»Ich kenne Sie nicht. Woher wissen Sie, wer ich bin? Und woher haben Sie diese Nummer?«

»Ich weiß, ich habe mich ein paar Tage nicht gemeldet, deshalb rufe ich ja jetzt an, also hör auf mit dem Unsinn. Ich muss dir etwas Unglaubliches erzählen.«

»Sie haben sich verwählt.«

»Kaitlin, bitte, hör auf damit.«

»Woher kennen Sie meinen Namen? Sind Sie irgend so eine verrückte Stalkerin?«

»Natürlich nicht. Kaitlin, das ist nicht mehr lustig. Lass es sein. Ich muss mit dir reden. Ich habe meine ganzen Probleme gelöst. Das klingt wahrscheinlich ziemlich verrückt – aber ich habe mein Leben mit jemand anderem getauscht.« Selbst für ihre Ohren klang das völlig durchgeknallt.

Am anderen Ende der Leitung wurde leise geredet, dann meldete sich Miguel.

»Sie haben sich verwählt. Bitte rufen Sie nicht mehr an«, sagte er.

»Miguel …«

Die Leitung war tot. Polly wählte noch einmal. Dieses Mal nahm niemand ab. Was war passiert? Warum wollte Kaitlin nicht mit ihr reden? Warum wollte sie Polly nicht erkennen?

Eine leise Stimme meldete sich in ihrem Hinterkopf. Natürlich, Polly hatte ihr Leben getauscht und damit auch die Menschen verloren, die ihr wichtig waren. Darunter auch Dignity und ihre Mutter. Polly ließ sich auf das Bett fallen. Die Erkenntnis, ihre Freunde nicht mehr um sich zu haben, traf sie wie ein Schlag. Dolce leckte ihre Hand und sah zu ihr auf. Gabbana sprang aufs Bett und ließ sich in ihrem Schoß nieder.

»Ihr beide seid wohl jetzt meine einzigen Freunde«, sagte Polly und streichelte sein seidiges Fell. Tränen stiegen ihr in die Augen, rollten über ihre Wangen und tropften auf seinen Kopf. Dolce schleckte ihr wieder die Hand. Das Geld lag vergessen auf dem Bett.

# Simon

## 26

Simon hatte kein Handynetz im Aufzug. Er marschierte am Empfang und dem Mann im dunklen Anzug vorbei.

»Alles in Ordnung, Mr Green?«, rief dieser.

»Nein, überhaupt nicht«, antwortete er barsch. Er stürzte aus dem Gebäude. Im Freien war der Verkehr von der Schnellstraße zu hören. War er erst letzte Woche noch selbst dort entlanggefahren? Damals war er noch im Besitz einer Familie, eines Jobs und seiner geistigen Gesundheit gewesen. Und kein Sexfreak, der sich als Baby oder Kaninchen verkleidete und dem bei Folter einer abging. Auch kein Geschäftsmann, dessen Arbeit darin zu bestehen schien, dass er das Geld anderer Menschen in komplizierten Projekten anlegte, die hohe Risiken bargen. Oh, wie sehr er sich wünschte, wieder in seinem Firmenwagen zu sitzen und zu Ernest-Deal zu fahren. Er trat gegen einen Stein. Als ob es seinen Ärger spürte, klingelte sein Handy. Der neckende Klingelton *Money, Money, Money* von ABBA fachte seine Wut nur noch mehr an. Er hieb auf den Annehmen-Button.

»Guten Morgen, Simon. Wie läuft es?«

»Ich will raus.«

»Das kannst du nicht ernst meinen. Schau doch, was du

alles aufgeben würdest! Du bist unglaublich reich, hast eine hinreißende, experimentierfreudige Frau, ganz zu schweigen von einem Leben, von dem viele Menschen träumen. Das Haus ist schlappe acht Millionen Pfund wert. Hast du nicht den Wellnessbereich gesehen? In einem Nebengebäude befindet sich ein Pool mit Olympiamaßen, außerdem besitzt Tony eine Sammlung von irre wertvollen Oldtimern.«

»Das ist mir egal. Ich will mein altes Leben zurück.«

»Wirklich? Zurück zu einer langweiligen Veronica, schlecht gelaunten, völlig undankbaren Teenagern und einer nervigen Schwiegermutter, die dich nicht ausstehen kann – und dann wäre da noch die Arbeitslosigkeit.«

»Ja, das stimmt alles. Aber ich bin fertig mit diesem Lebenstausch.«

Len fuhr in etwas bedrohlicherem Ton fort: »Ich möchte dich daran erinnern, dass du einen gesetzlich bindenden Vertrag unterschrieben hast. Unabhängig davon, was du willst, schuldest du uns jetzt eine Seele. Wenn du sie uns nicht übergibst, müssen wir ein paar Seelen holen, die wir selbst auswählen. Es liegt also an dir.«

Simon rieb sich das Gesicht. Die Stoppeln an seinem Kinn waren rau. Er fühlte sich widerlich und alt. So alt.

»Eine Seele, und dann sind wir quitt. Dafür bekomme ich mein altes Leben zurück.«

»Wunderbar! Ich wusste, dass du einsichtig sein würdest. Wir schicken dir morgen einen Wagen, der dich abholt.«

»Nein! Ich kann nicht zurück ins Büro, und ich will auf keinen Fall in Tonys Haus warten.«

»Moment mal, du willst nicht zurück in diese irre Villa und zu dieser hinreißenden Frau? Bist du bescheuert?«

»Ich glaube, ich werde verrückt, wenn ich so weitermache. Ich will nach Hause.«

»Ich bin nicht David Copperfield. Wir können das alles nicht einfach wegzaubern. Heute musst du noch durchhalten, damit wir genug Zeit haben, wieder alles in den ursprünglichen Zustand zu versetzen. Du bist bis jetzt unser schwierigster Kunde«, sagte Len verärgert.

»Ich kann nicht in Tonys Welt weiterleben. Ich treibe die Firma nur in den Ruin. Die Märkte sind eingebrochen, und ich habe keinen blassen Schimmer, was ich den Leuten raten soll.«

»Verhalte dich wie eine Führungskraft. Sag den Angestellten, sie sollen sich darum kümmern, das Büroküken soll dir Kaffee bringen, und bleib entspannt in deinem Büro, bis es Zeit ist, nach Hause zu gehen. Schieb ein paar Papiere von rechts nach links und tu so, als würdest du arbeiten. Sag jetzt nicht, so etwas hättest du noch nie gemacht. Sag deiner Sekretärin, dass du zu beschäftigt für Anrufe bist, und damit sollte alles erledigt sein.«

Simon seufzte und rieb sich das Kinn. Etwas klebte daran. Er zupfte es ab und schauderte. Getrocknetes Erbrochenes.

»Morgen früh will ich ein Auto und zurück in mein altes Leben.«

»Bist du dir sicher, dass du nicht noch einen Tauschversuch wagen willst?«

»Nein. Ich habe genug von dieser Spielerei. Ich will nach Hause.«

Simon hörte, wie Len die Luft durch die Zähne einsog. »Ich sollte dich vorwarnen, dass es bei deiner Rückkehr Probleme geben könnte«, sagte der Teufel schließlich. »Da du so schnell noch einmal getauscht hast, mussten wir zu einigen unorthodoxen Methoden greifen, damit wir alles so fix arrangieren konnten.«

»Len, mach es möglich. Ich gebe dir die Seele, die du haben willst. Wenn ich nur meine Familie zurückbekomme ...«

»Sie werden nicht gerade glücklich sein, wenn sie erkennen, was vor sich geht.«

»Könnt ihr sie nicht noch einmal blitzdingsen?«

»Eine Überdosierung richtet möglicherweise irreparable Schäden an. Wir werden es versuchen. Du könntest aber ein paar Probleme mit ihnen haben, wenn du wieder daheim bist, vor allem, wenn wir die Auswirkungen nicht rückgängig machen können. Veronica scheint im Moment ganz zufrieden zu sein, und Tony kommt hervorragend mit Morag aus. Sie hat letztendlich doch entschieden, ihren Schwiegersohn zu mögen, und heute Abend gehen sie alle essen, um Haydons Prüfungen zu feiern.«

Simon wurde übel. Mehr als je zuvor wollte er in sein früheres Leben zurückkehren, selbst wenn das Streit mit Veronica bedeutete und Verachtung von Morag. Er würde mehr Rückgrat zeigen und um ihren Respekt kämpfen. Er würde Veronica gestehen, dass er keinen Job mehr hatte, und sich beim Arbeitsamt melden, dann eine neue Stelle suchen – etwas Besseres, mit mehr Aussichten. Er würde nicht aufgeben. Er würde sich um *seine* Familie kümmern.

»Len, mach es möglich und schick mir morgen ein Auto. Ich will hier raus. Sofort.« Er beendete das Gespräch und sah zu der stark befahrenen Straße. Vor nicht einmal einer Woche war er noch der echte Simon Green gewesen, doch es fühlte sich an wie ein völlig anderes Leben. Eines war sicher: Er hatte gelernt, dass seine Familie oberste Priorität hatte, egal, wie schwierig die Situation oder wie monoton sein Leben war. Nur mit ihnen fühlte er sich ganz. Er würde es wiedergutmachen.

Entschlossen kehrte er ins Gebäude zurück. Gavin starrte

mit gespielter Konzentration auf einen Evakuierungsplan. Offensichtlich hatte er von Simons Telefonat im Büro gehört und musste jetzt mühsam ein Grinsen unterdrücken, das sich auf seinem ernsten Gesicht auszubreiten drohte.

»Gavin«, sagte Simon. »Ich muss dringend einen Kunden treffen und habe keine Zeit, auf den Helikopter zu warten. Ich muss sofort los. Sie sind doch heute mit dem Auto da, oder?«

Gavin nickte.

»Geben Sie mir bitte die Schlüssel, dann nehme ich Ihren Wagen.«

Gavin verlagerte unbehaglich das Gewicht. »Ich bin mir nicht sicher, ob das so eine gute Idee ist, Mr Green.«

»Kommen Sie schon, Gavin, geben Sie sie her. Ich passe auf den Wagen auf. Ich habe jetzt keine Zeit, lange herumzudiskutieren. Am Ende des Monats bekommen Sie einen kleinen Bonus als Dank.«

Gavin holte zögernd die Schlüssel aus der Tasche. »Einen Bonus?«

»Ja, und machen Sie sich keine Sorgen, ich komme wohlbehalten zurück. Also, welches ist es?«, fragte er und ließ den Blick über den Parkplatz voller BMWs und Audis schweifen.

»Die da«, antwortete Gavin und deutete auf eine lilafarbene Vespa, die in der Ecke des Parkplatzes stand. »Der Helm hängt am Haken. Passen Sie auf Betsy auf, Mr Green. Sie bedeutet mir sehr viel.« Er wandte sich ab und unterdrückte ein Lachen. Simon riss ihm die Schlüssel aus der Hand und marschierte ohne einen Blick zurück davon. Er ging zu der Vespa, holte den Helm vom Haken und setzte ihn auf. Wie gut, dass er in den Achtzigern schon Roller gefahren war, als er kurzzeitig mit den Mods geliebäugelt hatte. Ein Bild von ihm im Parka, wie er The Jams *The Eton Rifles* sang, kam ihm ins Gedächtnis. Er drehte den Schlüssel, und die Vespa erwachte knatternd zum Leben. Leicht schlingernd fuhr er rasch davon. Aus dem Augenwinkel sah er, wie Gavin ihm mit offenem Mund nachstarrte und sich Gesichter gegen das Fenster drückten, die seine Abfahrt verfolgten. Sollten sie doch. Er würde nicht mehr zurückkommen.

Simon parkte vor Ernest-Deal und holte umständlich sein schwarzes Buch mit Kontakten aus der Tasche, wo er es aufbewahrt hatte, als er sein Zuhause verließ. Entgegen der Regeln hatte er sich an diesen letzten Überrest seines alten Lebens geklammert. Er blätterte durch die Seiten, und Erinnerungen an glücklichere Zeiten kehrten zurück. Er sah zum Autohaus. Auf dem Vorplatz transportierten Patrick und Ryan gerade Autos in den Showroom. Patrick winkte Ryan ein und sorgte dafür, dass er die Seitenspiegel des Aston Martin Vantage nicht beschädigte. Ryan kletterte aus dem Wagen und sagte etwas zu Patrick, der lachte und ihm auf den Rücken klopfte. Simon wurde traurig. Er hatte vergessen, wie viel Spaß sie alle in der Niederlassung gehabt hatten. Selbst wenn die Situation angespannt war und Ziele erreicht werden mussten, die Truppe hatte zusammengehalten und die Moral oft mit Scherzen oder kurzen Gesprächen aufrechterhalten. Er vermisste seine Freunde – sogar Ryan. Dave eilte nach draußen zu den Männern. Sie standen dicht beieinander, bis Patrick sein Handy hervorholte und jemanden anrief. Ryan drehte sich um, suchte nach etwas oder jemandem. Sein Blick blieb kurz an Simon haften, bevor er wieder zurück zu den Männern sah.

Simon fuhr davon, bevor man ihn noch einmal bemerkte, auch wenn die Chancen, erkannt zu werden, minimal waren. Zweifellos hatte man ihre Erinnerungen auch verändert. Ein paar Minuten später rollte er vor Erics Bungalow. Der Rasen war frisch gemäht, und Eric stand, auf seinen Rollator gestützt, draußen in der Sonne. Simon war überrascht. Eric verließ selten das Wohnzimmer. Er hob grüßend die Hand, in der Hoffnung, dass man Eric nicht den Vergessensstrahlen ausgesetzt hatte. Dann stieg er von der Vespa.

»Schöner Tag«, rief er Eric zu.

»Wunderschön«, antwortete der. »Die muss man genießen, vor allem in meinem Alter.«

»In jedem Alter«, meinte Simon.

»Kann ich Ihnen helfen?«, fragte Eric.

Simon wurde erneut das Herz schwer. Eric war derselben Behandlung unterzogen worden wie seine Familie und Kollegen. Er hatte keine Ahnung, wer Simon war.

»Ich habe mich nur ein wenig verfahren. Eigentlich suche ich nach Ernest-Deal.«

»Oh, das ist nicht weit weg von hier. Nur die Straße entlang. Fahren Sie an der Kreuzung links und dann rechts an der T-Kreuzung. Dann ist es auf der linken Seite. Vielleicht sind Sie sogar schon daran vorbeigefahren, wenn Sie aus der Richtung gekommen sind.«

»Sie kennen es?«

»Ich habe früher dort gearbeitet. Toller Laden. Damals hieß er noch Tideswell. Meine Schwägerin arbeitet immer noch an der Rezeption. Sie haben richtig schicke Autos. Wenn ich noch fahren könnte, würde ich mir eins kaufen.«

»Sind die Verkäufer in Ordnung? Manchmal hört man ja von sehr aufdringlichen. Ich möchte nicht abgezockt werden.«

»Nein, dort behandelt man Sie gut. Man interessiert sich wirklich für seine Kunden. Sie kommen als Kunde und gehen als Freund.«

Simon legte den Kopf zur Seite. Das war einer seiner Sprüche.

Eric fuhr fort: »Fragen Sie nach Patrick. Er ist gut, oder Tony. Er ist ein hervorragender Verkäufer. Schon seit Jahren da. Meine Jackie ist die Patentante seiner Tochter.«

Simon nahm die Brille ab und rieb sich die schmerzende Nase.

»Tony?«

»Netter Kerl. Solche Verkäufer wie ihn gibt es heutzutage kaum mehr. Nichts macht zu viel Mühe. Fragen Sie nach ihm. Sie werden es nicht bereuen.«

Simon konnte sich das nicht länger anhören. Er dankte Eric und stieg wieder auf die Vespa. Wenn er aufgeblickt hätte, hätte er gesehen, wie Eric jemanden hektisch wegwinkte, der sich im Haus versteckte. Doch er fuhr mit zusammengebissenen Zähnen in die Stadt, wo er vor einem Versicherungsbüro hielt. Er würde das Chaos, das er angerichtet hatte, ein für alle Mal beseitigen.

# Polly

## 27

Polly saß schon seit über einer Stunde auf dem Bett und suhlte sich in ihrem Elend. Dolce und Gabbana hatten es sich neben ihr gemütlich gemacht. Als plötzlich die Türklingel ertönte, sprangen alle drei gleichzeitig auf. Die Hunde rannten nach unten, um den Besucher zu begrüßen. Polly ging langsam hinterher. Sie scheuchte die Tiere zur Seite, öffnete die Tür und starrte auf eine muskulöse Brust. Zögernd riss sie den Blick los. Die Hunde bettelten um die Aufmerksamkeit des Mannes, der sie allerdings ignorierte und Polly eine große Hand entgegenstreckte. Sie nahm sie. Er hatte einen starken, selbstbewussten Griff.

»Hi, ich bin Matt. Sie müssen Polly sein.«

Als Polly aufblickte, verflüssigte sich ihr Inneres, und sie hätte sich am liebsten in seine starken Arme geworfen, um von ihnen gehalten zu werden. Seine Augen waren blau. Kein normales Himmel- oder Vergissmeinnicht-Blau, sondern wie das kristallklare Meer. Fast konnte sie die Wellen ans Ufer schlagen hören, den Schaum in der Luft sehen.

»Ja. H-hallo«, stotterte sie.

Matt musterte sie von oben bis unten. Die kühle Luft an ihren Beinen erinnerte sie daran, dass sie sich nicht fertig angezogen hatte. Sie zupfte an der langen Strickjacke und hoffte, dass das T-Shirt darunter lang genug war, um ihre Unterhose zu verdecken. Matt betrachtete sie wohlwollend. Er hob die Augenbrauen und lächelte. *Sein Lächeln ist unglaublich sexy,* dachte sie und errötete dann, als sie erkannte, warum er lächelte.

»Schick«, sagte er und verschränkte die Arme.

»Schuldig im Sinne der Anklage. Ich mag nun mal Socken mit Comicfiguren.«

»Minions. Niedlich. Ich nehme mal an, dass du die Filme gesehen hast.«

»Natürlich. Den letzten allerdings nicht, den habe ich verpasst. Ich sollte mir wirklich die DVD besorgen.«

Matt nickte. »Ja, der lohnt sich definitiv. Er handelt von einer Superschurkin namens Scarlet Overkill und meinen Lieblings-Minions Bob, Stuart und Kevin. Wo wir gerade von Superschurken und niederträchtigen Taten reden: Ich bin hier, um dir das Schießen beizubringen.«

»Wirklich? Ich muss Schießen lernen?«

»Auf jeden Fall. Zumindest laut jemandem von einer seltsamen Agentur namens Lucifer, Inc.«

Polly erinnerte sich an den Revolver. »Bitte nimm es mir nicht übel, aber so eine Frau bin ich nicht.«

»Aha«, antwortete er. »Und was für eine Frau bist du dann? Eine ›ich schreie, wenn ich einen Einbrecher sehe‹ oder ›ich renne wie der Wind, wenn jemand mich angreift‹?«

»Ich bin eher die ›Scheiße, was mache ich jetzt?‹-Frau«, antwortete sie, was ihr ein weiteres pulsbeschleunigendes Lächeln von Matt einbrachte.

»Guter Punkt. Ich kann dich nicht zwingen, und ich mache dir auch keinen Vorwurf. Waffen sind Geschmackssache. Schade allerdings. Ich hätte gern einen Vorwand gehabt, hinter dir zu stehen und deinen Arm zu führen.«

Polly geriet einen Moment ins Wanken. »Da würdest du viel führen müssen. Ich habe eine leichte Hornhautverkrümmung und würde zweifellos Telefonmasten und unschuldige Zuschauer umnieten.«

»Ach was, keine Angst. Für den Anfang hätte ich sowieso ein paar Tontauben vorgeschlagen. Meines Wissens nach spüren sie nichts, wenn man sie in die Luft jagt.«

»Ton? Also keine echten Tauben, richtig?«

»Auf keinen Fall. Es macht Spaß. Willst du es doch mal probieren?«

Polly runzelte nachdenklich die Stirn. Ein bisschen Ablenkung wäre nicht schlecht. Sie hatte es satt, allein zu sein, und was konnte es schon schaden, auf Tontauben zu schießen?

»Wer warst du noch mal?«

»Mein Name ist Matthew Thomas, man nennt mich Matt. Ich habe meine eigene Firma und bilde Männer und Frauen an Feuerwaffen aus, veranstalte Kurse im Tontaubenschießen, und außerdem bin ich der Betreiber einer großen Paintball-Anlage in der Nähe von London. Hier ist meine Karte.«

Er reichte ihr eine Visitenkarte. Sie lächelte und las sie aufmerksam.

»Ich bin sechsunddreißig Jahre alt, war früher Soldat und lese und male gern, bastele Gänseblümchenketten und schwimme mit Delfinen.«

Polly kicherte. Matt hob die Augenbrauen und fuhr fort.

»Ich wurde angeheuert, um dir das Schießen beizubringen, aber ich kann dir sagen, dass du keinen Bedarf hast, so etwas zu lernen. Du bist eine bezaubernde junge Frau, die besser für die vornehmen Künste wie Sticken oder Harfe spielen geeignet ist. Vergib mir mein Eindringen. Schönen Tag noch.« Er tippte sich an einen unsichtbaren Hut.

»Okay, schon gut. Ich bin dabei. Es könnte tatsächlich

Spaß machen. Ich ziehe mir eine Hose an und bin gleich wieder da.«

»Wegen mir musst du dich nicht anziehen«, sagte er. »Du hast tolle Beine.«

Polly verschlug es die Sprache.

»Wirklich.«

»Ich bin nicht an Komplimente gewöhnt, vor allem über meine Beine. Eigentlich sind sie ein bisschen zu stämmig.«

»Ich mag kräftige Beine«, sagte er mit einem Augenzwinkern.

Einen Moment war sie verwirrt. Matt flirtete mit ihr. Ihre Stimmung hob sich. Ein bisschen Futter fürs Selbstbewusstsein konnte nicht schaden. Außerdem war er süß – sein Gesicht war gebräunt und frisch, sein Haar hellbraun mit von der Sonne ausgebleichten Strähnen, und ihn umgab eine sehr männliche Aura. Polly bemerkte eine kleine sternförmige Narbe an der Stirn – wohl von irgendeinem Unfall. Sie war teilweise unter dem zur Seite gestrichenen Pony verborgen. Sie zwang sich, den Blick von ihm loszureißen und sich umzudrehen; schließlich musste sie sich noch umziehen.

»Ich hole die Waffen und warte hier auf dich«, sagte er und ging in die Knie, um die Hunde zu streicheln. »Die beiden bleiben am besten im Haus. Wir wollen sie ja nicht erschrecken.«

Matt wartete neben seinem Land Rover auf sie. Über der Schulter trug er eine Tasche und zwei Gewehre. Er gab ihr ein paar Ohrenschützer.

»Die brauchst du, oder du bist eine ganze Weile taub.«

»Ist es wirklich so laut?«, fragte sie.

»Wie bitte?«, erwiderte er und legte die Hand hinters Ohr. »Was hast du gesagt?«

Sie kicherte und widerstand dem Impuls, ihm gegen den Arm zu boxen.

Zusammen gingen sie zu dem Waldstück hinter dem Haus. Matt wandte sich zu ihr.

»Okay, das hier scheint der Platz zu sein, von dem mir die Frau erzählt hat. Du kennst mich nicht, und ich nehme dich gleich mit Waffen und Munition in einen Wald mit. Deshalb versichere ich dir, dass ich hundertprozentig professionell bin und du dir keine Sorgen machen musst, mit mir das Trainingsgelände zu betreten. Willst du jemandem Bescheid sagen, dass ich hier bin? Du kannst mein Handy benutzen.« Er gab es ihr. »Ich bin nicht beleidigt.«

Sie wollte schon lächeln, beherrschte sich jedoch. Er war völlig ernst. Außerdem ging von ihm diese gewisse Männlichkeit aus, die ihr gefiel. »Nein, ich schätze mal, du bist in Ordnung.«

»Eine ausgezeichnete Menschenkennerin haben wir da«, antwortete er und zwinkerte ihr zu.

»Das war allerdings nicht immer so. Vielleicht sollte ich doch besser jemanden anrufen«, meinte sie. Er reichte ihr wieder das Handy. Sie lachte. »Ich mache nur Spaß. Dir kann man bestimmt trauen.«

»Und worauf stützt du dieses Urteil?«

»Die Hunde mögen dich. Dolce sieht dich mit demselben ›Ich liebe dich‹-Blick an wie Calvin, meinen Personal Trainer, den er vergöttert. Und als ich mich umgezogen habe, habe ich durch das Fenster gesehen, wie du ihnen Leckerli aus deiner Lunchbox gegeben hast. Das beweist, dass du ein weiches Herz hast.«

»Erwischt!«, sagte er. »Die beiden sind einfach süß. Normalerweise mag ich kleine Hunde gar nicht, aber sie sind anders.«

»Ich weiß, was du meinst. Sie erobern einfach so dein Herz. Na los, jetzt zeig mir, wie man schießt. Ich könnte etwas Extraschutz gebrauchen – eine Frau ganz allein in einem großen Haus und so. Die Hunde würden mich sicher nicht retten. Für ein bisschen Streicheln und etwas zu essen würden sie die Einbrecher noch zum Safe führen.«

»Ein Gewehr würde ich nicht gegen Einbrecher empfehlen, sondern lieber eine gute Alarmanlage. Oder einen größeren Hund mit scharfen Zähnen. Aber fangen wir erst mal an.«

Sie gingen in den Wald und kamen kurz darauf zu einer Lichtung. Matt steuerte auf einen Holzunterstand zu.

»Wir dürfen nur von hier aus schießen«, sagte er, »sonst treffen wir vielleicht einen neugierigen Nachbarn oder den Pfarrer.«

»Das wäre schrecklich. Man würde mich aus dem Chor ausschließen«, erwiderte Polly todernst. Matt warf ihr einen vorsichtigen Blick zu und bemerkte dann ihre zuckenden Mundwinkel. »Klar. Ich sehe dich geradezu vor mir, in einem Talar und so einem kleinen Rüschenkragen.«

»In einem früheren Leben war ich ein Engel«, erzählte sie.

»Ich wette, du warst ein toller Engel mit deinen blonden Locken und den großen unschuldigen Augen. Wahrscheinlich hast du Sünder zum Weinen gebracht.«

Polly wollte schon weitererzählen, doch der Engel hatte sie an Kaitlin erinnert und für einen schmerzhaften Stich in der Brust gesorgt. Sie musste sich auf die Gegenwart konzentrieren, um die Erinnerungen an Kaitlin und ihr früheres Leben zu vergessen.

Zum Glück war Matt gerade damit beschäftigt, die Gewehre aufzubauen. Er zeigte ihr, wie man sich auf dem Schießstand verhielt. Sicherheit und das Befolgen der Regeln waren das oberste Gebot. Er erklärte ihr, wie man sein Ziel traf. Sie sollte sich genug Zeit nehmen, bevor sie den Abzug drückte. Auf keinen Fall durfte sie überhastet schießen. Dann zeigte er ihr, wie das Gewehr aufgebaut war, und erläuterte, was sie nach dem Schuss zu erwarten hatte. Schließlich gab er ihr eines der Gewehre.

»Hier, nimm das. Es ist leichter.«

»Fühlt sich schwer genug an«, erwiderte Polly. »Was mache ich jetzt?«

»Bist du Rechts- oder Linkshänderin?«

»Rechtshänderin.«

»Drück den Schaft gegen die Schulter und schau durch das Visier hier.«

Polly kicherte. »Tut mir leid, jetzt bin ich kindisch. Ich musste bei ›Schaft‹ lachen. Ich sollte mich zusammenreißen. Entschuldige.«

»Das macht nichts. Manche Menschen nehmen alles immer so ernst«, fügte Matt hinzu. »Mit dir ist es viel lustiger.«

»Wieso findest du das?«

»Minion-Socken, funkelnde Augen und Grübchen, die dich so verschmitzt aussehen lassen, wenn du lächelst. Ich wette, du genießt das Leben.«

»Du bist wohl auch ein ganz guter Menschenkenner. Ja, ich habe gerne Spaß. Früher war ich oft viel zu ernst. Manchmal wird man leider so.«

»Das stimmt. Ein paar Jahre beim Militär haben mir das gezeigt.«

»Warst du im Einsatz?«

Matt nickte, seine Augen verdunkelten sich. »Zu oft. Ich möchte nicht darüber reden. Vielleicht ein andermal. Heute nicht. Heute zeige ich dir, wie man eine Tontaube trifft.«

Polly spähte mit dem rechten Auge durch das Visier, das linke kniff sie zu. Sie hatte klare Sicht. »Jetzt!«, rief sie und folgte mit dem Gewehrlauf der runden Tonscheibe, die durch die Luft flog und gar nicht so leicht zu sehen war. Sie entdeckte sie, dachte, sie hätte sie im Visier, und drückte rasch ab. Die Tontaube verschwand in der Ferne.

»Ah, die ist mir entwischt«, sagte sie. »Es ging so schnell. Ich konnte kaum sehen, wo sie war, da war sie schon wieder weg.«

Matt nahm die Ohrenschützer ab und entfernte die Stöpsel aus den Ohren. »Lass dir Zeit«, sagte er. »Hier, schau mal.« Er hielt das Gewehr mit ihr, und zusammen bewegten sie es in einem sanften Bogen von rechts nach links. Dann wiederholten sie die Bewegung etwas schneller. Doch Polly konnte sich nur auf Matts warmen Atem an ihrem Nacken und die Nähe seines Körpers konzentrieren. Seine Arme waren stark, die Hände kräftig. Wie gern sie sie auf ihrer Haut spüren würde. Wie sie ihren Rücken nach unten strichen und wie er Polly an sich zog. Die Anziehungskraft war fast greifbar. Er ließ ihren Arm los und ging zu der Wurfmaschine. Sie atmete aus und konzentrierte sich auf das Visier.

»Jetzt!«

Die Tontaube wurde in die Luft katapultiert. Polly folgte ihr, wie sie durch ihr Sichtfeld flog, drückte leicht den Abzug und trat zurück. Die Tonscheibe zerbrach in vier Stücke.

»Sehr gut. Du bist ein Naturtalent. Nächster Schuss!«, rief Matt.

Polly strahlte. Ein weiterer dringend nötiger Schub für ihr Selbstbewusstsein.

Polly fühlte sich wie ein völlig neuer Mensch. Die Stunden mit Matt waren die Frischzellenkur, die sie gebraucht hatte. Sie konnte jetzt mit einem Gewehr zielen und schießen. Er hatte ihren Arm beim Tontaubenschießen noch einige Male geführt und dafür gesorgt, dass der Rückstoß sie nicht von den Füßen holte. Zweimal hatte sie sich gefragt, ob er, wenn sie sich jetzt umdrehte, sie wohl in die Arme nehmen und seine Lippen auf ihre legen würde. Polly freute sich nach den Fortschritten des Tages auf die nächste Unterrichtsstunde.

»Möchtest du noch was trinken, bevor du fährst?«, fragte sie, während Matt seine Tasche zurück in den Land Rover legte. Die Hunde, die jetzt wieder ins Freie durften, schnüffelten um seine Füße herum.

»Würde ich gern, aber ich muss nach Shugborough zu einer Veranstaltung. Beim nächsten Mal?«

Polly nickte, enttäuscht, dass er nicht bleiben konnte. Sie hoffte, dass es kein Vorwand war.

»Wann sehen wir uns wieder?«

Er kletterte ins Auto. »Wenn ich dir sage, wann ich das nächste Mal komme, empfängst du mich dann wieder in Comicsocken und schwarzen Seidenunterhosen?«

Sie errötete heftig und murmelte etwas Unverständliches.

»Du hast toll ausgesehen«, fügte er hinzu. »Nicht viele erscheinen so zu den Stunden. Das hat mir den Nachmittag versüßt. Ich kann morgen um dieselbe Zeit wiederkommen, wenn es dir passt.«

»Lass mich kurz nachdenken. Ich habe schon einige Termine«, antwortete sie und sah einen Moment zur Seite. »Doch, da sollte ich Zeit haben. Oh, und übrigens, Dolce fragt, ob du ihm noch mehr von diesen Leckerlis mitbringen könntest.«

Matt sah zu dem Hund, der neben der offenen Wagentür saß und ihn traurig anschaute.

»Ich bringe natürlich etwas für das arme, halb verhungerte Tier mit. Bis morgen.«

Polly rief Dolce, der für eine Streicheleinheit zu ihr

watschelte. Matt schloss die Autotür und fuhr hupend davon. Sie lachte. So leicht war ihr schon seit Ewigkeiten nicht mehr zumute gewesen. Endlich wandte sich alles zum Besseren.

Sie ging zurück ins Haus und fragte sich, was sie mit ihrer Zeit anfangen sollte. Stephanies Kalender lag auf der Arbeitsfläche in der Küche. Polly hatte ihn vorher nicht bemerkt. Chelsea musste ihn hingelegt haben, bevor sie das Haus verlassen hatte. Polly blätterte durch die leeren Seiten. Dann schlug sie das Adressverzeichnis auf, das auch fast leer war – wo waren die Promikontakte? Stephanie schien überhaupt keine Freunde zu haben. Bis auf die Namen von Handwerkern war das Buch leer. Was für eine seltsame Frau. Polly versuchte, sich ein Bild von Stephanies Leben zu machen. Bisher hatte sie nur die fitte, aktive Frau gesehen, die die ganze Zeit trainierte, zum Wellness ging oder Zeit mit den zwei Hunden verbrachte. Sie las gern, schien aber fernsehen zu verabscheuen, da es im ganzen Haus keinen Apparat gab. Vielleicht fürchtete sie auch, dass die Strahlen in ihr Gehirn drangen. Polly hielt das für die wahrscheinlichere Alternative. Die Frau war wirklich komisch. Sie hatte einen Schrank voller sensationeller Klamotten und keinen einzigen Termin in ihrem Kalender, zu dem sie sie tragen könnte. Polly saß auf einem Barhocker und grübelte, als sich die Tür öffnete und Chelsea in die Küche kam.

»Hi. Ist Zed nicht da?«

»Er ist bei einem Freund wegen irgendwas.«

»Irgendwas?«

»Keine Ahnung. Das geht mich nichts an. Jedenfalls dachte ich, ich hole hier ein bisschen Schlaf nach.«

»Willst du so die Tage verbringen, wenn du nicht mehr zur Schule gehst? Schlafen und herumhängen?«

»Was kann man denn sonst tun?«

»Ins Kino gehen, zum Bowlen, in Kunstausstellungen, ins Theater, auf Konzerte, in Geschäfte, Freizeitparks, zum Inlineskaten. Du könntest dir ein neues Hobby suchen, eine Sprache lernen, Kung Fu oder was auch immer.«

»Ich könnte mal ins Kino gehen, ja. Aber es läuft nicht viel Interessantes. Was machst du sonst so?«

»Sport. Lesen. Shop…«, begann Polly.

»Also auch nicht viel.«

»Ich bin es nicht gewohnt, Freizeit zu haben. Ich habe früher jeden Tag gearbeitet. Wenn ich doch mal freihatte, musste der Haushalt erledigt werden, die Buchhaltung und Werbung für meine Praxis. Wenn dann noch Zeit übrig war, habe ich ferngeschaut oder bin manchmal mit Freunden ausgegangen.«

»Siehst du, es ist gar nicht so leicht, sich etwas einfallen zu lassen, wenn man nicht arbeitet.«

»Willst du shoppen gehen?«

»Bin mir nicht sicher«, sagte Chelsea.

»Komm schon. Wir machen einen Mädelsnachmittag. Du kannst mir sagen, was mir steht und was nicht. Ich habe nur Jeans und Socken mitgenommen. Ich brauche was anderes.«

»Okay, wenn du meinst.«

Polly holte ihre Handtasche und scheuchte Chelsea nach draußen zum Wagen, während sie die Hunde ins Haus drängte. »Tut mir leid, ihr zwei. Männer sind nicht erlaubt.«

Sie fuhren in die nächstgelegene Stadt – zu einem Shoppingzentrum etwa fünf Meilen entfernt. Chelsea starrte während der Fahrt schweigend aus dem Fenster. Polly erzählte erst etwas aus ihrem alten Leben und verstummte schließlich auch. Immerhin war es ihr altes Leben, nicht ihr derzeitiges.

Mutter eines Teenagers zu sein war unglaublich schwierig. Sie hatte mit dem Mädchen nichts gemein.

»Also, wo wollen wir zuerst hingehen? In den Armani-Exchange-Laden oder in das große Kaufhaus?«

Chelsea zuckte mit den Schultern. »Egal«, meinte sie.

»Dann das Kaufhaus. Du kannst auch nach etwas für dich schauen.«

»Ich brauche keine Klamotten.«

»Alle Mädchen brauchen neue Kleider.«

»Warum?«

»Um gut auszusehen.«

»Ich nicht. Ich mag meine alten Sachen. Sie stehen mir.«

»Wie du willst. Dann hilf mir, etwas Neues für mich auszusuchen.«

Chelsea schlenderte neben Polly her und blieb alle paar Minuten stehen, um einen Blick auf ihr Telefon zu werfen. Polly nahm eine Jogginghose von Stella McCartney von der Stange sowie eine weiche Bikerjacke aus Leder von Yves Saint Laurent. In diesem Outfit würde sie Matt sicher gefallen.

»Wie findest du das?«, fragte sie Chelsea.

»Okay.«

»Das ist alles? Das ist Saint Laurent. Fühl mal. Großartige Qualität.«

»Es ist eine Lederjacke. Sie ist hübsch. Findest du, dass sie dir steht? Mir gefällst du in Jeans und Comicsocken besser. Das hier ist zu schick. Als würdest du es zu angestrengt versuchen.«

Niedergeschlagen zog Polly einen kupferfarbenen Straußenlederbleistiftrock von Max Mara heraus und hielt ihn sich an. Chelsea schüttelte den Kopf.

»Warum nicht? Er ist edel und sexy.«

»Genau deshalb nicht! Du solltest dir Sachen aussuchen,

die dir stehen. Für jemanden, der Kleider so gern mag, hast du einen wirklich schlechten Geschmack. Komm mit. Wir müssen etwas Fröhliches für dich finden.«

Chelsea steuerte auf die Rolltreppe und eine andere Abteilung zu.

»Da kann ich nichts kaufen. Das ist doch für Jugendliche.«

»Schwachsinn. So alt bist du doch noch gar nicht. Und abgesehen von den Socken hast du immer so trostlose Farben an. Es ist bewiesen, dass Frauen, die sich modischer und bunter kleiden, auch jünger aussehen. Diese Oberteile hier würden dir super stehen. Sieh mal«, sagte sie, als sie eine bunte Bluse und einen Jeansrock hervorholte. »Viel besser. Damit siehst du besser, jünger und … glücklicher aus.«

»Hast du schon mal daran gedacht, Stylistin zu werden? Das kannst du gut.«

»Ich hatte viel Übung. Stephanie hat immer darauf bestanden, dass ich sie zum Shoppen begleite, als ich jünger war. Stundenlang habe ich danebengesessen, während sie Kleider anprobiert hat. Deshalb hasse ich Shoppen mittlerweile auch. Es ist langweilig. Ich kaufe nur Sachen, wenn ich sie brauche.«

»Stephanie hat die ganzen Designerklamotten wahrscheinlich bei den Partys getragen, zu denen sie eingeladen war. Sie musste ja zu den Promis passen.«

Chelsea schürzte die Lippen. »Promis? Stephanie? Du machst wohl Witze. Die kennt sie nur aus Zeitschriften. Stephanie ist eine totale Einzelgängerin. Und jetzt stell dir mal vor, wie es ist, mit so jemandem zusammenzuleben. Man kommt heim, und die eigene Mutter hört nur Musik oder tut so, als sei es völlig normal, Bulgur-Salat in einem Kleid von Vivienne Westwood aufzutischen.«

»Ich dachte, sie wäre so eine Art Jetsetterin. Sie hat oft von Empfängen gesprochen, zu denen sie geht.«

»In ihren Träumen. Sie war nicht mal beim Bingo. Wie schon gesagt, sie hatte so ihre Probleme. Aber ich will jetzt nicht über sie reden.«

»Okay. Ich probiere das hier an, und wenn ich mir darin gefalle, kaufe ich es, und dann gehen wir eine Cola trinken oder was immer du möchtest«, sagte Polly.

Chelsea sah auf. Eine schmuddelige Gestalt steuerte auf sie zu. Polly stöhnte. *Gerade als es so gut lief,* dachte sie.

»Hi, Baby«, sagte Zed, bückte sich, um Chelsea zu küssen, und legte beschützend einen Arm um ihre Schultern. »Verschwenden Sie was von *Ihrem* Reichtum?«, fragte er Polly höhnisch grinsend.

»Ich sehe mir nur ein paar Sachen an.«

»Sie sollten aufpassen, was Sie kaufen. Einige dieser schicken Labels lassen ihre Kleider in Ausbeuterbetrieben für einen Hungerlohn von kleinen Kindern nähen.«

»Hör mal, warum …«, begann Polly, verstummte jedoch sofort wieder. Auch wenn ihr nicht gefiel, was er gesagt hatte, hatte er nicht unrecht. Sie hatte von diesen Fabriken gehört. »Warum geht ihr beide nicht ins Kino?«, beendete sie den Satz etwas lahm.

»Ich mache mit Chelsea eine Tour zu alternativer Kunst in London. Wir wollen uns Street Art anschauen. Und vielleicht sogar etwas dazu beitragen.«

»Street Art? Du meinst Graffiti?«

»Sie nennen es Graffiti, ich Street Art«, erwiderte er schulterzuckend. »Banksy würde jedenfalls ganz sicher ›Kunst‹ dazu sagen.«

Polly umklammerte die Bluse in der Hand und wünschte sich, es wäre Zeds Hals.

»Dann will ich euch nicht länger aufhalten«, sagte sie so locker wie möglich.

»Kaufen Sie das?«, fragte Zed und nickte zu dem Kleidungsstück in ihren Händen.

»Ich denke darüber nach.«

»Ja, na klar.«

»Was soll das heißen, ›ja, na klar‹?«

»Es wäre doch nur logisch in einem Kleiderladen mit einem Kleidungsstück in der Hand«, antwortete er mit einem hinterhältigen Grinsen.

Polly wusste, dass er das garantiert nicht gemeint hatte.

»Komm, Chelsea. Gehen wir. Wir müssen unseren Zug erwischen.«

Damit verschwanden sie. Polly hängte Rock und Bluse zurück auf den Ständer. Sie hatte keine Lust, etwas Neues zu kaufen. Der Reiz war verschwunden. Sie ging nach unten und kaufte drei Paar neue Socken – ein Paar für sich selbst und zwei für die Hunde –, dann kehrte sie zum Auto zurück.

# Polly

## 28

»Schnell, kneif mich! Du bist nicht nur wach, sondern auch noch angezogen und wartest auf mich vor dem Haus. Ein Wunder!«, scherzte Calvin.

»Siehst du, wie ich mich vor Lachen krümme? Hör auf mit den blöden Witzen, Calvin. Ich bin aufgewärmt. Los geht's. Wir haben ein hartes Training vor uns.«

»Bisher habe ich noch nie in drei Tagen die Einstellung von jemandem ändern können«, meinte er fröhlich, während er neben Polly herjoggte, die mit wilder Entschlossenheit und bereits gerötetem Gesicht voranlief. »Das ist ja sooo cool.«

»Kann nicht reden. Nur laufen«, antwortete sie knapp. Calvin grinste vor sich hin und beschleunigte neben ihr das Tempo. Hin und wieder feuerte er sie an, während sie sich vorwärtskämpfte. Nach einer Weile wurde sie langsamer. Doch sie blieb nicht stehen, wischte sich den Schweiß vom Gesicht, der in ihren Augen brannte. Sie machte erst eine Pause, als sie das Ende ihrer Strecke erreichten, eine Bank in der Nähe des Hauses, wo sie die Hände auf die Schenkel stützte und schwer atmete. Dann dehnte sie ihre hinteren Oberschenkelmuskeln.

»Puh! Was war denn das? Hast du Energiepillen genommen, oder haben die Dämonen dich durch eine Marathonläuferin ersetzt?«, fragte Calvin.

»Ich musste etwas loswerden«, erwiderte Polly, hob ihre feuchten Haare aus dem Nacken und wischte den Schweiß mit der Handfläche weg. »Ich glaube, ich kann nachvollziehen, warum Stephanie Sport so mochte. Er ist therapeutisch, man fühlt sich danach viel besser.«

»Das sind die Endorphine«, erklärte Calvin. »Wohlfühlhormone. Sie werden beim Trainieren freigesetzt. Dadurch fühlt man sich high. Man muss allerdings aufpassen, dass man nicht süchtig wird. Ich kenne Leute, die keinen Tag darauf verzichten können – selbst an Weihnachten rennen sie zwölf Meilen und sind den ganzen Nachmittag im Fitnessstudio. Sodass sie sogar das Geschenkeöffnen verpassen.«

»Ich weiß alles über Abhängigkeiten«, erwiderte Polly. »Zumindest die hier tut auch gut. Okay, ich bin bereit. Willst du mich noch weiter testen, oder sollen wir auf den Sack einprügeln?«

»Den Sack Calvin?«, fragte er fröhlich.

»Ich habe ihn umbenannt. Jetzt heißt er Zed.«

Bis zum Mittagessen war Chelsea immer noch nicht zurück. Polly sah in ihrem Schlafzimmer nach, das überraschend sauber und ordentlich für die Tatsache war, dass hier eine Fünfzehnjährige wohnte. Ein Plüschbär saß auf dem Bett, Bücher standen auf einem Regal, die CDs waren alphabetisch sortiert, und auf dem Schreibtisch befand sich ein iPad. Auf dem Bett lagen ein offenes Make-up-Täschchen und ein langes T-Shirt. Polly sah in den Schränken nach, die wenig Kleidung und einige Paar Schuhe enthielten. Von Stephanie fand Polly keinerlei Anzeichen. Chelsea hatte nicht einmal ein Foto ihrer Mutter aufbewahrt. Polly dachte darüber nach.

Welches Mädchen tauschte bereitwillig seine Mutter gegen eine Fremde ein und entsorgte alles, was an ihre Vergangenheit erinnerte? Das war nicht normal. Kein Wunder, dass sie mit Zed zusammen sein wollte. Es gab niemand anderen in ihrem Leben.

Matts Ankunft riss sie aus ihren Überlegungen. Ihr Herz wurde leichter, als sie die Tür öffnete.

»Guten Tag, Miss. Ist deine Mum zu Hause?«, fragte er.

»Sehr lustig.«

»Das war ein bisschen zu schmalzig, oder? Ich muss an meinen Anmachsprüchen arbeiten«, antwortete er. »Wie wäre es mit ›Guten Tag, Polly, du siehst toll aus heute‹?«

»Besser. Aber versuch es noch mal.«

»Okay. Was hältst du von ›Schade, dass du heute deine sexy Beine nicht zeigst‹? Ich habe die ganze Nacht daran denken müssen.«

Polly lachte. »Sehr viel besser.«

»Beim nächsten Mal gebe ich mir mehr Mühe. Also, welche Socken hast du heute an?«

Polly hob das Bein, um ihm die leuchtend pinkfarbenen Strümpfe mit Leopardenmuster unter der Jeans zu zeigen, die außerdem mit *Born to be Wild* bedruckt waren. Matt lachte. »Okay, du wildes Tier: Wollen wir schießen üben?«

»Ja, gern. Aber ich muss doch keine Tiere oder so treffen, nicht wahr? Die Tontauben reichen mir völlig. Du hast nicht vor, dass wir gemeinsam Rehe verfolgen oder süße kleine flauschige Kaninchen schießen? Das könnte ich nicht. Außerdem habe ich meine Elmer-Fudd-Mütze verloren. Schade, sie hat mir so gut gestanden.«

Matt lachte wieder. »Keine Angst. Ich weiß, es klingt seltsam für jemanden, der damit seinen Lebensunterhalt verdient, aber eigentlich lehne ich Gewalt oder das Jagen ab.

Paintball gefällt mir da viel besser. Damit kann ich Geld verdienen, und es macht mir Spaß. Es geht nichts über eine Gruppe von Freunden, die sich gegenseitig mit Farbkugeln beschießt und dabei die ganze Zeit lacht. Manchmal fühle ich mich dann selbst noch mal wie ein kleiner Junge. Ich war mal erwachsener, aber dann habe ich mich zurückentwickelt – eine Reaktion auf die Schrecken des echten Lebens, schätze ich. Paintball ist ein Spiel. Eine Flucht. Ich unterrichte dich nur, weil ich den dicken Scheck nicht ablehnen konnte. Schon komisch, wie sehr ein Mensch sich ändern kann. Früher war ich geradezu besessen vom Schießen, vor …« Ein melancholischer Ausdruck huschte über sein Gesicht, und Polly hätte ihn am liebsten berührt. Doch da lächelte Matt schon wieder. »Du bist nicht das, was ich erwartet hatte. Ich dachte, du wärst viel ernster. Du weißt schon – düster und aggressiv.«

»Das bin ich auch, nach zu vielen Tequilas. Da würdest du mich nicht erleben wollen.«

Matt überlegte kurz. »Doch, das würde ich.«

Wärme stieg in Polly auf. Sie deutete auf den Boden. »Au Mann, Hasenspuren«, sagte sie mit ihrer besten Elmer-Fudd-Stimme. »Los, gehen wir auf Hasenjagd.«

»Du bist vewückt!«

Polly zog die Augenbrauen hoch. »Nur ein bisschen.«

»Vewückt ist gut. Sollen wir gemeine Tontauben jagen?«

»Her damit«, erwiderte Polly.

Polly sang beim Haarewaschen. Zwischen ihr und Matt knisterte es. Sie hatte es gewusst. Doch sie würde es langsam angehen lassen. Sie trug immer noch die Narben ihrer letzten Beziehung. Das hier sollte nur ein kleiner Spaß werden. Zumindest, wenn sie es zuließ. Bisher wehrte sie Matts Komplimente ab und hatte auch eine Einladung auf einen Drink abgelehnt. Obwohl sie gern mit ihm ins Pub gegangen wäre. Gott, wie kurz war sie davor gewesen nachzugeben, doch eine kleine mahnende Stimme in ihrem Hinterkopf hatte sie darin erinnert, nicht zu willig zu erscheinen. Matt war enttäuscht gefahren. Wenn es ihm ernst war, würde er sie noch einmal fragen. Aus irgendeinem Grund fühlte sich Polly selbstbewusster – ob es an dem strikten Training lag, durch das sie schon ein wenig abgenommen hatte, oder weil sie Fortschritte mit einem aufsässigen Teenager machte, wusste sie nicht. Doch sie fühlte sich regeneriert, als ob sie im Urlaub gewesen wäre und jetzt erfrischt nach Hause zurückkehrte. Sie hielt inne. Plötzlich wurde ihr klar, dass sie genau das am liebsten tun würde: nach Hause zurückkehren. In ihr altes Leben und ihre Probleme lösen. Sie fühlte sich mittlerweile stark genug, um mit allem fertigzuwerden. Sowohl körperlich als auch emotional war sie jetzt gewappnet, sich ihren Schulden zu stellen, Gabi gegenüberzutreten und das Verfahren zu gewinnen.

Es war eine interessante Erfahrung, hier zu leben, doch es war nicht ihr Zuhause. Sie mochte Calvin, Chelsea, die Hunde und, ja, auch Matt, aber sie konnten weder Kaitlin noch Dignity ersetzen. Sie fühlte sich immer noch fremd hier, wie in einer Fantasiewelt. Sie würde gern Kaitlin anrufen und mit ihr darüber kichern, was so in ihrem Behandlungszimmer passierte. Zum Beispiel, als die hochnäsige Elaine Potter einmal die ganze Zeit während einer Massage gepupst hatte und es ihrem Hund Foxy in die Schuhe schieben wollte – einem altersschwachen Pudel, der während der gesamten Behandlung seines Frauchens geschlafen hatte. Sie würde gern mit Dignity nach einem langen, aber befriedigenden Arbeitstag einen Tee trinken. Vor allem aber sehnte sie sich nach dem

Gefühl, irgendwo hinzugehören. Trotz des Luxus, der sie umgab, fühlte sie sich nicht wohl.

Stephanies Leben war nicht einmal so gut wie ihr eigenes. Sie war eine einsame Frau in einem großen, seelenlosen Haus mit zu viel Geld. Was für ein seltsamer Mensch. Was hatte sie nur den ganzen Tag gemacht außer Sport und Schönheitsbehandlungen und Shopping? Als sie ihr Schlafzimmer betrat, hörte sie leise Musik. Wieder The Killers mit *Human*. Sie durchsuchte den Raum. Die Musik schien aus einer Schublade im Schrank zu kommen. Sie zog sie auf. Dolce schnappte nach einer Socke.

»Hey, weg da! Wir spielen jetzt nicht«, sagte sie. Als sie ihm die Socke aus dem Maul zog, wurde ihr klar, dass sie die Geräuschquelle war – oder besser gesagt das Telefon darin.

Der Song verstummte. Auf dem Display stand, dass »T« angerufen hatte. Nicht nur ein-, sondern insgesamt achtmal. Die Neugier siegte, und sie drückte auf »Rückruf«.

»Endlich«, ertönte eine tiefe Stimme. »Neues Ziel. Ich schicke dir die Einzelheiten. Der Kunde will, dass der hier sofort ausgeschaltet wird. Er macht zu viel Ärger. Du hast achtundvierzig Stunden. Bezahlung wie immer eine Million nach Erledigung.« Die Verbindung brach ab. Polly starrte auf das Display. Hatte man sie gerade beauftragt, jemanden für Geld zu töten? Das musste ein Scherz sein. Stephanies Leben wurde langsam richtig bizarr.

Gabbana zerrte an einer anderen Socke. Polly schob ihn zur Seite und schloss die Schublade mit einem Knall. Durch die Erschütterung verrutschte der deckenhohe Spiegel neben der Kommode ein Stück und gab den Blick auf eine Öffnung frei. Dolce quetschte sich hindurch und verschwand, der schnüffelnde Gabbana folgte ihm. Polly schob den Spiegel weiter zur Seite und betrat einen dunklen Raum. Sie tastete nach einem Lichtschalter, bis schließlich grelles Licht aufleuchtete und Polly geblendet ins Stolpern brachte. Auch wenn der Raum etwa die Größe des Schranks hatte, enthielt er keine Kleidung. Auf einem Tisch lagen ordentlich ausgebreitet diverse Waffen: Handgranaten, Schlagringe, Messer und andere tödliche Gerätschaften. In einem Schrank befanden sich zwei Scharfschützengewehre mit Zielfernrohren sowie diverse kleinere Handfeuerwaffen. An einer großen Korkpinnwand neben dem Schrank hingen Fotos von Männern und einer Frau, auf die jemand fein säuberlich mit rotem Stift »Erledigt« geschrieben hatte. Polly blinzelte. Ihr Mund war trocken. Das Handy kündigte mit einem Piepsen eine Nachricht an; das Bild des Menschen, den sie als Nächstes »erledigen« sollte. Sie öffnete die Nachricht und schrie auf. Das Telefon fiel klappernd zu Boden. Ein bekanntes Gesicht sah zu ihr auf. Callum, ihr Ex-Mann.

## Lucifer Inc., Hauptquartier

**29** Lilith lehnte entspannt auf dem Bürosofa und feilte ihre kirschroten Nägel. »Es sollte nicht lange dauern«, verkündete sie. »Mania, du läufst noch ein Loch in den Teppich, wenn du ständig hin- und hergehst.«

Mania sah auf die Uhr und machte ein ungeduldiges Geräusch. »Sie hat länger ausgehalten als gedacht. Ich hätte erwartet, dass sie schon am ersten Tag wegwill. Sie wird einknicken, oder?«

»Natürlich. Wenn sie das Versteck entdeckt, wird sie sicher abhauen. Du machst dir zu viele Sorgen.«

Das Telefon klingelte.

»Siehst du, ich habe es dir doch gesagt«, meinte Lilith, legte die Nagelfeile beiseite und grinste Mania zu. »Soll ich auf laut stellen?«

»Ja, bitte. Ich will unbedingt hören, was sie sagt.«

Lilith drückte eine Taste am Telefon. »Guten Tag, Lucifer, Inc.«

»Lilith! Ich muss sofort hier weg!«, schrie Polly. »Stephanie ist eine Auftragsmörderin! Ihr habt mir nicht gesagt, dass sie für Geld Menschen tötet. Ich kann das nicht. Ich kann niemanden umbringen. Und jemand hat jetzt meinen Ex-Mann im Visier. Ich soll Callum um die Ecke bringen!«

»Das klingt perfekt. Damit würdest du all deine Probleme mit einem Schlag lösen«, schnurrte Lilith.

»Du bist doch wahnsinnig. Ich bin seit Jahren mit Callum fertig. Er und ich sind getrennt. Ich habe nicht mehr viel mit ihm zu tun. Vor allem muss er wegen mir nicht sterben. Außerdem hat er eine neue Frau – Gabi. Sie wäre außer sich.«

»Das glaube ich nicht. Wer hat denn deiner Meinung nach den Auftrag erteilt?«

»Nein! Das würde sie nicht tun. Das war doch nicht sie. Oder? Ach du liebes bisschen! Aber Moment mal, woher weißt du von dem Auftrag? Jetzt wird es wirklich verrückt. Ich halte das nicht mehr länger aus. Ich schaffe das nicht. Ich will nicht die Mutter eines Teenagermädchens sein, das mit einem kiffenden Herumtreiber abhauen will, der keine Ahnung hat, was Seife ist. Ich will keine Frau mit einer Waffe sein, die Angst hat, dass ihr irgendwer den Picasso aus dem Arbeitszimmer klaut. Und ich ergreife ganz bestimmt keinen neuen Beruf und bringe Leute um.«

»Keine Leiche, kein Geld. Kein Geld, kein Luxus«, sagte Lilith und zwinkerte Mania zu.

»Dann bin ich lieber arm. Das ist Irrsinn. Ihr müsst mich sofort hier rausholen und mir mein altes Leben zurückgeben. Ich kann es jetzt in Ordnung bringen. Ich habe gründlich über alles nachgedacht, und zur Not melde ich Insolvenz an und fange noch mal von vorn an. Ich brauche keine schicken Klamotten und pinke Autos oder Schmuck oder was auch immer. Ich bin schon die, die ich sein will. Und ich sollte mich nicht schämen, ich selbst zu sein.«

»Was, du magst auf einmal keine Kleider mehr?«

»Ich stand Ewigkeiten vor dem Spiegel und habe mir die Outfits angehalten und ausgemalt, wie ich darin aussehe, und weißt du was? Keins davon hat mich verändert. Ich bin immer noch ich. Die pummelige Polly, aber ich blicke jetzt hinter das Äußere, die Fehler und das durchschnittliche Aussehen. Ich weiß, wer ich sein kann oder – viel wichtiger – wer ich sein will. Und was das Geld angeht – manchmal verursacht es mehr Probleme, als es löst. Wenn man zu viel hat, wofür soll man es dann noch ausgeben? Und was bringt das einem überhaupt, wenn man es mit niemandem teilen kann?«

»Ich verstehe. Was ist mit Chelsea? Du kannst sie nicht einfach im Stich lassen.«

»Ich werde ihr einen langen Brief schreiben und ihr raten, dass sie ein ehrliches Gespräch mit Stephanie führt, wenn sie zurückkehrt. Stephanie braucht ihre Tochter mehr, als sie zugibt. Ich werde ihr auch raten, die Prüfungen zu machen und erst dann mit Zed um die Welt zu reisen. Ich mag ihn nicht, aber er scheint einigermaßen vernünftig zu sein. Sie wird sicher viel in Ländern lernen, in denen die Menschen wenig oder gar nichts besitzen. Es wird sie auf ihr Erbe vorbereiten, wenn sie es bekommt. Zumindest hoffe ich das. Ich habe einen Fehler gemacht, als ich davonrennen und mein Leben mit jemand anderem tauschen wollte. Es löst keine Probleme. Ich will meine Mutter und meine Freundinnen Kaitlin und Dignity zurück, und ich will, dass dieser Irrsinn aufhört. Zed hatte schon recht – auch wenn ich es ungern zugebe –, als er gesagt hat, dass es mehr im Leben gibt als materielle Besitztümer.«

»Du willst also dein altes Leben zurück, auch wenn die Gefahr besteht, dass du vor Gericht musst?«, fuhr Lilith fort. »Wahrscheinlich wirst du im Gefängnis landen. Dort kann es sehr einsam sein.«

»Einsamer als in einem großen Haus bestimmt nicht. Zumindest hätte ich dann das Richtige getan. Wenn es sein muss, gehe ich ins Gefängnis. Doch zuerst tue ich alles, damit das nicht passiert. Man klagt mich ungerechtfertigt an, und ich werde versuchen, das zu beweisen. Irgendwie muss das möglich sein. Ich finde einen anderen Job oder mache eine neue Praxis auf, wenn das nötig ist. Irgendwie schaffe ich das schon. Eine Zeit lang habe ich nur vergessen, wer ich wirklich bin.«

»Okay, wenn du dir sicher bist.«

»Das bin ich.«

»Der Wagen holt dich in einer halben Stunde. Du wirst in einen Wartebereich gebracht, während wir dein altes Leben wieder für dich herrichten. Schade. Stephanie war gern Masseurin. Sie will ihr altes Leben nicht zurück. Ach, übrigens, du schuldest uns immer noch eine Seele. Wir fordern sie jetzt ein, nachdem du deinen Lebenstausch hattest.«

»Aber er hat mir nicht gefallen.«

»Vertrag ist Vertrag. Wir müssen sie jetzt verlangen. Steht im Kleingedruckten. Bis später.«

Lilith wandte sich an Mania, und die beiden klatschten sich ab.

»Besser hätte das gar nicht laufen können, oder?«

»Das Timing ist perfekt. Laut Nicks E-Mail wirft Simon auch gerade das Handtuch. Ich werde den Bossen sagen, dass sie die Hölle vorbereiten sollen. Das wird die heißeste Show aller Zeiten!«

# Simon

# 30

Simon saß zitternd im »roten Zimmer«. Er wusste allerdings nicht, warum es so genannt wurde, denn hier war nichts rot, außer man zählte den Burgunderwein und die hellroten Erdbeeren auf dem Tisch dazu.

»Bedienen Sie sich ruhig«, hatte der riesige Kerl mit den spitzen gelben Zähnen gesagt, als er ihn in das Zimmer geführt hatte. »Sie müssen hier warten, bis man bereit ist, Sie einigen Höllenbewohnern vorzustellen. Sie werden sie mögen«, fügte er hinzu. »In der Hölle landen die wirklich interessanten Menschen.«

Simon putzte hektisch seine Brille und versuchte, sich daran zu erinnern, wie er hierhergekommen war. Nach seinem Treffen in der Stadt war er zu einem Motel gefahren, hatte sich dort ein Zimmer mit Minibar und kostenlosen Pornokanälen im Fernsehen gemietet. Er hatte sich allerdings für eine Dokumentation über Australien entschieden, die Minibar leer getrunken, die Nusspackungen aufgefuttert und war eingeschlafen. Das Handy weckte ihn aus einem Traum, in dem er einen rosa-flauschigen Morgenmantel trug, Fellpantoffeln und sonst nichts. Aus irgendeinem bizarren Grund sang er mit Fistelstimme *Baby One More Time*, während Mania ihn auspeitschte. Er brauchte eine Weile, bis ihm klar war, dass er sich in einem schwach beleuchteten Zimmer in einem Motel befand und sein Telefon klingelte. Der Anruf kam von einer Frau, die sich Lily oder so ähnlich nannte. Sie arbeitete für Lucifer, Inc. und sagte, man würde ihm einen Fahrer schicken. Es sei Zeit, sich seinem Schicksal zu stellen.

Das war vor vier Stunden gewesen. Die Fahrt war an ihm vorbeigegangen. Die geschwärzten Fenster der Limousine hatten die Umgebung verborgen, und dank der Minibar konnte er seine Sorgen ertränken und sich fragen, was ihn wohl erwartete. Es war alles wirklich seltsam. Noch merkwürdiger war es geworden, als der Chauffeur ihm eine Augenbinde gegeben und gebeten hatte, sie anzulegen. Da der Mann wie ein ehemaliger Preisboxer aussah, hatte Simon gehorcht. Nach einer gefühlten Ewigkeit, auch wenn wahrscheinlich nur fünfzehn Minuten vergangen waren, war das Auto stehen geblieben. Der Fahrer hatte Simon vom Rücksitz gezogen und ein paar Stufen hinaufgeführt, auf denen er ins Stolpern geriet. Er fühlte sich wie das Opfer einer Entführung.

»Irgendeinen Hinweis, wo ich bin?«, fragt er den Fahrer.

»Den könnte ich Ihnen schon geben, aber dann müsste ich Sie umbringen«, erwiderte der Mann ungerührt.

Simon war sich nicht sicher, ob das ernst gemeint war, deshalb hielt er lieber den Mund und ließ sich durch Flure führen, in denen seine Schritte gespenstisch hallten. Sie gingen eine Treppe hinunter und kamen schließlich in den Raum, in dem man ihm die Augenbinde abnahm. Es gab keine Fenster, nur Stühle an einer Wand, wie in einem Wartezimmer. Simon teilte seine Beobachtung dem Fahrer mit. Dieser nickte nur knapp und sagte, er solle hier warten. Über einem Tisch, der mit Platten voller Fleisch, Käse, Salat und Räucherlachs bedeckt war, hing ein Schild mit der Aufschrift »Willkommen im roten Zimmer. Bitte bedienen Sie sich«. Neben einem

Teller mit Keksen, Schokoladenriegeln und Kuchen stand ein Korb mit Brötchen. Neben dem Essen waren Teller und Besteck angerichtet. In einem Kühlschrank neben dem Tisch stapelten sich Bierflaschen, und auf einem Regal dahinter befanden sich Schnaps- und Weinflaschen. Simon nahm sich ein Bier, öffnete es und nahm einen Schluck, den er sofort wieder ausspuckte, als die Tür aufging und Nick mit einem Katzenkorb in der Hand hereinschlenderte.

»Okay«, sagte er und wedelte tadelnd mit dem Zeigefinger. »*Das* ist also Ivan.«

Simon nickte stumm.

»Er ist nicht das, was wir erwartet haben. Du warst nicht ganz ehrlich, nicht wahr, Simon?«

Ivan miaute kläglich, die Augen weit aufgerissen vor Angst. Simon streckte die Hand aus, um das Tier zu beruhigen. Ivan zuckte zurück.

»Er mag keine Käfige. Kannst du ihn nicht einen Moment hinauslassen?«

Nick schnaubte verärgert.

»Bitte. Er ist furchtbar verängstigt. Sieh ihn dir an.«

Nick öffnete das Türchen, und Simon lockte den Kater heraus. »Na komm schon, großer Junge. Hab keine Angst. Niemand wird dir etwas tun.« Stück für Stück kam Ivan zu Simon, bis dieser ihn auf den Arm nehmen konnte. Er zitterte, als Simon ihn streichelte. »Ganz ruhig«, wiederholte er besänftigend. Der Kater kuschelte sich an Simon und schnurrte – ein tiefes, dankbares, volltönendes Geräusch. Simon fühlte sich schuldig.

»Ihr holt euch doch nicht seine Seele, oder? Ich war in Panik, und da ist er mir als Erstes eingefallen. Ich will ihn wirklich nicht nominieren. Es war ein Fehler. Ich hätte nicht ihn auswählen sollen«, flehte Simon.

»Das war der Deal. Dem Boss gefallen diese neuen Entwicklungen gar nicht, und du musst vor das Publikum treten, das dann entscheidet, ob wir dieses armselige Angebot annehmen oder stattdessen lieber deine Seele holen sollen. Und als Bestrafung auch die Seelen deiner gesamten Familie.«

»Nein, bitte nicht. Nehmt meine. Lasst meine Familie außen vor. Ich werde alles tun in der Hölle, was ich tun muss, aber bitte verschont sie.«

»Alles? Das könnte äußerst unterhaltsam werden. Ich werde das dem Boss mitteilen. Wie ich höre, sucht er nach einem neuen Prügelknaben. Der letzte hat nach zehntausend Jahren den Geist aufgegeben.«

»Wenn es meine Familie rettet, tue ich es. Ich bin an diesem Schlamassel schuld, und je mehr ich darüber nachdenke, desto eher glaube ich, dass die Hölle auch nicht viel schlimmer sein kann als das Leben, das mich daheim erwartet. Es ist nicht fair, Ivan vorzuschieben. Er ist ein Haustier. Mein kleines Mädchen wird ihn vermissen. Mehr als mich«, fügte er niedergeschlagen hinzu. Ivan miaute zustimmend.

»Der Boss hat entschieden, dass du dich den Konsequenzen stellen musst. Du kannst das Publikum um Gnade bitten. Warte hier, bis wir versammelt sind, dann holt dich jemand. Wir werden unser Bestes tun, dir eine faire Verhandlung zu ermöglichen. Und ich schicke jemanden, der dich ein bisschen aufhübscht. Du bist schrecklich blass.«

Damit nahm Nick Simon die wenig begeisterte Katze aus den Armen, schob das Tier zurück in den Tragekäfig und verließ das Zimmer. Simon stöhnte laut. Schlimmer konnte es nicht werden.

Wieder öffnete sich die Tür, und ein weiblicher Dämon in kurzem Rock und High Heels kam mit einem Koffer herein. Sie warf ihm ein strahlendes Lächeln zu.

»Hi! Nick hat gesagt, du brauchst meine Zauberkiste. Ich soll dich ein wenig vorzeigbarer machen«, zwitscherte sie. »Der Mob soll dich ja schließlich nicht ausbuhen, weil du käsig und kränklich aussiehst, nicht wahr?«

»Mob?«

»O ja. Diese Veranstaltung ist unglaublich beliebt. Ich habe noch nie so viele Teufel und Dämonen gesehen. Sie stehen schon den ganzen Tag an, um hereinzukommen. Nicht nur wegen dir. Du hast einen Mitbewerber – eine Frau. Das Publikum wird entscheiden, wer von euch nach *da unten* geschickt wird. Halt still. Ich muss Eyeliner auftragen, damit du … *teuflischer* aussiehst«, meinte sie fröhlich.

»Ich verstehe nicht. Was passiert denn nun eigentlich?«

»Tut mir leid, ich kann nicht gleichzeitig reden und mit Make-up hantieren. Wenn ich mich nicht konzentriere, steche ich dir mit der Wimperntusche ins Auge.«

Simon ließ die Frau in Ruhe ihre Arbeit machen und überlegte panisch, was ihm wohl bevorstand.

»Na also«, sagte sie schließlich. In diesem Moment piepste etwas an ihrem Gürtel. Sie sah auf das Gerät. »Jetzt siehst du schon viel besser aus. Bis nachher. Ich muss mich um die andere Kandidatin kümmern. Schön, dich kennengelernt zu haben. Hals- und Beinbruch!« Sie nahm ihren Schminkkoffer und verschwand, bevor Simon noch etwas sagen konnte.

Er rieb sich den Kopf und dachte über sein Leben nach. An Ivan, der auf seinem Kopf lag, während er schlief. Irgendwie erschien ihm das jetzt recht charmant. Er hatte ihn nie ersticken wollen. Immerhin war er ein Kater – und Kater waren nicht bösartig. Simon dachte an das verängstigte Wesen in dem Käfig, und ihm wurde das Herz schwer. Was für ein Idiot er doch gewesen war, ein Tier zu nominieren. Doch jetzt war es zu spät.

Wieder öffnete sich die Tür, und ein dünner männlicher Teufel in einer kurzen Lederlatzhose über einem roten T-Shirt kam herein. Seine Ziegenhufe klapperten auf dem Boden. Er hielt eine lange Mistgabel in der einen und ein Klemmbrett in der anderen Hand. Er grinste und entblößte dabei eine breite Lücke zwischen den Vorderzähnen.

»Fertig, Simon?«, fragte er und schwenkte die Mistgabel. »Showtime!«

# Polly

## 31

»Geht es dir gut?«, fragte Lilith.

»Einigermaßen. Ich glaube, ich stehe unter Schock. Ich kann nicht glauben, dass Gabi Callum ermorden lassen will. So etwas gibt es doch nicht im echten Leben, nur in Filmen. Das hätte ich mir bei ihr niemals vorstellen können. Ich dachte, sie wäre ganz vernarrt in Callum.«

»In dieser Welt passieren die verrücktesten Dinge. Die Menschen sind oft nicht das, wofür man sie hält.«

»Ich dachte, ich wäre gemein, als ich sie für eine Ewigkeit in der Hölle nominiert habe, weil sie diesen Unsinn in die Welt gesetzt hat, ich hätte sie verletzt, und weil sie meine Praxis zugrunde richten will, aber jetzt bin ich mir sicher. Ich bereue es nicht, dass ich sie ausgewählt habe.«

Lilith blickte auf. Sie saß mit überschlagenen Beinen auf einem Fellsitzsack, einen Notizblock im Schoß. Sie winkte mit ihrem rubinroten Stift in Pollys Richtung.

»Du nominierst also definitiv Gabrielle Dawson für ein ewiges Leben in der Hölle? Kann ich das so bestätigen?«

»Ja, ich wähle Gabi.«

»Wie ich auf dem Weg hierher schon erklärt habe, müssen wir abwarten, ob die Jury deine Nominierung akzeptiert oder stattdessen dich auswählt. Du hast unseren Vertrag gebrochen und damit das Recht verwirkt, jemand anderen an deiner Stelle zu nominieren. Mania und ich stehen voll hinter dir und werden bezeugen, dass die Person, mit der du getauscht hast, eine Auftragskillerin ist. Es ist möglich, dass das Publikum das als Grund für einen Vertragsbruch akzeptiert, aber so, wie ich die Leute kenne, werden sie sich nur fragen, warum du nicht die Chance ergriffen hast, ihn um die Ecke zu bringen.«

»Ich bin mir sicher, dass sie das einsehen und dieses boshafte Miststück nach da unten schicken werden«, antwortete Polly, strich sich die Haare hinter die Ohren und wünschte, sie wäre so selbstbewusst, wie sie klang. »Was soll dieses ganze Versteckspiel?«, fragte sie und sah sich in dem fensterlosen Raum um. Ihr Blick blieb an den Keksen mit Cremefüllung hängen.

»Man muss vorsichtig sein. Es wäre nicht klug, den genauen Zugang zur Hölle zu kennen, nicht wahr?«

»Gut, dass du mit mir gefahren bist. Allein hätte ich niemals die Augenbinde übergezogen.«

»Oh, ich hätte das schon. Schließlich bittet einen nicht jeden Tag ein toller Mann, eine Seidenaugenbinde zu tragen«, meinte Lilith lächelnd. »Sollen wir noch einmal alles durchgehen?«

»Ich warte hier im roten Zimmer und lasse mich schminken, bis mich jemand abholt, mir ein Mikrofon anklipst, damit man mich hören kann, und mich auf die Bühne bringt, wo ich mich den geifernden Massen stelle, mich verteidige und dann nach Hause gehe.«

»Das ist es in etwa. Alles wird gut.«

Ein Klopfen an der Tür unterbrach sie. Die Frau mit dem Make-up-Koffer kam herein.

»Hallo, Kakshasi«, rief Lilith der hübschen Teufelin zu. Sie hatte die längsten Wimpern, die Polly je gesehen hatte. Ohne die Hörner, die aus ihrem langen, kastanienbraunen Haar ragten, hätte man sie für ein Model halten können. »Ich mache mich besser auch fertig«, fuhr Lilith fort. »Wir sehen uns draußen. Du wirst sie umhauen!« Sie legte die Hand vor den Mund und kicherte.

»Hallo«, sagte Kakshasi und stellte den Schminkkoffer auf den Tisch. »Ich bin wegen deines Make-ups hier. Dann schauen wir mal. O ja, du hast ein tolles Gesicht. Ich glaube, wir können dich umwerfend aussehen lassen.«

Polly saß auf dem Stuhl und hielt die Hände ineinander verschlungen, damit sie nicht zitterten. Was würde ihr gleich blühen?

# Hölle

## 32

Die Erregung in der Luft war deutlich zu spüren. Zahlreiche Dämonen, Teufel und Kobolde saßen im Halbkreis um eine große runde Bühne. Die Anwesenden waren bester Laune, nachdem sie von einem Aufwärmdämon mit schmutzigen Witzen unterhalten worden waren.

Ein Teufel huschte in die Bühnenmitte, tippte gegen das Mikrofon und sagte: »Dämonen, Teufel und andere Bewohner der Unterwelt.« Das Publikum gluckste. »Heute Abend haben wir eine unglaubliche Belohnung für Sie.« Die Menge jubelte. »Ich komme also gleich zur Sache und präsentiere Ihnen die Gastgeber des heutigen Abends: die zwei Witzbolde von *da oben* – Grant und Dick!«

Die Menge brach in tosenden Beifall aus, als die zwei Moderatoren auf die Bühne kamen, sich verbeugten und zur Begrüßung die Arme hoben. Grant, der größere der beiden, hatte geschwungene schwarze Augenbrauen, lange Wimpern wie eine Kuh und dunkles Haar, das er zurückgestrichen trug. Er drehte sich zur Kamera und dem Publikum. »Guten Abend und willkommen zu …«

»*Lucifer, Inc.*, der brandneuen Show, die Menschen an ihr Limit bringt«, beendete Dick den Satz. Er war kleiner und beleibter. Beide trugen funkelnde, mit Pailletten besetzte Anzüge.

Grant wackelte mit den Augenbrauen, und das Publikum lachte.

»Genau wie du«, fuhr Dick mit einem frechen Grinsen auf seinem jungenhaften Gesicht fort.

»Was meinst du?«, fragte Grant.

»Nun, Grant, du bringst mich jeden Tag ans Limit.«

»Warum?«

»Gestern hast du mich zum Beispiel gefragt, was die Hauptstadt von Australien ist.« Das Publikum lachte.

»Nein, Dick, nicht so was.« Der Moderator wackelte wieder mit den Augenbrauen und sah angemessen verblüfft aus, während Dick sich den Kopf kratzte. »Ich meine, wir finden heraus, wie weit jemand gehen würde, um sein Leben zu ändern.«

»Oh. Ich würde meins nicht ändern«, erklärte Dick.

»Nein, Dick. Warum auch? Du verdienst viel Geld mit dem Moderieren von Sendungen und … du arbeitest mit mir.« Grant unterbrach sich. Vereinzeltes Gelächter wurde laut.

»Wir haben das perfekte Leben – Partys, Spaß und einander. Manchen Menschen geht es nicht so gut wie uns. Seien wir einen Moment vernünftig«, fuhr Dick fort.

Grant täuschte ein ernstes Gesicht vor, was ihm noch mehr Gelächter aus dem Publikum einbrachte.

»Wie du weißt«, sagte er, »wurden unsere zwei Kandidaten ausgewählt, weil das Leben für sie in letzter Zeit etwas schwierig war. Im Moment warten sie in zwei verschiedenen Räumen und haben keine Ahnung, dass man sie hinters Licht geführt hat.«

»Überhaupt keine Ahnung«, bekräftigte Dick.

Ein geteilter Bildschirm leuchtete hinter der Bühne auf. Auf der einen Seite aß Polly einen Keks, auf der anderen kaute Simon an seinen Fingernägeln.

»Da sind sie, die Armen. Sie sind davon überzeugt, in der Hölle zu sein.«

»Das muss wirklich eine *höllische* Woche für sie gewesen sein!«

»Sie waren bestimmt *höllisch* nervös.«

»Schade, dass ihnen dabei niemand *höllisch* schnell helfen konnte!«

Das Publikum lachte wieder laut, als Dick mit den Schultern zuckte und Grants Augenbrauen auf und ab zuckten, als wären sie an einem Marionettenfaden befestigt.

»Es war wirklich knifflig, sie zu überzeugen, und so haben wir es geschafft. Ich weiß, dass die meisten von Ihnen jeden Abend wie gebannt vor dem Fernseher gesessen haben, doch wir zeigen Ihnen trotzdem noch einmal die Highlights der vergangenen Woche, zusammen mit ein paar Einblicken hinter die Kulissen. Lehnen Sie sich zurück und schauen Sie unserem ersten Kandidaten zu, Simon Green. Er dachte, in der Arbeit würde eine ganz normale Woche auf ihn warten, doch so hat es sich ganz und gar nicht entwickelt«, sagte Grant.

»Nicht?«, fragte Dick unschuldig.

»Nein, Dick. Es wurde die reinste Hölle. Kamera ab!«

Die Lichter wurden gedimmt, und die Leinwand hinter der Bühne zeigte ein Video von Simon bei der Arbeit. Das Publikum beobachtete, wie Simon breit lächelnd auf Kunden zuging, um sie zu begrüßen, und von Kimberly abgefangen wurde. In ihrem Büro teilte sie ihm seine Kündigung mit. Ohne Simons Wissen war draußen im Werkstattbereich eine Fernsehcrew positioniert, die das Gespräch verfolgte und filmte. Das Publikum kicherte, als Simon aus dem Büro zurück zu seinem Schreibtisch stolperte; dabei war ihm nicht bewusst, dass einige Verkäufer sich hinter einem großen Pappaufsteller versteckten, sich gegenseitig anstießen und versuchten, ernst zu bleiben. Man sah Kimberly, wie sie sich vor Lachen krümmte, bevor sie der versteckten Kamera im Büro den hochgereckten Daumen zeigte.

In der nächsten Einstellung sah man Ryan und Patrick, wie sie das Benzin aus Simons Firmenwagen zapften und mit einem Mann auf einem Motorrad sprachen. Dieser folgte Simon in der nächsten Szene und filmte die Fahrt mit seiner Helmkamera. Eine weitere Kamera, die im Wagen versteckt war, übertrug die rasante Fahrt. Man konnte hören, wie der Regen gegen die Windschutzscheibe prasselte und kaum Simons wütenden Monolog übertönte. Gelächter erklang, als Simon frustriert auf das Lenkrad schlug, bevor er zur *Devil's Tavern* fuhr. Grant und Dick kommentierten die Mitschnitte.

Als Nächstes waren Nick und Len zu sehen, die ihre Kostüme anprobierten. »Wie soll ich denn in diesen Ziegenschuhen gehen?«, knurrte Len.

»Du schaffst das schon. Denk einfach an Pan und tripple vor dich hin«, schlug Nick vor.

»Pan wie bei Pan's People, der Tanzgruppe?«

»Nein, du Idiot. Der mythologische Pan – halb Ziege, halb Mann. Ich bin mir nur nicht sicher, welcher Teil von dir Ziege ist.«

»Haha. Funktioniert mein Schwanz?«

Len drückte auf eine kleine Fernbedienung in seiner Tasche, und sein Schwanz zuckte authentisch hin und her.

»Läuft.«

»Mania!«

»Was?«, rief eine Frau.

»Komm raus und lass dich anschauen.«

»Nein. Ich versuche gerade, diese schrecklichen Kontaktlinsen einzusetzen. Ihr müsst schon auf den großen Auftritt warten.«

Ein Funkgerät knisterte. »In fünf Minuten ist er da. Alle auf ihre Plätze.«

»Okay, es geht los. Dann fangen wir ihn mal ein«, sagte Nick.

Aus dem Kichern wurde schallendes Gelächter, als die Zuschauer das Schauspiel im Pub verfolgten, vor allem, als Lens Schwanz abfiel, während Simon auf der Toilette war. Hysterische Lachkrämpfe rief ein Szenenzusammenschnitt hervor, wie Simon sich auf seiner Position als Manager abmühte. Eine Reihe Dämonen brüllte besonders erheitert zu seinen Versuchen, Kimberly zu kündigen.

Nach und nach wurde die ganze Scharade enthüllt, und das Publikum amüsierte sich über Simons Angst und Entsetzen, als er gegen die drohende Anarchie bei Ernest-Deal kämpfte. Das Video endete.

Grant und Dick übernahmen wieder die Moderation.

»Da wir noch nicht damit zufrieden waren, Simon in der Arbeit zu quälen, brachte ihn unser Team auf den Gedanken, dass er das Leben mit seinem Freund und alten Nachbar Tony Hedge tauschen könnte.«

»Alt ist er ja nicht«, unterbrach ihn Dick. Grant lächelte wie eine erschöpfte Mutter über ihr übermütiges Kleinkind.

»Nein, das ist er nicht. Er war früher Simons Nachbar. Tony hat unseren Researchern erzählt, dass er es vermisst, neben Simon zu wohnen. Sie hatten immer viel Spaß miteinander, und er wünschte, sie würden sich öfter sehen.«

Die Kamera zeigte einen gut aussehenden, sonnengebräunten Mann, der den Arm um eine hinreißende Frau gelegt hatte. Er sprach in die Kamera:

»Ich kenne Simon schon seit Jahren. Früher waren wir Nachbarn. Nachdem ich weggezogen bin, haben wir uns aus den Augen verloren. Ich hatte viele neue Kunden, denen ich mich widmen musste, und er ständig zu viel Arbeit. Wir haben nie die Zeit gefunden, mal wieder zu golfen oder ein Bier zusammen zu trinken. Das Leben hat uns zu sehr in Anspruch genommen, und das sollte nicht sein. Es ist Zeit, dass wir uns mehr um unsere Freunde kümmern. Wir werden nicht jünger, also hoffe ich, dass dieser kleine Scherz unsere Freundschaft wieder aufleben lässt. Es wäre schön, Simon und Veronica öfter zu sehen. Selena verdient einen Oscar für ihren Part. Toll gemacht, Liebling«, sagte er und küsste seine Frau auf die Wange. Grant und Dick hüpften zum Bühnenrand.

»Da hat er recht, nicht wahr?«, meinte Dick.

»Das stimmt, Dick. Selena verdient definitiv eine Auszeichnung. Sie war Schauspielerin, bevor sie Tony kennengelernt hat, und mit ihrem Auftritt beweist sie ihr großes Talent. Schauen Sie es sich an. Film ab.«

Selena saß mit ihrem Mann im Publikum, in voller Teufelsmontur, und lächelte bei ihrer Darbietung. Tony drückte ihr Knie und gluckste, als sie mit der Peitsche auf der Leinwand erschien. Sie flüsterte ihm ins Ohr: »Die Filmcrew hat mir erlaubt, ein paar Sachen zu behalten. Sollen wir sie später ausprobieren?« Tonys Augenbrauen zuckten hoch, und er nickte begeistert.

Gelächter brandete auf während der vorgetäuschten Verführungsszene. Als die versteckte Kamera den panischen Simon zeigte, wie er vorgab, Magenprobleme zu haben, tobte der Mob und ließ sich erst nach einer Weile beruhigen.

»Und als Simon gerade dachte, dass es schlimmer nicht werden konnte …«, sagte Grant.

»Wurde alles noch schlimmer!«, vollendete Dick den Satz.

»Genau. Wir haben einen professionellen Helikopterpiloten zu ihm geschickt, um ihn in sein Büro bei ›Simon Green and Associates‹ zu bringen«, sagte Grant, wobei er den Firmennamen mit den Fingern in Gänsefüßchen setzte.

»Hieß die Firma denn nicht ›Simon Green and Associates‹?«, fragte Dick.

»Natürlich nicht, auch wenn wir bei Tony gefilmt haben. Wir haben die Logos am Gebäude geändert, Tonys Angestellte durch Schauspieler ersetzt und sogar eine falsche Aufschrift auf dem Helikopter aufgebracht.«

»Und dann hat ihm der Hubschrauber gar nicht so gefallen«, sagte Dick und hielt sich mit schmerzverzerrtem Gesicht den Magen.

»Nein, es war ein bisschen zu sehr ge*schraubt* für ihn«, erwiderte Grant. »Begleiten wir Simon in den Helikopter, wo ihn ein wilder Flug erwartete.«

Die Leinwand erwachte wieder zum Leben und zeigte Simon auf dem Passagiersitz des Hubschraubers, wie er die Augen fest zusammenkniff und das Gesicht panisch verzog, während der Pilot wild das Steuer hin und her riss. In der nächsten Einstellung sah man, wie Simon aus dem Hubschrauber kletterte, sich unsicher entfernte und sich ins Gebüsch neben dem Parkplatz übergab. Eine Frau eilte aus dem Gebäude zu ihm, und er stolperte neben ihr her zurück, wo sie ihn in den Aufzug drängte.

Als er ihn wieder verließ, sah er aus wie ein Reh, das gelähmt im Scheinwerferlicht steht. Sein Blick zuckte über die Angestellten im Büro. Etwas Gelbes klebte an seinem Hemd. Sein Gesicht war aschfahl. Das Publikum lauschte der gespielten Auseinandersetzung mit Lord Carson und brüllte vor Lachen, als Simon sich unbehaglich auf seinem Stuhl wand, während eine Anschuldigung nach der anderen auf ihn abgefeuert wurde. Das Video endete. Grant und Dick übernahmen wieder.

»Danach haben wir Simon verloren. Erst nach einigen Anrufen konnten wir ihn wieder aufspüren. Wir haben es im Autohaus versucht, und zum Glück hat einer der Verkäufer ihn draußen entdeckt. Er war auf einer Vespa geflüchtet – einer lilafarbenen! Unsere Topleute waren ihm aber einen Schritt voraus und hatten erraten, dass er auf dem Weg zu seinem Freund Eric war. Unser Team ist gerade noch rechtzeitig dort eingetroffen, und zum Glück konnte Eric auch mitspielen.«

Auf der Leinwand wurde Eric gerade von einem Mann in Motorradkluft eingewiesen, der ihm dann auf die Füße half und mit ihm – und einem Kameramann – ins Freie ging. Als Eric in Position war und der Kameramann sich hinter dem Zaun versteckt hatte, fuhr Simon auch schon auf einer grelllila Vespa heran. Eric spielte seine Rolle und verzog das Gesicht in Richtung Kamera, als Simon davonfuhr.

»Super, Eric. Er hat es geglaubt.«

»Der Arme. Er sieht schrecklich aus. Ich hoffe, ihr teilt ihm die guten Nachrichten bald mit. Fast hätte ich ihm die Wahrheit gesagt.«

»Keine Angst, Eric. Das ist es wert. Denken Sie nur an die ganzen Streiche, die er Ihnen gespielt hat. Das ist jetzt der Scherz des Jahrhunderts.«

»Ja, er wird lachen, wenn er das alles sieht«, sagte Eric. »Er liebt gute Witze.«

Der Film war zu Ende, und die Moderatoren wandten sich an das aufgeregte Publikum.

»Nun, wir können wohl mit Recht sagen, dass Simon seine persönliche Hölle durchlebt hat. Doch es ist noch nicht vorbei. Wer will Simon Green kennenlernen?«

»Wir!«, brüllten die Zuschauer.

»Geduld, meine höllischen Freunde. Erst müssen wir Ihnen

noch unsere andere Kandidatin vorstellen – Polly MacGregor. Wir werden uns ansehen, was sie so getrieben hat, dank des teuflischen Schabernacks von unserem durchtriebenen Team hier bei *Lucifer, Inc.* Heißen Sie aber zuerst unser wunderbares Tanzensemble Troupe De-Ville willkommen, mit seiner ganz eigenen Version des Rolling-Stones-Klassikers *Sympathy for the Devil!*«

Eine Gruppe Kobolde sprang auf die Bühne und stellte den Songtext pantomimisch dar. Dick stieß Grant an. »Das läuft doch hervorragend. Ich habe keine Ahnung, wer gewinnen wird. Die Entscheidung wird hart!«

»Ich denke, der größte Gewinner wird die Show«, erwiderte Grant und sah in die Gesichter der Zuschauer, die vor Lachen verzerrt waren, während die Kobolde weitertanzten. »Ich schätze, wir haben mit den Einschaltquoten alle Erwartungen übertroffen. Ein weiterer Erfolg und hoffentlich ein weiterer Fernsehpreis.« Dick und Grant klatschten sich ab, verschränkten die Arme und verfolgten lächelnd den Rest der Tanzvorführung.

# Hölle

# 33

Das Publikum lehnte sich zurück, jetzt kam Pollys Wochenrückblick.

»Hallo, ich heiße Sophie und werde Pollys neue Tochter spielen, eine rebellische Fünfzehnjährige namens Chelsea. Das hier ist Andrew. Er ist mein Freund bei diesem ganzen Theater – Zed.« Der Mann winkte in die Kamera. »Und diese beiden Kerlchen sind Max und Claude, oder besser gesagt Dolce und Gabbana. Sie sind von Christine Mondieu ausgebildet und werden Stephanies süße kleine Hundchen spielen. Hier drüben haben wir den Personal Trainer Calvin, der gar kein Personal Trainer ist und garantiert nicht Calvin heißt.« Calvin lächelte in die Kamera.

»Hallo! Ich heiße Sebastian, und vielleicht haben Sie mich schon als Statisten in der BBC-Produktion *Poldark* gesehen. Meistens war ich hinter Heuballen versteckt, wenn Sie mich also übersehen haben, macht das nichts. Sie können mich nächsten Monat im Brighton Hippodrome als Hamlet bewundern. Tickets gibt es ab zehn Pfund. Ups! Werbung ist ja eigentlich nicht erlaubt.« Er zwinkerte in die Kamera.

»Okay«, sagte Sophie. »Alle auf Position. Die versteckten Kameras sind installiert, und wir haben gehört, dass Polly auf dem Weg ist. Sie glaubt, das hier ist Stephanies Haus, was es allerdings nicht ist. Wir haben es speziell für diese Show präpariert, und es steckt voller Überraschungen. Viel Spaß!«

Die Kamera schaltete zu dem Wagen mit Chauffeur, der die Auffahrt entlangrollte und schließlich stehen blieb. Polly stieg aus, neigte den Kopf und winkte wie die Queen, als der Fahrer ihre Tasche auf die Treppe stellte. Aufs Stichwort stürzten die Hunde auf sie zu und brachten sie aus dem Gleichgewicht, sodass sie nach hinten fiel. Kichern war im Publikum zu hören, als einer der Hunde mit einer Spitzenunterhose im Maul davonrannte und von einer wütenden Polly verfolgt wurde.

Die nächste Einstellung zeigte Zed und Calvin, die sich auf dem Dachboden versteckten, Chips aßen und auf einem Fernseher verfolgten, was in der Küche geschah. Die beiden brachen vor Lachen zusammen, als Sophie – jetzt in ihrer Rolle als Chelsea – vorgab, an einer Zigarette zu ziehen und cool auszusehen. Während Polly die Hunde abwehrte, signalisierte Chelsea, dass ihre Zigarette nicht brannte. Ein Mitarbeiter musste sich nach unten schleichen und ihr Feuer geben. Polly hatte keine Ahnung, dass hier alles nur gespielt war. Das Team und das Publikum lachten über ihre Reaktionen. Sie wusste nichts von dem Chaos hinter den Kulissen und war völlig von der Entdeckung in Anspruch genommen, dass sie Mutter eines schwierigen Teenagers war. So übersah Polly völlig, dass die Hunde zu ihrer echten Besitzerin davongelaufen waren und jetzt wieder ins Haus zurückgescheucht werden mussten.

Calvin lieferte eine Glanzleistung in der nächsten Szene. Sein Auftritt als Personal Trainer war großartig. Polly ahnte nicht, dass er auf einer Parkbank saß und Selfies machte, während sie sich mit den Liegestützen abmühte.

Natürlich war die beliebteste Szene die, in der Polly Chelsea und Zed in ihrem Wohnzimmer beim Sex überraschte. Der Blick hinter die Kulissen zeigte, wie schwer diese Szene zu arrangieren gewesen war. Perfektes Timing war alles. Zed spielte mit künstlichen Beinen, die denen von Chelsea nachempfunden waren, während Polly auf dem Flur stand und das Ohr gegen die geschlossene Tür presste. Zed hatte die Beine um den Hals hängen, was Chelsea zum Lachen brachte. Auf dem Dachboden verfolgte Calvin auf dem Bildschirm alles und gab ihnen das Stichwort. Chelsea stöhnte und rüttelte an einem Stuhl, damit Polly ins Zimmer kam. Doch was Polly dann sah, entsprach nicht der Realität. Chelsea versteckte sich stöhnend und laut rufend hinter dem Sofa, während Zed so tat, als hätten sie Sex. Nachdem Polly aus dem Zimmer gerannt war, drehte er sich zur Kamera, winkte mit den künstlichen Beinen und grinste breit.

Gelächter erfüllte den Raum, als Polly Kaitlin anrief, die – natürlich eingeweiht – vorgab, Polly nicht zu kennen. Sie musste das Telefon an Miguel weiterreichen, weil sie sich nicht beherrschen konnte, und brach danach hilflos lachend in seinen Armen zusammen.

Pollys erschrockener Gesichtsausdruck bei der Entdeckung, dass ihr Ex-Mann ermordet werden sollte, rief viel Erheiterung und ein paar Jubelrufe im Publikum hervor, als sie voller Angst aus dem Geheimraum zurückwich, nur um über Dolce zu stolpern, der an einem Hundespielzeug herumkaute, das seine Besitzerin ihm gegeben hatte, um ihn in das versteckte Zimmer zu lotsen. In ihrer Bestürzung dachte Polly, es handele sich um eine Socke, entwand sie dem Hund und warf sie in die Kommode. Als sie gegangen war, holte die Hundetrainerin das Kauspielzeug wieder hervor und gab es dem verwirrten Dolce zurück, der sich sofort damit unter dem Bett versteckte, falls man es ihm noch einmal wegnehmen wollte.

Erst mit viel Überredung konnte man ihn wieder hervorlocken. Seine Besitzerin zog ihn schließlich am Halsband hervor, und die Zuschauer lachten über sein trauriges Gesicht. Der Mitschnitt von Pollys höllischer Woche war zu Ende, und die Moderatoren traten wieder ins Scheinwerferlicht.

»Also, Leute, oder sollte ich besser Dämonen sagen? Das war's … Jetzt ist es Zeit, die Kandidaten kennenzulernen! Bitte vergessen Sie nicht, dass sie glauben, sich am Eingang zur Hölle zu befinden.«

»Sie sehen jedenfalls alle furchterregend dämonisch aus«, fügte Dick hinzu und schauderte. »Jetzt sind Sie dran. Grant und ich müssen uns erst noch verstecken, weil uns die Kandidaten sonst erkennen könnten.«

»Vielleicht aber auch nicht«, meinte Grant.

»Natürlich werden sie uns erkennen.«

»Ja, bestimmt«, sagte Grant und wackelte wieder mit den Augenbrauen. »Rufen wir also unsere wunderbare Meisterdämonin Mania und spielen Teil zwei von *Lucifer, Inc.* – Der Sturz!«

Mania stöckelte in unglaublich hohen High Heels auf die Bühne; ein rotes, mit Pailletten besetztes Abendkleid, das auf einer Seite hochgeschlitzt war, betonte ihren wohlgeformten Körper. Unter donnerndem Applaus stolzierte sie, eine Peitsche schwingend, heran. Einige der männlichen Anwesenden pfiffen anerkennend.

»Danke, danke«, schnurrte sie. »Benehmt euch, Jungs, oder ich muss runterkommen und euch bestrafen.« Sie ließ die Peitsche schnalzen. Das Publikum zwinkerte und grinste einander zu.

»Die Kandidaten gehen davon aus, dass ich eine wichtige Dämonin bin. Und genau das werde ich in der nächsten Stunde sein«, sagte sie und schlug mit ihrem langen Schwanz in Richtung der ersten Reihe. »Bringt die Kandidaten jetzt zu mir!«, rief sie.

Simon wurde von zwei Teufeln auf die Bühne eskortiert, die ihn spielerisch mit ihren Mistgabeln anstießen. Polly kam aus der anderen Richtung und wurde von zwei weiblichen Kobolden in roten hautengen Anzügen begleitet, deren Schwänze hin und her zuckten und die wie wahnsinnig zu *Bat out of Hell* über die Bühne tanzten. Die beiden Kandidaten, die in das helle Licht und das Publikum blinzelten, wurden zu Stühlen dirigiert, die in entgegengesetzten Ecken der Bühne standen. Polly und Simon setzten sich und beobachteten die Dämonen, die herumhüpften, Mistgabeln und Schwänze schwangen und um die eigene Achse wirbelten. Die Musik spielte, die Kreaturen tanzten, und die Zuschauer pfiffen und jubelten. Schließlich wurde es still. Die Dämonen verbeugten sich und verließen die Bühne unter donnerndem Applaus. Mania trat vor, hielt eine Hand hoch und sorgte damit für Ruhe im Saal. Dann spazierte sie zu Simon, der unter dem Blick aus ihren glühend roten Augen in sich zusammensank.

»Also, Simon«, schnurrte sie ins Mikrofon. »Willkommen in den oberen Kammern der Hölle. Sie müssen dem Publikum ein paar Dinge erklären, bevor es entscheidet, ob man Sie nach *da unten* fallen lässt.«

Ein Rumpeln ertönte unter der Bühne, der Boden färbte sich rot.

»Möchten Sie noch etwas sagen?«

»Ja, ich muss ganz dringend …«

»Sie werden noch genug Zeit haben, um etwas vorzubringen«, unterbrach ihn Mania. »Jetzt halten wir uns erst mal an die Fragen. Bitte erklären Sie uns, warum Sie Ihr Leben ändern wollten.«

»Also, eigentlich habe ich nur einen Teil geändert. Ich wollte einen besseren Job haben, befördert und geschätzt werden. Es war nicht leicht, uns alle über Wasser zu halten. Die Kinder werden größer und brauchen finanzielle Unterstützung bei Reisen, Kleidung, Sie wissen schon, und in letzter Zeit war es nicht einfach, die Raten meiner Kreditkarten zu zahlen und den Haushalt zu finanzieren. Vielleicht wäre ich zurechtgekommen, wenn ich nicht das Vertrauen in meine verkäuferischen Fähigkeiten verloren hätte. Ich hatte ein paar schlechte Monate, und die Rechnungen wurden immer mehr. Dann habe ich mich auch noch um eine neue Küche kümmern müssen, ganz ehrlich, mir wurde alles zu viel. Zu Hause wurde auch nur noch gestritten, und ich habe mich so … überflüssig gefühlt. Ich war nicht mehr wichtig. Ich bin nur noch zur Arbeit gegangen, nach Hause gekommen, habe geschlafen und bin dann wieder ins Autohaus gefahren. Nichts hat mir mehr Spaß gemacht.«

Mania nahm das Mikrofon in die andere Hand.

»Okay, Ihr Leben war also langweilig.«

»Nein, nicht nur das. Ich habe in den letzten Tagen viel darüber nachgedacht. Es ging nicht nur darum, dass alles schwierig oder eintönig war. So ist das Leben nun mal, nicht wahr? Da war noch mehr. Wenn ich morgens in den Spiegel gesehen habe, war da ein Mann, der jede Hoffnung verloren hatte. Ich habe in mir nur noch den alten Sack gesehen – geschlagen und ausgelaugt. Ohne strahlende Zukunft, und viel schlimmer, ich hatte mit der Zeit, die hinter mir lag, überhaupt nichts Vernünftiges angefangen. Ja, ich habe eine reizende Familie, zwei kluge Kinder und eine Frau, die mich liebt. Ich bereue keine Sekunde meines Lebens mit meiner Familie. Meine Kinder vergöttere ich, und Veronica ist meine Seelenverwandte. Ich könnte mir keine bessere Familie wünschen. Aber ich habe einfach nie etwas Aufregendes oder Spannendes getan. Ich hatte nie die Zeit oder das Geld, um an einen exotischen Ort zu reisen oder ein spannendes Hobby auszuprobieren. Ich bin jetzt schon fast fünfzig Jahre auf diesem Planeten und habe nichts davon gesehen.«

Mania wartete, während Simon sich die Lippen leckte und dann fortfuhr: »Ich werde älter, und ich weiß, dass ich dagegen nichts tun kann, aber ich bin trotzdem frustriert. Fragen Sie jeden Mann, der nachts aufs Klo muss, dessen Haare immer weniger werden, dessen Sixpack sich in ein Bierfass verwandelt hat. Oder der beim Anblick eines Nasenhaartrimmers denkt, dass er so etwas unbedingt braucht. Sprechen Sie mit jedem Mann, der nicht mehr attraktiv auf Frauen wirkt und der nicht mehr in eine Bar gehen kann, ohne Angst haben zu müssen, dass die jungen Leute dort ihn für einen Perversen halten.« Das Publikum kicherte. Simon ignorierte es.

»Man wird unsichtbar, wenn man älter wird. Man weiß nicht mehr, wozu man noch gut ist, und so ging es mir auch. Es ist schon schlimm, wenn man sich in der Arbeit wie ein alter Knacker vorkommt, aber wenn die eigene Tochter nicht mehr über die Witze lacht oder die eigene Frau zu beschäftigt mit ihren Freunden, Hobbys und dem Leben an sich ist und keine Zeit mehr für einen hat und der Sohn lieber die Straße überqueren würde, als mit seinem alten Vater gesehen zu werden, dann verliert man wirklich jede Hoffnung. Ich habe mich verloren, unbedeutend und alt gefühlt.«

Im Publikum herrschte Totenstille. Simon sprach weiter. »Es war alles so albern. Ich weiß nicht, was an diesem Tag in mich gefahren ist. Es ging mir wirklich schlecht. Ich hatte gerade erfahren, dass ich meine Arbeit verlieren würde. Ich fühlte mich so mies wie schon sehr lange nicht mehr, und als ich die Möglichkeit bekam, das alles zu ändern … habe ich zugegriffen. Im Nachhinein hätte ich alles besser durchdenken sollen. Ich hätte mit meiner Frau sprechen sollen, bevor ... all dem hier.« Er sah in die Dunkelheit vor sich, wo die Dämonen ihm aufmerksam zuhörten und jede seiner Bewegungen verfolgten.

Mania sprach ins Mikrofon: »Also, Simon, wen haben Sie nominiert? Wer muss im Austausch für Ihr neues Leben seine Seele hergeben?«

Simon schluckte angestrengt. »Hören Sie, ich bin darauf nicht stolz. Ich konnte niemanden aus meiner Familie nominieren. Niemanden, der mir so viel bedeutet – einen lebendigen Menschen, Himmel noch mal.«

»Schh! Nicht hier!«, zischte Mania. »Sagen Sie dieses Wort nicht.« Jemand im Publikum prustete. Mania blickte finster aus roten Augen zu den Zuschauern.

»Es tut mir leid, ich konnte niemanden nominieren, den ich liebe, selbst wenn man mich nicht mehr zurückliebt.«

»Dämonen, Teufel und Kobolde, möchtet ihr Simons Nominierung kennenlernen?«

»Ja«, brüllte das Publikum.

Ein Kobold kam mit einem Katzenkorb hinter dem Vorhang hervor und stellte das Behältnis auf dem Boden ab. Ivan sah zu seinem Herrchen und miaute kläglich. Die Zuschauer schnappten nach Luft.

»Simon hat dieses arme, hilflose Wesen nominiert.«

»Ich stand unter Stress. Ich wusste nicht, für wen ich mich entscheiden sollte.«

»Sie haben nicht an Ihre Schwiegermutter gedacht? Ich habe gehört, dass Sie beide nicht besonders gut miteinander auskommen.«

»Auch wenn das schwer zu glauben ist, nein, daran habe ich nicht gedacht. Sie liebt die Kinder, die Kinder lieben sie, und Veronica steht ihr sehr nahe. Ivan schien die einzige Möglichkeit zu sein. Ich dachte, damit würde ich niemanden verletzen. Doch fast im selben Moment habe ich es bereut und mich umentschieden. Das wollte ich vorhin sagen. Ich kann nicht den armen Kater in die Hölle schicken. Er ist unser Familienhaustier. Vor allem aber gehört er meiner Tochter. Sie wäre am Boden zerstört, wenn er nicht mehr da wäre. In ihrem Alter braucht sie Liebe und einen Freund, auch wenn dieser vier Beine und ein Fell hat. Ich melde mich freiwillig für die Hölle. Nehmt mich. Ich verdiene es.«

Die Zuschauer holten gleichzeitig Luft, dann ertönten einige Jubelrufe. Mania spazierte Peitsche schlagend und mit grimmigem Ausdruck über die Bühne.

»Sie wollen sich also der Ewigkeit in der Hölle stellen?«, fragte sie schließlich, nachdem sich das Publikum wieder beruhigt hatte.

»Ja. Ich kann nicht zurück in mein altes Leben. Ich habe gezeigt, dass ich ein Versager bin. Ich habe keine Arbeit, kann meine Familie nicht ernähren, und selbst wenn ich zu ihnen zurückkehren könnte, würden sie bald das letzte bisschen Respekt für mich verlieren, das sie noch haben. Es ist das Beste, wenn ich verschwinde und sie die Lebensversicherung für mich kassieren können. Wenn mir etwas zustößt, bekommen sie eine große Summe, dafür habe ich gesorgt. Machen Sie mit mir, was Sie wollen. Ich nehme alles in Kauf, egal, wie schrecklich es ist.«

Mania nickte zustimmend. »Wir werden gleich darüber abstimmen, doch zuerst müssen wir noch mit unserer anderen Kandidatin sprechen – Polly MacGregor.« Das Publikum applaudierte.

Polly hatte dem armen Mann auf der anderen Seite der Bühne zugehört und war sich erst jetzt der vielen Gesichter bewusst, die sie anstarrten. Sie sah Hörner und dämonisches Grinsen. Ein Schauder überlief sie im warmen Scheinwerferlicht.

»Polly, auch Sie haben einem Tausch zugestimmt?«

»Ja. Ich hatte auch große Geldsorgen, und jemand hat beschlossen, meine berufliche Existenz zu zerstören. Ich habe einige gescheiterte Beziehungen hinter mir, und nur meine Praxis hat mich aufrecht gehalten. Wie Simon war auch ich an einem absoluten Tiefpunkt, als ich die Anzeige entdeckt habe, in der stand, dass man sein Leben ändern könne. Zugegeben, ich habe das Leben bekommen, das ich wollte, aber es hat nicht funktioniert, und jetzt muss ich mich den Folgen stellen.«

»Das scheint Sie nicht besonders zu belasten, Polly.«

»Nicht so sehr wie bis vor Kurzem. Ich habe entdeckt, dass die Person, die mein Leben zerstören wollte, auch jemanden beauftragt hat, ihren Mann umzubringen. Meinen Ex-Mann. Deswegen verdient sie es, in die Hölle geschickt zu werden.«

»Und wer ist das?«

»Gabi Dawson. Die Frau, die mir meinen Mann ausgespannt hat, als er noch mit mir verheiratet war, böse Gerüchte über mich verbreitet hat, meine Praxis verleumdet hat und mich auf Entschädigung verklagt, die ich nicht zahlen kann.«

»Das ist alles sehr interessant, Polly. Oder, was meint ihr? Sollen wir Gabi dazuholen und ihre Seite hören?«

Das Publikum jubelte und rief: »Gabi! Gabi! Gabi!«

Gabi wurde zwischen zwei Dämonen auf die Bühne geführt. Sie trug eine medizinische Halskrause. Ein dritter Dämon tänzelte hinterher und stellte einen Stuhl neben Polly. Gabi mied Pollys aufgebrachten Blick und saß mit gesenktem Kopf und zitternden Lippen da. Mania trat mit dem Mikrofon in der Hand neben sie.

»Sie haben gehört, was Polly gesagt hat, Gabi. Jetzt haben Sie die Chance, sich zu rechtfertigen.«

Die blasse Frau strich eine Haarsträhne zurück und hustete. Dann sah sie Polly an.

»Es tut mir so leid. So hätte es nie laufen sollen. Es ist Callums Schuld. Er hat die Gerüchte in Umlauf gebracht, dass du meinen Rücken verletzt hast. Das war nicht ich. Du weißt, wie er sein kann, wenn er getrunken hat.«

Polly straffte die Schultern. Gabi brach in Tränen aus. Mania schob Gabi das Mikrofon unter die Nase.

»Gabi, wir wollen alle hören, was Sie zu sagen haben.«

»Das ist nicht leicht für mich. Ich wollte Polly nie wehtun. Ich bewundere sie, dass sie sich gegen Callum gewehrt und ein völlig neues Leben angefangen hat.«

Aus der Menge ertönten Buhrufe. Jemand rief: »Alles gelogen!« Gabi weinte noch stärker.

»Polly, es war ein dummer Schwindel, der außer Kontrolle geraten ist. Ich hatte mich verletzt, deshalb bin ich zu dir gekommen. Ich habe gehofft, du könntest mir helfen, bevor Callum davon erfährt. Nach der Behandlung bin ich heimgefahren. Callum hatte getrunken und wollte Sex, mir war aber nicht danach. Das hat ihn nicht interessiert. Er schubste mich auf den Tisch, und ich schrie auf, weil es wirklich wehtat. Das hat ihn allerdings auch nicht aufgehalten. Er zog mir die Hosen herunter und hat sich mir aufgezwungen. Ich habe geweint, weil er mir wehgetan hat, das hat ihn noch wütender gemacht. Er hat gesagt, ich soll die Klappe halten. Danach hat er die blauen Flecken an meinem unteren Rücken und an den Hüften bemerkt. Er ist völlig ausgeflippt. Er dachte, ich hätte ›rumgehurt‹. Er sagte, jetzt sei ihm auch klar, warum ich nicht mit ihm schlafen wollte. Er warf Sachen durchs Zimmer. Ich hatte solche Angst, und ich konnte ihm nicht die Wahrheit sagen. Er war schier wahnsinnig vor Eifersucht.« Gabi schüttelte den Kopf bei der Erinnerung. »Er hat mich geschüttelt und mich immer wieder gefragt, ob ich mit jemand anderem schlafe. Er hat mich geschlagen, und mein Kopf ist gegen die Wand geknallt. Dabei habe ich mir das Schleudertrauma zugezogen. Ich musste ihn aufhalten, deshalb habe ich ihm das Erste erzählt, was mir eingefallen ist – dass die blauen Flecken von deiner Behandlung kommen mussten. Natürlich war mir dann im selben Moment klar, wie dumm das war. Er ist völlig durchgedreht. Er hat mich wieder geschlagen und gesagt, dass es eine total bescheuerte Idee von mir war, zu dir zu gehen. Er hat es nie verkraftet, dass du so viel Erfolg hast. Er hat dich beschimpft und ist dann aus der Wohnung gestürmt.«

Gabi verstummte. Ihr Make-up war verlaufen und hatte grau-schwarze Streifen im Gesicht hinterlassen. Sie ignorierte es.

»Ich hatte Angst, dass er dir etwas tun würde, deshalb habe ich dich angerufen, um dich zu warnen. Du warst aber anscheinend unterwegs, weil du nicht abgenommen hast. Es hat sich herausgestellt, dass er im Pub war. Als er zurückgekommen ist, war er ruhiger. Er hat gesagt, dass er sich alles zurechtgelegt hat und dass du dafür bezahlen würdest, dass du ihn verlassen und mich verletzt hast. Ich sollte zum Arzt gehen und mich behandeln lassen. Für das Schleudertrauma habe ich die Halskrause bekommen. Aber ich konnte ja niemandem sagen, woher ich die Verletzung hatte. Seither bin ich daheim und verstecke mich. Es tut mir so leid, Polly. Bis vor ein paar Tagen wusste ich nicht, was Callum getan hat. Als Lucifer, Inc. mich kontaktiert und gesagt hat, sie hätten Beweise, dass ich dich auf Tausende von Pfund verklagen würde, konnte ich es nicht glauben. Dann habe ich herausgefunden, dass Callum dahintersteckt. Er hat versucht, dich um dein Geld zu betrügen. Der Anwaltsbrief, den du bekommen hast, ist von einem Schwindler – einer von Callums Freunden. Callum wollte dir so große Angst einjagen, dass du lieber zahlst, als dich verurteilen zu lassen. Ich würde so etwas nie tun. Ich gebe zu, dass ich mich in deinen Mann verliebt und ihn dir weggenommen habe, aber für diese Sünde habe ich gebüßt. Er ist zu einem bösartigen, aggressiven Menschen geworden. Er ist nicht einmal mehr der Schatten des Mannes, den ich einmal geliebt habe. Das Ganze war ein Weckruf für mich. Jetzt habe ich endlich den Mut, ihn zu verlassen.« Gabi ließ den Blick durchs Publikum schweifen. »Wenn Sie glauben, dass ich es verdiene, dafür in die Hölle zu gehen, dann bestrafen Sie mich. Die letzten Jahre habe ich schon im Fegefeuer gelebt. Die Hölle macht mir keine Angst.«

Die Zuschauer applaudierten und jubelten. »Gabi! Gabi!«

»Genau! Gabi hat Polly nicht verleumdet«, sagte Mania laut. »Und sie hat auch keine Klage gegen Polly eingereicht, um sie in den Ruin zu treiben.«

»Woher hast du die blauen Flecken und die Verletzungen?«, fragte Polly. Die Rufe verstummten. Gabi wand sich unbehaglich auf ihrem Stuhl.

»Ich bin bei einem Pole-Dancing-Kurs abgestürzt.«

Das Publikum brach in lautes Gelächter aus. Gabi wirkte beleidigt. »Das ist nicht lustig. Ich wollte bei dem Kurs abnehmen. Pole-Dancing ist viel schwerer, als es aussieht. Wenn ich Callum gesagt hätte, dass ich mich dabei verletzt habe, hätte er mich erwürgt. Er hätte gedacht, ich würde in einem Stripclub arbeiten. Ich habe mich nicht getraut, ihm davon zu erzählen. Das hätte ich aber wohl besser.«

Gabi hatte mittlerweile zu weinen aufgehört. Polly betrachtete sie nachdenklich.

»Und warum hast du einen Auftragskiller angeheuert, um ihn töten zu lassen?«, fragte sie ruhig.

»Das habe ich nicht«, stotterte Gabi. »Ich wüsste gar nicht, wie man das macht.«

Mania unterbrach das Gespräch, ging in die Bühnenmitte und sprach zum Publikum.

»Also, meine lieben Dämonen, ihr habt gehört, was die Kandidaten alles angestellt haben, und gesehen, wen sie nominiert haben. Jetzt müsst ihr entscheiden, wer nach *da unten* geschickt wird. Einen muss es treffen.«

Aufregung machte sich unter den Zuschauern breit.

»Wird es Kandidat Nummer eins sein, Simon Green, angestellt bei Ernest-Deal, zweifacher Vater, der unbedingt befördert werden möchte – oder Ivan, die von ihm ausgewählte Seele? Ein armer Kater, den Simon verabscheut und ihn umbringen will?« Kichern wurde laut. »Oder entscheidet ihr euch für Polly MacGregor, die einfach nur mit ihrem Leben weitermachen und Erfolg haben will, aber eine unschuldige Frau als ihre zu opfernde Seele auserwählt hat.«

Polly wollte protestieren, schloss den Mund dann jedoch wieder, als Mania fortfuhr: »Die Wahl, meine Höllenfreunde, liegt bei euch.«

Allgemeines Rascheln wurde laut, als alle Zuschauer die Geräte zur Abstimmung aus den Armlehnen holten.

»Drückt bitte A für Simon, B für Ivan, C für Polly und D für Gabi.«

Der Bildschirm hinter der Bühne leuchtete wieder auf. Für jeden Kandidaten erschien ein Balken, der mit großen roten Buchstaben beschriftet war. Polly sah zu Gabi, die wieder schluchzte, und legte ihr eine Hand aufs Knie.

»Ich glaube dir, Gabi«, sagte sie und stand auf. »Mania, sag ihnen, dass sie mich nach unten schicken sollen, nicht Gabi!«, rief sie über die kreischende Sirene hinweg, das Zeichen, dass der Sturz in die Hölle kurz bevorstand.

»Gebt jetzt eure Stimme ab!«, bat Mania laut und ignorierte Pollys Flehen.

Hektische Aktivität brach aus. Dämonen drückten Tasten auf den Abstimmungsgeräten und verfolgten aufmerksam die Entwicklung auf dem Bildschirm, während die Stimmen gezählt wurden. Ivans grüner Balken bewegte sich nicht, Gabis gelber stieg leicht an und stoppte dann. Die Entscheidung würde zwischen Pollys blauem und Simons rotem fallen. Beide Balken stiegen zu immer schneller werdendem Trommelwirbel an, während die letzten Stimmen ausgewertet wurden. Ein Rumpeln ertönte. Die Bühne wurde durchsichtig, und darunter war eine orange glühende Grube zu sehen, die die Farbe zu tiefrot wechselte. Die Trommeln wurden noch lauter und schneller. Die Menge jubelte, als das Ergebnis auf dem Bildschirm zu sehen war. Ivan miaute, was jedoch vom Geräusch einer Hupe übertönt wurde. Der Boden über der Grube fuhr zurück, und einige Dämonen mit Mistgabeln kamen auf die Bühne. Gabi schrie »Nein!«, als sie sich um Polly herum aufbauten, nach ihr griffen und sie von ihrem Stuhl hoben. Simon sprang auf und wollte ihr zu Hilfe eilen, doch die Dämonen hielten ihn auf. Polly wurde an den Rand der Grube gezerrt. Weinen und Wehklagen erklangen aus der Tiefe. Die Dämonen auf der Bühne sangen in einer seltsamen Sprache, und die Zuschauer klatschen im Takt zu den Trommeln, die wie ein Herzschlag klangen.

»Bitte nehmt mich«, schrie Simon. »Ich verdiene es nicht, hierzubleiben. Ich habe zu viele Menschen verletzt.«

»Ist schon okay«, sagte Polly. »Ich habe keine Angst. Mein Leben war sowieso schon zum großen Teil die Hölle. Pass gut auf dich auf, Simon. Ich hoffe, du bist in Zukunft glücklicher.«

»Polly MacGregor, Sie wurden für den großen Sturz nach *da unten* auserwählt. Wollen Sie noch etwas sagen?«

»Gabi, bleib stark und halte dich von Callum fern. Er bedeutet nur Ärger. Ich wünschte, wir hätten Freunde sein können. Ich glaube, wir hätten uns gut verstanden. Zieh in mein Haus und versuche, ohne ihn zurechtzukommen. Bitte richte Dignity alles Gute für ihre Praxis aus. Sie darf mein Kundenverzeichnis haben. Und … sag Kaitlin, dass ich sie liebe. Ich weiß nicht, warum ich dachte, ohne sie als meine beste Freundin wäre ich besser dran. Sie ist so viel mehr wert als alles Geld der Welt.«

Polly stand aufrecht da, während die Trommeln wieder beschleunigten. Ein surrendes Geräusch erfüllte den Raum, und mit einem lauten Knall öffnete sich die Falltür unter Pollys Füßen, sodass sie in die Flammen fiel.

Die Menge jubelte ekstatisch. Mania verbeugte sich, und die beiden Moderatoren Grant und Dick traten aus dem Schatten hervor.

# Simon

## 34

»Also, Simon, wie fühlt es sich an, dem großen Sturz entgangen zu sein?«, fragte Grant und schob Simon ein Mikrofon ins Gesicht. Dieser saß verwirrt auf seinem Stuhl. »Kenne ich Sie nicht von irgendwoher?«

»Vielleicht. Kommt darauf an, wie oft Sie den Fernseher einschalten.«

Schweigen senkte sich über den Raum.

»Sind Sie beide nicht bei dieser Talentshow dabei?«

Grant lächelte, als hätte Simon plötzlich einen neuen Planeten im Sonnensystem entdeckt.

»Genau. Das sind wir.«

»Was machen Sie hier unten? Haben Sie Ihre Seelen verkauft?«

Das Publikum explodierte vor Gelächter.

Dick legte seine Hand auf Simons Schulter. »Tut mir leid, Simon, aber wir sind nicht in der Hölle, geschweige denn am Eingang. Niemand von uns. Wir haben Sie reingelegt. Das alles war nur ein großer Scherz, und Sie sind jetzt im Fernsehen.«

Simons Gesicht war schweißnass, sein Make-up verlief. Er schüttelte verwirrt den Kopf.

»Ich verstehe nicht«, sagte er.

»Dann helfen wir Ihnen. Schauen Sie ins Publikum, in die erste Reihe. Erkennen Sie jemanden?«

Simon spähte zu den Zuschauern. Einige Dämonen winkten ihm zu. Zwei hielten ein Banner mit der Aufschrift »Wählt Simon« in die Luft. Simon kniff die Augen zusammen. Es waren Ken und Jackie. Sie trugen rote Tuniken und schwarze Umhänge mit Hörnern. Simon ließ den Blick über die Sitzreihe wandern und erkannte Kimberly, die eine sexy weinrote Corsage trug. Wieder blinzelte er ins Dämmerlicht und sah seine Frau, Morag und die beiden Kinder. Alle winkten lächelnd. Selbst in ihrer dämonischen Verkleidung erkannte er sie. Veronica warf ihm eine Kusshand zu.

Grant trat neben Simon. »Es war alles ein abgekartetes Spiel. Sie dürfen Ihren Arbeitskollegen und Ihrer Familie danken – oder ihnen die Schuld geben. Sie haben die Bewerbung für diese neue Show eingeschickt. Patrick? Wo ist Patrick?« Ein Arm zuckte im Publikum in die Höhe. »Ein Mikrofon zu Patrick, bitte.« Der Runner eilte zu Patrick und drückte ihm ein Mikrofon in die Hand. Dieser war mit einem Ziegenbart und breiten schwarzen Augenbrauen verkleidet.

»Erzählen Sie uns ein bisschen von Simon«, bat Dick.

»Ich kenne ihn jetzt seit zehn Jahren. Er ist ein toller Typ. Er springt oft für mich ein, wenn ich früher gehen muss – ups, tut mir leid, Boss«, fügte er hinzu und schlug sich die Hand vor den Mund. Kimberly wedelte tadelnd mit dem Finger. Er fuhr fort. »Und er hat mir sogar seine Abschlüsse überlassen, damit ich mein Planziel erreiche. Er hat wirklich ein bisschen Erholung verdient. In den letzten Monaten hatte er etwas Pech. Er hat die Küche seiner Schwiegermutter in Brand gesetzt und könnte Hilfe gebrauchen. Schließlich will ja niemand Probleme mit der eigenen Schwiegermutter haben, nicht wahr?«

Kichern ertönte.

Patrick übergab das Mikrofon an Ryan. »Er ist wirklich ein klasse Typ. Er hat mich unter seine Fittiche genommen, als ich bei Ernest-Deal angefangen habe. Ich hatte keine Ahnung, wie man Autos verkauft, und ganz ehrlich, ohne ihn hätte man mich schon vor Jahren rausgeworfen, und ich hätte wieder als Klempner arbeiten müssen. Er hat meine ganzen dummen Fragen ausgehalten, mir gezeigt, wie ich mit den Kunden sprechen und ihnen zuhören muss. Er hat mir so oft geholfen, wenn ich Mist gebaut habe, damit ich keinen Ärger mit der Geschäftsführung bekomme. Er ist mein Vorbild und der beste Verkäufer von allen. Er ist großartig. All seine Kunden mögen ihn. Die Jungs in der Werkstatt mögen ihn auch – und damit ist er die große Ausnahme unter den Verkäufern. Normalerweise ist er der Scherzkeks bei der Arbeit – erzählt immer Witze oder nimmt jemanden auf den Arm. Einmal hat er Patrick angerufen und sich als Polizist ausgegeben; er habe Beweise, dass Patrick mit einem der Firmenwagen zu schnell gefahren sei. Patrick hat sich fast in die Hose gemacht und war beinahe schon auf dem Weg zum Revier, um sich die Radaraufnahmen anzusehen. In dem Moment ist Simon mit einem Polizeihut auf dem Kopf und dem Telefon in der Hand um die Ecke gekommen. In letzter Zeit ging es ihm nicht so gut, deshalb muntert ihn das hier vielleicht ein wenig auf. Ich glaube, er wird sich darüber totlachen. Wenn er alles verarbeitet hat«, fügte er hinzu, und das Publikum applaudierte.

Als Nächstes äußerte sich Kimberly. »Simon ist loyal, vertrauenswürdig und arbeitet hart. Normalerweise kommt er morgens als Erster und geht abends als Letzter. Er opfert wertvolle Freizeit, um sich um den Papierkram zu kümmern oder um Kunden, die noch Fragen haben. Autos sind sein Leben, seine Leidenschaft, und er ist einer dieser geschätzten

Teammitglieder, die selten die Nerven verlieren oder einen schlechten Tag haben. Ich hoffe, er verzeiht uns diese ganze Scharade. Wir wollten uns etwas Besonderes für seinen Geburtstag einfallen lassen und weil er dieses Jahr sein fünfundzwanzigjähriges Dienstjubiläum bei Ernest-Deal feiert. Ich würde gern die Verkäufer für diesen Scherz verantwortlich machen, aber ich muss zugeben, dass ich wirklich Spaß an diesem Doppelspiel hatte, deshalb nehme ich die Schuld auch auf mich. Tut mir leid, Simon.«

Grant stieß Simon in die Seite. »Sehen Sie, Sie werden geliebt. Sie haben großes Glück. Jackie, Liebes, könnten Sie bitte den Brief vorlesen, den Sie uns geschickt haben?«

Jackie stand auf und zog ein Stück Papier aus der Tasche ihrer Tunika.

»Lieber Grant und Dick«, las sie vor. »Der Slogan für die Show lautet: ›Können Sie ein Geheimnis bewahren?‹ Wir alle können das, und wir würden gern unseren Freund und Arbeitskollegen Simon Green als Teilnehmer der neuen Show *Lucifer, Inc.* nominieren. Er wird von seinen Kollegen sehr bewundert und geschätzt und hat einen großartigen Sinn für Humor. Simon ist bald fünfundzwanzig Jahre bei Ernest-Deal, und das würden wir gern auf besondere Weise feiern; nicht nur mit einer Uhr oder einer Glasfigur, sondern mit etwas, das ihm in Erinnerung bleibt. Er ist immer da, wenn ein Kollege Hilfe braucht, und hatte in letzter Zeit selbst nicht viel Glück. Bitte ziehen Sie ihn für Ihre neue Show in Erwägung. Eines ist jedenfalls sicher – er wird ein unglaublich unterhaltsamer Teilnehmer sein.«

Jackie faltete das Papier zusammen, warf Simon eine Kusshand zu und setzte sich wieder.

»Ihr habt mich auf den Arm genommen?«, fragte Simon, als er endlich begriffen hatte.

»Ja, alles war ein riesengroßer Spaß«, antwortete Grant. »Doch bevor Sie wütend werden, hören Sie sich die gute Nachricht an.«

»Und die wäre?«

»Sie haben Ihre Wunschliste gewonnen!«

»Ich habe keine Wunschliste.«

»O doch, das haben Sie! Ihre reizende Frau hat sie uns gegeben. Veronica, wo sind Sie?«

Veronica, die in einem engen schwarzen Oberteil und Leggins sehr hübsch aussah, lächelte schüchtern und winkte in die Kamera.

»Veronica und Ihre Familie sollten entscheiden, was Sie sich wohl am meisten auf der Welt wünschen, und das haben sie uns gesagt.«

Der Bildschirm leuchtete wieder auf. Das Publikum machte bewundernde Geräusche, während Grant und Dick die angezeigten Preise vorlasen.

»Sie haben gewonnen … einen Familienurlaub auf Madagaskar!« Die Menge pfiff anerkennend. »Eine Mitgliedschaft in einem örtlichen Golfclub zusammen mit einem neuen Satz Schläger und Unterrichtsstunden.« Applaus brandete auf.

»Außerdem noch ein romantisches Wochenende für zwei in einem Top-Wellnesshotel. Aber Moment! Vielleicht sind Sie ja auch viel zu sehr mit dem romantischen Teil beschäftigt, um die Wellnessangebote nutzen zu können!« Grant wartete, bis die Pfiffe verstummten. »Dann haben wir noch hochklassige BeoLab-14-Lautsprecher von Bang & Olufsen für Sie, die an jedes Heimkinosystem angeschlossen werden können. Und als Letztes – Sie ahnen es vielleicht schon – eine maßgefertigte Luxusküche!«

Das Publikum pfiff, trampelte mit den Füßen und klatschte.

Grant schlug Simon auf den Rücken. »Wollen Sie dazu was sagen?«

Simon öffnete und schloss den Mund mehrere Male. »Das hier war alles nur vorgetäuscht? Alles?«

»Alles, von der gespielten Kündigung bis zu Selena, die Sie auspeitschen wollte! Auf der Party nach der Show können Sie alle dazu befragen. Einige Ihrer Freunde müssen Ihnen einiges erklären.«

»Ich habe immer noch einen Job? Und eine Familie?«

»Ich fürchte schon. Sie wollen es sicher einigen von ihnen heimzahlen, oder?«

Simon sah zu seinen Freunden, Kollegen und seiner Familie. »Nein, ich würde sie um nichts in der Welt eintauschen wollen!« Die Menge tobte.

»Aber Moment mal«, sagte er. »Was ist mit Polly?«

»Ah, Polly. Wollen wir mal nachsehen, was mit ihr passiert ist, nachdem sie hinuntergestürzt ist?«

Wieder erwachte der Bildschirm zum Leben.

Die Falltür öffnete sich, und Polly fiel in die heulende Grube. Sie presste die Augen zusammen und sah Lichtblitze, als sie nach unten stürzte. Sie landete mit dem Hintern auf einer weichen Oberfläche, von der sie sanft abfederte, bis sie schließlich bequem auf dem Rücken zu liegen kam. Das schreckliche Wehklagen verstummte, stattdessen ertönte Applaus. Sie riss die Augen auf. Sie lag auf etwas, das wie eine Hüpfburg ohne Seitenwände aussah. Um sie herum standen Menschen, die sie auffangen würden, sollte sie nach vorne fallen. Erfreute Rufe erklangen, und sie drehte sich in die Richtung. Kaitlin, Miguel und Dignity grinsten sie an.

»Was macht ihr denn hier? Ich habe doch keinen von euch nominiert.«

Die aufblasbare Matratze sank leise in sich zusammen, sodass Polly sich aufrichten konnte. Drei Leute halfen ihr beim Aufstehen. Kaitlin eilte ihr ebenfalls über die absinkende Oberfläche zu Hilfe. Polly erkannte jetzt auch andere Menschen, die Jeans und T-Shirts mit der Aufschrift *Lucifer, Inc.* trugen. Kaitlin zog Polly auf die Füße und umarmte sie. Ein Kameramann filmte alles.

»Nein, du hast uns nicht nominiert, aber wir dich. Und jetzt müssen wir dir so viel erklären«, sagte sie. »Es tut mir leid. Du bist nicht in der Hölle, und du hast auch nie mit Stephanie das Leben getauscht. Sie ist oben im Publikum zusammen mit einigen unserer Kunden. Das alles war ein Riesenwitz. Bevor du ausflippst … Es gab einen sehr guten Grund, warum wir dich das alles haben durchmachen lassen. Komm mit, dann erklären wir dir alles.«

Dignity und Miguel halfen den Frauen von der Luftmatratze. Lilith wartete an der Tür. Sie hatte ihre Hörner abgenommen und grinste Polly zu.

»Glückwunsch«, sagte sie. »Du warst brillant. Ich habe wirklich gern mit dir zusammengearbeitet. In ein paar Minuten bin ich wieder da, wenn deine Freunde dir erzählt haben, was alles passiert ist und wie wir dich hereingelegt haben. Komm erst mal wieder zu dir. Wir sehen uns dann auf der Bühne zur Vorstellung.«

Kaitlin wandte sich an Polly. »Wir wussten, dass du gewinnen würdest. Wir haben jede Folge angeschaut. Du warst so lustig, als du mit dem Trainer joggen gegangen bist. Ich glaube, das hat dir noch Extrastimmen eingebracht. Genauso, dass du die Hunde in dem pinken Auto mitgenommen hast. Großartig!«

»Ihr habt mir zugeschaut?«

»O ja: *Lucifer, Inc.* ist in dieser Woche jeden Abend im

Fernsehen gelaufen. Das ganze Land war gefesselt. Man hat dort anrufen und seine Stimme für den Kandidaten abgeben können, der den Hauptpreis gewinnen soll. Gestern sind die Zeitungen mit aufgesprungen und haben über euch berichtet: *Lucifer, Inc.* – Können Sie ein Geheimnis bewahren? Es ist unglaublich, wie sie das vor dir und Simon geheim gehalten haben. Ihr müsst die einzigen zwei Menschen im ganzen Land sein, die nichts von der Show wussten. Also, ihr und die anderen Teilnehmer, die gerade gefilmt werden. Keiner von euch durfte Zugang zu einem Fernseher haben. In den nächsten drei Wochen kommen noch weitere Folgen, und am Ende jeder Woche wird ein Gewinner gekürt. Dieses Finale wird später am Abend gesendet. Wahrscheinlich müssen sie es erst schneiden. Das wird eine zweistündige Spezialausgabe. Morgen bist du sicher in allen großen Fernsehsendungen, jetzt, nachdem der Gewinner feststeht. Du wirst berühmt.«

Miguel gab Polly ein Glas Wein, das sie in einem Zug austrank. Kaitlin sprühte vor Aufregung und überschlug sich beinahe beim Sprechen.

»Du warst also die ganze Woche Teilnehmerin einer Fernsehshow. Ist das nicht großartig? Es war Dignitys Idee.«

Dignity errötete. »Ich hoffe, du bist nicht böse. Ich habe im Internet eine Anzeige für die Sendung gesehen, in der man nach lustigen, aufgeschlossenen und unterhaltsamen Teilnehmern gesucht hat. Da habe ich sofort an dich gedacht. Als eine Möglichkeit, dich aufzumuntern. Ich habe Kaitlin angerufen und sie nach ihrer Meinung gefragt, und wir waren uns einig, dass du die ideale Kandidatin wärst. Du bist klug, witzig und verdienst ein bisschen Glück. Natürlich wussten wir da noch nichts von Gabi und wie unglücklich du warst. Wir haben dann das Produktionsteam gebeten herauszufinden, warum sie dich verklagt. Es war natürlich nicht ihre Schuld.

Also wurde sie Teil dieser ganzen Täuschung. Die arme Frau denkt, du bist jetzt in der Hölle. Jemand sollte ihr alles erklären. Wir wollten einfach, dass du ein bisschen Spaß hast.«

Kaitlin nickte zustimmend. Dignity fuhr fort: »Wir haben ewig mit den Researchern zusammengesessen und überlegt, wie wir dich am besten reinlegen könnten. Zuerst wollten sie dich bei der Arbeit überzeugen, doch das war zu schwierig, also haben sie dich im Zug auf der Heimreise von Gran Canaria abgepasst. Kaitlin hat ihnen deine Reisedaten gegeben, und entlang der Route waren Mitarbeiter stationiert. Die Anzeige im Taxi von Kaitlin zum Flughafen hast du übersehen – der Fahrer hat ihnen später gesagt, dass du keine der Karten mitgenommen hast, die er in der Tasche hinter seinem Sitz deponiert hatte. Das große Poster in der Flughafentoilette hast du auch nicht bemerkt, also haben sie die Anzeige für *Lucifer, Inc.* überdeutlich im Zug ausgelegt. Die Frau mit der Zeitung hat auch Lilith verkörpert. Sie heißt eigentlich Sandra und ist Schauspielerin.«

»Ich wusste doch, dass ich sie schon mal irgendwo gesehen hatte«, sagte Polly. Miguel gab ihr noch ein Glas Wein.

»Wir haben jetzt keine Zeit, dir alles zu erzählen. Du musst deinen Preis abholen. Du hast gewonnen«, unterbrach Kaitlin sie.

Polly zuckte mit den Schultern. »Und was habe ich gewonnen? Was ist es wert, sich vor der ganzen Nation im Fernsehen zum Idioten zu machen?«

Dignity und Kaitlin wechselten einen Blick. Kaitlin nickte.

»Wer durch die Falltür stürzt, gewinnt zweihundertfünfzigtausend Pfund«, erklärte Dignity.

Schweigen breitete sich in dem kleinen Raum aus. Dignity leckte sich nervös die Lippen. Kaitlin runzelte die Stirn, während Polly die Information verdaute und die beiden durchdringend anstarrte.

»Ich wurde hereingelegt, zum völligen Idioten gemacht, habe mir grundlos irrsinnige Sorgen über Töchter, Hunde und Auftragskiller gemacht, alles für zweihundertfünfzigtausend Pfund?«

Kaitlin runzelte noch besorgter die Stirn. Dignity knabberte an einem Hautfetzen am Fingernagel. Miguel warf seiner Freundin einen Blick zu und wollte schon einschreiten, als Polly fortfuhr: »Meine *Freunde* haben mich wegen zweihundertfünfzigtausend Pfund getäuscht?«

Kaitlin senkte den Kopf. Dignity trat verlegen von einem Fuß auf den anderen.

Polly fuhr leise fort: »Ich habe euch nur eins zu sagen.«

Kaitlin hob den Kopf. Tränen stiegen ihr in die Augen.

»Woohoo! Ich danke euch!«, quietschte Polly und umarmte ihre Freunde.

»Oh, du Hexe!«, keuchte Kaitlin, als sie wieder zu Atem kam. »Jetzt hast du mich aber erschreckt. Wir hatten schon Angst, du bist uns böse.«

»Böse, weil ich jetzt meine Schulden abbezahlen und Praxisräume für mich und Dignity mieten kann? Endlich können wir zusammen eine vernünftige Schmerzpraxis eröffnen, und dank der Show kommen wahrscheinlich noch viel mehr Kunden zu uns! Ihr drei seid großartig! Ich bin der glücklichste Mensch der Welt!«

Ein Klopfen kündigte Liliths Ankunft an. Sie hatte sich umgezogen und trug jetzt ein schwarzes Satinkleid und lange, tropfenförmige Diamantohrringe.

»Alles geklärt?«

»O ja«, antwortete Polly. »Absolut.«

## Lucifer Inc., Hauptquartier

35 Nick und Len saßen vor dem Boss. Die Spannung im Raum war beinahe mit den Händen greifbar. Nicks linkes Bein wippte auf und ab, während der Boss das Blatt Papier vor ihm studierte. Schließlich sah er zu den beiden auf. Er runzelte die Stirn, sein zerklüftetes, faltiges Gesicht grimmig. Er knurrte etwas, dann sprach er mit einer Stimme, der man die sechzig Zigaretten am Tag anhörte. »Über dreißig Millionen Zuschauer haben am 25. Dezember 1986 bei der *EastEnders*-Episode eingeschaltet, in der Den und Angie sich scheiden lassen. Am 21. November 1980 sahen etwas über einundzwanzig Millionen *Dallas,* um herauszufinden, wer JR erschossen hat. Die Entscheidungsfolge von *The X Factor* im Jahr 2010 haben siebzehn Komma sieben Millionen gesehen.« Er legte die Fingerspitzen an die Lippen und betrachtete die beiden.

»Wir sind mit diesem Konzept ein großes Risiko eingegangen. Die Idee war völlig verrückt, und der Einsatz, die Show in Auftrag zu geben, hoch. Der Erfolg hängt von so vielen Faktoren ab: ein engagiertes Team, hervorragende Schauspieler, Geheimhaltung und Topmoderatoren.« Er nickte zu Grant und Dick, die neben Louise Handson saßen, der Schauspielerin, die Mania verkörpert hatte.

»Ihr beiden habt in der Vergangenheit exzellente Einschaltquoten von sechzehn Millionen pro Sendung erreichen können«, fuhr er fort und sah die beiden Moderatoren dabei an. Sie setzten gleichzeitig ihr einnehmendes Lächeln auf. »Wie ihr wisst, hatten wir es nicht auf zwanzig oder dreißig Millionen abgesehen. Das war nicht umsetzbar, doch zehn wären ein hervorragendes Ergebnis gewesen. Aber …«, fuhr er fort. Alle hielten den Atem an und warteten auf das endgültige Urteil. »Nichts hat mich auf die letzten Einschaltquoten vorbereitet. Anscheinend haben vierzehn Millionen Menschen das Finale gesehen. Das ist Wahnsinn!«

Nick stieß erleichtert den Atem aus, Len riss triumphierend die Arme in die Höhe. Tom Dickinson – der Chef des Fernsehsenders – schüttelte allen Mitgliedern des Teams die Hand.

»Ich muss zugeben, auch wenn ich große Zweifel hatte, wie die Show wohl ankommen würde, kann ich den Erfolg jetzt nicht leugnen. Jeder spricht davon; Videos aus der Show erhalten hohe Klickzahlen auf YouTube, und der Hashtag #LuciferInc ist überall auf Twitter zu finden. Die Medien lieben uns, was sehr gut ist, da ja gerade noch im ganzen Land andere Teilnehmer hinters Licht geführt werden. Eine zweite Staffel wurde in Auftrag gegeben. Natürlich werden wir das Format ändern – jetzt weiß schließlich jeder von den Dämonen, und wir müssen uns etwas anderes ausdenken, damit Menschen ihr Leben tauschen. Man überschüttet uns bereits mit Bewerbungen für die zukünftigen Staffeln, und davon wird es sehr viele geben, wenn die momentane Beliebtheit anhält. Außerdem haben heute Morgen Fernsehsender in den Vereinigten Staaten und Japan Interesse an dem Format angemeldet. Glückwunsch, Leute, wir haben das große Los gezogen!«

# Sechs Monate später

## 36

Simon Green fuhr einen Maserati über die Rennstrecke in Le Mans. Er genoss das heisere Röhren des Auspuffs, als er an der karierten Flagge vorbeiraste. Der Motorenlärm wurde immer lauter und brachte sein Inneres zum Erbeben. Er wachte auf, hörte das Geräusch allerdings immer noch. Als er den Kopf drehte, sah er Ivan, der zufrieden schnurrend auf Veronicas Kopf schlief. Simon lächelte und streichelte den Kater, der daraufhin langsam ein Auge öffnete. Ein Murmeln unter dem Tier brachte Simon zum Grinsen, und er legte sich zurück und wartete darauf, dass Veronica um sich schlug und Ivan abwarf.

»Verfluchtes Vieh!«, prustete sie, nachdem sie ihn von sich heruntergehoben hatte. Ivan sah völlig ungerührt zu Simon. Das Fell um sein Maul lag flach an, sodass es aussah, als würde er höhnisch grinsen.

»Er beschützt dich nur. So hat es Georgie uns erklärt. Das macht er immer. Er liebt dich, und so zeigt er es.«

»Dann schläft er heute Nacht auch bei Georgie«, sagte Veronica und zupfte ein langes rötliches Haar von ihren Lippen.

»Ob sie wohl Spaß auf der Party hatte?«, fragte Simon.

»Ganz bestimmt. Sie war gestern den ganzen Nachmittag

schon aufgeregt, weil sie mit Travis dorthin gehen würde. Ich habe ständig nur gehört: ›Er ist so toll, Mum.‹«

»Sie wird älter, Vee. Die Veränderung ist wirklich unglaublich. Sie ist kein kleines Mädchen mehr. Bald wird sie sein wie Haydon – fast erwachsen, geht dann auf die Uni und zieht in die große böse Welt hinaus.«

»Wenigstens ist sie nicht mehr so launisch.«

»Das haben wir Travis zu verdanken. Sie ist zum ersten Mal verliebt. Die Launen kommen schon wieder, wenn die beiden sich trennen.«

»Sie wird es überleben. Wir alle in dieser Familie sind Kämpfer. Möchtest du eine Tasse Tee?«

»Nein.«

Simon sah zu ihr. Der Klang ihrer Stimme hatte sich verändert. »Ich möchte jetzt keine Tasse Tee. Ich möchte dich!«, sagte sie und streckte die Hand nach ihm aus.

»Hoppla! Ich muss ins Büro, und ich bin jetzt für alle Verkäufer verantwortlich. Wir haben ein Meeting, wie wir die Verkaufsziele optimieren können, und später veranstalte ich noch eine Übungsstunde mit den Verkäuferneuzugängen bei Solihull.«

Veronica küsste seinen Hals, sodass sich die feinen Härchen aufrichteten, und blies ihm sanft ins Ohr. Ihre rechte Hand strich zärtlich über seinen Bauch und wanderte dann nach unten. Mit der anderen Hand drehte sie sein Gesicht zu sich und küsste ihn lange und leidenschaftlich. Doch dann machte sich Simon los.

»Okay. Aber unter einer Bedingung. Keine Zuschauer«, sagte er, packte Ivan, sprang aus dem Bett und trug ihn zur Tür. »Tut mir leid, alter Junge. Was im Schlafzimmer passiert, bleibt auch im Schlafzimmer. Such dir eine nette Perserkatze zum Spielen.«

Er setzte das Tier im Flur ab und schloss die Tür. Fast war er sich sicher, dass Ivan ihm zuzwinkerte.

Dignity fuhr vor einem malerischen Steincottage vor. Spätblühende Rosen rahmten die Eingangstür ein, die sich öffnete, sobald sie aus dem Auto stieg. Ein kleiner Hund mit einer hellgrünen Socke im Maul rannte nach draußen und sprang an ihr hoch. Sie bückte sich, um ihn zu streicheln.

»Hallo, Alfred. Wie geht es dir?«

Der Hund stützte sich mit den Vorderpfoten über ihrem Knie ab und sah aus seelenvollen Augen zu ihr auf.

»Sollen wir Zerren spielen?«

Alfred ließ sich fallen und wartete darauf, ob sie an der Socke ziehen würde. Sie gehorchte und versuchte, sie ihm zu entwinden. Er senkte den Kopf, wich zurück und stürmte dann aufs Haus zu. Dort angekommen, blieb er stehen, um sich zu versichern, dass Dignity ihm folgte. Als sie sich ihm näherte, änderte er die Richtung und rannte um den Garten herum, Dignity auf den Fersen.

Matt lehnte in der Tür und beobachtete die Jagd. Er trug eine dünne hellbraune Jacke über einem cremefarbenen Pullover. Als Alfred an ihm vorbeirannte, lächelte er.

»Alfred, wenn das eine von Pollys Shrek-Socken ist, hast du ein Problem. Sie sucht nämlich schon danach. Hi, Dignity«, sagte Matt. Der Hund rannte wieder nach draußen und warf sie fast um. »Komm schon, Alfred. Ich weiß, dass du Dignity über alles liebst, aber lass sie jetzt mal rein.«

Dignity betrat das Haus, Alfred neben sich. Matt beugte sich vor und küsste sie leicht auf die Wange. »Was für ein schöner Morgen. Anscheinend bekommen wir den Altweibersommer, den die Wettervorhersage uns versprochen hat. Tut mir leid, ich muss mich beeilen. Ich habe mich noch nicht rasiert und muss mit einer Gruppe Geschäftsleute einen dieser Vertrauensbildungskurse abhalten. Der Himmel weiß, wie ihnen das Schießenlernen helfen soll, miteinander auszukommen. Aber es zahlt die Rechnungen. Ah, hier ist sie. Endlich!« Er pfiff anerkennend. »Das Warten hat sich gelohnt«, sagte er und verpasste Polly einen Klaps auf den Hintern, bevor er nach oben verschwand. Polly errötete.

»Ihr seid also immer noch frisch verliebt?«, fragte Dignity lächelnd.

Polly grinste. »Ich kann einfach nicht anders. Er ist … hinreißend«, sagte sie nach kurzer Überlegung. »Und verlässlich und lustig. Wir lassen es ruhig angehen. Wir sind noch ganz am Anfang, und falls es nicht funktioniert, hindert mich dieser kleine Kerl hier am Durchdrehen.«

Sie nahm Alfred hoch und küsste ihn. Das Tier wirkte nicht besonders beeindruckt und leckte seinem Frauchen die Nase.

»Ist das meine Socke, du kleines Biest?«, fragte sie, als sie seine Beute auf dem Boden liegen sah. »Alfred, du bist ein Monster. Und ich liebe dich.« Sie drückte den Hund an sich und setzte ihn wieder ab.

»Deine Bluse ist toll, Polly. Sie steht dir unglaublich gut.«

»Danke. Heute muss ich hübsch aussehen. Ich habe schon gefürchtet, dass sie ein bisschen zu leger ist.«

»Überhaupt nicht. Sie ist bunt, fröhlich und passt perfekt zu dir.«

Polly wirkte zufrieden. »Eines habe ich gelernt, Dignity. Nicht die Kleidung macht eine Frau aus, sondern die Frau die Kleidung.«

»Du siehst darin jedenfalls klasse aus.«

»Danke. Sie ist von H&M und hat weniger als dreißig Pfund gekostet! Man muss also nicht Unmengen Geld für teure Klamotten ausgeben, um schick auszusehen. Es geht viel mehr darum, sich mit sich selbst gut zu fühlen, und weniger, was man trägt. Bist du bereit für die große Eröffnung?«

»Absolut. Alles ist organisiert – Champagner, VIP-Gäste und die Presse. An diesen Nachmittag werden wir uns noch lange erinnern. Ich kann nicht glauben, wie weit wir es geschafft haben – Promi-Kunden und noch mehr Therapeuten in der Praxis.«

»Harte Arbeit, viel Glück und gute Freunde wie dich. Hat Gabi diesen Fotografen noch erwischt?«

»Ja, sie ist total aufgeregt. Es wird sicher alles wunderbar laufen. Sie ist sehr organisiert. Wir könnten uns keine bessere Rezeptionistin wünschen.«

»Ja, sie hat sich toll entwickelt, nicht wahr?«

»Lilith – ich meine Sandra – hat mich angerufen, bevor ich von zu Hause los bin. Einige aus dem Team wollen auch kommen. Nick und Len müssen allerdings arbeiten. Mania, Lilith und der nette Typ, der Zepar spielt – Edward –, kommen wegen der Presse als Dämonen.«

Polly hob die Augenbrauen. »Edward?«

Dignity lächelte leicht. »Noch überhaupt nicht spruchreif«, sagte sie. »Aber es sieht vielversprechend aus.«

»Die stillen Wasser … Kein Wunder, dass du so herausgeputzt bist!«

Dignity wechselte das Thema. »Sophie kommt auch. Sie hat diese Woche frei, bevor sie in Australien dreht.«

»Dieses Mädchen! Ich werde nie verstehen, wie sie mich dazu gebracht hat, sie für meine neue Tochter zu halten. Eine tolle Schauspielerin! Sie wird es noch weit bringen. Letzte Woche war ich mit Stephanie mittagessen. Sie findet es zum Schießen, dass ich sie für eine Auftragsmörderin gehalten habe. Sie hat gesagt, dass sie es all ihren Freunden erzählt hat, auch David Gandy! Also los, wir müssen Kaitlin vom Flughafen abholen. Auf dem Weg muss ich den Brief hier an Mum einwerfen. Sie war so aufgeregt wegen der neuen Praxis, dass sie gleich in den nächsten Flieger steigen wollte, aber ich konnte sie überzeugen, erst an Weihnachten zu kommen, mit Austin natürlich. Komm her, Alfred. Wir können dich nicht hierlassen, du wirst uns sonst furchtbar vermissen. Matt! Wir sind dann weg! Bis heute Abend.«

Matt tauchte auf dem oberen Treppenabsatz auf. »Viel Glück. Nicht vergessen, Abendessen um halb acht. Ich werde meinen besten Anzug tragen, kommt also bloß nicht sturzbesoffen nach Hause. Ein ganzes Haus voller betrunkener Frauen halte ich nicht aus. Ich bin doch so ein zartes Wesen.«

Alle lachten. Polly warf ihm eine Kusshand zu und hakte sich bei Dignity ein. »Also los – eröffnen wir unsere neue Praxis. Es geht mir gerade so unglaublich gut. Ich kann nicht fassen, wie viel Glück ich habe.«

»Du würdest dein Leben also nicht tauschen wollen?«, fragte Dignity grinsend.

»Machst du Witze? Niemals!«

Lucifer, Inc.

37 Len war auf der Männertoilette der Bar und kämpfte mit seinem Dämonenanzug.

»Verdammt noch mal, ich glaube, das Ding ist eingegangen«, knurrte er.

»Wahrscheinlich hast du eher zu viele Key Lime Pies gegessen«, schnaubte Nick.

»Toll, dass die Crew diesen Ort gefunden hat. Die Menschen hier sind sehr nett … und leichtgläubig«, fügte er lachend hinzu. »Ich mag Florida.«

»Ach wirklich«, gab Nick zurück und stieß seinem Freund in den Bauch.

»Haha! Manchmal bist du zu lustig. Könntest du mal meinen Schwanz überprüfen? Funktioniert er?«

Er fingerte an dem Schalter herum, der in einer kleinen Tasche versteckt war, und die Schwanzspitze zuckte nach oben.

»Ja, passt. Es sollte Ben Younger überzeugen, dass du ein echter Dämon bist.«

»Ist Ben schon auf dem Weg?«

»Ja, der Produzent hat angerufen und gesagt, dass er in etwa zehn Minuten hier sein sollte. Der neue Typ, Karl, verfolgt ihn. Mit einer Harley-Davidson. Ich glaube, er ist verliebt. Er fragt ständig, ob jemand seinen großen schwarzen Bock ansehen möchte. Ihm bricht es wahrscheinlich das Herz, wenn er sich davon trennen und wieder nach England zurückkehren muss.«

»Das macht alles so Spaß. Ich freue mich darauf. Wir haben es ja schon einmal gemacht, also sollte es jetzt auch nicht allzu schwer werden. Ben klingt, als müsste er mal durchschnaufen. Ich hoffe, wir können ihn von einem Lebenstausch überzeugen. Stell dir mal vor, wie es sein muss, sein Haus und sein ganzes Geld beim Pokern zu verlieren. Kein Wunder, dass sich seine Frau scheiden lassen will. Armer Kerl. Wir werden ihn sicher schnell überreden. Vielleicht brauchen wir den technischen Zauberkram diesmal gar nicht. Apropos«, sagte er, ließ seinen Schwanz noch einmal zucken und setzte ein dämonisches Grinsen auf, »etwas beschäftigt mich immer noch von dem Abend im Pub in Wroxley, als wir Simon Green die Dämonen vorgespielt haben. Wie hast du es geschafft, den Kopf um hundertachtzig Grad zu drehen? Das war wirklich clever. Diesen Trick hast du geheim gehalten, auch die Techniker haben mir nichts davon gesagt. Ich habe mir fast in die Hosen gemacht, das kann ich dir sagen. Das war wie in *Der Exorzist*. Wenn du das heute wieder machst, bin ich vorgewarnt. Magie oder Zauberei können es nicht sein, wir sind ja keine echten Dämonen. Mir ist echt nicht klar, wie du das gemacht hast. Es ist doch unmöglich.«

Nick blickte in die Ferne. Ein Lachen drang aus seiner Kehle, wurde immer lauter, bis der Raum von dämonischem Gelächter widerhallte. Kurz flackerten seine Augen glühend rot auf. Die Raumtemperatur fiel um einige Grad, und mit völlig fremder Stimme grollte er: »Du willst wirklich nicht wissen, wie ich es getan habe, Len. Sagen wir einfach, dass ich teuflisch gut darin bin, das Unmögliche möglich zu machen.«

# Danksagung

Ich muss einigen Menschen für ihre Hilfe beim Schreiben von *Glückstausch* danken. Allen voran dem Autoverkäufer Andy Beach, der geduldig ertragen hat, wie ich in regelmäßigen Abständen im Showroom aufgetaucht bin. Er hat mir seine Verkaufstechniken erklärt und mir verraten, wie es hinter den Kulissen zugeht. Dabei hat er nicht ein einziges Mal versucht, mir ein neues Auto zu verkaufen!

Verschiedene Dinge haben mich zu diesem Buch inspiriert; darunter Nikki Bywater und ihre berühmte Sammlung haarsträubender Socken. Nikki, ich will die Minion-Socken! Ein besonderer Dank geht an meine Bloggerkollegin Diane Croad, die mir eine großartige Freundin und fantastische Unterstützung ist, seit ich 2009 mit dem Schreiben angefangen habe. Sie hat mich mit Informationen zu Französischen Bulldoggen versorgt und mich mit dem hinreißenden Alfred bekannt gemacht, der sofort mein Herz erobert hat.

An manchen Tagen bin ich schier überwältigt von der Freundlichkeit der Menschen, die ich im Internet kennengelernt habe. Viele sind zu echten Freunden geworden, allen voran Kim Nash, die mich von Anfang meiner Blogger- und Autorenkarriere an unterstützt hat.

Mein Dank gilt dem wunderbaren Team bei Bookouture, vor allem Lydia Vassar-Smith, dass sie *Glückstausch* lektoriert und einige hervorragende Ideen beigesteuert hat, um das Buch noch besser zu machen.

Zum Schluss möchte ich mich aus tiefstem Herzen bei Ihnen bedanken, liebe Leserinnen und Leser. Ihre Kommentare, Rezensionen, Nachrichten und E-Mails zu meinen Büchern sind der Grund, warum ich weiterschreibe. Mein Dank geht an jeden Einzelnen von Ihnen.

# Brief der Autorin

Liebe Leserinnen und Leser,

ich danke Ihnen sehr, dass Sie *Glückstausch* gelesen haben. Das Schreiben hat mir großen Spaß gemacht, und ich hoffe, dass ich Sie mehr als einmal zum Lachen bringen konnte.

Wie Simon Green liebe ich es, Leuten Witze zu erzählen, und ich glaube, dass Lachen tatsächlich die beste Medizin ist. Allerdings spiele ich den Menschen keine Streiche. Einmal war ich selbst das Opfer und hatte plötzlich einen großen Augapfel in der Hand!

Ich versuche, so nahe wie möglich an der Wahrheit zu bleiben, und recherchiere immer sehr gründlich für meine Bücher. Für *Glückstausch* habe ich versucht, eine lebende Statue auf Gran Canaria zu sein (dafür habe ich definitiv kein Talent), und ich habe mich in Autohäusern herumgetrieben und mit Verkäufern gesprochen – was meinem Mann den Angstschweiß auf die Stirn getrieben hat. Er hat nämlich bei jedem Ausflug befürchtet, ich käme mit einem neuen Auto nach Hause.

Ich möchte mich aus tiefstem Herzen bei allen bedanken, die an diesem Projekt beteiligt waren, vor allem bei meinem Verlag Bookouture und meiner wunderbaren Internetfamilie aus Bloggern, Lesern und Freunden. Ihr seid der Grund, warum ich schreibe, und ihr treibt mich in diesen langen Nächten an, wenn ich allein in meiner Dachkammer sitze und tippe – ihr und viele Tüten Gummibärchen.

Wenn Ihnen *Glückstausch* gefallen hat, würde ich mich über eine Rezension von Ihnen freuen, egal, wie lang sie ausfällt. Ich wäre wirklich sehr dankbar. Ihre Empfehlungen sind unglaublich wichtig.

Wenn Sie wissen wollen, an was ich derzeit arbeite, und Sie sich den Tag ein wenig versüßen wollen, dann können Sie sich unter folgendem Link für meinen Newsletter anmelden:

www.bookouture.com/carol-wyer

Auf Facebook oder Twitter können Sie auch gern mit mir in Kontakt treten. Ich bekomme unheimlich gern E-Mails und Nachrichten (und Ihre Witze).

Mit den herzlichsten Grüßen
Carol x

www.facebook.com/AuthorCarolEWyer
www.twitter.com/carolewyer